KB074998

빨
치
산
의

딸

1

빨치산의 딸 1

지은이 | 정지아

1판 1쇄 펴낸날 | 2005년 5월 30일
2판 1쇄 펴낸날 | 2023년 6월 30일
2판 2쇄 펴낸날 | 2023년 12월 30일

펴낸이 | 문나영

펴낸곳 | 필맥
출판신고 | 제2021-000073호
주소 | 경기도 고양시 덕양구 중앙로 542, 910호
홈페이지 | www.philmac.co.kr
전화 | 031-972-4491
팩스 | 031-971-4492

ISBN 979-11-6295-032-6 (세트)
ISBN 979-11-6295-033-3 (04810)

빨치산의 딸
1

정지아 장편소설

필맥

복간판을 내며

출간 몇 달 만에 국가보안법으로 판매금지 당했던 《빨치산의 딸》을 다시 내자는 제의를 받고 오래 망설였다. 스물다섯의 어린 나이에 쓴 글을 다시 본다는 것이 부끄러웠다. 그러나 무엇보다 나를 망설이게 한 건 그 뒤로 흘러간 15년의 세월이다. 지금 이 시점에서 누가 이런 묵은 이야기에 관심을 가질까 싶었던 것이다. 그래도 누군가는 관심을 가질 것이고 그런 이들은 서점에서 책을 구할 수 있어야 된다는 필맥 출판사 이주명 대표의 설득에 결국은 책을 복간하기로 했다.

복간 과정에서 약간의 내용 수정을 했지만 그리 많이 고친 것은 아니다. 초판에 관심을 갖고 오류를 지적해준 여러 분들의 도움으로 인명과 지명, 날짜 등의 구체적인 사실을 몇 가지 바로 잡았다. 시대를 잘못 예측한 부분도 있고, 요즘의 시각으로 보면 혁명적 감상주의에 빠진 부분도 있었지만 대개는 손을 대지 않았다. 《빨치산의 딸》은 내 소설이라기보다 소설적 형식을 띤 역사서다. 격동의 시대를 살아온 빨치산이나 90년 당시 변혁세력의 현실인식이 잘못된 측면이 있었다고 하더라도 그것 역시 충실하게 기록돼야 하고, 그렇다면 《빨치산의 딸》은 기록의 충실성을 미덕으로 삼아야 한다고 생각했다.

오래전에 쓴 글을 꼼꼼하게 읽으면서 다시 한번 역사라는 것을 돌아보게 된다. 한국 현대사에서 수많은 사람들의 가슴을 뛰게 하고 목숨까지 걸게 했던 '사회주의'는 이미 역사의 뒷장으로 사라지고 있다. 중국이나 베트남, 쿠바 정도가 사회주의의 명맥을 이어가고 있지만, 사람들은 더 이상 사회주의를 현실로 생각하지 않는다. 그러나 이제 와 생각하니 '사회주의'란 소련이나 중국으로 대표되는 어떤 제도를 가리키는 고유명사가 아니었다. 우리에게 사회주의는 '지금보다 더 나은 무엇'을 가리키는 추상명사였다. 그렇다면 사회주의는 오늘날에도 여전히 유효하다. 사람은 언제나 지금보다 더 나은 무엇을 추구하는 동물이므로. 사회주의가 사멸했다고 하는 지금 이 시간에도 더 나은 어떤 세상, 인간이 인간답게 살 수 있는 아름다운 세상을 꿈꾸었던 옛 사람들의 기록은 여전히 유효한 것이라고 생각하는 것은 자기위안에 불과한 것일까.

부족한 데가 너무 많아서 다시 읽는 동안 내내 얼굴이 화끈거렸지만, 《빨치산의 딸》은 내 삶과 문학의 토대임을 부정할 수 없다. 나의 지리산 혹은 남부군과 전남도당의 거점이었던 지리산과 백아산을 의미하는 내 이름 정지아에서부터 나는 역사를 천형으로 짊어진 것이다. 버리고 싶었던 그 짐이 나이 들수록 고맙고 반갑다. 뭐가 뭔지 구분 못하고 우왕좌왕하는 천둥벌거숭이에게 역사와 인간이라는 화두가 있어 삶과 역사에 굳건히 발붙이고 서 있으니 고마울밖에.

《빨치산의 딸》을 쓰고 난 뒤, 평생 캐내야할 문학의 금광을 어린 나이에 미흡한 상태로 다 쏟아 붓고 나서 이제 무얼 쓸 거냐고 걱정해주신 분들이 많았다. 깊고 따스해지겠다는 말씀밖에 드릴 게 없다. 하나의 생명을 부여받고 이 땅에 태어나 단 한 번도 스포트라이트를 받지 못한 채 쓸쓸히 소멸해가는 무수한 존재에게 불멸의 한 순간을 부여하는 것이 문학일 것이라고 요즘에야 깨닫고 있다. 그때는 몰랐지만 《빨치산의 딸》 역시 그런 보잘것

없는 존재들의 빛나는 한 순간의 기록이다. 《빨치산의 딸》에는 늙은 내 부모의, 부모님 세대의 빛나는 청춘의 시기가 담겨 있다. 그리고 누군가의 따스한 시선이 쓸쓸하게 늙어가는 그분들의 노년을 잠시나마 빛나게 해줄 수 있지 않을까? 역사를 위해 목숨을 걸었고, 독재정권하에서 죽음보다 더한 모멸과 시련을 견뎌온 그분들이 역사에 바라는 것은 그 따스한 시선 정도일 것이다. 이 책이 그분들의 쓸쓸한 노년을 비추는 몇 줌의 따스한 시선이라도 만들 수 있으면 좋겠다.

2005년 5월 정지아

1권 | 차례

빨치산의 딸

내 인생 최초의 싸움은 아버지 때문에 시작되었다. 1974년 국민학교 4학년 때였다. 그날 별로 친하지 않던 그 아이와 무엇 때문에 해거름까지 학교에 남아 있었는지는 기억에 없다. 그 아이가 그 엄청난 말을 꺼낸 순간부터가 소 엉덩이에 찍힌 낙인처럼 선명하게 새겨져 있을 뿐이다.

"느그 아부지가 빨갱이람서?"

무슨 말다툼 끝이었는지는 알 수 없지만 그 아이의 말 속에는 네까짓 게 빨갱이 딸 주제에, 하는 경멸과 떳떳한 자기 자신에 대한 자랑스러움이 역력히 배어 있었다.

"아니야."

아버지가 빨갱이일 수도 있다는 생각은 꿈에도 해본 적이 없었으므로 조금 당황하면서도 나는 분명하게 대답했다. 그러나 내가 뭐라고 입을 열기도 전에 그 아이의 얼굴색이 새파랗게 겁에 질려갔다. 사람이 그런 표정을 짓는 건 말하지 말 것을 말했거나 뭔가 나쁜 일을 하다 들켰을 때뿐임을 나는 잘 알고 있었다. 화가 나서 장난으로 한 말이었다면 "장난꼴인디" 하고 헤헤 웃어버리거나 정색을 한 채 자기가 한 말이 진짜임을 자꾸 우기려 들었을 터였다. 그러나 그 아이는 커다란 잘못이라도 저지른 사람처럼 아무 말 없이 겁에 질려 안절부절못했다.

12

"아니야, 아니야!"

턱없이 높아진 내 고함소리가 빈 교정에 메아리쳤다. 나는 그 아이가 무슨 말이든 꺼내주길 기다렸다. 참말이여, 느그 아부지 빨갱이랑께, 하는 말이어도 좋았다. 죄진 사람처럼 당황해 하지만 않는다면 다시 그 아이가 뭐라 하더라도 내 가슴에 서서히 드리워져가는 검은 구름을 몰아낼 수 있을 것 같았다. 그 아이는 대답하지 않았다. 내가 놀랐듯이 자기도 놀라 겁먹은 강아지처럼 비실비실 뒷걸음질만 할 뿐이었다. 저녁 어스름 속에서도 그 아이의 겁먹은 눈동자가 또렷이 보였다. 정말일지도 모른다는, 아니 정말 같다는 생각이 듦과 동시에 나는 그 아이에게 달려들었다. 비명소리에 정신이 들어 그 아이에게서 떨어졌을 때 그 아이의 손목에서 피가 솟고 있었다. 울음소리가 차츰 멀어져갔다. 내 입안에도 핏물이 고였는지 피비린내가 풍겨왔다.

나는 운동장 스탠드에 주저앉았다. 캄캄한 어둠 속에서 낙엽 구르는 소리만 들려왔다. 근처 동네의 불빛이 아스라이 멀게 보였다. 어릴 때 아버지는 저렇게 아스라한 불빛을 두고 서울 외할머니 댁에서 나오는 불빛이라며 놀려주곤 했다. 아버지의 목에 걸터앉아 발장난을 치며 저녁식사를 하고 계실 외할머니와 삼촌들을 그리워하곤 했었는데…… 몇 살 나이를 더 먹고 할머니가 계시는 서울의 불빛은 결코 맨눈으로 보이지 않는다는 것을 알아차린 다음에도, 아마 읍내 봉동리쯤 됐을 그 아스라한 불빛은 여전히 서울 외갓집 불빛으로 내 가슴 속에 남아있었다. 낮잠이 든 나를 깨워 지각했다며 자전거 뒤에 싣고 달리던 아버지, 정말 지각했을까봐 시든 저녁햇살도 깨닫지 못하고 자전거 뒤에 실린 채 아버지의 허리춤을 붙잡고 엉엉 울게 만들던 아버지, 텅 빈 교실에 들어서서 한참을 어리둥절해 있다가 그제야 속은 것을 알고 달려 나가면 교문 앞에 자전거를 세워놓고 껄껄 웃던 아버지, 나만큼 장난꾸러기였던, 내 친구였던 아버지는 그때 내 곁에 없었다. 아버지가 광주시 문화동 광주교도소의 1389번 죄수라는 것은 나도 이미 아는 사실이었다. 2학년 때부터 일주일에 두 번씩 그 주소로 편지를 써왔으니까.

그러나 아버지가 무슨 죄를 저질렀는지는 아무도 가르쳐주지 않았다. 도둑이나 사기꾼이나 살인자는 아니라고 했다. 그런 죄 외에 또 어떤 죄가 있는지 이상하긴 했지만 아버지가 공산당일 수도 있다는 생각은 꿈에도 해보지 못했다.

아니라고 고개를 흔들면 흔들수록 내 가슴속의 불안과 의심은 점점 커져갔다. 밤공기가 제법 쌀쌀하게 옷깃을 파고들었다. 머리가 지끈거렸다. 나는 자리를 털고 일어났다. 내 발자국 소리가 마치 나를 뒤쫓아 오는 것 같았다. 어둠에 잠긴 운동장이 대낮에 아이들과 뛰놀 때와는 달리 한없이 넓어 보였다. 천천히 이승복 동상을 지났다. 동상 정면에는 '나는 공산당이 싫어요'라고 씌어 있을 테지만 어둠에 가려 보이지 않았다. 강당을 지났다. 라면땅도 팔고 쫄쫄이도 팔고 눈깔사탕도 파는 학교 앞 구멍가게의 희미한 불빛을 받아, 강당 흰 벽에 붉은 색으로 씌어진 '멸공방첩'이 희미하게 드러났다. 나는 경찰서가 있는 로터리 큰길을 지나지 않고 무섬증을 참으며 컴컴한 샛길을 이리저리 돌아 집으로 왔다.

물어볼까 말까 몇 번을 망설였지만 나는 결국 어머니에게 묻지 못했다. 어머니가 고개를 끄덕이면 어쩌나, 아니라고 흔쾌히 대답하지 못하면 어쩌나 하는 조바심과 우려 때문이었다. 아버지가 정말 공산당이에요? 입 끝에 빙빙 맴도는 말을 간신히 삼키며 잠든 그날 밤 나는 꿈을 꾸었다. 전쟁이었다. 포탄 소리가 세상을 뒤흔들고 밤인데도 대낮처럼 밝았다. 아버지는 좁고 긴 토굴에 숨어 있었다. 번쩍번쩍 빛나는 권총을 찬 낯선 사내들이 아버지를 찾고 다녔다. 드디어 그들은 아버지를 찾아냈다. 토굴 앞에 선 그들은 천근만근이나 되는 산덩이를 들어올리듯 천천히 권총을 뽑아 들었다. 아버지 도망쳐요, 사람들이 아버지를 잡으러 가요! 아무리 기를 쓰고 외쳐도 머릿속에서만 왕왕거릴 뿐 말이 되어 나오질 않았다. 다리도 어느새 튼튼한 나무처럼 땅에 뿌리내렸는지 꼼짝할 수 없었다. 그들은 드디어 방아쇠를 당기기 시작했다. 몸을 움직이고 소리를 지르려 안간힘 쓰다 나는 가위에 눌렸다. 꿈인 줄 알고 깨어나려 했지만, 작은 창문으론 차츰 햇살이 눈부셔 오는데 나는 꼼짝할 수 없었다. 식은땀으로 젖은 몸이 식으면서 오들오들 소름이 끼쳤다.

밤마다 비슷한 꿈을 꾸었다. 그때마다 나는 가위에 눌렸다. 계속 몸이 허약해졌다. 아무리 아파도 나는 울지 않았다. 결석도 하지 않았다. 싸웠던 아이를 만나면 먼저 웃어보였다. 공부는 더 열심히 했다. 아버지에게 꼬박꼬박 보내던 편지만 조금씩 줄어들었다.

1975년 1월 어머니를 따라 아버지 면회를 가게 되었다. 난생 처음인 긴 여행 - 고작 두 시간 거리일 뿐이었지만 - 에 반죽음이 되어 광주에 도착했다. 교도소는 썰렁한 벌판에 우뚝 서 있었다. 허름한 가게 두 채뿐 주위엔 인가도 없었다. 정문에서 어머니의 주민등록증을 제출하고 우리는 천천히 대기실로 갔다. 엊저녁 내 쌓인 눈을 치우는 사람들이 보였다. 모자를 뒤집어쓰고 탁한 바다 빛깔의 수인복을 입은 사람들이었다. 그들의 얼굴에서는 아무런 표정도 읽을 수 없었다. 설혹 그들 사이에 아버지가 끼어 있다 하더라도 나는 찾아낼 수 없을 것 같았다. 그만큼 그들은 닮은꼴이었다. 닮은 건 그들만이 아니었다. 대기실과 대기실 밖에서 서성거리는 사람들도 마찬가지였다. 아이를 들쳐 업은 젊은 아낙네나 초조하게 담배를 태우는 중년 남자나. 나는 얼른 어머니를 바라보았다. 찬 바람이 씽씽 일 만큼 꼿꼿하고 엄하던 평소의 모습과 달리 어머니는 주위의 다른 사람들과 똑같이 청승맞고 처량한 표정으로 여기저기 기웃거리고 있었다. 나는 잡고 있던 어머니의 손을 탁 뿌리쳤다. 어머니가 말할 힘도 없으니 신경 쓰게 하지 말라는 듯 나를 바라보았다. 나는 그런 어머니를 무시한 채 밖으로 나왔다. 그리고 잎 진 등나무 아래 차가운 벤치에 앉아서 어린 마음속에서 지펴지는 까닭 모를 노여움 때문에 숨을 할딱거렸다. 이따금 대기실 안을 들여다보면 어머니는 거지처럼 남루한 사람들과 가까운 친척이라도 되는 것처럼 다정하게 얘기를 나누느라 정신이 없었다.

교도소 벽은 눈보다 희게 빛났다. 눈을 뒤집어쓴 나무들이 이따금 불어오는 바람에 자지러지게 제 몸을 털면 흩날리는 눈가루가 햇살을 받아 화려한 춤을 추었다. 그러나 저 백색의 건물 어디엔가는 사형장도 있으리라. 건물의 창마다 막아선 쇠창살을 보면서 나는 부르르 몸을 떨었다. 그때 안내방송이 들렸다.

"천삼백팔십구 번, 천삼백팔십구 번 면회자는 제2면회실로 가십시오."

어머니가 나를 불렀다. 산달이 가까워 보이는 임부가 면회실 복도 창에 기대어 울고 있었다. 막 면회를 마치고 나온 모양이었다. 저 여자의 남편도 빨갱이일까? 아니면 강도? 부른 배와는 달리 앙상한 여자의 뒷모습을 계속 쳐다보면서 나는 면회실로 들어갔다.

면회실 중앙에는 두 겹의 두꺼운 유리벽이 놓여 있었고 유리벽 사이에는 철망이 쳐져 있었다. 그 유리벽 너머로 아버지가, 아버지가 보였다. 어깨 높이에 뚫린 조그만 원형 구멍에 얼굴을 들이대고 어머니는 아버지와 이야기를 나누었다. 내게는 아무 소리도 들리지 않았다. 그저 아버지의 흐릿한 얼굴만 보일 뿐이었다.

머리를 빡빡 깎고 수인복을 입었달 뿐 아버지는 옛날 모습 그대로였다.

아궁이 앞에 쭈그려 앉아 번데기나 메뚜기를 구워주고, 내 말이 되어 온 방 안을 기어 다니던 바로 그 아버지였다. 굶주린 사람들을 채찍으로 후려 패는 괴물이 아니었다. 몇 년간 사무쳤던 그리움이 한꺼번에 솟구쳐 오르기 시작했다.

"아빠!"

어머니 아버지가 동시에 나를 돌아보았다. 막상 아빠라고 부르고 나자 머쓱했다. 할 말이 없었다. 말 잇기 놀이를 하며 장난치던 아버지였는데, 술자리마다 나를 안고 다니던 아버지였는데도 서먹했다. 무슨 말을 해야 하는 건지 알 수 없었다. 나는 그냥 아버지를 만져보고 싶었다. 까슬까슬한 턱에 입 맞추고 싶었다. 나를 잠재워주던 아버지의 넉넉한 등에 업히면 다시 옛날처럼 아버지가 내 곁으로 돌아올 것 같았다. 빨갱이가 아니라 내 친구였던 다정한 아버지로…….

그러나 손을 내밀어도 아버지는 잡히지 않았다. 바로 코앞에 있는 아버지를 나는 만질 수가 없었다. 면회시간 오 분은 금세 지나갔다. 공부 잘하라며 돌아서는 아버지의 눈이 눈물로 젖어드는 걸 나는 보았다. 아버지의 눈물은 처음이었다. 허탈했다. 빨갱이를 본 것도 아니고 아버지를 본 것도 아니고 단지 아버지의 그림자를 잠깐 스쳐간 기분이었다.

돌아오는 길에 나는 어지러웠다. 길가의 나무 한 그루도 아버지를 만나기 전과는 달라 보였다. 친밀했던 모든 것들이 멀게 느껴졌다. 범죄자를 내 눈으로 본 건 처음이었다. 그때까지 내 주위에는 도둑이나 사기꾼 같은 사람들이 없었다. 공산당은 더더욱 그랬다. 우리나라에 죄인들이 그렇게 많은지 나는 몰랐다. 죄인들이 우리의 모습과 똑같다는 것도 역시 몰랐다. 그들의 얼굴은 특별히 흉악해 보이지도 않았다. 오히려 불쌍하고 처량해 보였다. 눈을 치우던 죄수들의 얼굴이 눈앞에서 어른거렸다. 면회 차례를 기다리던 남루하고 초조한 표정의 사람들이 머리에서 떠나지 않았다. 나는 문득 장발장을 생각했다. 모두 장발장 같은 사람이었을까?

면회를 다녀온 후 나는 크게 아팠다. 장염이었다. 고열에다 설사까지 겹쳐 두 달을 앓았다. 대변을 보면 흰 거품과 피가 섞여 나왔다. 죽밖에 먹을 수 없었다. 입술이 다 부르트고 얼굴에는 열꽃이 피었다. 그래도 학교에는 빠지지 않고, 어머니의 팔에 매달려 학교를 오고갔다. 학교 가는 도중에도 몇 번씩 남의 화장실 신세를 져야 했다. 출석 확인만 하고 양호실이나 숙직실에서 거의 누워 지냈다. 열에 들떠서 나는 끊임없이 아버지를 생각했다. 아버지만 생각하면 나도 모르게 입에서 노래가 흘러나왔다.

아아 잊으랴 어찌 우리 그날을
조국의 원수들이 짓밟아 오던 날을
맨 주먹 붉은 피로 원수를 막아내어
발을 굴러 땅을 치며 의분에 떤 날을
이제야 갚으리 그날의 원수를
쫓기는 적의 무리 쫓고 또 쫓아
원수의 하나까지 쳐서 무찔러
이제야 빛내리 이 나라 이 겨레

아버지에 대한 의심이 깊어질수록 나는 더 착한 학생이 되어갔다. 선생님과 아이들의 칭찬이나 애정에 둘러싸여서야 비로소 마음이 놓였다. 사람들과 떨어져 있어야 하는 집은 감옥 같았다. 밤은 혼란이었고 가위 눌리는 꿈이었다. 그러나 내 선택과는 무관하게 나의 아버지가 빨갱이였던 것처럼 내가 아무리 기를 쓰고 감추려 해도 진실은 결코 감춰지지 않았다.

교정의 히말라야삼목 잎이 하나둘 떨어지기 시작하던 가을, 민방위훈련 날이었다. 오전수업 시간을 단축하고 우리는 모두 교정 스탠드 뒤쪽에 반 별로 앉아 있었다. 운동장에선 연막탄이 터져 뿌연 연기가 솟아나고 미리 선발된 아이들이 들것에 실려 나가고 3층 교실엔 사다리가 걸렸지만, 우리 는 그저 수업시간을 빼먹는 것이 즐겁기만 했다. 성능이 좋지 않아 삑삑거 리는 확성기에선 계속 "적의 공습이 계속되고 있습니다"라는 아나운서의 다급한 목소리가 비행기 소리와 섞여 들려왔지만 빨갱이 아버지를 둔 나까 지도 선생님의 눈을 피해 장난치느라 정신이 없었다. 우리들에게 민방위훈 련이란 매달 1일 실시하는 새마을청소나 쥐잡기의 날 따위와 다를 바가 없 었다.

부반장이었던 나는 반장과 맨 앞줄에 앉아서 화생방훈련에 대비해 뒤집 어쓴 커다란 비닐에 서로 구멍을 뚫으며 낄낄거리고 있었다. 그러다 문득 나는 뒷줄에서 들려오는 내 이름에 귀를 기울였다.

"지아 즈그 아부지가 빨갱이래."

"옴마, 그거이 참말이냐?"

"멀라고 내가 공갈을 치것냐. 우리 엄마가 불쌍탐서 글드라. 빨갱이 자식 은 암만 공부를 잘해도 소용 없대야."

"왜?"

"병신, 빨갱이 새끼께 글제."

"안됐다이."

"안됐긴 머가 안돼야. 빨갱이가 얼매나 무선 것인디."

나는 작년처럼 그 애들과 싸울 수 없었다. 뒤돌아보지도 못했고 그렇다 고 울 수도 없었다. 혀를 콱 깨물고 죽고 싶은 마음뿐이었다.

나는 피가 나도록 입술을 꼭 깨물었다. 차츰 연기가 사그라지는 운동장을 무심히 바라보면서 나는 꿈이기를 간절히 바랐다. 가위에 눌렸다 일어나면 창밖으로 햇살이 퍼지면서 아침이 오듯이, 내가 좋아하는 복숭아를 사러 갔다 영영 돌아오지 않았던 아버지가 따가운 턱을 내 뺨에 부비며 웃고 있을 것 같았다. 그러나 아무리 눈을 비벼도 아버지는 보이지 않았다.

운동장을 이리저리 뛰어다니던 십자완장을 찬 사람들이 사라지고, 잡음이 심하던 확성기도 꺼졌다. 아이들이 서서히 움직이기 시작했다. 내게는 그 순간이 마치 활동사진처럼 보였다. 웅성대는 아이들 무리를 뚫고 교실로 들어가면서 나는 문득 소름이 끼쳤다. 민방위훈련, 나는 결국 아버지가 쏜 총을 피하기 위한 연습을 했던 것이다.

그 다음부터 나는 민방위훈련이 싫었다. 아이들이 여전히 장난치며 시간을 때우는 동안 나는 내내 공포에 시달려야 했다. 나를 대하는 아이들의 태도도 예전 같지 않았다. 빨갱이의 딸로는 어떤 권위도 세울 수 없었다. 권위 없는 우상이란 허수아비와 다름없었다. 구례 읍내에 소문 자자하던 내 우상은 그렇게 무너지고 있었다. 선생님들은 점점 따돌림 당하는 내가 안돼 보였는지 더 자상하게 보살펴주었다. 그러나 과분한 애정은 차라리 따돌림 당하는 것만 못했다.

아무도 나를 나 그대로 봐주지 않았다. 언제나 뒤통수가 따가웠다. 아이들뿐만이 아니었다. 어른들은 나만 보면 기특하다며 머리를 쓰다듬었다. 기특하다는 말 앞에 생략된 말을 나는 알 수 있었다. 아버지가 없는데도, 아버지가 공산당인데도, 그렇게 가난한데도 공부 잘하니 기특하다는 말이었다. 그건 결코 칭찬이 아니었다. 불쌍하다고 혀를 차며 거지에게 돈을 던져주는 것과 마찬가지였다.

나는 언제나 사람들 눈을 정면으로 쳐다보았다. 사람들은 내 눈빛을 견디지 못했다. 뭔가 감춘 사람처럼 황급히 눈길을 돌리기 일쑤였다. 독기 품은 독사처럼 나는 목을 꼿꼿이 세우고 다녔다. 그렇게 해서라도 상처 입은 자존심을 지켜야 했다. 변함없이 잘해주는 몇몇 아이들과 예전처럼 오징어 마질도 하고 공기놀이도 했다. 그러나 그 애들과 웃고 떠들면서도 내 웃음은 소리뿐이었다.

나는 어머니를 조르기 시작했다. 광주든 서울이든 될 수 있으면 먼 곳으로, 나를 아는 사람이 없는 곳으로 떠나고 싶었다. 빨갱이의 딸이 아니라 공부 잘하는 아이, 착하고 야무진 아이로 살고 싶었다.

아버지에 대해 단 한마디도 꺼낸 적이 없었지만 어머니는 이미 짐작하고 계신 듯했다. 도시에서 방 한 칸 얻을 돈도 없고 먹고 살 길도 막막했을 텐데 어머니는 쉽게 응해주었다.

어머니는 그 겨울 몇 번이나 서울을 다니며 방을 얻고 전학수속을 밟았다. 이사 가기 이틀 전, 서울로 이사 가면 면회 다니기 힘들 거라면서 어머니는 광주로 떠났다. 나는 심한 감기에 걸려 있었다. 열 때문이었는지, 고향을 떠나 낯선 곳으로 간다는 두려움 때문이었는지 기분이 묘했다. 잠깐씩 잠이 들었다가 눈을 뜨면 천장의 사방연속 무늬가 어지럽게 춤을 추었다. 찾아오는 이 하나 없는 겨울 낮은 지루했다. 좀처럼 밤은 오지 않았고 어머니도 돌아오지 않았다. 나 혼자 세상에 버려진 듯한 막막함이 밀려왔다. 방문을 열고 세상 속으로 나가고 싶었지만 바위에 눌린 듯 꿈쩍도 할 수 없었다. 차츰 어둠이 창문으로 기어들었다. 어둠은 순식간에 방을 메웠다. 어둠이 떠다니는 방안에서 나는 흡사 망망대해의 고립된 섬 같았다. 끊임없이 꿈에 시달렸다. 여느 때와 다름없이 나는 쫓기고만 있었다.

이틀 뒤 그 꿈처럼 나는 고향을 떠났다. 학교 친구들에게 인사도 남기지 않고 떠나는 길이었다. 구례읍내가 차츰 멀어졌다. 우리를 실은 트럭이 섬진강 물줄기를 거슬러 올라 마침내 눈에 덮인 지리산이 하나의 점으로 변했을 때에야 나는 비로소 어머니의 무릎에 누워 잠이 들었다.

　서울특별시 서대문구 갈현동. 우리의 새 주소였다. 난생 처음인 서울은 크고 화려하다기보다 추웠다. 처참한 절약생활이 시작되었다. 영하 18도까지 내려갔던 그해 겨울을 우리는 하루에 연탄 한 장으로 버텼다. 방바닥은 언제나 미지근했고 시멘트벽으로는 찬바람이 들락거렸다. 방안에 떠다 놓은 물은 아침이면 꽁꽁 얼어붙어 있었다. 빨갱이 자식이라는 이름을 선사한 하나님은 무엇 하나 내 편을 들어주지 않았다. 서울에 익숙해질 때까지 조금은 따뜻했어도 좋을 날씨마저도.

　2월 개학까지 나는 방안에서만 뒹굴었다. 너무 무거워 몸을 뒤챌 수도 없는 이불 속만 파고들어서 그 겨울이 지날 쯤에는 심한 잠버릇이 말끔하게 고쳐져 있었다.

　나는 주로 책을 읽었다. 그때 눈물을 펑펑 쏟으며 읽은 책이 있었다. 제목은 잊었는데 검둥이 혼혈아의 수기였다. 검둥이 소년은 개울물의 얼음을 깨고 그 찬물로 수십 번 얼굴을 씻었다. 그래도 피부는 하얘지지 않았다. 소년은 돌멩이로 얼굴을 문지르며 외쳤다.

　"엄마! 난 왜 까만가요. 벗겨도 벗겨도 왜 남들처럼 하얘지지 않나요?"

　나는 베갯잇이 다 젖도록 울었다. 소년을 위해서가 아니라 나를 위해서. 돌멩이로 문질러 피부를 한 겹 벗겨낸다 하더라도 소년의 피부가 결코 하얘질 수 없듯 아버지가 나에게 남긴 붉은 흉터 또한 평생 벗을 수 없는 게 아닌가 두려웠다.

　주인집 여자는 질리도록 잔소리를 해댔다. 화장실을 자주 가도 투덜거렸고 마당에 물 한 방울만 흘려도 신경질을 부렸다. 어머니는 그 지겨운 잔소리를 잘도 견뎌냈다. 냄새난다는 잔소리를 참아가며 어머니는 아침마다 약쑥을 달여 주었다. 병원 갈 돈도 없는 우리 집의 유일한 약이었다. 그때까지도 나는 장염 후유증에 시달리고 있었다. 고기나 생선이 상에 오르는 날은 드물었다. 고기 먹을 기회가 없어서인지 고기는 잘 먹지 못했고 먹기도 싫었다. 콩나물이나 멸치가 최고였다. 어머니나 나나 살찔 리가 없었다. 어머니는 육십 평생 45킬로그램을 넘겨본 적이 없었다. 내 까만 얼굴에는 마른버짐이 가득 피었고 걸핏하면 코피를 흘리거나 쥐가 올랐다. 몸에 좋다는 우유를 사줄 수 없었던 어머니는 날마다 콩물을 만들어주었다. 콩을 삶고 빻고 걸러서 다시 끓여야 하는 그 귀찮은 일을 어머니는 하루도 거르지 않았다. 미지근하게 데워진 콩물을 마시는 일로 나의 하루는 시작되었다.

잔인한 추위만 아니라면 서울은 그런대로 괜찮았다. 학교생활에도 그럭저럭 적응해갔다. 시골에서처럼 나를 알아주고 대우해주는 사람은 없었지만 빨갱이 딸이라고 수군거리는 사람도 없었다. 언니 오빠로부터 물려받은 낡은 옷을 입고 언제나 손에 흙을 묻히고 다니는 시골 아이들과 달리 서울 아이들은 깔끔하고 예뻤다. 그 예쁜 아이들과 아이스케키 대신 모나카를 먹고, 붕어빵 대신 맛탕이나 떡볶이에 맛을 들였고, 오징어마질 대신 인형놀이를 배우기 시작했다.

그때는 마로니 인형이 유행이었다. 학교가 파하고 나오면 알록달록한 인형옷 장사들이 죽 늘어서 있었다. 오징어마질이나 제기차기를 하고 놀던 나는 손바닥보다 더 작은 앙증맞은 인형옷을 갈아입히면서 노는 게 우스워 보였지만 나 혼자 안할 수는 없는 일이었다. 그러나 어머니는 인형을 사주지 않았다. 아니 사줄 수가 없었다. 어머니 말대로 돈을 손톱 밑에 쥐고 살아도 아쉬운 판이었다. 아이들은 서너 개씩 가지고 있는 인형 하나도 갖지 못하면서, 그리고 한 친구의 생일잔치에 초대되어 가서 나는 시골과는 또 다른 벽에 부딪치게 되었다. 생일잔치는 요란했다. 촌스러운 내 입에 맞지 않는 음식이 대부분이었지만 아무튼 시골에서는 어른의 생일도 그만큼 요란하지 않았었다. 그 아이네 화장실보다도 못한 우리 집에 돌아왔을 때 나는 우리 집 구석구석에 배어 있는 구차함이 짜증스러웠다.

다음부터 나는 우리 반 아이들을 찬찬히 살펴보았다. 가난한 집 애들은 생긴 것부터 달랐다. 대개 체격은 작고 앙상했으며 얼굴엔 마른버짐이 피고 머리에는 기계충 자국이 있거나 심지어 이가 있는 애도 있었다. 좀 깔끔한 어머니를 만나서 이가 없는 것만 제외하면 바로 내 모습이었다.

부잣집 아이들이 없는 집 아이들에게 아쉬운 소리를 하는 것은 점심시간뿐이었다. 혼식검사 때문이었다. 어떤 아이들은 미리 생보리를 몇 개 심어 왔다가 검사가 끝나면 덜어내기도 했지만 대부분은 없는 집 아이들의 밥을 덜어서 흰 쌀밥 위에 얹어놓곤 했다. 반찬도 달랐다. 김치나 멸치, 콩자반을 싸오는 애들은 십중팔구 갈현동 동사무소 뒤쪽 판자촌에 살았고, 계란 입힌 소시지나 쇠고기 장조림을 싸오는 애들은 고급주택에 살았다. 공부 잘하는 애들은 거의 깔끔하고 예쁘게 치장한 아이들이었다.

나는 가난한 게 부끄럽지는 않았다. 아니 사실을 말하자면 빨갱이 자식이라는 놀림보다는 견디기 쉬웠다. 입학 때부터 입어서 무릎이 툭 튀어나오고 껑충하게 짧은 바지가 창피하게 느껴질 때면 시골이 그리웠다. 여름이면 멱 감던 섬진강, 여름 햇살을 받아 눈부시게 빛나던 섬진강가의 포플러나무와 하얀 삐비꽃, 오징어마질을 하다 옷이 뜯어져 울먹이던 아이들…… 내 우상이 산산이 부서지기 전까지 참으로 좋은 시절이었다. 그때는 나보다 예쁘고 옷 잘 입은 애를 봐도 아무렇지 않았다. 언젠가 아버지가 외항선원이어서 예쁜 옷을 잘 입던 영희가 분홍빛 원피스를 입고 왔을 때, 하얗게 부서지는 햇살 속에서 분홍빛 치마를 나풀거리며 팔짝이던 모습이 얼마나 예쁘던지 넋을 잃고 바라보았던 적이 있다. 그때는 부끄럽지 않던 내 모습이 이제는 왜 창피하게 느껴지는 것인지 나는 알 수 없었다.

시도 때도 없이 고향으로 달려가는 내 마음은 민방위훈련 날의 처참했던 기억의 벽에 부딪쳐 다시 서울로 돌아와야 했다.

어머니가 보따리장사를 하더라도 서울이 훨씬 나았다. 그렇다. 어머니는 그때 정말 보따리장사를 했었다. 속옷공장을 하는 동향 사람에게 도매로 떼어다가 이 집 저 집 찾아다니며 소매로 파는 장사였다. 당연히 나도 입어야 했던 왕관표 속옷들은 사실 형편없었다. 몇 번만 입거나 삶으면 고무줄이 늘어나고 모양이 변했다. 그래서 쌍방울보다 훨씬 쌌을 테지만 나는 어머니가 보따리장수라는 것보다도 왕관표 따위를 팔아야 한다는 사실에 더 화가 났다.

추레한 보따리를 들고 서 있어도 어머니는 보따리장수로 보이지 않았다. 학교선생 같은 얼굴이었다. 전혀 장사꾼의 얼굴이 아니어서 나는 어머니가 불쌍했다. 어머니는 나보다 늦는 날이 많았다. 어머니 없는 방을 혼자 지켜야 하는 일이 가장 싫었다. 그렇다고 어머니더러 다른 어머니들처럼 장사를 그만두고 집안일이나 하며 나를 기다려달라고 할 수는 없었다. 왕관표 속옷은 어머니와 나를 먹여 살리는 밥줄이자 간혹 어머니가 아버지 면회를 갈 수 있도록 해주는 유일한 끈이었다.

어느 날인가, 밤이 깊도록 어머니가 돌아오지 않았다. 아무리 늦어도 저녁 먹을 시간이면 숨차게 뛰어오던 어머니였다. 그날따라 밤하늘로 비행기가 수없이 지나갔다. 저공비행을 하는지 아귀가 잘 맞지 않는 창문이 떨어져나갈 듯 덜컹거렸다. 나는 무서워졌다. 혹시 전쟁이 난 게 아닐까, 내 상상은 비약했다. 빨갱이 가족이라고 어머니도 잡혀갔나 보다. 전쟁이 나면 아버지는 죽을 텐데……. 그 하얀 벽에 줄 세워 놓고 총살을 할까? 눈을 쓸던 많은 사람들도 다 죽겠지. 눈부시게 흰 벽은 우리 아버지의 피로, 빨갱이의 피로 붉게 물들겠구나. 나도 모르게 눈물을 흘리며 나는 비행기 소리를 피해 이불 속으로 파고들었다. 이 세상에 나 혼자 남겨지면 어떻게 하나. 서울보다는 그래도 아는 사람들이 많은 구례로 가야 할 테지. 누구 집으로 가야 빨갱이 딸인 나를 구박하지 않고 잘해줄까. 어머니가 돌아올 때까지 나는 온갖 궁리를 다하고 있었다. 혼자서 얼마나 머리를 굴렸는지 불쑥 방으로 들어선 어머니가 낯설고 이상할 정도였다.

익명의 서울이 편안하기만 한 것은 아니었다. 어머니가 곁에 없을 때 찾아갈 사람 하나 없는 서울이 무섭기도 했다. 자주 전쟁의 공포에 시달렸던 것은 그 고립감 때문이 아니었나 싶다.

졸업식이 왔다. 변변한 겨울 외투 한 벌 없는 어머니만이 추위에 떨며 나를 기다리고 있었다. 조화 한 다발과 졸업장 케이스를 들고 어머니와 교문을 나오면서 나는 행사장을 보았다. 아이들은 사람들에 둘러싸여 교정 여기저기를 돌며 사진을 찍고 있었다. 일 년여, 정들 시간도 없는 학교였는데 왠지 코끝이 찡했다. 졸업이라는 것이 주는 쓸쓸함 때문인지, 아버지도 없는 초라한 졸업식이 서글펐기 때문인지는 모르겠다. 그날 어머니는 나를 갈현시장에 데리고 가서 뭔가를 사먹였던 것 같다. 그것이 축하의 전부였다. 내 인생 최초의 졸업식은 그렇게 끝났다.

중학교에 입학했다. 중학교는 국민학교와 조금 달랐다. 다들 비밀스럽게 자기 성을 쌓아가는 시기였다. 국민학교 친구나 동네친구가 없던 나는 한동안 친구 사귀기가 힘들었다. 게다가 첫 시험에서 전교 53등을 했다. 나쁜 성적은 아니었지만 그렇다고 주목받을 만큼 좋은 성적도 아니었다.

아무도 나를 눈여겨 봐주는 사람이 없었다. 시골애답게 새까맣고 깡마른 나는 무엇 하나 내세울 게 없어서 학기 초부터 기가 죽었다. 단발머리가 잘 어울려서 새침하게 예쁜데다 공부까지 잘하는 애들이 자꾸 나를 주눅 들게 했다. 가정조사란 걸 했을 때는 학교를 그만두고 싶을 정도였다.

가정조사란 건 결국 학생들의 빈부를 파악하자는 의도였다. 한창 민감한 나이의 여자애들 가슴에 지워지지 않을 못을 박아도 좋을 만큼 더 큰 어른들의 뜻이 있었는지도 모를 일이지만. 자기 집이 있는 사람 손들어요, 자기 공부방이 있는 사람, 자가용, 냉장고, 세탁기, 카메라, 오디오가 있는 사람, 수십 개의 항목 중에서 내가 손을 올린 것은 단 하나였다.

"텔레비전은 거의 다 있을 테니까 없는 사람이 손을 들지."

고개를 푹 수그린 채 간신히 머리 위로 손을 올린 사람은 나까지 네 명이었다. 손을 들기까지 나는 한참을 망설였다. 텔레비전이 있고 없고 따위로 창피해 한다는 사실이 더 부끄러워서 나는 후끈거리는 얼굴을 꼿꼿이 쳐들고 손을 들었다.

조사는 그걸로 끝난 게 아니었다. 부모의 학력조사가 더 남아있었다. 나는 눈물을 보이지 않으려고 자꾸 눈을 깜박거리면서 국졸에서 손을 들었다. 역시 손을 든 사람은 많지 않았다. 그중에서 십등 안에 드는 사람은 나 혼자였다. 선생님이나 아이들은 나를 가난에도 의연한 대단한 애로 보았을지 모르지만, 나는 알지도 못하는 사람들 앞에서 발가벗겨진 듯한 참담한 기분으로 중학생활을 열어야 했다.

성적순으로 뽑는 학급임원 중에서 나는 새마을부장 직을 맡았다. 하는 일이라곤 혼분식 검사, 폐품수집 따위였다. 한마디로 박정희정권의 정책을 장려하고 심사하는 부서였다. 빨갱이 딸인 내가 맡기에는 뭔가 우스운 자리였지만 당시에 그런 걸 알았을 리 만무했다. 새마을노래나 국민교육헌장을 잘 암송하는 것이 착한 일인 줄 알고 자란 우리였다.

곧 환경미화 심사가 있었다. 공부 열심히 시킨다고 소문난 만큼이나 경쟁시키길 좋아하는 학교였다. 환경미화라고 예외일 수 없었다. 심사에서 일등을 하기 위해 임원들은 정신없이 바빴다. 심사의 기준은 제법 그럴듯했지만 까놓고 얘기하면 얼마나 돈으로 치장을 하느냐가 관건이었다. 임원들은 그럴듯한 화분 하나쯤은 기부해야 낯을 세울 수 있었다. 몇 날 며칠 어머니를 조르고 조른 끝에 나는 제일 조그만 화분을 기부했다.

부장들은 밤늦게까지 남아 교실을 꾸몄다. 방과 후 오랫동안 일을 하노라면 한창 때 아이들이라 배가 고팠다. 선생님이 자장면을 사줄 때도 있었지만 대부분 우리끼리 일을 끝내고 분식집으로 달려갔다. 만두에 떡볶이에 쫄면에……. 당연히 돈이 필요했다.

돈 때문에 어머니와 다투는 일이 생겼다. 나로서는 어쩔 수 없었다. 누구도 나에게 돈 내라는 소리를 하지는 않았지만 늘 남에게 얻어먹을 수는 없었다. 돈이 없어서 그 애들과 어울릴 수 없다는 것은 더더욱 비참한 일이었다.

콩나물 몇십 원어치로 한 끼니를 해결해야 했던 어머니로서는 내 행동이 당연히 분수에 어긋난 짓일 수밖에 없었다. 어머니는 늘 나를 타일렀다. 뱁새가 황새를 쫓아가자면 다리가 찢어지는 법이라고. 그 말은 내 화를 돋울 뿐이었다. 왜 어떤 사람은 뱁새로 태어나고 어떤 사람은 황새로 태어나는지 나는 인정할 수 없었다. 뱁새로 태어났으니 뱁새답게 살라는 말은 웃기는 말이었다. 뱁새로 태어나지 않은 자가 어찌 알 것인가. 설령 다리가 찢어지더라도 황새가 되고 싶은 뱁새의 꿈을. 빨갱이의 딸로 태어난 것만도 억울한데 돈 때문에 또 다른 차별을 받고 싶지는 않았다. 그것까지 감수해야 한다면 너무 억울했다. 돈이건 공부건 무엇으로건 나는 빨갱이의 딸로 태어난 억울함을 보상받아야 했다, 인정받아야 했다.

나는 지각할 시간까지 버티면서 필요한 돈은 기어코 받아냈다. 그래봐야 남들에 비하면 언제나 푼돈이었다. 어머니 앞에선 돈이 필요한 이유를 구구절절이 설명해야 했고, 친구들 앞에선 가난에도 불구하고 떳떳한 자의 모습을 견지해야 했다. 그 이중성이 끊임없이 나를 괴롭혔다.

내 자존심을 회복할 계기를 만들어준 사람은 국어선생님이었다. 국어시간에 '오 분 스피치'란 게 있었다. 번호순대로 하루에 한 명씩 주제를 정해 오 분간 발표를 하는 것이었다. 내 차례가 왔다. 대충대충 시간이나 때우는 다른 아이들과 달리 나는 며칠간 꼼꼼하게 원고를 준비하고 달달 욀 만큼 연습을 했다. 주제는 안락사였다. 발표가 끝나고 나자 선생님은 나의 자세와 발표내용에 대해 극찬을 했다. 서울로 올라온 뒤 그렇게 칭찬을 들은 건 처음이었다. 국어선생님에게 그날은 기억조차 희미한 대수롭지 않은 추억 중의 하나로 묻혀졌을 것이 분명하다. 당시 선생님은 자기의 칭찬이 한 아이의 삶에서 얼마나 중요한 역할을 하게 될지 상상할 수 없었을 테지만 그 칭찬 한마디는 내 인생에 새로운 역전의 계기가 되었다.

그 후 선생님은 내게 글을 쓰라고 권했고 좋은 책들도 소개해주었다. 《데미안》이며 《유리알 유희》며 《천국의 열쇠》며 모두 선생님이 권해준 책들이었다. 나는 다시 자신감을 얻기 시작했다. 성적도 부쩍 올랐다. 글만 쓰면 상을 탔다. 반공 글짓기, 반공 표어도 썼다 하면 장원이었다. 빨갱이의 딸이라는, 원하지 않았던 내 이름 앞의 수식어를 잊기 위해 나는 반공 글짓기에 온 정성을 쏟았다. 전교에 이름을 날리기 시작했다. 시골에서의 명성을 되찾은 것이었다.

그 일 년여가 내게는 최고의 해였다. 내가 어쩔 수 없는 빨갱이 딸임도 잊고 살았다. 그러던 어느 날, 나는 하굣길에 집 대문 앞에서 어머니와 웬 남자가 주고받는 말을 우연히 엿듣게 되었다.

"일주일 이상 집을 비울 때는 꼭 서에 들러서 알리고 떠나도록 해요!"

"예, 알았어요. 저…… 딸애가 돌아올 시간인데, 걔는 나에 대해서는 아무것도 몰라요. 워낙 예민한 애라서 즈이 아빠 문제만 해도 다루기 곤란한

데 내 문제까지 알게 되면…… 미안합니다만 딸애에게는 절대 비밀로 해주세요."

나는 두 사람과 맞부딪치고 말았다. 당황해서 한동안 내 얼굴만 물끄러미 바라보던 어머니는 말조차 더듬거리며 고향사람이라고 내게 인사를 시켰다. 나는 아무렇지도 않은 듯 싹싹하게 인사를 하고 방으로 들어왔다. 그제야 콩닥콩닥 가슴이 뛰기 시작했다.

그날 밤 잠이 오지 않았다. 어머니가 아버지와 마찬가지로 빨갱이였다는 사실도 사실이려니와 집을 비울 때마다 경찰서에 알려야 한다는 것이 나는 더 놀라웠다. 우리는 지금까지 일거수일투족을 감시당하고 살아온 것이었다. 며칠 집을 비우는 것도 그럴진대 이사는 말할 나위도 없을 터였다. 서울로 이사 올 때 어머니가 그렇게 정처망처 없이 바빴던 것이 비로소 이해가 갔다. 경찰서로 신고하러 다녔을 것이 분명했다. 거주이전의 자유도 없고 5호감시제를 통해 서로 감시한다는, 사람이 살지 않고 괴뢰만 사는 북한 땅처럼 말이다. 그러나 그들의 감시는 그 정도가 아니었다. 어느 날은 교감선생님이 나를 불렀다. 평소에 나를 예뻐하시던 선생님이었다. 그때까지 나는 모든 사람들에게 아버지가 안 계신다고 말해왔었다. 이것저것 캐물을 것이 귀찮기도 했고, 빨갱이 아버지라면 차라리 없는 것보다 못하다는 생각 때문이기도 했다. 교감선생님은 측은해 하는 눈초리로 나를 바라보면서 아버지가 지금 어디 있냐고 물었다. 경찰서에서 동태파악을 하느라 학교에까지 연락한 게 분명했다. 울컥 눈물이 솟구쳤다. 슬퍼서가 아니라 분해서였다. 선생님은 한동안 말이 없었다. 긴 침묵이 흐른 뒤에 선생님은 나를 보며 웃었다. 따뜻한 미소였다.

교무실 복도 창가에 서서 나는 하늘을 보았다. 흐릿한 하늘로 새가 날고 있었다. 왜 세상은 나를 가만히 내버려두지 않는가. 누구의 딸이 아니라 내 자신으로 당당하게 살아가도록 왜 내버려두지 않는가. 교감선생님의 따뜻한 미소조차 받아들일 여유가 내게는 없었다. 눈물이 멈추자 나는 문득 처음으로 빨갱이인 내 부모가 가련하다는 생각이 들었다. 과거의 죄를 평생 짊어지고 살아야 하다니, 이 세상에 용서받지 못할 죄는 아무것도 없다고 했는데.

집에 돌아온 나는 어머니에게 물었다. 나라에서 살라는 형을 다 살고도 용서받지 못하는 공산주의가 뭔지, 그리고 아버지는 언제 어디서 무슨 일을 했는지. 새하얗게 질리던 어머니의 표정을 나는 잊을 수가 없다. 한참 후에야 어머니는 가쁜 숨을 몰아쉬며 간신히 대답했다.

"넌 아직 그런 거 몰라도 된다. 아예 관심도 갖지 말아라. 학교에서 가르치는 공부나 할 일이지 웬 쓸데없는 소리냐……. 아버지는 어린 나이에 공산주의가 뭔지도 모르고 심부름을 해준 것뿐이었다."

내가 알고 싶은 건 공산주의에 대한 것이었지만 어머니는 당황하고 난감한 얼굴로 더 이상 말을 하지 않았고 한참 후에야 엉뚱하게 다른 사람 얘기를 꺼냈다. 나도 아는 사람에 대한 얘기였다. 구례에서 중학교 수학선생을 하는 사람이었는데 우리 집과 무슨 관계인지는 몰라도 삼촌이라고 부르며 몇 번 만난 적이 있었다. 그가 지금 감옥에 있다고 어머니는 말했다. 그가 잡혀간 것은 수업시간에 북한 얘기를 잠깐 꺼낸 지 며칠 후의 일이었다. 북한을 고무 찬양했던 것도 아니었다. 북한이 정말 그렇게 못사느냐는 학생의 질문에 아니라고, 거기도 우리와 똑같이 사람 사는 데라고, 평양에는 지하철도 있다고 대답한 것이 전부였다.

"그 사람 형님이 좌익이었단다. 넌 남하고 달라. 말 한마디 함부로 해서는 안 된다. 세상 욕하지도 말고 공산주의 같은 거 꿈에라도 알 생각 말아라."

어머니에게서 그런 얘기를 들은 지 며칠 후에 나는 비로소 연좌제라는 제도를 알게 되었다. 빨갱이의 자식은 판검사도 외교관도 될 수 없고 외국도 갈 수 없다는 법, 그런 게 있는 줄은 몰랐었다. 비록 감시를 당하고 살지라도 내가 열심히만 하면 뭐든지 다 할 수 있는 줄 알았었다. 부모의 과거 때문에 자식의 미래까지 차압당해야 하다니. 종의 자식은 종으로, 백정의 자식은 백정으로 살아야 했듯이 빨갱이의 자식은 빨갱이로 살라는 얘기였다. 자식이 부모를 고발한다는 북한과 뭐가 다른지 이해할 수 없었다. 만약 부모를 고발해서 내 자유와 미래를 되찾을 수 있다면 기꺼이 부모를 고발할 수도 있을 것 같았다. 그러나 이미 아버지는 갇혀 있었고, 고작 보따리 장수인 어머니는 고발하려야 고발할 건더기가 없었다. 빨갱이는 보따리장수도 하지 말고 굶어죽으라는 게 법이라면 몰라도.

나에게 주어진 자유가 얼마나 보잘것없는 것인지를 나는 비로소 깨달았다. 나는 어항 속의 금붕어였을 뿐이었다. 어항의 벽을 깨뜨릴 수 없다면 굴욕적으로 숨쉬느니 어항 벽에 머리를 박고 죽는 편이 나았다. 그러나 내게는 벽을 깰 방법이 없었다. 최소한의 자존심을 지키는 길이 있을 따름이었다. 판검사가 되고 싶어도 될 수 없다든가, 판검사가 될 수 없으니까 가능한 한도 내에서 의사라도 되겠다는 것은 비참한 일이었다. 나는 아무것도 되지 않음으로 해서, 아무것도 원하지 않음으로 해서 세상을 비웃어주고 싶었다. 나는 《이방인》의 뫼르소처럼 살기로 했다. 나를 소외시킨 세상을 오히려 내가 소외시키면서 말이다.

당연히 성적이 떨어졌다. 등수가 낮아지는 만큼 어머니의 잔소리도 늘어났다. "엄마 아빠는 너 하나만 믿고 사는데 네가 왜 이러느냐." 눈물로 호소했지만 나는 들은 척도 하지 않았다. 공부 열심히 해서 뭘 어쩌라는 건지 이해할 수 없었다. 세상에 대한 욕심과 희망을 버림으로 해서 나는 상당히 자유로워지고 있던 참이었다.

집에 들어가기가 싫어졌다. 어머니의 잔소리와 눈물이 가득 찬 방, 전기세가 아까워 완전히 어두워지기 전에는 불도 켜지 않고 불 하나 켜는 것 가지고 신경전을 펴야 하는, 흔한 텔레비전이나 옷장 하나도 없이 여기저기 너저분하게 옷이 걸리고 한쪽에는 이불이 놓인 방, 그 구질구질하고 청승맞은 분위기가 싫었다.

학교가 파하면 나는 집이 아니라 책방으로 달려갔다. 서점 문이 닫힐 때까지 주인 대신 가게를 지키면서 책을 읽었다. 책방 안에 있는 온갖 책이 다 읽을거리였다. 나는 손에 잡히는 대로 책을 읽었다. 《짜라투스트라는 이렇게 말했다》에서부터 아이들이나 읽을 법한 동화책이며 만화책, 한쪽 귀퉁이에 숨겨진 야한 책에 이르기까지. 세상의 여러 모습과 여러 색깔을 동시에 빨아들였다. 혼란스러운 세상에 지쳐 11시가 넘어서야 집으로 들어가면 어머니는 어김없이 골목에서 서성거리고 있었다. 어디 갔다 이렇게 늦느냐, 무슨 짓을 하고 다니는 거냐, 어머니는 잠도 못잘 정도로 끈질기게 나를 추궁했다.

서점에 있었다는 말 한마디면 족할 것을 나는 꼿꼿이 허리를 세우고 앉아서 기어코 입을 열지 않았다. 자식에게 버거운 짐을 지워놓고 남보다 빨리 달리라는 어머니가 야속했다.

나는 자꾸 집 밖으로 나돌았다. 주말이면 정독도서관엘 가거나 영화를 보러 다녔다. 〈닥터 지바고〉〈전쟁과 평화〉〈바람과 함께 사라지다〉〈25시〉……. 영화 속의 다양하고 화려한 삶의 역정에 감동한 채 거리로 나오면 거리엔 오후의 햇살이 퍼지고 나와 별다를 바 없이 일상에 찌든 무기력한 사람들이 무수히 어깨를 부딪치며 흘러갔다. 현실이 오히려 영화보다 낯설었다.

그 가을부터 나는 교회를 다니기 시작했다. 신을 기대한 건 아니었다. 영화도 한두 번이지 마땅히 갈 곳 없는 주말의 무료함과, 사춘기다운 이성에 대한 은밀한 호기심도 조금은 있었을 것이다. 교회 외에 우리가 남학생들을 합법적으로 만날 수 있는 곳이 없었으니까.

　교회도 낯설기는 마찬가지였다. 기도를 하면서 아버지를 부르고 울부짖는 사람들이 이상했고 한편으로는 부러웠다. 저렇게 해서라도 무거운 현실의 짐을 덜어낼 수 있다면 나도 닮고 싶었다. 그러나 특유하게 질질 끄는 듯한 목사의 설교를 듣거나 사람들의 헛바람 새는 듯한 주여! 하나님! 하는 외침 소리를 들으면 정신은 더 맑게 깨어왔고 우습다는 생각이 먼저 들었다. 나는 멀뚱하게 눈을 뜨고 혼잣말을 하며 기도하는 사람들을 둘러보았다. 그때 나는 한 사람에게 눈길을 멈췄다. 학생복을 깔끔하게 차려입은 남자 고등학생이었다.

　약간 수그린 이마 위로 흘러내린 곱슬머리, 네모나게 모가 진 이마, 유난히 숱이 많고 진한 눈썹……. 아버지의 모습 그대로였다. 머릿속으로만 끊임없이 그리워하고 증오했던 아버지가 사람들 사이에서 숨쉬고 있었다. 성가대 좌석에 앉아있던 그는 기도가 끝나자 천천히 고개를 들었다. 완전히 드러난 얼굴은 그러나 아버지의 모습이 아니었다. 코 아래는 아버지보다 선이 약하고 부드러웠다. 아버지이면서 아버지가 아닌 모습.

　나는 주일마다 기계적으로 교회엘 갔다. 고등부 회장이었던 그는 언제나 교회에 나왔고 그를 보기 위해 나의 교회행도 잦아졌다. 그러나 두터운 유리벽 너머의 아버지와 얘기할 수 없었듯 그와 단 한마디 얘기도 나눌 수 없었다.

　그를 보기 위해 나간 교회에서 나는 신에 대한 사랑보다 오히려 분노를 키웠다. 아벨의 제물만을 받아들인 신의 선택은 편협했다. 나는 아벨을 죽여야 했던 카인의 분노에 동감했다. 똑같이 노력한 결과가 이유 없이 무시당했을 때 분노하지 않을 자가 어디 있겠는가. 이상한 건 신이었다. 카인에게 죄의 대가로 영원히 지워지지 않을 표지를 내리면서, 그 표지를 본 다른 자들의 횡포는 금하다니. 남과 다른 표지를 단 자가 놀림감이 되는 건 당연했다. 그것을 마음 아파할 정도였다면 애당초 표지를 달아주지 말았어야 했고, 카인의 제물도 받아들였어야 했다.

내게는 예수도 그리 위대해 보이지 않았다. 터무니없이 과장된, 그저 탁월한 한 시대의 영웅인 그는 선택된 자에 불과했다. 비록 말구유에서 인간의 모습을 빌려 태어났을지언정 그는 전지전능한 신의 아들이자 바로 신이었다. 그 신의 아들을 대신해서 유대의 어린아이들은 젖먹이에서 간신히 걸음마를 시작한 아이들까지 모두 죽어야 했다. 신의 영광은 수많은 사람의 자식들의 피의 대가 위에서 시작된 것이었다. 아벨에게만, 유대민족에게만 한없이 너그러운 신의 편협성에 대해 얘기하면 사람들은 나를 이단자로 보았다.

그래도 좋았다. 어쨌든 나는 교회를 다니면서도 신은 세상 밖에 실재하는, 눈에 보이지 않는 존재가 아니라 단지 부조리한 세상 그 자체라고 생각했다. 내가 세상의 부조리에 무기력했듯이 신도 다를 바 없었다. 헛된 희망과 순간의 카타르시스, 세상에 대해 눈감게 만들 뿐이었다.

아버지를 닮은 그 역시 부조리한 세상의 한 모습이었다. 하나의 우연에 집착한다는 것이 우스웠다. 아버지는 아버지이고 그는 그일 따름이었다. 나는 교회행을 중단했다.

어머니와의 갈등은 날이 갈수록 심해졌다. 어머니도 나도 서로의 고집과 상대에 대한 기대를 양보하지 않았다. 나는 집에 있는 시간을 최소한으로 줄이기 위해 발버둥쳤다. 급기야 어머니는 나를 미행하기에 이르렀다.

미행을 모르는 내가 가는 데라야 뻔했다. 세상의 온갖 음습함과 타락에 대해서도 알 만큼 알고 있었지만 그렇게까지 나를 몰아가기에는 아직 어린 나이이기도 했고, 그래서 자존심의 날을 새파랗게 벼리고 다닐 무렵이기도 했다.

내 행동반경에 대해 세세히 알고 난 후 어머니는 한편으론 안심하면서도 한편으론 그 이상의 배신감을 느꼈던 모양이다. 미행한 지 며칠째 되는 날 어머니는 나를 불러 앉혔다. 서로 얼굴을 똑바로 마주 대한 지도 참으로 오랜만이었다. 가쁜 숨을 고르느라 어머니는 한참 만에야 말을 시작했다.

"대체 왜 이러니. 형제가 없고 집이 썰렁해서 네가 자꾸 밖으로 도는 것도 다 이해한다. 어디 갔다 왔다는 말 한마디면 마음을 놓을 게 아니냐. 그 말 한번 꺼내기가 그렇게 힘들고 어렵든? 이 세상천지에 너랑 나랑 딱 둘뿐이잖니. 서로 기대고 의지하고 살면 얼마나 좋겠어."

"말 안 해서 나쁜 짓 하고 다니는 줄 알았어? 엄마가 이해하긴 뭘 이해해. 내가 무슨 고민을 하고 뭣 때문에 힘든지 알기나 해? 제발 나 좀 건드리지 마. 최대한 참고 있는 거니까."

폭포수처럼 말을 쏘아붙이고는 방을 뛰쳐나왔다. 달리 갈 데도 없었다. 시멘트로 발라진 좁은 마당에 서 있다 추위에 쫓겨 다시 방으로 들어왔다. 어머니는 한쪽 구석에 죽은 듯 쓰러져 있었다. 나는 어머니와 몸이 닿지 않는 쪽으로 웅크리고 누웠다. 한참 후 숨죽인 어머니의 울음소리가 천장 낮은 방안을 음습하게 떠돌기 시작했다. 나는 이불을 머리끝까지 뒤집어썼다. 불쌍하다는 생각이 금세 짜증으로 바뀌었다. 나더러 어쩌란 말인가. 엄마야 자기가 한 일에 대한 책임을 평생 지는 것뿐이지만 나는 왜 내가 하지 않은 일에 대해서, 아니 뭔지도 모르는 일 때문에 분홍빛 미래를 뒤죽박죽으로 헝클어뜨려야 하는가. 억울한 걸로 따지자면 어머니보다 내가 몇 배

더했고, 우는 걸로 억울함을 풀자면 마음잡고 일 년을 울어도 분이 풀리지 않을 것 같았다. 어머니의 차가운 몸이 내 몸에 스치는 것만으로도 화가 치밀었다. 어머니도 나도 다른 방식으로 온 밤을 울며 지새웠다.

나는 곧 낙엽전 준비로 바빠졌다. 시화전과 바자회를 한꺼번에 하는 게 낙엽전이었다. 낙엽전에는 여러 가지 물품이 필요했다. 신기한 외국상품 몇 개씩이 반별로 배정되었고 서예, 수석, 분재도 준비해야 했다. 어머니 솜씨 코너도 있어서 꽃꽂이나 수예를 잘하는 어머니들까지 총동원되었다. 우리 어머니는 낄 구석이 없었다. 어머니는 먹고사는 일 외에 취미생활을 가질 만큼 한가하지도 않았다. 나는 어머니가 누구 못지않게 똑 소리 날 만큼 살림을 잘한다는 것 외에, 다른 무엇을 할 줄 알고 잘하는지 전혀 알지 못했다. 학급의 다른 간부들이 어머니와 함께 일할 때 나는 혼자서 두 배의 일을 해냈다. 어떤 애들은 아버지가 선물로 사왔다며 말하는 미국제 인형 따위를 가져왔다. 또 다른 애들은 며칠 후면 버릴 꽃을 사기 위해 우리 집 한 달 생활비가 되고도 남음직한 돈을 아낌없이 썼다.

나는 내가 준비한 두 점의 시화표구도 간신히 준비했다. 몇천 원을 타내기 위해서 낭비가 심하다, 돈 아까운 줄 모른다, 집안 생각 좀 해라, 언제나 똑같은 잔소리를 한참 들어야 했다. 낙엽전 전날, 아이들이 각자 집에서 한 부대씩 가져온 갖가지 낙엽을 전시실 바닥에 깔고 준비한 물품들을 제자리에 놓았다.

낙엽전이 시작되었다. 간부들은 교문 입구에 책상을 놓고 외부 손님들에게 방명록에 이름을 쓰도록 하고 기부금을 받았다. 우리는 말은 안했지만 누구 어머니가 기부금을 가장 많이 내는지 신경을 곤두세우고 있었다. 오만 원, 십만 원씩 내는 이들도 더러 있었다.

교문을 들어서는 어머니의 모습이 보였다. 다른 아이들처럼 어머니를 부르며 달려가지 않고 나는 그냥 제자리를 지키고 있었다. 친구들을 한 번도 집에 데려간 적이 없어서 어머니 얼굴을 아는 사람도 없었다. 두리번거리다 나를 발견하고 어머니는 내게로 다가왔다. 나는 자리에서 일어났다. 어머니는 오천 원이라고 적힌 봉투를 내면서 나를 보았다. 이번만은 내 기를 살려주려고 마음 단단히 먹고 어머니로서는 거금을 준비한 모양이지만 역시 어깨에 힘을 주기에는 너무나 적은 액수였다. 세상은 그렇게 불공평했다.

방명록을 쓸 때에야 우리 어머닌 줄 알고 선생님들이 몰려들었다. 어머니는 선생님들에 둘러싸여 행사장으로 떠났다. 접수를 끝내고 행사장에 도착했을 때 어머니는 교무주임과 함께 내 작품 아래 서 있었다. 어머니는 기분이 좋아 보였다. 당연했다. 학교에서는 미운 짓 한번 하지 않는 나였다. 나처럼 모든 일에 열심이고 친구 많고 선생님들과 친한 애는 없었다.

어머니와 나는 말없이 행사장을 돌았다. 발밑에서 잘 마른 낙엽이 바스락거리면서 부서졌다. 외국여행을 다녀온 학부형들이 갖다 놓은 진기한 외국상품들, 단 한 번도 보지 못했던 희한한 분재며 수석…….

나는 문득 어머니의 젊은 시절이 궁금했다. 어머니도 공산주의자였다고 했다. 어머니는 어쩌면 젊은 시절 내내 총을 들고 싸웠는지도 몰랐다.《누구를 위하여 종은 울리나》의 마리아처럼.

나는 부모의 과거에 대해서 단 한마디도 들어보지 못했다. 누구에게나 과거가 있기 마련이라는 생각조차 가지지 못했을 만큼 나는 부모의 과거에 대해 무지했다. 자식에게도 말하지 못할 과거를 가진 부모, 나보다 한발 앞서가는 어머니의 여윈 어깨가 모든 것을 거부하는 듯 완고하고 고집스러워 보인 것은 잠시의 착각인지도 몰랐다. 나는 어머니에게 끌리는 마음을 애써 눌렀다. 내 미래를 빼앗아간 자가 내 부모가 아니라면, 내 부모 역시 나와 똑같이 과거와 미래를 차압당한 사람이라면, 내 분노를 어디로 쏟아 부어야 할지 막막했기 때문이었다. 부모를 적으로 생각하는 편이 훨씬 간단하고 편했다.

오후에는 각 반별로 어머니 회의가 있었다. 미리 마련해놓은 떡과 계피차 등을 앞에 놓고 내가 사회를 보았다. 스무 명가량의 어머니들과 어머니가 온 아이들만 참석한 자리였다. 어머니가 오지 못한 아이들은 행사를 구경할 기회도 갖지 못한 채 집으로 떠밀려났다. 어머니들끼리 인사가 있고 나서 회의가 진행되었다.

어머니들 중에는 대학교수도 있었고 의사도 있었다. 당당하고 화려한 사람들이었다. 유일한 외출복인 자줏빛 한복을 입고 앉아 있는 어머니에게서는 뭔가 남다른 냄새가 풍겼다. 어머니는 언제 어디서나 남과 달랐다. 처음 보는 사람들은 어머니를 여학교 사감선생쯤으로 생각했다. 화장기 없이 깡마른 얼굴, 반지도 목걸이도 일체의 장식품도 없이 마디 굵은 손, 싸구려 옷에도 불구하고 교수보다 의젓하고 당당한 어머니를 보면서 나는 심한 낭패감을 느꼈다. 당황하고 풀죽은 어머니를 통해서 자신을 합리화시키고 싶었는지도 몰랐다. 그러나 어머니는, 빨갱이였던 어머니는, 싸구려 속옷을 파는 보따리장수인 어머니는 어울리지 않게 너무나 당당하고 의젓했다.

자줏빛 한복 위에 철 늦은 구식 코트를 걸친 어머니는 돌아오는 길에 내 손을 꼭 잡으며 말했다.

"가난뱅이 엄마가 창피했니? 너도 조금씩 나이 들면 알게 될 거야. 돈이란 건 마음대로, 일한 대로 벌어지는 것도 아니고 돈이 많다고 해서 좋은 것도 아니란다. 오히려 없는 편이 떳떳한 거야. 그리고 훌륭한 사람은 언제나 없는 집에서 나오잖니?"

앞말은 그럴듯했지만 없는 집에서 훌륭한 사람이 나온다는 것은 거짓말이었다. 비슷하게 못살던 옛 시절에는 어땠는지 모르지만 참고서를 마음대로 사볼 수 있고 개인 가정교사나 몇십만 원짜리 그룹과외를 하는 애들이 공부를 더 잘하는 건 당연했다. 중학교 2학년이 되도록 베토벤의 〈운명〉을 한 번도 들어보지 못한 나와는 품격이 달랐다. 그 아이들은 공부도 잘할뿐더러 피아노도 칠 줄 알았고 음악을 이해할 줄도 알았다. 아이들은 에프엠 라디오를 들으면서 브람스를 배우고 스모키나 엘튼 존을 배웠지만 가진 것이라곤 이십 년 된 고물 라디오뿐인 나는 아무것도 알 수 없었다. 라디오 겸용 카세트를 사자고 하면 어머니는 당장 우리 형편에, 아버지 영치금도 못 넣어주는 판에를 들먹거릴 게 뻔했다. 히트 팝송집이나 클래식 해설집 등을 사다 외다시피 해서 누가 어떤 노래를 불렀고 어떤 그룹이 언제 어디서 어떻게 결성됐는지, 가사가 어떤지는 알 수 있었고 거기까지는 아이들 얘기 속에 끼어들 수 있었지만, 정작 그 노래를 들으면 어떤지에 대해서는 입을 다물거나 호들갑스러운 아이들의 감정에 따라서 고개를 끄덕이는 수밖에 없었다. 라흐마니노프를, 비에니아프스키를 알면 뭐할 것인가. 〈피아노 협주곡 2번〉을 들으면서도 그게 〈피아노 협주곡 2번〉인 줄을 모르는데. 듣지 못하는 음악을 보는 것으로 메워보려고 했지만 더 우스운 꼴만 되고 만 셈이었다.

가난이 순간순간 나를 비참하게 만든다는 사실을 어머니도 친구들도 알지 못했다. 어머니는 내가 가난까지도 뛰어넘는 의지의 한국인이 되기를 바라는 모양이었다. 의지의 한국인이 되려면 비상한 머리와 끈기, 그리고 무엇보다도 사슬로 묶이지 않은 백색의 미래가 필요하다는 사실을 어머니는 모르는 척했다. 모르는 척하는 게 아니라면 아직까지 제 새끼를 찾아 헤매는 고슴도치 어미처럼 나를 천재로 믿고 있음이 분명했다. 고슴도치는 자식을 잃어버리고 만나는 짐승들마다 물었다.

"누가 우리 새끼를 못 보셨어요. 온몸이 부드럽고 매끄러운 털로 덮여 있답니다. 사자보다 늠름하고 토끼보다 귀여운 우리 새끼를 누가 못 보셨어요?"

어머니는 사자보다 늠름한 자식을 찾는 고슴도치 어미와 다를 바 없었다.

3학년이 되자 성적은 급하강했다. 내 성적이 반 석차 어디쯤에 와 있는지 알고 싶지도 않았고 일이 등 차로 자존심 상해하던 지난날이 유치하고 우스울 뿐이었다. 날마다 애간장을 태우며 어머니는 점점 야위어갔다. 4월 들어 어머니는 계속 하혈을 했다. 병원엘 가보라고 사정하고 급기야는 신경질을 부려도 어머니는 오랫동안 버텼다. 돈 때문이었다.

결국 어머니는 병원엘 가야 했다. 자궁 근종이었다. 어머니 앞에서는 슬픈 표정 한번 짓지 않았지만 가슴이 덜컥 내려앉았다.

입원 전날 어머니는 나에게 몇 가지 문서를 건네주었다. 얼마 안 되는 논문서와 밭문서였다. 핑그르르 눈물이 돌았다. 그러나 어머니 앞에서 그런 식으로 무너질 수는 없었다. 나는 자꾸 넘어오는 울음을 삼키면서 되레 짜증을 부렸다. 그런 병으로는 죽지 않으니 쓸데없이 울지 말라고.

다음날 어머니는 입원을 하러 한양대 부속병원으로 떠났다. 어머니의 뒷모습을 보면 달려가 안겨서 울고 말 것 같아서 나는 어머니보다 먼저 집을 나섰다. 따뜻한 말 한마디 남기지 못했다. 수업시간 내내 햇살 화사한 운동장만 보면서 딴전을 부렸다. 아무것도 머리에 들어오지 않았다.

빈집에서 혼자 지내는 동안 나는 어머니의 자리를 깨닫기 시작했다. 나는 어머니를 증오한 것이 아니었다. 어머니에게 부렸던 모든 투정과 짜증은 증오 때문이 아니었다. 나는 그저 가슴속의 울분을 털어버릴 상대가 필요했던 것이다. 그 화살은 당연히 가장 가까운 어머니에게 향할 수밖에 없었다. 사실 나는 이미 알고 있었다. 공산주의가 무엇을 하자는 것인지는 몰랐지만 적어도 내 부모는 내가 알건대 누구보다 정의롭고 따뜻한 사람들이었다. 그런 그들이 선택한 길이라면 세상이 말하는 것처럼 공산주의가 무작정 나쁜 것만은 아닐 것임을 나는 분명하게 느끼고 있었다.

어머니가 그리웠다. 하루에도 수십 번 어머니 곁으로 달려가고 싶었지만 결국 가지 못했다. 수치심, 쑥스러움 같은 것들이 나를 주춤거리게 했다. 토요일, 나는 국화꽃을 한 다발 사들고 어머니의 병실을 찾았다. 어머니는 배를 움켜쥔 채 혼자서 병실 복도를 걸어 다니고 있었다. 운동을 하는 모양이었다. 내색하지 않았지만 그동안 얼마나 외롭고 힘들었는지 한눈에 짐작이 갔다. 세 명이 같이 쓰는 일반 병실의 어머니 침대맡에는 그 흔한 주스도, 한 송이 꽃도 놓여있지 않았다.

햇볕이 잘 드는 넓은 창문으로 제법 깔끔한 대학의 교정이 보였다. 싱그러운 함성이 곳곳에서 울려 퍼졌다. 5월의 햇살이 병실 깊숙이 내리꽂혔다. 여기에서 어머니는 죽음 같은 시간들을 버텨온 것이었다. 수술실 앞에서 담배를 빼문 채 초조하게 시계를 들여다봐야 했을 남편은 멀리 남도의 흰 벽 안에 갇혀 있고, 엄마를 부르며 울어야 할 딸은 수업이 끝나는 시간에도 찾아와주지 않고……. 세상 사람들과는 다른 과거를 가진 가난한 어머니를 그 외에 누가 찾아줄 것인가.

나는 수십 번이라도 어머니에게 빌어야 했다. 그러나 나는 꿀 먹은 벙어리였다. 자궁절제 수술을 받은 어머니, 이제 어머니는 아이도 낳지 못하고 생리도 할 수 없을 것이었다. 아이야 물론 낳고 싶어도 낳을 수 없는 오십 대이긴 했지만, 나이와 상관없이 모든 여자에게는 똑같은 문제일 수도 있었다. 슬픔이라기보다는 뭐랄까, 등 떠밀려 고향을 떠나온 자의 아릿한 향수나 상실감 같은 것, 나는 어머니의 늙은 뱃가죽 위로 난 수술자국을 보았다.

"그래도 지방이 없어서 수술이 쉬웠단다. 피가 맑아서 회복도 빠르다는구나."

어머니는 웃으며 말했다. 쌍꺼풀이 서너 겹 진 눈으로. 나는 어머니가 두려워지기 시작했다. 나의 모난 말에 정신까지 잃었던 어머니가 아니었다. 어쩌자고 내 일에만 한없이 약해져서 내 짐을 키우는지 답답할 노릇이었다. 살이라곤 한 점도 없는 어머니, 눈만 살아 움직이는 어머니를 바라보아야 하는 일이 곤혹스러웠다.

결국 나는 어머니로부터 증오를 거두어들였다. 내 증오는 표적을 잃고 방황했다. 내 자신을 학대하거나 세상 전체를 적으로 돌리는 길만이 버틸 수 있는 유일한 길이었다.

그러던 1979년 8월 느닷없이 교도소에서 통보가 왔다. 아버지가 8.15 특사로 나온다는 소식이었다. 우리는 부랴부랴 광주로 달려갔다. 광주에서 하루를 묵고 새벽같이 문화동에 도착했다. 몇 년 전 눈에 덮여 비정하도록 희던 교도소는 녹음에 묻혀 있었다. 교도소 앞 정문에는 몇몇 사람들이 우리처럼 서성이고 있었다.

아버지는 좀처럼 나타나지 않았다. 차츰 매미 소리가 무성해지고 나무 그림자가 밑동에 뭉쳤달 만큼 짧아졌을 무렵 창살 너머로 성큼성큼 걸어오는 키 큰 남자가 보였다. 아버지였다. 나는 아버지를 향해 뛰어갔다. 아버지는 달려온 나를 덥석 껴안았다. 예전의 그 넉넉한 품이 아니었다. 어색한 자세로 한동안 아버지의 품에 안겨서 나는 멍청하게 하늘만 보았다. 하늘엔 구름 한 점 없었다. 귀가 따가운 매미 소리뿐, 세상은 오히려 무서우리만치 적막했고 한 폭의 정물화처럼 멈춰 있었다. 나는 수줍었다. 아버지가 아니라 낯선 남자의 품에 안긴 듯이. 팔 년의 세월이 너무 길었는지도 몰랐다.

아버지가 나왔어도 아무것도 달라지지 않았다. 셋이 같이 살기엔 너무 작은 방이었지만 방을 늘릴 돈은 없었다. 넓은 서울 어느 구석에도 쉰이 넘은 아버지가, 그것도 전과자인 아버지가 발을 붙일 틈은 없었다. 아버지는 시골에서 터를 잡았다. 가끔 서울에 들르는 아버지와 친밀감을 되찾기는 힘들었다. 내 또래 아이들이 아버지와 주로 어떤 얘기를 주고받는지도 나는 몰랐다. 사춘기 딸을 키워본 적 없는 아버지도 마찬가지였다.

아버지가 서울에 올라오면 당장 불편했다. 하나뿐인 방에서 옷을 갈아입어야 할 때도 그랬고, 잠에서 막 깨어난 부스스한 얼굴로 아버지를 대할 때도 어머니 앞에서와는 달리 부끄러웠다. 아버지의 얼굴도 음성도 잠자는 모습도 낯설었다. 오히려 교회에서 봤던 남학생의, 아버지를 닮은 모습이 더 익숙하고 편할 지경이었다. 낮잠 자는 나를 깨워 지각이라며 학교로 보내던 그 아버지가 아닌 것 같았다.

아버지가 서울에 있는 날은 일찍 잠이 깼다. 긴장해 있던 탓이기도 했고, 두 분의 낮은 이야기소리 때문이기도 했다. 내가 깬 기척만 보이면 두 분은 동시에 말을 멈췄다. 나는 자는 척 숨을 죽이고 두 분의 얘기를 엿들었다.

주로 산에서의 얘기였다. 모르는 이름들이 튀어나왔고, 그날 전투가 어땠다는 둥의 얘기가 오가는 가운데 두 분은 가끔 한숨을 내쉬며 말을 끊기도 했다. 나에게도 얘기해달라고 졸랐지만 두 분의 입은 열리지 않았다. 나를 남겨둔 채 자기들끼리만 은밀하고 조심스럽게 과거로의 여행을 즐길 뿐이었다. 나는 부모님의 과거를 아는 일이 내 지난날의 암담함과 고통을 해결해줄 유일한 방법이라고 생각했다. 그 비밀의 문을 여는 열쇠를 갖고 싶었다.

10월 27일 새벽, 라디오에서 흘러나오는 긴장된 아나운서의 소리에 잠이 깼다. 4시, 아니면 5시쯤 된 모양이었다. 마침 아버지가 올라와 있었다. 아버지는 평소 습관대로 새벽같이 눈을 뜨자마자 라디오를 켰다. 대통령에게 위급한 사태가 발생하여 직무를 수행할 수 없으므로 최규하 국무총리를 대통령 권한대행으로 한다는 국가비상사태 선언이었다. 전국에 비상계엄령이 선포되었다고 했다. 대통령이 분명히 암살당했을 거라며 아버지는 계속 라디오에 귀를 기울였다. 우리는 라디오를 들으며 아버지가 계속 뿜어대는 자욱한 담배연기 속에서 아침을 기다렸다. 아침이 늦어 7시 반이 되어서야 집을 나섰다. 연신내 미도파백화점 앞 건널목에서 두 남자가 신문을 뒤적거리며 말했다.

"결국 죽었군."

"총으로 시작해서 총으로 끝났구만. 아무튼 한동안 시끄럽겠어."

"어쨌거나 역사를 되돌릴 수는 없는 모양이지. 그러고 보면 역사의 심판은 시간이 걸릴 뿐이지 정확하다구."

마치 잘 죽었다는 투였다. 왜 역사의 심판을 받았다고 말하는 것일까. 나는 혼란스러웠다. 내가 배운 박정희는 잘 죽었다는 말을 들어야 할 사람이 아니었다. 그는 이 나라를 가난과 혼란에서 건져낸 영웅이었다. 나는 갑자기 이 현실이 영화의 한 장면처럼 느껴졌다. 아침 조례시간이면 시장바닥보다 와글거리던 학교가 침 넘기는 소리까지 들릴 만큼 조용했다. 조회에 들어온 선생님은 침울했다. 거리에서 만난 두 남자와 너무도 다른 모습이었다.

"여러분, 박정희 대통령께서 서거하셨습니다."

순간 교실은 울음바다가 됐다. 그날 우리 반 애들은 하루 종일 울었다. 한 아이는 너무 운 끝에 마비증세가 나타나 양호실로 업혀갔다. 수업은 거의 진행되지 않았다. 모두 자습이었다. 울지 않는 사람은 내 짝과 나뿐이었다. 내 짝은 냉정하리만큼 침착하게 우리들과는 무관한 죽음으로 울어대는 아이들을 비웃었고, 나는 울어야 할지 말아야 할지 알 수 없었다. 나는 내가 태어나는 순간부터 지금까지 대통령이 단 한 사람뿐이었다는 걸 생각했다. 김일성을 독재자라고, 부자세습까지 하는 독재자라고 욕했었는데. 그래서 그 젊은 남자들은 대통령의 죽음을 시원하다는 듯이 말했던 것일까?

세상은 예전과 다르게 들뜨고 술렁거렸다. 12월 어느 날엔가는 밤새도록 총성이 울리기도 했다.

여고생이 된 해의 봄은 여느 때와 달랐다. 교정 가득히 개나리는 피었지만 세상은 여전히 어수선했다. 날이 갈수록 거리에 무장한 군인이 늘어났다. 왜 그런지, 그래서 뭐가 달라지는지 아무도 말해주지 않았다.

세상이 시끄러울수록 우리 동네는 더 조용해지고 불도 일찍 꺼졌다. 종례 때마다 선생님은 시내에 나가지 말고 곧장 집으로 갈 것을 당부했다. 어머니도 마찬가지였다. 우리는 어리둥절한 채 일체의 변화로부터 격리되었다. 세상은 우리만 남겨놓고 급속하게 변해가는 것 같았다.

4월 말 우리 학교에서 있었던 세계 민속무용 경연대회 때 옆 반에서 러시아 무용을 가르쳤던 외국어대 학생이 잡혀갔다는 소식이 들렸다. 그 반 아이들은 모두 울었다. 우리도 모두 슬퍼했다. 김재규가 대단하다는 말이 떠돌았고 박정희는 독재자이며 우리도 언니 오빠들과 함께 민주화를 위해 싸워야 한다는 말이 전해지기도 했다. 그러나 우리 중 누구도 어지러운 상황을 명확하게 설명하지는 못했다. 근처 다른 학교와 합류해서 시내로 진출하자는 계획이 세워지기도 했지만 성공한 학교는 없었다. 교문까지 나갔던 학교는 있었던 모양이지만 우리 학교에서는 말만 돌았을 뿐이었다.

대학생 언니나 오빠 혹은 누구든, 내 주변에서 요즘의 세상을 얘기해줄 수 있는 사람이 그리웠다. 하지만 나는 알고지내는 대학생 하나 없었고,

어머니도 아버지도 선생님도 세상에 대해서는 약속이라도 한 듯 입을 다물었다.

그 무렵 나는 어머니를 졸라 과외 대신 서울역 부근의 단과학원을 다니고 있었다. 5월 초, 아주 가는 비가 흩뿌리는 어느 날이었다. 당분간 시내에 나가지 말라는 선생님의 말을 무시하고 서울역에 나갔다가 나는 난생처음으로 엄청난 수의 사람의 물결을 마주치게 되었다. 알게 모르게 옷을 적시는 가랑비에도 아랑곳없이 남자 여자가 한 덩어리로 뭉친 시위대는 계속 성난 파도처럼 몰아치며 뭔가 구호를 외쳐대고 있었다. 너무 많은 사람들의 목소리라 구호내용은 알아듣기 어려웠지만 단 한마디는 명확하게 들렸다.

"독재타도! 독재타도!"

거리는 어둠에 잠기고 있었다. 어둠이 밀려올수록 사람들은 더욱 불어났다. 인도에는 나와 같은 구경꾼들이 나와 비슷한 마음으로 조바심치며 비를 맞고 서 있었다. 감동과 두려움과 호기심이 동시에 내 작은 가슴으로 물결쳐왔다. 왜 어떤 사람은 이 빗속을 뛰어다니며 독재타도를 외치고 어떤 사람들은 인도에 서서 박수를 치고 어떤 사람들은 왜 이들을 욕하는가? 민주화가 무엇인가? 지금까지의 내 삶과 우리 부모의 삶도 저 분노에 찬 시위대들의 외침과 관계가 있는 것인가?

고민에 휩싸인 봄은 더욱 화사하게 피어났다. 광주에서는 피로 물든 봄 소식이 전해졌다. 몇천 명이 죽었다는 둥, 임산부의 배를 갈랐다는 둥 소문이 무성했다. 텔레비전에서는 전쟁을 방불케 하는 광주 시내를 보여주었다. 꼬마아이까지 군인을 향해 돌을 던져대는 모습은 충격 그 자체였다. 방송이나 신문은 이를 공산당의 사주를 받은 불순분자의 난동이라고 했다. 뭐가 뭔지 종잡을 수 없었다. 그러나 그렇게 많은 광주 시민과 학생들이 공산당의 조종에 놀아나고 있다는 말은 어딘가 앞뒤가 맞지 않는 구석이 있었다. 광주시민들의 모습 위로 서울역에서의 성난 군중의 모습이 겹쳐졌다.

광주는 진압되었다. 많은 사람들이 죽고 다치고 잡혀갔다. 세상에는 제법 평화가 찾아온 듯했다. 텔레비전에서는 열심히 신나는 쇼를 방영했다. 그러나 사람들은 왠지 허둥거렸고 평화를 말하는 사람들의 몸짓은 과장되어 보였다. 뭘까? 나는 알고 싶어 몸살이 날 지경이었다. 권력과 돈을 틀어쥐면 부패하기 마련이라는 그때까지의 내 생각으로는 아무것도 설명할 수 없었다. 세상은 왜 이렇게 어지러운가? 광주 사람들은 왜 죽음을 무릅쓰고 싸웠던 것인가? 왜 누구는 공산당이 되고 누구는 공산당을 막는가?

혼란 속에 여름방학이 왔다. 성적은 반 석차 이십 등까지 내려가 있었다. 서울에 들른 아버지가 나를 불러 꿇어앉혔다. 아버지 앞에 꿇어앉은 것도 처음이었고 그토록 냉담한 아버지의 표정도 처음이었다. 어떤 일로도 내게 화를 내거나 매를 든 적이 없던 아버지였다. 아버지는 불쑥 공부를 계속하고 싶으냐고 물었다. 나는 대꾸하지 않았다.

"그렇다면 시골로 내려가자. 우리 형편에 뜻도 없는 너를 서울서 공부시킨다는 건 사치다. 구례여고를 다니든지, 그도 싫다면 농사나 짓든지 너 좋을 대로 해라."

아버지는 나에 대한 모든 신뢰를 거둔 것이다. 그저 자식이니까 먹여 살리고 시집이나 보내주겠다는 뜻이었다. 서글펐다. 아닙니다, 다시 열심히 하겠습니다, 눈물로 호소하면 다시 아버지의 믿음을 회복할 수 있을는지 모른다고 생각하면서도 나는 그러지 않았다. 아버지가 지난 팔 년 동안 써 보냈던 편지 속에 구구절절이 넘쳐흐르던 사랑과 믿음을 되씹으면서 예, 하고 대답하고 말았다. 차라리 홀가분하기도 했다. 학교를 아예 때려치우고 농사나 지었으면 싶었다. 내 의사와는 상관없이 결박당한 내 미래, 한때는 내게도 길모퉁이에서 손짓하는 분홍빛 미래에 대한 꿈이 있었다. 그러나 내게 운명 지워진 미래를 알아차린 순간부터 미래는 사라졌다.

학교를 때려치우지도 못하고 대학진학률이 제로인 구례여고가 아니라 전남 동부6군의 교육도시라는 순천으로 전학하게 된 것은 순전히 내가 농사나 짓게 되면 죽어버리겠다는 어머니의 협박과 호소 탓이었다.

1학년 2학기를 순천에서 맞았다. 사는 곳을 옮겼다고 해서 새로운 희망이 생긴 것은 아니었다. 세상에 대한 절망과 조소는 나날이 더 심해질 뿐이었다. 일제시대부터 있었다는 학교는 낡은 목조건물이었다. 교정은 좁았지만 꽤 오래 묵은 나무도 있었고 제법 정겨웠다. 교실과 조금 떨어진 곳에 오래된 음악실이 있었다. 바닥의 나무판자는 삐걱거렸으며 벽에는 작은 구멍이 뚫려 있기도 했다. 옛날 여순사건 때 난 총자국이라고 했다. 여순사건이라면 1948년 제주 사삼사건 진압을 위해 파견되려던 여수 14연대의 좌익들이 일으킨 사건이었다. 나는 문득 낯모르는 그 시절의 사람들이 이 건물에, 이 도시에 가득 차 있다는 생각이 들었다. 내 부모의 젊은 손길이 스며 있을 것 같기도 했다. 감도 잡을 수 없던 부모의 과거가 손에 잡히는 느낌이었다.

첫 토요일, 학생들로 만원인 여수발 이리행 완행열차를 타고 구례에 갔다. 부모님은 그때 아버지의 고향인 반내골에 와 있었다. 반내골은 구례에서도 유명한 벽촌이었다. 섬진강을 건너 백운산 줄기를 따라 팔 킬로미터를 더 들어가야 반내골이 나왔다. 구례읍에서 출발하는 버스는 우리 동네와의 갈림길에서 딴 동네로 꺾어졌다. 거기서 내려, 인가 한 채 없는 산길을 시냇물 따라 사십 분쯤 거슬러 오르니 대문도 없는 집들이 앙상한 나체를 드러내듯 불쑥 나타났다.

동네엔 여기저기 버려진 빈집들이 많았다. 아주 어릴 때 같이 컸던 아이들은 대부분 서울로 부산으로 일자리를 찾아 떠나고 없었다. 주인을 잃고 세월과 먼지를 뒤집어쓴 채 도깨비굴처럼 버려져 있던 방 두 칸짜리 집을 헐값에 구입한 부모님은 집을 수리하느라 정신이 없었다. 방은 비좁았고 부엌은 그을음으로 새카맸다. 그 집은 지금은 읍내로 나간 오촌 당숙이 살던 집이었다. 국민학교도 들어가기 전 설날 아침 세배를 드리러 왔다가 방 안 가득 배어 있던 담배냄새와 뭐랄까, 노인네들 특유의 냄새에 질려 빨리 돌아가고 싶었던 기억이 생생했다.

　문짝을 떼어내 때를 벗기는 아버지의 모습은 서울에서와 달리 제자리에 놓인 가구처럼 윤이 났다. 아버지는 내게 냉담하다기보다 덤덤했다. 별다른 걸 물어오지도 않았다. 어머니처럼 걱정으로 안달하길 바란 것은 아니었지만 가슴 한편이 썰렁했다. 어릴 적, 세상에서 누가 제일 좋으냐 물으면 서슴없이 우리 아버지요, 하고 대답해서 어머니를 서운하게 만들던 나였다. 그러나 떨어져 산 팔 년의 세월은 아버지로부터 나를 밀어냈고, 아버지가 없는 사이 만들어진 내 사고는 나로부터 아버지를 밀어냈다.

　나는 여전히 공부에 열중할 수 없었다. 가방에는 교과서 대신 소설책을 넣어 다녔고 수업시간에는 필기도 하지 않은 채 소설책만 읽었다. 영어단어를 외고 방정식을 풀고, 그리하여 좋은 대학에 가는 것에 어떤 의미도 부여할 수 없었다. 나는 단지 사람의 삶이 무엇인지, 이데올로기나 가난이 왜 나를 고통스럽게 하는지 알고 싶을 따름이었다.

　순천은 상처 입은 내게 아주 적절한 곳이었다. 절절한 가난도 별로 눈에 띄지 않았고 기죽을 만한 부유함도 별로 없었다. 철도공무원과 교육공무원이 태반인 순천에는 성장을 자극할 만한 사람이나 사건도 없었고 호기심을 불러일으킬 무엇도 없었다. 음악실 나무벽의 총구멍처럼 과거의 잔해를 여기저기 드러낸 채 도시는 중년 여인네 같은 스산한 모습으로 하루하루 저물어갔다. 하숙집 2층에 위치한 내 방 창문을 열고 바라보는 도시의 한가롭다 못해 지루한 풍경이 나는 좋았다. 내 온 가슴을 갈가리 찢던 절절한 고통은 이제 체념한 중년처럼 일상 속으로 녹아들고 있었다.

별다른 희망도 별다른 고통도 없이 나날의 나른함을 즐기면서 나는 사는 일이 허무했고 때로는 그 허무 때문에 발악하면서 눈에 보이는 모든 것에 반항하고 스스로에게 상처를 입히기도 했다. 무엇에든 미쳐보고 싶어서 중이 되려고 절을 찾은 적도 있었다. 그러나 세상을 떠나 나 혼자 도를 닦고 그리하여 마침내 성불을 하게 된들 그 역시 허망한 일이었다. 세상을 버리기에는 세상에 대한 미련이 너무 컸고, 나는 세상 속에서 울며 웃으며 부대끼며 알아내고 싶었다.

멀미를 할 만큼 구불구불한 소련재를 버스로 넘거나, 쇳내와 젊은 학생들의 땀내, 여수에서 생선을 도매로 떼어가는 생선장수들의 비린내로 가득찬 삼등열차를 타고 집에 가는 일에도 차츰 익숙해지기 시작했다. 무엇보다 구례읍이나 외지에서 학교 다니는 반내골 아이들과 함께 계절마다 천태만상인 산길을 걷는 게 좋았다. 할머니와 함께라면 더욱 좋았다. 그때 할머니는 읍내에 머물며 중학을 다니는 사촌동생들 뒤치다꺼리를 하고 있었다. 할머니는 가끔 반찬거리나 쌀을 가지러 반내골에 들어왔다. 1900년생인 할머니는 논일 밭일을 다 해낼 만큼 정정했고 기억력도 비상했다.

나는 할머니에게 우리 가계의 역사를 배웠다. 철저한 조선 선비였던 증조할아버지는 남원에서 있었던 만세사건에 연루되어 형을 살았다고 했다. 단발령이나 창씨개명에도 불구하고 우리 것을 고수한 것은 물론 일본 놈 앞에서는 고개를 외로 꼬고 앉아 쳐다보지도 않은 민족주의자였던 증조부는 구례에서 지조 높은 학자로 유명했었다고 한다. 그러나 할아버지는 달랐다. 자신의 아버지와는 달리 일찍이 개화하여 집안 몰래 전 재산을 팔아 일본으로 도망가려다 재산만 날리고 붙잡혀온 할아버지는 그 후로도 농사 일을 관리하고 학문을 하는 데 만족하지 않고 그 촌구석에 한지공장을 짓기도 하며 나름대로는 시대의 흐름을 따라가려고 노력한 모양이었다.

그 할아버지는 1948년 국군 토벌대에게 총살되었다. 여수 14연대가 백운산 줄기인 반내골을 지나 지리산으로 입산한 뒤였다. 구장이었던 할아버지는 동네사람들과 의논해서 반란군에게 밥 한 끼를 해주고 고추장이며 된장 등속을 대주었다. 할아버지는 좌익도 아니었고, 동네사람들을 살리기 위한 방편일 뿐이었다. 반란군이 지리산으로 철수한 다음에야 기세등등하게 반내골로 들어온 국군 토벌대는 부역했다는 이유로 할아버지를 처형했다. 할머니 말에 의하면 아랫동네 토금리에서는 그렇게 해서 한꺼번에 서른 명이 토벌대에게 총살당했다고 했다.

그때만 해도 반내골은 아름드리 소나무가 울창해서 대낮에도 컴컴할 정도였고 호랑이도 있었다고 했다. 고조할머니가 호랑이에게 물려간 얘기, 할아버지의 예쁘고 우아한 기생첩 얘기…… 가슴 아픈 기억일 법도 하련만 세월에 무뎌져서일까, 할머니는 옛날이야기를 하듯 덤덤하게 자신의 역사를 내게 들려주었다. 지체 높은 양반집이라 해서 열여섯에 시집왔던 할머니는 허울 좋은 양반 가문을 지키며 일에 찌들려 구십여 년을 살아온 셈이었다.

"저그 저 묏동이 보이지야?"

할머니는 해방 이후 격동의 시기에 모두 불타고 다시 자라기 시작한 소나무숲 사이를 가리켰다.

"저것도 니 애비맨키 반란군혔던 사람 묏동인디, 뉘 집 자석인지도 몰르고 원제 죽었는지도 모르제만 넘 일 같지 않어서 우리 동네 사람들이 묏동이라도 맹글어준 것이여. 설날이나 보름 때는 떡이라도 갖다놓고 했는디 인자 세월이 지난께 다 잊어부렸구만……. 참말로 험한 세상이었제."

할머니가 가리키는 소나무숲 사이로 바람과 비에 씻겨 내리고 잡초가 무성한 작은 무덤이 보였다. 우리 아버지처럼 반란군이었던 사람, 고향도 아닌 낯선 땅에 이름도 없이 묻혀 잊혀진 사람…….

"넘들이 다 부러워하던 철도를 그만두고 느그 애비가 왜 반란군이 됐능가는 나도 모르제만, 느그 애비가 구례·곡성 인민위원장꺼정 지냈는디, 긍께 그거이 여그 베실로 따지자면 군수라등만. 시물세 살 때였제. 하기사 그때 잘난 놈치고 반란군 아닌 놈이 있었간디. 모지리 팔푼이들이나 우익 한 시절이었는디. 잘난 느그 애비 세상 잘못 타고 나서 팽상 고상만 한 걸 생각흐면 지금도 속이 끓는다. 늘그막에 자석이라도 봤잉께 다행이제. 금매, 저것이 워쩌다가 쑥 튀어나와씰꼬."

나를 바라보는 할머니의 늙은 눈에는 눈물 같은 것이 어려 있었다. 할머니와 길을 걸으면 흡사 과거의 터널을 지나는 기분이었다. 나는 할머니를 통해 이전에 그렇게 궁금해 하던 부모님의 과거로 향하는 열쇠를 찾은 셈이었다. 이를 눈치 챈 부모님이 할머니에게 나 데리고 무슨 말 하지 못하도록 말씀을 드리기도 한 모양이었지만 할머니와 나의 은밀한 여행은 멈춰지지 않았다.

역사란 세계사 책 속에나 있는 것이 아니었다. 나는 내가 걷는 이 길, 내가 사는 이 반내골에 역사의 숨결이 살아있다는 게 신비로웠다. 구름 위로 솟은 지리산을 볼 때면 가슴이 뛰었다. 어머니 아버지의 삶이 비로소 구체적인 형상을 띠고 다가왔다. 할머니의 말대로 공산당이 모두 잘 사는 세상을 만들자는 것이었다면, 설령 두 분 때문에 연좌제 정도가 아니라 목숨마저 허용되지 않는다 할지라도 기꺼이 받아들일 수 있을 것 같았다. 적어도 내가 학교에서 배운 역사가 반쪽짜리 역사였거나 어쩌면 완전히 잘못된 역사인 것만은 분명했다. 영어단어와 수학공식은 배웠지만, 이승만과 박정희의 공적에 대해서는 배웠지만, 학교에서는 내 혼란의 일부분도 해결해주지 않았다. 왜 세상에는 차별이 있는지, 왜 나는 공산당의 딸로 태어나 불이익을 당해야 하는지. 할머니를 통해서 모든 것을 해결한 것은 아니지만 적어도 할머니는 책에 씌어진 역사와는 다른, 보통사람들의 역사가 있다는 것, 내 부모는 그 역사의 와중에서 그것이 옳든 그르든, 없는 사람들의 세상을 건설하겠다는 신념으로 목숨까지 내던졌다는 것을 내게 알려주었다.

부모님은 이런 투의 말만 비쳐도 안색이 변했다. 과거에 대해서도 여전히 입을 다물었다. 어디 가서 입도 벙긋 말라는 당부 외엔 어떤 말도 들을 수 없었다. 부모님은 목장 꾸미는 일로 정신없이 바빴다. 남의 산을 빌려 초지를 만들고 융자한 돈으로 소를 살 생각이었다. 초지를 만드는 데만 근일 년이 걸렸다. 방대한 산에 나무를 베고 풀씨를 뿌리고 전기철조망을 두르는 것은 쉬운 일이 아니었다. 떠날 만한 사람은 다 떠난 시골에서는 사서 쓰려야 살 인부도 없었다. 농촌 태생이긴 하지만 철이 든 뒤로 곧장 좌익에 투신한 아버지는 당연히 농사일이 서툴렀다. 해뜨기 전부터 밤이 이슥할 때까지 초지 개간에 매달리던 아버지는 밥상을 물리자마자 그대로 곯아떨어졌다. 나는 밤새 아버지의 신음소리를 들어야 했다. 아버지의 신음소리를 들으며 나는 아버지뿐 아니라 아버지와 다를 바 없는 반내골 사람들과 반내골 사람들의 가난에 대해 차츰 이해하기 시작했다.

명절이면 함께 자랐다가 객지로 떠난 아이들이 한껏 치장을 하고 고향으로 돌아왔다. 그들의 손에는 선물보따리가 들려 있었고, 어떤 아이들은 호기를 부려 만 원이 넘는 택시를 타고 개선장군처럼 당당하게 귀향하기도 했다. 그러나 아이들의 호기는 슬퍼 보였다. 그렇게 호기를 부려도 구석구석에 지친 삶의 역정이 진하게 느껴져서였다. 어릴 때는 서로 오줌 싸는 걸 훔쳐보기도 하고 개울물에 멱을 감으며 놀았던 친구들이었지만 이제는 달랐다. 같이 어울리고 싶어 그 아이들이 모여 있는 사랑방을 찾아가면 당장 분위기가 달라졌다. 이성이라는 데서 오는 수줍음 때문만은 아니었다. 나는 그 아이들과 같은 노동자도 식모도 아니었다. 그 아이들이 삼사 킬로미터씩 걸어 전 학급이 세 반뿐인 분교를 다닐 때 나는 좋은 학교에서 공부시키겠다는 어머니의 뜻에 따라 읍내 국민학교를 다녔으며, 서울로 이사 간 내막이야 어쨌든 공부 잘해 유학 간 것으로 알려져 있었고, 대학 갈 생각이 있든 없든 이 근방에서 제일 좋은 고등학교에 다니는 나는 당연히 일류대학에 갈 것으로 소문나 있었다. 우리의 미래는 서로 달랐고 아이들이 나에게 이질감을 느끼는 것은 당연했다.

아직도 한참은 더 자라야 할 몸에 걸친 양복과 구두가 생소했으며, 아이들이 거칠게 주고받는 말들 또한 내게는 낯설었다. 아마도 내가 하는 말들이, 내 고민들이 그 아이들 역시 낯설었을 것이며, 낯설 뿐만 아니라 한심하고 화가 났을는지도 몰랐다. 그러나 아이들은 내 앞에서 아무 말도 하지 않았다. 수줍고 쑥스럽게 안부 인사나 할 뿐이었다.

나는 처음으로 세상 사람들 누구나 나와 별다를 바 없는 고통과 절망을 짊어진 채 살아가고 있다는 사실을 알아차렸다. 내가 빨갱이 딸이라는 표지를 달고 울부짖을 때 반내골 아이들은 가난이라는 표지를 달고 나처럼 미래와 희망을 갈가리 찢기며 살아가고 있었던 것이었다. 나와는 다른 그 아이들의 슬픔을 이해할 것 같았다. 반내골 아이들처럼 미래의 진로가 뒤바뀔 만큼은 아니었지만 나 역시 배고픈 고통은 알고 있었다.

부잣집 애들만큼 돈을 쓰는 것은 결코 황새가 되는 길이 아니었다. 더 초라한 뱁새가 될 뿐이었다. 나는 그걸 몰랐다. 그래도 나는 선택받은 사람이었다. 선택의 여지도 없이 중학교를 졸업하자마자 구로공단이나 부산으로 떠나든가, 남의 집 식모가 되어야 하는 애들이 태반인데 적어도 내게는 내 맘대로 되지 않는 미래를 한탄하고 고민할 여지라도 남아 있었다. 가난이라는 굴레는 빨갱이라는 낙인보다 더 무서웠다.

일상의 무료, 삶의 권태나 즐기던 내가 부끄러웠다. 삶이라는 것이 알지 못할 힘에 의해서 농락당하는 것이거나, 끝내는 모든 인연을 두고 빈손으로 떠나는 허망한 것일지라도 그저 물러나 있는 것은 비겁하다는 생각이 들었다. 이 세상 속에서 뭔가 내가 할 일이 있을 것 같았다. 세상을 너무 성급하게 알려고 덤빌 필요는 없었다. 어른들이 읽는 책을 똑같이 다 읽고 아무리 어른인 척해봐야 나는 고작 열여덟이었고, 세상을 다 알기에는 아직 어린 나이였다.

대학에 진학하기로 했다. 그러나 이미 3학년 여름방학이 끝난 지도 오래, 춘추복으로 파고드는 바람이 썰렁한 깊은 가을이었다. 재수는 당연한 결과였다.

서울에서 입시학원을 다니던 나는 마지막 정리를 위해 10월쯤 고향마을로 내려왔다. 그때 아버지는 초지 조성을 다 끝내고 도입우를 사들이고 있었다. 대학시험이 닥칠 무렵 소가 한두 마리씩 죽어나가기 시작했다. 수의사들도 무슨 병인지 밝혀내지 못했다. 간간이 한가롭게 개 짖는 소리나 들리던 시골마을은 밤낮없이 울부짖는 소의 비명소리로 가득 찼다. 고삐를 매지 않은 도입우라 주사 한 방만 놓으려 해도 온 동네 장정들이 다 모여들어 한바탕 난리를 쳐야 했다. 소 한 마리 아플 때마다 아버지도 며칠씩 함께 몸살을 앓았다. 그렇게 정성을 기울였지만 한 번 병든 소는 다시 일어나지 못했다. 병든 소라 팔 수도 없었고, 수입한 지 석 달이 지난 소는 죽어봐야 보상금 한 푼 나오지 않았다. 우리 집만이 아니었다. 집집마다 자식 대학 보낼 생각으로 몇 마리씩 사들인 도입우가 다 그 꼴이었다.

빚이야 눈덩이처럼 불어나든 말든, 사람들 속이야 시커멓게 썩든 말든 그해 겨울 우리 동네에는 난데없는 쇠고기 풍년이 들었다. 평생 쌓인 고기 포원 하나는 푼 셈이었다. 원래 병으로 죽은 소는 고기를 못 먹게 되어 있어서 소가 죽으면 군청에서 사람이 나와 죽은 소에 무슨 약을 뿌리고 파묻었다. 군청 사람이 돌아가고 나면 동네사람들끼리 모여 애써 파묻은 소를 다시 꺼내고 약이 묻은 부위만 도려냈다. 전염병이 아닌 다음에야 그 아까운 걸 그냥 버릴 수 없었던 것이다. 누구네 집 할 것 없이 창고마다 소다리 한 짝씩이 풍요롭게 걸렸다. 평생을 햇빛에 그을어 새카맣게 타들어간 촌사람들은 나라님 잘 둔 덕에 쇠고기를 원도 한도 없이 먹어본다며 속 끓는 우스갯소리를 늘어놓곤 했다.

굳이 돈 때문이 아니더라도 집에서 키우던 개 한 마리, 심지어 배추 한 포기만 잘못돼도 참을 수 없는 게 하늘의 순리로 살아가는 농부의 마음이다. 하물며 며칠 단위로 죽어가는 소를 보는 심정은 오죽 했겠는가? 속이 탄 사람들이 소를 처분하려 했지만 값만 계속 떨어질 뿐이었다. 구십만 원에 사들였던 소가 삼십만 원에도 팔리지 않았다. 동네 전체가 마찬가지였지만 빚까지 내어 크게 시작했던 우리 집의 피해는 말할 수 없이 컸다. 차라리 술이나 마시고 주정이나 부리는 아버지라면 옆에서 견디기가 훨씬 쉬웠을지도 몰랐다. 아버지만 욕하면 끝날 일이었을 테니까. 그러나 나는 예순이 다 된 아버지가 일에 못 이겨 밤마다 신음하는 것을 똑똑히 보아왔다. 누가 불이라도 지른 것처럼 내 가슴은 뜨거웠다. 그 불길을 주체할 수 없어 나는 죽어가는 소 앞에서 발을 동동 구르며 울었다.

처음엔 우리에게 닥친 재앙이 알 수 없는 힘 때문이라 믿었다. 분노의 화살을 어디로 돌려야 할지 모른 채 덫에 걸린 산짐승처럼 날뛰던 나는 그 재앙의 정체를 깨달아갔다. 현재의 쇠고기 소비량도 고려하지 않고 한꺼번에 다량의 소를 도입한 정부, 초지 조성의 가능성이나 도입우 비육을 위한 일체의 사전점검도 없이 무조건적으로 초지 조성을 장려하고 도입우 비육을 권장한 정부, 도입우의 병 진단조차 못하는 실정에 병든 소를 도입한 정부, 범인은 바로 정부였다. 이 무모한 정책이 독재권력의 장기집권을 위한 정치자금의 필요와 몇몇 특권층의 더 호화로운 생활을 위해 필요했기 때문이라는 것, 그들에게 수많은 농민의 좌절과 고통쯤은 개똥만도 못하다는 것을 알게 된 것은 훨씬 뒤의 일이었다.

대책 없는 한숨 속에 겨울은 깊어갔다. 밤이면 옆방에서 말린 밤 껍질 벗기는 소리(그렇게 온 겨울밤을 보내봐야 기껏 돈 십만 원 벌이도 안 되는)가 두 분의 나지막한 이야기에 섞여 들려왔다. 가끔은 노래가 들려올 적도 있었다. 어디서도 들어본 적이 없는 처연하고 슬픈 가락이었다. 그렇다고 감상적이거나 늘어지는 노래는 아니었다. 애잔하면서도 강인한 그 노래를 듣고 있으면 웬일인지 핏줄이 불뚝불뚝 곤두서는 것 같았다.

국민학교에 입학한 이래 우리 가족이 몇 달을 함께 살아보긴 처음이었다. 함께 산다는 것은 가족을 하나로 묶어주는 울타리였다. 나는 아버지와 말하는 법을 배워가기 시작했다. 서로가 서로의 살아가는 모습을 보면서 이해해가는 과정이기도 했다. 아버지가 있는 방에서 옷을 갈아입어도 별로 부끄럽지 않았다. 설혹 아버지가 뒤돌아보더라도 의례적인 비명으로 상황을 넘기는 법도 배워갔다. 어머니의 만류에도 불구하고 아버지는 내게 처음으로 자신들의 얘기를 들려주기 시작했다. 세 식구면 꽉 차는 방에 일거리를 벌여놓고 산수유나 밤을 까며 긴 겨울밤을 이야기로 꽃피웠다.

성적은 지난해보다 오히려 나빴지만 나는 원하던 학과에 합격했다. 대학생이라곤 동네가 생긴 이래 처음이었다. 기숙사에 들어가기 위해 이불과 몇 가지 짐을 챙겨들고 마을을 떠나오면서 나는 생각했다. 나는 다시 이 반내골과 반내골 사람들에게로 돌아오기 위해 떠나는 것이라고, 자신들의 노동으로 정직하게 살아가는 사람들을 결코 잊지 않겠노라고.

학과는 마음에 들었다. 작년에 떨어진 게 천만다행이다 싶을 정도였다. 나는 차츰 미래에 대해 자신감을 갖기 시작했다. 빨갱이 딸이라는 표지가 벗겨진 것도 아닌데 내가 당당하게 미래에 대한 꿈을 가질 수 있었던 것은 시골에서의 생활 덕분이었다. 내 부모가 죄인으로 어디에서 불쑥 떨어진 사람이 아니라, 구례며 순천이며 지금 우리가 살고 있는 땅 여기저기에 배어 있는 역사의 일부분이라는 걸 알았기 때문이었다. 태어나고 자란 땅에서 노동으로 늙어가는 사람들, 허리가 휘도록 일하고도 자기 노동의 대가를 받지 못하는 사람들을 보았기 때문이었다.

나는 자주 공상에 빠졌다. 봄볕 내리쬐는 잔디밭에 앉아서 어떻게 하면 내 부모와 반내골을 빚더미에서, 평생의 노동에서 구출할 수 있을지 생각하고 또 생각했다. 돈을 벌면 논 한마지기 없는 작은집에 논을 사주어야지. 돈이 없어서 학교를 제대로 다니지 못했고 그 좌절감에 주먹을 휘둘렀던 사촌동생들도 모두 잘살게 해주어야지. 반내골 땅을 동네사람들이 다 사들여 공동농장을 만드는 거야. 함께 상의해서 가장 이윤이 많이 남는 작물을 재배하고 공동수매하면서 함께 생활하면 좋을 텐데. 그러나 생각이 깊어지면서 나는 해 주어야지, 사 주어야지로 끝나는 모든 말들이 얼마나 허황되고 허망한 것인지 깨닫게 되었다. 나는 내가 원하면 무엇이든 이루어지는 동화 속에 살고 있는 것이 아니고 빨갱이의 딸이자 가난한 농민의 딸로 이 불평등한 세상 속에서 살아가고 있었다.

사실 아무 밑천 없는 나로서는 대학을 졸업해봐야 내 한 몸 추스르기도 벅찰 게 뻔했다. 부잣집 아들이라도 잡기 전에는 말이다. 당장 부모님이 구걸하다시피 빌려온 돈으로 간신히 대학엘 다니는 형편이었다. 그러면서도 나는 팔백 원짜리 커피를 마시거나 천오백 원짜리 맥주를 마시는 일에 길 들어가고 있었다. 이천 원이면 돼지고기가 한 근이었고 일 년치 등록금은 부모님이 놀고먹으며 일 년을 쓸 돈과 맞먹었다. 그런 돈으로 대학을 마친 나는, 국졸인 부모와 친척을 둔 나는 적어도 호미나 낫 대신 펜을 들고 살 게 될 것이었다.

나이 들어 제법 기반이 잡히면 돈을 좀 쥐게 될지도 모르지만 그때는 또 그 수준에 맞게 돈 쓸 일이 생길 터였다. 집을 늘린다거나 자가용을 산다거 나 집 안을 아기자기하고 편리하게 가꾸고 싶어질지도 모를 일이었다. 내 생활의 불편을 감내하면서 작은아버지에게 논을 사주고, 동생들을 돕고 싶 을지는 미지수였다. 그런 사람들이 거의 없는 걸로 봐서 나라고 장담할 수 는 없는 일이었다. 설령 내가 그렇게 된다 한들, 그래서 반내골의 가난을 구제할 수 있다 한들 반내골과 같은 무수한 사람들의 가난과 한은 어떻게 할 것인가. 세상을 산다는 것은 도덕책에서 배운 것처럼 한 사람의 양심과 도덕만으로 평화로워질 수 없는 것임이 분명했다. 나 혼자 대학을 다니고 졸업해서 대졸자에게 어울리는 직장을 갖는다는 게 비겁하다는 생각이 들 었다.

나는 내 주위의 사람들, 내가 보고 겪고 부대끼며 살았던 사람들과 함께 나아갈 수 있는 방법을 찾고 또 찾았다. 의외로 그 방법은 가까운 곳에 있 었다.

"세상엔 두 개의 계급 즉, 가진 자와 못 가진 자, 남의 노동을 착취해서 살찌는 자와 자신의 노동을 팔아서 남까지 살찌우는 자밖에 없다."

나는 두 눈이 확 터지는 느낌이었다. 나는 왜 세상을 거대한 덩어리로 보 지 못하고 뿔뿔이 흩어진 개인으로밖에 보지 못했던가. 나는 왜 세상이 정체된 채로 움직이지 않는다고, 이 정체된 세상 속에서 모든 문제를 해결해야 한다고 생각했던 것인가. 자본주의가 봉건주의의 낡은 틀을 혁명으로 파괴했듯이, 체제 안에서 해결할 수 없는 모순도 있게 마련이었다. 노동자에 대한 착취로 유지되는 자본주의는 우리의 영원한 천국이 아니었다. 우리를 고통스럽게 했던 못 가진 자의 표지는 새로운 세상을 건설할 계급의 표지였고 이 세상 모든 것의 주인이라는 표지였다.

현실은 짐작할 수 없으리만치 풍부하고 다양했지만 결코 종잡을 수 없는 것은 아니었다. 하나의 세포에서 인간으로 진보했듯이 부조리한 모든 것에는 반드시 필연적인 이유가 있었다. 한때 나를 매료시켰던 카프카나 카뮈의 부조리는 진실이 아니라 당시 시대적 상황의 즉자적 반영에 불과했다. 선생님이나 교과서나 고전이라는 문학작품의 대부분은 본질이 겹겹이 감춰진 현상만을, 가진 자의 이데올로기를 가르치고 보여주었을 뿐이었다.

세상을 이해하는 철학을 공부하고 우리 민족의 근대사를 알게 되면서 나는 빨치산의 딸이라는 카인의 표지가 부끄러운 것도 죄스러운 것도 아님을 깨달았다. 부모님은 오히려 내게 가장 순결한 이름을 물려준 것이었다. 친일파의 딸도 아니고 제국주의를 등에 업은 매판자본가의 딸도 아니라는 것은 참으로 다행스런 일이었다. 나는 대부분의 여성이 봉건적 인습에 묶여 있을 때 떨쳐 일어나 빨치산이 되었던 어머니의 딸이었다. 나의 지리산, 내 이름처럼 나는 가장 깨끗하고 건강한 핏줄을 이어받은 민중의 딸이었다. 나는 비로소 이승만 이래의 독재정권이 부모님에게 덧씌운 허물을 벗겨내고 부모님을 사랑할 수 있었다. 단순히 혈연적인 정뿐만이 아니었다. 평범한 사람에서 조국의 아들딸로 부모님을 일떠나게 했던 시대의 모순들은 자식인 내 시대에 와서 오히려 심화된 채 여전히 남아 있었다. 내가 하는 고민들을 내 부모 역시 했으려니 하는 생각은 혈육 이상의 애정으로 부모와 나를 결속시켰다.

　대학 3학년의 가을이 되었다. 음력으로 10월 8일은 어머니의 환갑이었다. 시집도 안 간 딸자식 하나뿐인데 잔치는 무슨 잔치냐며 어머니는 그냥 넘기자고 했다. 학생인 내 신분으로는 어떻게 할 수도 없었지만 그렇다고 그냥 넘길 수는 없는 일이었다. 몇 달 전부터 나는 아르바이트로 돈을 모았다. 어머니 금반지를 맞추고 아버지 시계를 사서 자취방으로 돌아왔더니 편지가 와 있었다. 어머니가 아무래도 암인 것 같다는 소식이었다. 확실한 결과는 다음날 나온다고 했다. 다음날 전화를 했다. "암이란다……." 감기라도 걸린 듯 무덤덤한 어머니의 말이 채 끝나기도 전에 울음이 터져나왔다. 공중전화 박스 안에서 나는 울었다. 버스를 타고 집에 도착할 때까지 좀처럼 눈물은 그치지 않았다.

　어머니는 곧 전남대학 부속병원에 입원했다. 입원하는 날 나는 광주로 내려갔다. 겨울을 재촉하는 가랑비가 추적추적 내리고 있었다. 그 빗속에서 아버지는 병실 호수를 모르는 나를 위해 현관에 쭈그리고 앉아 담배를 피우고 있었다. 아버지의 굽은 어깨를 보자 위로받아야 할 사람은 내가 아니라 어머니 아버지라는 생각이 들었다. 아버지는 계단을 오르며 말했다.

　"담낭암인데 수술도 소용없단다. 엄마를 위로하려고 수술한다는 거지 희망은 없는가 보더라. 쨌다가 그냥 꿰매는 거지. 길어야 두 달일 게다. 안 알리려고 했다만 너도 알아야지……."

　울지 말아야 했다. 어머니 아버지를 위안할 사람은 나밖에 없었다.

　"오진일 경우도 많대요, 아빠. 너무 염려 마세요. 기적이라는 것도 있는데 뭐. 우리 엄마가 어떤 사람이라고 암 따위에 지겠어요."

　병실에 들어서니 어머니는 이미 저문 창밖을 보고 있었다. 눈물을 글썽였을 뿐 어머니는 울지 않았다. 그저 오랫동안 나를 끌어안고 있었다. 그날 밤 어머니와 나는 좁은 환자용 침대에서 함께 잤다. 잠이 오지 않아 뒤척이는데 어머니가 내 귀에 대고 속삭였다.

"네가 환갑날 해준 돈 십만 원과 금반지, 장롱 맨밑 서랍을 빼내면 바닥에 봉투가 하나 있을 건데 그 봉투에 함께 넣어두었다. 그리고 나한테 아버지 모르는 돈이 좀 있다. 네 시집 밑천 하려고 삼백짜리 적금을 든 게 있는데 아직 다 못 부었구나. 네가 학생이라 계속 부을 수는 없을 테고 그 돈을 찾아서 절대로 쓰지 말고 은행에 맡겨라. 너 시집이라도 가는 걸 보고 죽었으면 싶었는데 어쩔 수 없지. 하기는 결혼하는 거 보면 또 손주도 안아보고 싶어질 테지……. 산에서 내려오는 순간 죽었다고 생각한 몸이었는데 그러고 보면 오래 살았다. 그 돈 있다는 거 아버지한테도 알리지 말고 꼭 네 시집 밑천에 보태 써라. 살기 힘들다고 찾아 쓰지 말고. 엄마도, 형제 하나도 없이 어떻게 혼사를 치를지……."

어머니의 눈물이 내 볼을 적셨다. 아니라고, 분명히 완쾌해서 내가 시집가서 자식 낳을 때까지, 귀찮아서 빨리 죽었으면 할 때까지 살 거라는 말을 하면서 나도 어머니 몰래 이불을 적셨다. 억울했다. 말로 다할 수 없이 힘든 시절을 살아온 어머니였다. 죽을 고비를 수십 번씩 넘기며 언제 찾아올지 모르는 죽음과 함께 살았던 어머니였다.

거의 모든 동지들이 죽을 때까지 살려준 목숨이라면, 총알을 비껴가게 해서 살려준 목숨이라면 스스로 죽을 때까지 내버려둘 수도 있었을 텐데! 물을 사람이 있다면 묻고 싶었다. 빨갱이라서 자식에게까지 거부당했던 어머니, 이제야 겨우 그 자식이 어머니 품으로 돌아가는 마당인데 어머니를 떠나보내야 했다.

어머니가 수술실에 들어간 순간부터 아버지와 나는 말을 잃고 수술실 밖에서 서성거렸다. 아버지는 애꿎은 담배만 피워댔다. 제발 수술이 길어지기를 나는 빌고 또 빌었다. 수술이 길어진다는 건 가능성이 있다는 얘기였다. 한 시간이 지나도 어머니는 나오지 않았다. 배만 쨌다가 손도 못 대고 다시 꿰매는 거라면 이미 끝났을 시간이었다. 푸른 물이 넘실거리던 어젯밤의 꿈을 생각하며 나는 마음을 다졌다.

다섯 시간 만에 수술이 끝났다. 의외로 상태가 좋았다고 했다. 재발만 아니라면 괜찮을 거라는 말을 들으니 그제야 눈물이 났다. 어머니는 마취상태에서도 나를 찾았다. 밤을 꼬박 새우며 가래를 받아냈다. 마취제 냄새가 지독해서 나까지 정신이 혼미할 정도였다. 수술한 자리에 꽂은 호스는 계속 손으로 만져야 분비물이 나왔다. 이렇게 해서 어머니가 살아날 수 있다면 하루가 아니라 일 년이라도 기꺼이 할 수 있을 것 같았다.

마취에서 깬 어머니는 아프다는 말 한마디 하지 않았다. 경과는 매우 좋았다. 수술 끝난 지 열흘 만에 퇴원을 했다. 계속 항암제를 먹어야 했고 재발 위험도 있었지만 우리 집은 다시 평온을 찾기 시작했다. 어머니에겐 덤 같은 인생이었다.

빚만 잔뜩 안겨준 소를 다 처분했지만 부모님의 일은 여전히 많았다. 매주 월요일마다 광주로 어머니 약을 타러 다니는 일로 하루를 버려야 하는 아버지는 그만큼 더 바빴다. 어머니도 마찬가지였다. 거의 90퍼센트라는 재발의 공포에 시달리면서도 일을 안 할 수는 없었다. 그 틈틈이 두 분은 돋보기를 끼고 책을 읽었다. 내가 사다드린 이태의 《남부군》이었다. 흐린 불빛 아래 일에 지친 몸으로 책을 읽으며 부모님은 간혹 울고 웃었다. 책에 적혀 있는 옛 동지의 이름을 발견하고 어머니는 몇날며칠 잠을 이루지 못했다. 그것은 나와 관련된 일을 제외하고 어떤 일에도 좀처럼 흔들리지 않던 부모님의 얼굴에 떠오른 최초의 감정이었다. 산을 내려온 이래 가슴을 닫고 살아온 부모님들이 그 굳은 마음의 빗장을 열려는 것일까? 세상은 분명 좋아지고 있었다. 목숨을 걸고 싸웠던 두 분에게는 너무나 느리고 더딘 걸음이었을지 모르지만, 세상에서는 봉인되었던 옛 이야기들이 조심스럽게 흘러나오고, 노동자 농민들의 목소리가 힘을 얻어가고 있었다.

노고단까지 도로가 뚫린 탓에 드디어 부모님도 지리산엘 갈 수 있었다. 신경통 때문에 잘 걷지 못해 고작 노고단까지만 다녀온 어머니는 평생 쌓아온 눈물을 한꺼번에 쏟아놓았다.

"천지에 우리 사람들 시체가 썩어 거름이 됐을 텐데…… 천왕봉까지 옛 날처럼 온 산을 돌아봤으면 좋겠다만……"

경찰에게 붙잡히는 순간, 지리산을 떠나는 순간 자기는 이미 죽은 거였다던 어머니, 날마다 지리산을 보고 살면서 그리움과 한을 삭이고 또 삭이던 어머니, 이제 지리산을 가도 누가 뭐라 할 리 없건만 정작 몸이 허락하지 않아 못가는 어머니…… 겨우 지리산 초입인 노고단을 다녀와서 두 분은 잠을 이루지 못했다. 초저녁잠이 많은 아버지도 시간 가는 줄 모르고 새벽까지 얘기를 나눴다. 나는 아버지에게 물었다.

"아버지, 《남부군》을 읽으면서 좀 의문스럽던데요. 싸움의 목적도 없이, 자유주의적이고 회의주의적인 태도로 과연 그렇게 버틸 수 있었을까요? 인간의 한계를 넘는 상황을 견딘다는 건 확고한 의지 없이는 불가능할 텐데요."

"목적이 왜 없었겠냐. 더러 그런 사람도 있었을지 모르지만 대부분은 그렇지 않았다. 조국을 미제의 손에서 해방시키고 노동자의 세상을 만드는 것이 우리의 목적이었다. 휴전 무렵에 가서는 지리산을 무대로 한 무장투쟁이 사실상 불가능해졌고 기다리는 건 이름 없는 죽음뿐이라는 걸 알았지만 그래도 절망하거나 좌절하지 않았다. 우리가 다 죽으면 다음 세대가, 그리고 전 세계의 노동자가 함께 싸워 주리라고 믿었다. 그런 신념이 없었다면 어떻게 목숨까지 초개처럼 버려가면서 그 악조건을 견딜 수 있었겠냐?”

내가 건넌방으로 돌아간 뒤에도 두 분은 얘기를 계속하는 모양이었다. 바로 자신들의 이야기였다. 사상의 자유조차 허락하지 않는 세상을 칼날 위를 걷듯 숨죽이며 살아왔지만 가슴속의 사상까지 죽은 건 아니었다. 적들의 손에 붙잡힌 이래 자신들이 꿈꾸었던 세상을 끝내 만들지 못하고 세월의 먼지를 뒤집어쓴 채, 그러나 젊은 시절의 정신만은 조금도 녹슬지 않고 가슴 깊숙이 잠겨 있었던 것이다.

문득 말이 끊기고 아버지의 나지막한 노랫가락이 흘러나왔다. 술에 취해서도 유행가 한 소절 입에 담는 법이 없던 아버지의 노래, 평생 처음 듣는 아버지의 노래였다.

날아가는 가마귀야
시체 보고 우지 마라
몸은 비록 죽었으나
혁명정신 살아있다
만리장성 무주고혼
홀로 섰는 나무 밑에……

뒤이은 어머니의 목소리는 울음에 잠겨 있었다. 만리장성 무주고혼……. 그것이 어찌 죽은 자들만 일컫는 것이랴. 아버지 어머니도 무주고혼처럼 외로이 마음 둘 곳 없는 세상을 견뎌왔을 것이다.

노랫소리를 들으며 나는 편안한 잠으로 빠져들었다. 협수룩하고 좀이 슨 벽으로 찬바람이 스며들고 번듯한 가구 하나 없는 방이었지만 바로 내가 놓여져야 할 내 자리였다.

다음날 어머니, 아버지는 오랜만의 나들이 준비에 바빴다. 평생 옷타령 한번 안하던 사람이 입고 갈 옷이 없다며 투덜거리기까지 했다. 남해에 간 다고 했다.

"남해는 왜? 노년의 겨울여행인가?"

어머니는 피식 웃었다.

"아직 살아 있을는지……. 남해에 살고 있기나 한지 모르겠구나. 좋은 세 상 되면 만나자고 남해 주소를 알려줬었는데. 좋은 세상이 온 건 아니지만 죽기 전에 얼굴이라도 한번 보고 싶구나."

옛 동지를 찾아 떠나는 길이었다. 두 분이 다 아는 사람인 모양이었다. 늘 여학교 사감선생처럼 굳어 있던 어머니의 얼굴이 부드럽게 펴지고 고정 되어 있던 눈동자는 물기를 머금고 반짝거렸다. 유난스러울 만큼 내게 집 착하던 어머니를, 어린 나에게 세상 욕하지 말라며 끊임없이 달래던 어머 니를 나는 비로소 이해할 수 있었다. 환갑이 지나고, 언제 재발할지 모르는 암의 위협 속에서 어머니는 이제야 자기를, 자기의 삶을 되찾은 것이었다.

전남도당 조직부부장을 지낸 아버지, 그 유명한 남부군의 정치지도원을 지낸 어머니, 나는 두 분이 자신들의 과거를 두 발로 삼아 당당히 설 수 있 기를 기도했다. 그것이 사십 년에 가까운 세월 동안 사상의 순결을 지켜내 며 창살 안에서만 살아온 사람들을 위해 나와 있는 사람들이 할 수 있는 최 소한의 갚음일 수도 있었다. 그리고 내 부모와 내 부모 같은 선배 어른들의 과거를 복원하는 것, 그것은 바로 내가, 그리고 나와 같이 이 시대를 살아 가는 젊은이들이 해야 할 일이었다.

두 분은 부산하게 서두르더니 집을 나섰다. 7시, 반내골 산 위로 막 해 가 솟고 있었다. 저 산으로 백운산과 지리산을 넘나들며 부모님은 역사와 민족을 위해 젊음을 불태웠으리라. 그 산그림자 아래로 동지였던 아버지는 어머니를 부축하며 걷고 있었다. 나는 오랫동안 두 분의 뒷모습을 지켜보았다. 만나고자 하는 사람과 재회하길 빌면서. 그들의 재회가 결국 울음바다가 되어 아직도 메마른 이 땅을 넉넉히 적셔주길 빌면서.

멀리 지리산에도 아침햇살이 퍼지기 시작했다. 나는 그 산에서 땅을 뒤흔드는 함성이 들려온다고 생각했다. 결코 패잔병의 함성이 아니었다. 4.19로, 80년 광주로, 87년 노동자대투쟁으로 이어져 잠자는 영혼을 흔들어 깨우는 소리였다. 나는 두 눈을 부릅뜨고 지리산을 바라보았다. 산이 점점 커지더니 불쑥 내 앞으로 달려들었다. 그 산등성이에 내 부모가, 내 부모의 얘기 속에서 혹은 역사책 속에서 말로만 듣던 수많은 사람들이 서 있었다. 나는 그들을, 그 함성을 뒤쫓기 시작했다.

1부
조국이 부르다

1_
혼돈의 역사

"…… 조선 사람이란 사람은 죄다 눈에 뵈는 대로 껍질을 벳꼈느니라. 애들 꺼정도 홀랑 갑대기를 베깨 갖고 지붕에다 던졌제. 조선 사람 많이 쥑였다는 표시로 시체 귀꺼정 짤라간 숭악한 놈들이……."

수백 년간 이어져온 양반 가문의 체통을 간신히 지켜주려는 듯 흰눈이 소리 없이 쌓여, 여름이면 잡초가 우거지는 쇠락한 기와지붕을 감춰주고 있었다. 곱게 잘 발라진 문풍지가 백운산을 훑고 지나온 겨울바람에 섧게 흐느끼고 그 사이사이로 노기 띤 노인네의 목소리가 흘러나왔다. 다리를 괴고 앉아 긴 담배를 빨아들이는 할아버지 앞에 점잖은 책상다리를 하고 앉은 사람은 아직 어린 소년이었다.

"그렇께 일본 놈들헌티 이 나라를 팔아 넘게서는 안 된다 그 말이니라. 너는 일본 놈이 아니고 조선 사람이다, 알것냐?"

긴 머리를 쫑쫑 땋아 내린 소년은 허벅지에 올려놓은 주먹을 불끈 쥐며 예, 힘차게 대답했다. 운창이라고 불리는 이 소년은 사실 밤마다 할아버지에게 어려운 한문을 배우는 것보다 우리나라 역사 얘기를 듣는 것이 훨씬 재미있었다. 할아버지 얘기를 듣고 나서부터는 간혹 긴 칼을 옆에 차고 거들먹거리며 동네를 찾아오는 일본 놈 순사가 때려죽이고 싶도록 미웠다.

운창이가 태어나기 전만 해도 반내골 정씨 하면 문척면에서 그 집 땅 안

밟고는 지나갈 수가 없다고 소문난 양반 집안이었다. 그러나 할아버지가 남원에서 있었던 3.1운동에 관계하면서부터 일본 놈들의 탄압과 억압으로 가세가 기울기 시작했고, 할아버지와는 다르게 일찍 단발을 하는 등 일본 놈들 정책에 동조하다가 할아버지의 미움을 받고 쫓겨났던 아버지가 일본으로 가겠다며 전 재산을 팔아넘긴 후에는 땅 한 마지기 없는 허울 좋은 양반이 되고 말았다.

덕분에 오대독자로만 내려오던 손 귀한 양반집 둘째 아들로 태어난 그도 일곱 살 때부터 할아버지가 만들어준 지게를 지고 농사일을 해야 했다. 어린 그까지 농사를 지어봐야 소작료다 공출이다 내고 나면 삼월이 오기 전에 쌀독이 비었다. 진달래며 찔레순이며 송쿠(소나무 껍질)며 봄에 피어나는 모든 것이 끼닛거리였다.

온 집안 식구들이 다 굶어도 과객들로 가득 찬 사랑방에는 꼭 쌀밥이 들어갔다. 그의 집에는 초당이 있어서 구례에서 시조깨나 읊는다는 사람들로 언제나 만원이었다. 그의 작은 몸집에 꼭 맞는 작은 지게를 지고 일하러 나가다 보면 의관을 잘 차려입은 어른들이 초당에 모여앉아 좌우로 몸을 흔들며 시를 읊느라 낭랑한 목소리가 반내골에 쩌렁쩌렁 울려 퍼졌다. 그의 집에는 과객뿐만 아니라 구례에서는 유명한 학자인 할아버지에게 글을 배우러 와서 오랫동안 묵고 있는 학생들도 많았다. 보리밥 한 덩이로 끼니를 때운 그는 밥숟갈을 놓자마자 사랑방으로 달려가곤 했다. 혹시 과객들이 밥 한술이라도 남길까 싶어서였다. 옆에 앉아 과객들이 밥 먹는 걸 지켜보면서 얼마나 가슴을 졸였는지 밥풀 하나 남기지 않고 깨끗하게 비워진 밥그릇을 볼 때는 자기도 모르게 한숨이 새나오기도 했다. 식구들은 과객들을 먹이느라 초근목피로 연명하는데 염치도 좋게 밥그릇을 다 비우는 과객들이 야속했고, 과객들에게 꼭 쌀밥과 고기를 챙겨 먹이라는 할아버지의 분부도 야속하기 짝이 없었다. 귀한 손자보다 손님들의 입이 더 중요하단 말인가. 할아버지가 원망스러운 건 그뿐만이 아니었다. 다른 사람은 다 쩔쩔매는 일본 순사에게 호통을 치는 할아버지가 물론 존경스럽긴 했지만 머리를 못 자르게 하는 것만은 질색이었다. 그도 동네의 다른 아이들처럼 머리를 자르고 싶었다. 신식으로 머리를 자르면 매일 누나에게 귀밑이 땅기도록 머리를 내맡기는 귀찮음과 고통을 덜 수 있을 테지만 행여 그런 말이라도 비췄다가는 온 집안에 불벼락이 떨어질 게 뻔했다. 일본 놈한테 하듯이 할아버지가 그를 다그칠 생각을 하면 말을 꺼낼 엄두가 나지 않았다.

1938년 어느 날이었다. 밤늦게 구례읍에서 손님이 찾아든 잠시 후였다.

"여그 세숫물 좀 떠오니라!"

할아버지는 정성스럽게 세수를 하고 상투를 새로 틀고는 굴관제복을 갖춰 입은 후 사당으로 갔다.

"…… 중일전쟁이 발발하였으니…… 하로빨리 일제가 패망토록 열성조께서……."

그러나 할아버지는 결국 일제의 패망을 보지 못하고 일제의 기승이 나날이 더해가던 1939년 초에 세상을 떴다. 할아버지를 떠나보내며 그는 마음속 깊이 다짐했다. 사당에서 일제가 패망토록 도와달라고 신주께 빌며 흘렸던 할아버지의 눈물을 결코 잊지 않겠노라고.

할아버지가 세상을 뜨고 나자 집안에 대대적인 변화의 바람이 불었다. 먼저 형과 그의 머리가 깎였고 야학에 나가 일본글과 조선글을 배우게 되었다. 머리를 깎고 일본글을 배우면서 그는 할아버지에게 죄를 짓는 것 같은 기분이 들었지만 일본 놈처럼 머리를 깎고 일본글을 배운다고 해서 자기가 일본 놈이 되는 것은 아니라고 다짐하는 것으로 죄스러움을 때우기로 했다.

그해에 반내골에 간이학교가 설립되어 학생을 모집했다. 형과 그가 같이 입학했다. 학교를 다니는 것은 신나는 일이었지만 놋으로 된 밥그릇에 담은 도시락을 형 몫까지 들고 다니는 것은 여간 고역이 아니었다. 형은 큰아들이라 해서 어린 그가 형의 책보까지 대신 들어야 했던 것이다. 게다가 신설 학교라 학교 건축공사를 주민들과 학생들이 맡게 되어 학생들은 매일 지게와 괭이, 삽을 지참하고 오전수업이 끝나면 어두워질 때까지 교사건축 작업을 했다. 배우고 싶다는 욕심 하나로 그는 어른들에게도 힘든 그 중노동을 불평 없이 감당했다. 41년 봄 교사가 준공되었고 준공식을 치른 직후 그는 간이학교를 졸업했다.

졸업과 동시에 형은 일본 탄광으로 돈을 벌러 떠났다. 그는 국민학교에 편입시켜달라고 졸랐지만 형 대신 집안을 지키라는 분부였다. 별수 없었다. 그해 뼈 빠지게 지은 농사는 겨울 식량조차 남기지 못하고 죄 공출로 빼앗겼다. 태평양전쟁이 발발했던 것이다. 다음해부터는 식량뿐만 아니라 동네 청장년들을 공출해가고 나중에는 정신대라고 해서 여자들까지 모집해갔다. 식량 한 톨 남기지 않고 빼앗아간 일본 놈들은 식량배급을 준답시고 콩깻묵, 해초, 강냉이, 서속 따위를 굶어죽지 않을 만큼 나눠줬다. 게다가 송탄유 공출이다, 마초 공출이다 별별 공출 목표를 설정해놓고 목표를 달성하지 않으면 그나마 배급마저 중단했다.

그도 매일 부역에 동원되어 저수지 공사장, 작전도로 개설장에서 혹사당했다. 누구를 위해서, 무엇을 위해서 힘들여 지은 농사를 다 빼앗기고 공짜 일을 해야 하는 건지 속에선 불길이 치솟았고 증오가 불타올랐다.

일 년 후에 보내주겠다던 진학문제는 당연히 묻혀졌다. 일 년이 가고 이년이 갔다. 모든 게 싫어졌고 어디로 도망이나 치고 싶은 마음뿐이었다. 그러던 43년 6월 돈을 모으기는커녕 고생만 실컷 한 형이 귀국했고, 애원 끝에 그는 구례읍에 있는 중앙국민학교 5학년에 편입하게 되었다. 그의 나이 열여섯 때였다.

그해 여름방학 기간 동안 전쟁에 쓸 마초를 베어 말려오라는 과제를 받고 같은 반 친구 대여섯 명이 반내골에 와서 자고 먹으며 같이 풀을 벴다. 조국조차 빼앗겨 없었지만 젊은 그들은 패기만만했다.

"일본군은 곧 망할 것이여."

"니가 그걸 어찌 알아야?"

"니는 김일성 장군 소식도 못 들었냐? 김일성 장군은 축지법을 써서 일본 놈들이 꼼짝없이 당한다드라."

"그려. 나도 들었는디, 만주 가면 독립운동 허는 사람들이 쌔고 쌨대야. 일본 놈들이 날고 겨봐야 축지법 쓰는 김일성 장군을 당하것냐. 해방은 시간 문제랑께."

"글면 우리도 독립운동 허러 만주 가끄나?"

"아이가, 우리는 아직 쬐깐헌디. 더 배와가꼬 가야제. 언제라도 가기는 갈껑께."

패망을 앞둔 일제의 마지막 발악이 시작됐다. 거의 매일같이 징병으로 끌려가는 출정군 환송식, 남의 전쟁에 목숨 바치러 가는 피눈물 나는 죽음의 이별식에 참가하고 신사참배 하러 다니느라 수업은 뒷전이었고, 학교운동장마저 조회할 장소만 남기고는 개간하여 농작물을 심으라는 지시에 농사나 지어야 했다. 그러나 한국 사람이었던 담임 박희태 선생은 일제의 금지령에도 불구하고 밤늦게까지 수험공부를 시켰다. 그들에게는 그냥 수험공부가 아니었다. 온종일의 중노동에 시달려 쏟아지는 졸음을 쫓으며 매달린 수험공부는 그들의 나이에서 유일하게 일제에 대항하는 독립운동인 셈이었다.

"공부를 해야 돼. 알아야 싸워 이길 수 있다."

박희태 선생의 말이었다. 그때 그의 나이 열일곱, 징병연령 미달자까지 연령징용이라 해서 싸움터로 내모는 판이라 그도 곧 끌려가야 할 나이가 다가오고 있었다. 그는 어떻게든 상급학교로 진학하고 싶었지만 아버지는 집안형편에 무슨 중학이냐며 일언지하에 거절이었다. 몇날며칠 울고 굶고 설득한 끝에 간신히 아버지에게 허락을 받았지만, 이번에는 곧 중학생까지 출정대상이 될 거라며 일본인 교장이 그를 말렸다. 다니(谷)라는 이름의 일본인 교장은 비록 일본인이긴 했지만 대단히 양심적인 교육자로, 배급사정이 나빠 다 굶어죽다시피 하면서도 학부모들에게 손 내밀지 않던 사람이었다. 조선 사람들이야 배급이 나빠도 조금씩 빼돌리려던 식량도 있고 푸성귀도 있어서 그 교장보다는 그래도 형편이 나았다. 교장의 사정을 우연히 알게 된 그가 학생들에게 모금하여 식량을 거둬준 적이 있었는데, 그 은혜를 자기 조국의 사정을 솔직하게 얘기함으로써 갚은 셈이었다.

"지금 전세는 대단히 불리합니다. 일본사람 기질대로 쉽게 손들 리 없고 갈 데까지 가겠지요. 조선 사람은 중학생까지 다 끌려가게 될 겁니다. 징병이 면제되는 철도종사원 시험을 보게 하십시오. 응시자격이 고등과 2년 수료 이상이어야 하지만, 그건 내가 어떻게 해보겠습니다. 정군 실력이면 붙을 수 있을 겁니다."

이십 대 일이 넘었던 이리농림학교 시험까지 쳐서 합격이 된 상태였지만 교장선생과 아버지의 간곡한 부탁을 저버릴 수 없었다. 그리고 그 역시 남의 전쟁에 끌려가 총알받이가 되고 싶지는 않았다. 결국 일본인 교장이 만들어준 고등과 수료증을 갖고 철도종사원 시험을 쳤다. 합격이었다.

그는 때로 운명이란 묘한 것이라는 생각을 한다. 일본인 교장을 도와주지 않았더라면 양심적인 교육자라고는 하지만 뼛속까지 일본인인 교장이

전세의 불리함까지 솔직하게 얘기하면서 중학 진학을 말리지는 않았을 것이고, 그랬더라면 그의 인생은 어떻게 되었을까. 그렇다고 그가 운명론자인 것은 아니지만 순간의 선택이 운명을 완전히 뒤바꾸게 하는 것을 그는 수없이 보았고 경험했다. 그만 해도 징용을 피해 간 철도에서 또 다른 운명을 만났던 것이다. 그러나 그의 인생이 어떻게 달라질 수 있었다 해도 징용에 끌려가 죽지 않은 한 철도에서 그가 택한 길은 당시의 유일한 선택이었고 어디에서 만나는가가 달라졌을 뿐일 터였다.

어쨌든 그는 자신의 앞길에 어떤 운명이 기다리는지도 알지 못한 채 1945년 4월 3일 구례구 철도역에 부임했다.

2_
운명의 길

지옥 같은 기숙사, 썩은 호박죽, 영하 20도를 넘는 엄동설한에 인조견 홑
옷과 맨발, 2교대 24시간 노동에 졸림과 피로에 넘어져가는 어린 여공들!
최근에도 영양부족과 피로에 의하여 30여 명의 사망자가 생겼고 전 직공
의 거의 전부가 폐인이 되고 약 50퍼센트가 폐결핵 환자이다. 이 여공들
은 외출의 자유도 없고 먼 고향에서 찾아온 부모형제와의 면회의 자유도
없다. 그들은 일본제국주의의 감옥 이상의 노예생활에서 신음하고 있다.
- 1945년 10월 25일 경성방직에 대한 〈해방일보〉의 기사

타블렛 전화가 요란하게 울렸다. 없는 표를 만들어내라는 듯 성화인 사람
들과 한참 씨름을 하고 있던 운창은 황급히 전화를 받으러 달려갔다. 가을
바람이 제법 선선한데도 그의 이마엔 송글송글 땀방울이 맺혀 있었다.

"이, 운창이그만. 여그 곡성이네. 자네헌티 쪼께 부탁헐 일이 있그마. 여
그 세무과 놈들 열여섯 명이 개찰도 안하고 구례차를 탔는디. 역장헌티만
속닥속닥허고 이것들이 담당자헌티는 말도 없이 갔단 말이시. 구례구서 단
단히 손 좀 보소이."

"요시(좋다)! 곡성 세무과 놈들이란 말이제? 알았네."

곡성 세무과라면 그 놈이 끼어있을지도 모른다는 생각에 가슴이 두근거

렸다.

　벌써 삼사 년 전이었다. 과객들 때문에 그의 집에는 언제나 커다란 독 가득히 술을 담가야 했는데 장날 읍내에 다녀온 사람이 헐떡거리며 뛰어왔다. 중마리에 세무서 놈들이 들이닥쳐서 밀주 조사를 하느라 맞고 때리고 난리라는 것이었다. 엽초를 피우다 들켜도 일본 놈들의 손찌검을 고스란히 당해야 하던 때였다. 온 집안 식구가 총동원되어 술독은 대밭 깊숙이 묻고 방안에 널어놓았던 누룩을 황급히 주워 담았다. 흩어진 누룩 찌꺼기를 쓸어 담기도 전에 세무서 놈들이 밀어닥쳤다. 방안에는 술 냄새가 진동을 했다. 술 냄새를 맡자 일본 놈보다도 같은 동포인 앞잡이 놈이 더 설쳐댔다. 어린 그도, 그의 어머니도 몇 대씩 얻어터졌고 다른 사람들은 두말할 나위도 없었다. 온 집안이 발칵 뒤집혔고 빨리 숨긴 데를 불라며 앞잡이 놈은 사람들을 마구잡이로 두들겨 팼다. 때마침 읍내 장에 나갔던 아버지가 얼큰히 취한 채 비틀거리며 들어섰다.

　"지금 같은 비상시국에 술을 담가 처먹다니 정신이 있는 거야?"

　취중에도 새파랗게 젊은 사람의 반말지거리를 듣자 아버지는 대뜸 호통을 쳤다.

　"어허, 아무리 세상이 막돼 가기로서니 젊은 사람이 어른헌티 반말을 할 수 있는가? 글고 내라는 공출 다 내고 필요해서 술 좀 담갔기로서니 위법이면 법대로 처리할 일이지 왜 반말이여?"

　"이 후테이센진!"

　사과 대신 아버지는 놈의 주먹을 연거푸 받고 마당에 나동그라졌다. 놈한테 맞아 얼얼한 뺨을 주무르고 있던 그의 눈에 화르르 불이 일었다. 그는 언젠가 복수를 하겠노라고 그 놈의 소속과 이름자를 확인해 두었다. 곡성 세무서 소속의 김선기라는 작자였다.

열차가 도착하자 신사복을 쫙 빼입은 세무서 사람들이 거들먹거리며 개찰구로 나왔다. 원수는 외나무다리에서 만난다더니 맨 앞에 선 김선기의 얼굴이 보였다. 몇 년 전 단 한 번밖에 보지 않았지만 어제 만난 사람처럼 기억이 또렷한데 김선기는 그를 전혀 기억하지 못하는 것 같았다.

"곡성서 전화 받았지라? 공무차 나온 곡성세무서 사람들인디 급하게 오는 바람에 표를 못 끊고 역장한티 양해만 구하고 차를 탔그만이라."

"먼 소리요? 우리는 그런 전화 못 받았소."

"여그 역장헌티 직접 연락했는갑그마."

한 사람이 쭈볏쭈볏 역장실로 걸어가는 걸 내버려 두었다. 역무원들이 알아서 처리할 테니 모른 척하고 있으라고 이미 역장에게 일러둔 뒤였다. 역장실에 갔던 사람이 당황한 기색으로 돌아오자 김선기가 나섰다.

"같은 공무원끼리 편리 좀 봐주씨요."

"공무원이 먼저 나라의 기강을 잡아야제 공무원이라고 특권이나 누리면 되것소."

부글거리는 속을 간신히 눌러 참으며 그는 통명스럽게 대꾸했다. 옆에서는 그의 옛날 얘기를 다 들은 구례구 역무원들이 혼벼락을 내주자고 단단히 벼르며 죽 둘러서 있었다.

"아무튼지 국가법을 어겼응께 법대로 처리합시다. 무임승차면 서울서부터 요금의 세 배를 물어야 헝께, 십칠 원 오십 전 곱하기 삼에다 또 열여섯을 곱하면 얼마다냐?"

다들 바짝 긴장하는 모습이었다. 하긴 공무원 한달 월급이 오십 원 남짓하던 시절이니 근 팔백 원 돈을 차비로 물자면 여간 속 터지는 일이 아닐 터였다.

"아따, 같은 공무원끼리 뭐 그렇게 빡빡허요. 서로 편리 좀 봐주고 삽시다.”

“편리? 이 상놈의 자식. 그래 너는 편리 좋아해서 일본 놈 앞잡이 짓이나 하면서 우리나라 사람들을 괴롭히고 다녔냐?”

“이 사람이 큰일 날 소리 하고 있네. 누가 일본 놈 앞잡이를 했다고 그러요?”

“너 김선기 맞지? 몇 년 전에 문척면 반내골에 왔던 적 있어 없어?”

그제야 김선기의 낯빛이 달라졌다.

“이 친일 반역자놈! 너 같은 놈이 해방조국에서 다시 일을 하고 있어? 너 같은 놈들을 다 죽여야 이 나라가 살아!”

몇 대 쥐어 패자 겁에 질린 김선기가 뒷걸음으로 도망치기 시작했다. 뒤통수에 대고 열차표 끊던 가위를 힘껏 던졌다. 옆이마에서 피가 철철 흘러내렸다. 피를 보자 흥분이 차츰 가라앉았다. 그러나 이제 구례구역의 역무원들이 흥분해 있었다.

“사람을 저렇게 만들다니 너무 하지 않소?”

같이 온 곡성세무서 사람들의 항의에 역무원 중의 하나가 쫓아 나오더니 말한 사람의 멱살을 붙잡았다.

“호로상노무 새끼. 느들도 다 똑같은 놈들이제? 일본을 등에 업고 지 한 목숨 편히 살자고 같은 민족을 등치던 놈들이 아즉도 안 죽고 살아서 큰 소리여? 저 정도 가꼬 너무해? 나라를 팔아먹은 놈들의 최후가 어떤지 오늘 맛 좀 보시지.”

수십 년간 쌓인 분노가 폭발하는 것이라 말릴 수도 없고 말린다고 될 일도 아니었다. 해방이 되고 몇 달이 지났으니 목숨이라도 부지하는 것이지 해방 직후에는 구례에서만도 댓 명의 친일분자들이 사람들에게 맞아 죽었다. 주로 관청의 노무과 사람들로, 앞장서서 우리 민족을 일본의 전쟁터로 내쳤던 사람들이었다. 그 사람들에게 끌려가 다시는 돌아오지 않은 자식을 둔 부모들이 가만있을 리 없었다. 아무튼 곡성세무과 사람들은 죽지 않을 만큼 흠씬 두들겨 맞고 법정요금을 다 문 뒤에야 풀려날 수 있었다.

혼돈과 무질서의 시간이 숨가쁘게 흘러갔다. 하루 일곱 장밖에 배당되지 않는 서울행 열차표를 내놓으라고 아우성치던 사람들은 역무원들의 만류에도 불구하고 기차지붕 위나 난간에 매달려서라도 기어이 기차를 타고 떠났다. 법과 질서의 공백기간은 해방 직후인 8월 17일 일제 때부터 좌익활동을 해왔던 선태섭, 정태중 등과 민족주의자인 신진우, 김종필 등이 합세하면서 주민들이 자발적으로 만든 건국준비위원회가 자리를 잡고 모든 정치권력을 장악하기 시작하면서 안정을 찾아갔다. 세월이 어떻게 흘러가는지도 모른 채 그는 차표를 달라고 아우성치는 사람들과 씨름하며 하루하루를 보냈다.

지리산과 섬진강에 둘러싸인 작은 구례군은 연일 시끄러웠다. 46년이 되면서는 건국준비위원회를 이양 받으려는 미군정과 사수하려는 건준위 간의 싸움이 그치지 않았다. 3.1절 기념식에는 걸어 다닐 수 있는 구례사람들은 다 모였나 싶게 어마어마한 사람들이 모여 "공출반대! 미군정 타도!"를 외치며 시가행진을 벌였다. 그러나 주민들의 요구가 어떤 것이든 4월이 가기 전에 광주에서부터 칠십여 대의 트럭에 실려 온 경찰에 의해 건준위는 해산되고 미군정이 그 자리를 이어받았다. 새 관청에는 일제시대부터 그 자리를 지켜왔던 사람들이 해방조국의 관리로 다시 임명되었다. 45년 10월 미군정의 아놀드 군정장관의 선언대로 "남한에서 유일 합법적인 정부는 오직 미군정일 뿐이며, 미군정은 행정부의 모든 영역에서 포괄적인 통제력과 권위를 가지고" 있었던 것이다. 조선 민중의 요구는 미군정에게 고려해야 할 하등의 이유도 없는 것이었다. 남한 전역에서 혁명적 민중의 자발적 참여와 공산주의자를 중심으로 민족주의자와 일부 우익까지 참여하여 건설되었던 인민위원회는 미군정의 군홧발에 산산이 짓밟혔다. 인민위원회가 주장했던 토지개혁과 일제의 적산 처리 문제도 당연히 미군정의 손으로 넘어갔다. 남한 자산의 80퍼센트, 주식회사 총자본의 90퍼센트, 토지의 70퍼센트, 경지의 30퍼센트가 미군정에 넘어간 것이다. 조선 인민의 뼈와 땀으로 축적된 적산은 미군정에 의해 친일 민족반역자와 매판자본가, 반봉건 지주에게 불하되어 한국화약이나 동양맥주, 해태제과, 동양시멘트, 선경 등등 내로라는 독점재벌로 성장하거나 몰락해갔다. 줄만 잘 잡으면 귀속업체를 몇 개씩 차지하기도 했던 대부분의 귀속재산 관리자들은 "생산의 유지·부흥보다 원료자재, 반제품, 기계 및 부속품, 심지어는 공장 건설시설의 부속품까지 암매하여 생산시설의 파괴와 생산력 쇠퇴의 결과를 초래"하게 되었다. 물론 이런 현상은 미국 내의 과잉생산물을 남한에 떠안기고자 했던 미군정의 공업생산 정체 조장정책과 무관한 것은 아니었다.

게다가 미군정은 남한을 미국의 잉여농산물 시장으로 편성하기 위한 농업정책을 실시해, 인민들이 그렇게도 부르짖던 "토지를 인민위원회로 넘기라"는 요구를 묵살하고 직접 일본인의 토지를 접수하여 남한 최고의 지주가 되었다. 뿐만 아니라 4퍼센트의 지주가 전체 경지면적의 63퍼센트를 소유하고, 67퍼센트의 농가가 1정보 미만의 영세빈농이었던 반봉건적 소작관계를 지속시켰으며, 이같이 영락하는 빈농에게 생산량의 50퍼센트를 소작료로 징수하는가 하면 생산량의 40~60퍼센트를 시가의 25퍼센트로 강제 공출케 하고 팔십여 종의 각종 세금을 부과했다. 친일 민족반역자들은 해방으로 친일의 딱지를 벗어던지고 공개적인 도둑질을 할 수 있게 된 것이고, 대다수의 인민들은 해방으로 눈 버젓이 뜬 채 강도질을 당하게 된 것이었다. 도둑들에게 친일의 표지를 벗겨주고 합법이라는 전가의 보도를 쥐어준 것은 바로 미군정이었다.

그러나 일개 노동자였던 그는 세상이 어떻게 흘러가는지도 알 수 없었다. 신문 볼 새도 없이 꼬박 스물네 시간을 일하고 나면 죽음 같은 피로가 몰려왔다. 기차표를 타기 위해 주먹밥을 싸가지고 와서 밤을 새며 기다리는 사람들이 주고받는 이런저런 말들이 그가 들을 수 있는 유일한 세상소식이었다.

"또 나라를 양놈들헌테 뺏겼담서?"

"친일했던 놈들이 양놈들 등에 업고 설쳐대는 꼬락서니 좀 보라제. 잘되던 건준위는 왜 뺏고 지랄인가 몰러. 독립운동 했다는 이승만이도 순 사쿠란가비여."

"그나저나 나라가 우째 될라고 이라는고. 양코배기들은 일본 놈들보다는 쪼께 나슬란가?"

"낫기는 문뎅이 지랄한다고 나사? 서울사람들 얼마 전에 쌀 달라고 난리친 소식도 못 들었는갑네. 쌀이 없으면 차라리 죽여달라고 그랬다는디 그 심정이 오죽했겄어. 양놈들 생긴 모냥을 보드라고. 숭악한 도둑놈들맨키 안 생겼는갑네. 잡것들이 일본 놈도 안 헌 하곡수매를 다 흐것다고 염벵이여, 염벵이."

46년 초 전국적으로 엄청난 식량난이 닥쳐왔다. 44년보다 쌀 생산량이 60퍼센트 증가했음에도 불구하고 남한을 미국의 잉여농산물 시장으로 만들려는 미군정은 남한 인민의 자체적 조직인 식량대책위원회의 기능을 정지시키고 미곡의 자유판매제를 실시했고, 미군정과 친근한 모리배들은 이 상황을 이용하여 쌀을 염가로 매입한 후 전후 식량난에 허덕이던 일본으로 밀반출하여 몇십 배의 이익을 챙기기에 바빴다. 한쪽에서는 매점된 쌀이 썩어나거나 일본으로 밀반출되는데 정작 남한사람들은 쌀을 구경하기조차 힘들었던 것이다.

3월 28일에는 소년, 소녀 직공들까지 포함한 수백 명의 노동자들이 시청으로 몰려가 "일을 하려 하나 배고파 못하겠소. 쌀을 주오"라고 애걸했다. 몰려간 사람 중의 한 노동자가 말했다.

"직공 총수는 백오십 명이나 점심을 가져오는 사람은 겨우 열다섯 명 정도요. 도무지 배가 고파 일을 못하겠소. 군정청으로 갔으나 이리로 가라 해서 왔소."

"참으로 딱한 사정이오. 우리로선 대책이 없으니 어쩌면 좋소. 벌써 다른 회사에서도 많이 왔다 갔소. 시청 직원들까지 점점 출근율이 떨어지니 어쩌면 좋을지 모르겠소. 군정청에 수차 진정을 했으나 아무 성과도 못 거두었소."

시청 총무과장의 답변이었다.

그 후 곳곳에서 쌀이 아니면 차라리 죽음을 달라는 노동자, 농민, 시민들의 시위가 줄을 이었지만 미군정에서는 감감무소식이었다. 시골 촌부들까지도 입을 열었다 하면 미군정과 이승만에 대한 성토였다. 그러나 민족의 미래를 걱정하기에는 그의 몸은 너무 피로했고 당장 할일도 너무 많았다.

어느 날 아버지가 반내골서부터 먼 길을 걸어 그를 찾아왔다.

"운창아, 니 결혼날짜가 잡혔다."

"예?"

그는 소스라치게 놀라 눈부시게 흰 아버지의 두루마기 자락만 바라보았다. 말 한번 제대로 나눠보지 못한 하숙집 딸의 얼굴이 순간적으로 스쳐갔다. 하숙집 딸을 볼 때마다 가슴이 두근거리기는 했지만 결혼이라는 건 생각도 하지 않았던 그였다.

"남평 문씨 집안 딸이다. 그리 알고 준비하그라."

"싫그만요. 얼굴도 한번 안보고 워째 장가를 갈 수 있것어라."

"예끼놈! 누구는 제가 골라 장가 든다드냐. 문중끼리 정한 일이니 너는 시킨 대로만 허거라. 날짜는 열흘 뒨께 다시 델로 오것다."

일찍이 단발을 하고 개화물을 먹었던 아버지, 문중에서 정해준 짝인 어머니와 맞지 않아 전주에서 기생을 데려와 첩으로 삼았던 아버지도 어쩔 수 없이 봉건잔재가 뿌리박힌 양반이었다.

"지는 죽어도 장가 안 갈랑께 알아서 허시씨요."

다음날부터 이십 리 산길을 넘어 날마다 전갈이 왔다. 장가 안 든다는 말에 종조부가 문을 걸어 잠그고 곡기를 끊었다는 것이었다. 그래도 그는 꿈쩍하지 않았다. 열여덟, 그의 젊은 가슴에선 불덩이가 치밀어 올랐다. 며칠후 이번에는 형이 찾아왔다.

"종조부는 살려야 할 것 아니냐? 저대로 돌아가시게 할라냐. 네가 가야 진지라도 드시제. 장가는 다음 일이고 우선 가서 종조부께 얼굴이라도 비쳐야 쓰것다."

그는 할 수 없이 형을 따라나섰다. 인가 한 채 없는 이십 리 길은 무섭게 추웠다. 모퉁이를 돌아설 때마다 바람은 모질게도 불었다. 무덤에 묻히러 가기라도 하는 것처럼 좀체 발걸음이 떨어지지 않았다.

그 사이 눈이 퀭하니 들어간 종조부는 눈물이라도 쏟을 것처럼 그를 붙들고 늘어졌다.

"운창아. 네가 이러면 우리 문중 꼴은 어찌되며 내 또 죽어서 느이 할아버지를 어찌 볼 것이냐. 제발 혼사만 치러라. 사내가 열 계집 거느린들 누가 뭐랄 사람 없다. 그것은 허물이 아니니 문중 체면을 살려다고. 혼사만 올려놓고는 네 좋을 대로 하거라."

처갓집은 화순의 토호였다. 상객들과 함께 기차를 타고 화순엘 가면서도 그는 열두 번씩 도망칠 생각을 했다. 사모관대를 입고서도 남의 옷을 입은 듯 영 쑥스러웠다. 신행길에도 재행걸음에도 그는 따라나서지 않았다. 이십 리 산길을 여자만 보냈다. 여자는 말도 없이 안타까운 눈으로 먼 산만 바라보았다. 분노조차 드러나지 않는 체념한 그 눈빛이 그는 더 싫었다. 차라리 그의 멱살이라도 잡고 흔든다면, 증오에 가득 차서 그를 노려본다면 한 가닥 애정이라도 솟을 것 같았다. 그러나 여자는 언제나 무표정한 얼굴로 그의 손길만 기다리고 있었다.

여자를 집으로 들여보내놓고 그는 여전히 하숙을 하며 집에는 얼씬도 하지 않았다. 여자가 곁에 없어도 한 여자를 거느렸다는 부담감은 마찬가지였다. 어떤 고민이나 가슴 설렘이나 선택의 여지도 없이 자신이 한 여자의 지아비가 되었다는 사실을 그는 믿을 수 없었고 받아들일 수도 없었다.

일만 끝나면 그는 술집으로 달려갔다. 직장이고 뭐고 다 때려치우고 아무도 자기를 모르는 곳, 어떤 인연도 자기를 결정짓지 않는 곳으로 도망가서 다시 한번 살아보고 싶었다. 술에 취하면 그럭저럭 하루가 지났고 근무 시간이면 다른 생각 할 겨를 없이 시간이 흘렀다. 늘 옆에서 지켜보던 이상근이라는 친구가 하루는 안타깝다는 듯이 얘기를 꺼냈다. 이상근은 벽돌공장 노동자의 아들로 보통학교를 나와 독학으로 〈경성일보〉 기자까지 하다 해고된 친구였는데 그 무렵엔 역전에서 양복점을 하면서 가끔 그와 어울리기도 했었다.

"이것 봐, 정군. 그렇게 좌절한다고 문제가 해결되나. 자네는 봉건사회의 그릇된 결혼제도 때문에 희생물이 된 거야. 사회제도가 잘못돼서 그런 것이니 잘못된 제도를 개혁해야 옳은 일 아닌가?"

그는 한 줄기 빛을 붙잡은 느낌이었다. 눈을 빛내는 그에게 이상근은 몇 권의 책을 건네주었다. 그는 술에 취하는 대신 책에 취해갔다. 그러나 책은 어려웠고 도대체 무슨 말인지 이해하기 어려웠다.

　그러던 어느 날 보통학교 동창으로 광주서중에 다니던 이상필이 오랜만에 그를 찾아와서 하룻밤 묵고 갔다. 책상에 놓인 몇 권의 책을 보더니 이상필이 물었다.

　"야, 너 이 책 다 읽었냐?"

　"대충 보긴 했는디 먼 말인가 잘 모리겠드라."

　"그래? 너 그럼 신탁통치를 어떻게 생각해?"

　"야, 조선 사람이면 반드시 반탁을 지지해야제."

　이상필은 그럴 줄 알았다는 듯이 그 나이 또래답게 우쭐거리며 그에게 열변을 토했다.

　"에이 너 암 것도 모르는구나. 우리나라가 어떻게 미·소의 결정을 거부하고 독자적으로 독립국가를 세우겠냐. 우리는 당장 독립국가를 건설할 힘이 없다구. 그러니까 삼상회의의 오 년간 신탁통치를 받아들이면서 그동안 친일파, 민족반역자를 제거하고 정치적으로 부지런히 성장해서 자립의 토대를 구축해야 돼. 일본도 몰아내지 못한 우리가 지금 미제를 몰아낼 수 있을 것 같냐?"

　"하지만 조선공산당도 반탁을 외치지 않았나?"

　그가 공산당을 지지하는 것은 아니었다. 하지만 그래도 일제 때부터 독립운동을 해왔던 사람들의 대부분이 좌익이어서 그는 좌익이 가장 낫다고 생각하고 있었다.

　"무슨 소리야. 너 세상소식이 깜깜하구나. 처음엔 그랬지만 금세 중앙당에서 반탁이 중대한 오류라는 지적이 내려와서 다들 찬탁으로 돌아섰는데."

　그는 이상필의 한마디 한마디에 귀를 기울였다. 읽어야 할 책을 쭉 적어준 상필은 지금 우리나라를 구할 곳은 조선공산당밖에 없고, 대부분의 학생이 조공을 지지하고 있다는 말을 남기고는 다음날 떠났다.

꼭 이상필의 말 때문만이 아니라 사실 구례에서도 쓸 만하다는 사람들은 모두 좌익이었다. 당연히 그도 친하게 지내는 좌익 친구들이 많았다. 그들은 가끔 구하기 어려운 기차표를 그에게 부탁하기도 했고 낯선 사람들을 데려와 잠자리를 부탁하기도 했다.

그 무렵 〈해방일보〉가 나왔다. 신문이 도착할 시간이면 경찰이 들이닥쳤다. 〈해방일보〉를 압수하려는 것이었다. 그는 〈해방일보〉 구례지국장이던 정태중의 부탁을 받고 미리 〈해방일보〉를 빼돌렸다. 그도 간혹 〈해방일보〉를 보았지만 기를 쓰고 뺏으려는 이유를 알 수 없었다. 오히려 구구절절이 옳은 소리뿐이었다. 그래서 〈해방일보〉의 배포가 군정의 법에 어긋나는 일인 줄을 알면서도 정태중의 부탁에 따라 안전하게 빼돌린 것이다. 그가 화물업무를 담당하고 있어서 다른 사람보다 신문을 숨기기가 수월하긴 했지만 그렇다고 전혀 위험이 없는 것은 아니었다. 그러나 그는 그때까지만 해도 정태중이 왜 자신에게 그런 일을 맡겼는지 모르고 있었다. 단지 철도원인 자기가 이 민족을 위해서 할 수 있는 아주 작은 일을 거부해서는 안 된다는 생각만 했을 따름이었다.

그러던 9월 전국적인 총파업이 시작됐다. 그가 소속해 있는 철도에서의 파업이 총파업의 불씨였다. 애당초 철도파업이 내건 요구사항은 쌀을 달라는 대부분 인민들의 요구와 별다를 바 없었다. 일급제 반대, 기본급료 인상, 가족수당 일인당 육백 원 지불, 물가수당 인상, 식량을 본인에게 네 홉, 가족에게 세 홉씩 지급할 것, 운수부 직원도 동등하게 대우할 것 등이 노조의 요구조건이었다. 당시 모든 노동자의 실질임금은 엄청난 물가상승으로 일제시대의 삼분의 일에도 못 미치는 수준이었다. 그러나 철도국장 맥크라

인은 철도노조가 제출한 요구조건에 대하여 "인도 사람은 굶고 있는데 조선 사람은 강냉이를 먹고 있으니 행복하다"며 일언지하에 거절했다. 군정청의 회답이 없자 철도노조는 24일 오전 9시를 기해 사만여 노조원들이 일제파업에 돌입했고, 26일에는 서울지역 출판부문 노동자들이 동조파업에 들어갔다. 그들은 26일 '경성지방 총파업 출판노동조합 투쟁위원회'의 이름으로 성명서를 발표하였다.

"극소수의 대자본가와 대지주, 모리배, 정상배를 제외하고는 백이십만 시민에게 돈이 떨어진 지 오래다. 더구나 하루 종일 땀 흘리고 집에 돌아와도 같이 죽 한 끼도 못 먹는 아내와 자식들이 낙담하고 있는 비참한 현실은 가슴이 미어질 듯하나 먹지 않고는 노동하지 못하니 시민의 신문을 인쇄하지 못한다. 쌀을 달라고 요구하고 경성지방 전역에 걸쳐 25일 총파업을 단행한다."

그러나 미군정은 총파업을 뒤에서 선동하는 자는 깨닫고 각성하라는 성명서나 내보낼 뿐이었다. 철도파업은 미군, 경찰, 대한노총 맹원, 우익 청년단체 등의 기습, 파괴에 의해 10여 명의 노조원이 살해당하고 1700여 명이 체포되는 등 피로 물든 채 막을 내렸지만 전국으로 번진 파업의 여파는 경제투쟁에서 점차 정치투쟁으로, 무장폭동으로 발전하면서 미군정의 탄압에도 불구하고 쉽게 가라앉지 않았다.

아직 서울이나 부산처럼 조선노동조합전국평의회(이하 전평)가 조직되어 있지 않던 구례에서 그는 갑자기 열차가 오지 않는 바람에 며칠을 쉬게 되자 세상이 자기를 버리고 저 혼자 굴러가는 듯한 소외감을 지울 수 없었다. 서울에서는 파업을 하고 난리라는데 그는 그 파업의 의미와 자기 자신과의 연관성을 도대체 알 수 없었다. 모든 것이 알지 못하기 때문이라는 생각이 들었다. 그렇게 원했지만 결국은 하지 못했던 공부를 하고 싶었다. 정신없이 굴러가는 세상을, 그 세상에서 살아가는 자신을 알고 싶었다.

1946년 10월, 먼발치의 노고단이 붉게 타오르던 무렵이었다. 광의면에 사는 조용식과 권상수가 그를 찾아왔다. 조용식은 생선장사를 하는 어머니가 여수로 생선을 떼러 갔다 올 때면 늘 마중 나와 역전에서 서성거리는 통에 알게 돼 절친해진 친구였고, 권상수는 조용식의 소개로 함께 자주 어울렸었다.

"서울 갈 차표 쪼깨 맹글어줘야 쓰것다."

"서울은 뭐하게?"

조용식과 권상수는 마주보며 은밀하게 속삭였다.

"이북 갈라고 그런다. 이북 가면 우리같이 돈 없고 가난해도 대학까지 갈 수 있다더라."

다음날 표는 이미 다 팔린 상태였기에 그들은 그의 하숙방에서 그날 밤을 보내며 삼팔선 넘을 계획에 가슴이 부풀었다. 공부를 할 수 있다는 말에 그도 귀가 솔깃했다.

"돈 없이 공부할 수 있다는 것이 참말이냐?"

"하면."

"글먼 나도 따라갈란다."

다음날 그는 직장에 병가를 내고 두 사람을 따라 서울로 떠났다. 서울에 내리자마자 그들은 필운동의 어느 고가를 찾았다. 그 집은 홍명희가 이끄는 민주독립당의 거물들이 함께 기거하는 집이었다. 마침 신진우 중앙당 조직부장, 김종필 재정부장 등이 있었다. 신진우는 구례에서 병원을 경영하던 의사로 구례건준위의 초대 위원장을 지낸 인물이었는데, 건준이 미군정에 의해 해체된 후 서울로 올라와 민주독립당에 관계하면서 민족주의자였던 그도 차츰 좌익화되어 급기야는 월북하고 만다. 철저한 우익이 아니면 공산주의자가 되도록 만들고 마는 것, 그것이 당시 남한정치의 실상이었다.

큰절을 올리고 조용식이 대표로 자초지종을 얘기하자 신진우는 빙그레 웃으며 편지 두 통을 써주었다.

"개성 고정주 씨에게 이 편지를 전하면 삼팔선을 넘게 해줄 것이네. 한 통은 평양에 도착해서 선태섭 씨에게 드리게. 고향 청년들이니 잘 대해주실 걸세. 암, 청년은 열심히 배워 조국건설에 앞장서야지."

온 세상이 품안에 든 것 같은 기분이었다. 다음날 그들은 새벽같이 경의선을 타고 개성에 도착했다. 고정주는 청년들을 반가이 맞으며 다음날 저녁 삼팔선을 넘겨주마고 했다. 셋은 다음날 개성 구경을 나갔다. 이북 가면 어차피 못 쓸 돈이라고 고급식당에도 가고 영화관에도 들렀다가 약속시간 쯤 해서 고정주의 집으로 갔다. 대문이 활짝 열려 있었다. 의아해 하며 마당으로 들어섰는데 마당 가득히 책이 내던져지고 깨진 화분이 널려 있고 고정주의 부인이 쓰러져 있었다. 부인이 간신히 눈을 뜨더니 전날 개성시 한청단장이 암살되었는데 고정주가 혐의를 받아 체포당했으니 빨리 피하라고 했다. 그들은 인사도 제대로 못하고 허둥지둥 그 집을 떠났다.

다시 서울로 신진우를 찾아갔다. 운이 나빴다며 다른 선을 잡아줄 테니 며칠간 기다리라고 했으나 감감무소식이었다. 세 사람은 각기 떨어져 다른 집에 묵으면서 날마다 신진우를 만나러 갔다. 넓디넓은 서울에서 그들이 기댈 곳은 오로지 신진우뿐이었다. 나중에는 신진우도 성가셨는지 아니면 날마다 정세가 급변하던 시절이라 월북이 어려워졌는지 직장으로 복귀하거나, 그렇게 공부가 하고 싶으면 여기서 공부할 길을 찾아보자고 했다. 다른 친구들은 그래도 서울에 남겠다고 했지만 달리 명확한 대책이 생긴 것도 아니어서 그는 낙담한 채 혼자서 다시 구례로 내려왔다. 낙담보다도 어쩌면 새롭게 접한 세상의 충격이 공부할 생각을 가시게 했는지도 몰랐다.

어쨌든 서울역에서 그렇게 헤어진 세 사람은 얼마 후 한 길에서 다시 만나 아름답고 서글픈 인연으로 맺어지게 된다.

반 거지가 되어 돌아온 그는 아무 일도 없었던 듯 다시 직장생활을 시작했다. 역 주변의 수많은 걸인과 가난한 사람들, 서울 중심가의 호화로운 집들, 놀고먹기에 바쁜 사람들, 좋은 직업도 다 팽개치고 조국을 위해 잠 못자고 일하던 사람들, 세상은 분명 하나가 아니라 둘이었다. 결혼문제로 방황하던 그에게 이상근이 했던 말이 떠올랐다.

"너는 잘못된 사회제도의 희생물이다. 좌절하는 대신 그 제도를 개혁하는 데 네 일생을 바쳐라."

그가 철도에 근무하는 탓으로, 이미 수배되어 자유롭게 차편을 이용할 수 없었던 좌익들이 그를 자주 찾았다. 그는 그들을 무사하게 옮겨주는 것이 자신이 해야 할 첫째 임무라 생각하고 최대한 그들을 도왔다. 그것이 공부보다 더 중요한 자기 삶이라는 생각을 한 것이다.

47년 1월 6일 좌익의 외곽단체인 민주청년동맹에 가입하라는 권유를 받고 그는 서슴없이 가입했다. 철도에 계속 근무하면서 비합법 동지들의 왕래를 상시 보위하는 것이 그의 임무였다.

47년 4월에는 남조선노동당에 정식 입당했다. 남로당에 입당하는 것이 사회개혁을 위해 가장 바른 길이라고 믿은 까닭이었다. 그는 서울여행을 통해 개혁해야 할 것은 봉건잔재뿐만이 아님을 확실하게 깨달았다. 돈만큼 무서운 게 없었다. 계급이 없이 평등한 세상을 만들기 위해서는, 이 땅에서 외세와 외세의 비호 아래 자기 배나 채우는 사람들을 몰아내기 위해서는 남로당에 가입하는 수밖에 없었다.

당 가입과 동시에 그는 새 이름을 부여받았다. 경찰의 눈을 피해 비밀활동을 하자면 당연히 새 이름이 필요했다. 유혁운이라는 이름이었다. 조국도 없는 세상에 살면서도 세상의 흐름대로 흘러가기만 했던 정운창은 이 땅에 인민의 국가, 한쪽에서는 쌀이 썩어나고 한쪽에서는 굶어죽게 만드는 외세의 간섭 없는 인민의 국가를 만들기 위하여 유일한 인민의 당에 가입하면서 새롭게 태어난 것이었다. 당과 조국을 위해 목숨을 바칠 각오를 했지만, 그는 자신의 새 이름으로 겪어야 할 고난과 고통을 가히 짐작하지도 못했고, 이 민족의 역사와 운명을 알 수도 없었다. 그러나 단 하나만은 분명하게 알고 있었다. 그의 선택은 유일하고 정당한 것이었고 선택한다는 것은 그에 따르는 고통까지도 선택하는 것임을.

3_
5.10단선 반대투쟁

남조선 단독정부 수립설이 외전으로 전해졌을 때 물의가 분분하더니 이
번에는 지방 순회 중인 이 박사가 남조선 정부설을 강연했다 하여 파문이
컸다. …… 남조선 단독정부를 수립하는 것이 조선의 영구불행인 것쯤은
아동주졸도 다 아는 일이어든 이것을 가지고 떠든다는 것은 조선의 수치
요, 독립을 지연시키는 것 외에 아무것도 아닐 것이다.
- 온건 중립지인 〈조선일보〉의 1946년 6월 14일 사설

1948년 5월 3일 밤 10시 유치장 바로 위에서 통금 사이렌이 길게 울었다.
곧 이 작은 동네를 뒤엎을 도도한 역사의 꿈틀거림도 모른 채 지리산 자락
에 묻힌 구례읍의 밤은 아카시아 향기 속에서 깊어가고 있었다. 간혹 생살
을 잡아 찢는 듯한 비명이 일제시대부터 이 민족을 가둬왔던 붉은 벽돌담
을 넘어 희미하게 새나왔다.

구례경찰서 취조실. 시멘트 바닥에 쓰러져 있던 유혁운은 얼굴 위로 쏟
아지는 찬물 때문에 잠시 정신이 들었다.

"이 새끼 이거, 몽둥이로는 안 되겠구만. 목욕탕으로 끌고 가!"

취조관의 말이 떨어지자마자 형사 몇 사람이 덤벼들었다. 대부분 일제
때부터 고문에 이력이 난 사람들이었다. 그는 형사들에게 어깻죽지를 잡힌

채 개처럼 질질 목욕탕으로 끌려갔다. 놈들은 그를 거꾸로 치켜들고 욕조 안으로 머리를 밀어 넣었다. 아무리 그가 발악해도 꼼짝달싹 못하게 그의 어깨를 붙잡고 있는 놈들의 손을 뿌리칠 수는 없었다. 정신이 가물가물할 무렵에야 놈들은 그의 뒷머리를 잡아챘다.

"야 이 새끼야! 이래도 말 못 하것냐?"

굳게 다문 그의 입은 열리지 않았다.

"이 새끼, 아직 뜸이 덜 들었어!"

다시 그의 머리가 물 속에 담가졌다. 머리가 물 위로 떠오르면 형사들은 여지없이 곤봉으로 머리를 후려 팼다. 욕조의 물이 금세 피로 물들기 시작했다. 곤봉을 피해 물 속에서 버그적거리던 그가 고개를 쳐들었을 때 딱딱한 나무가 머리에 부딪쳤다. 목욕통 뚜껑을 덮어버린 것이다. 자신의 머리에서 흘러나온 피로 찜찔한 물을 들이키며 그는 정신을 잃었다.

눈을 뜨니 감방 안이었다. 십여 명의 동지들이 걱정스러운 눈빛으로 그를 내려다보고 있었다.

"장성수 동지는?"

그는 눈을 뜨자마자 같이 잡혀온 구례군책 장성수의 안부부터 물었다.

"장 동지도 만신창이가 되어 돌아왔소. 조금 전에 의식이 들었는데 한마디도 불지 않았다 하오."

전남도당 오르그, 구례군책 장성수, 문척면 오르그 유혁운 등 구례군당의 핵심간부 여섯 명은 문척면의 비밀 아지트에서 5.10단선 반대투쟁을 위한 회합을 갖다가 고문에 못 이긴 연락원이 아지트를 부는 바람에 현장에서 붙잡혔다. 4월 28일 군내 각 면에서 우익 인사 다섯 명이 살해된 것 때문이었다.

그가 당에 가입한 지 일 년, 세상은 그 사이 알 수 없는 끝을 향해 무서운 속도로 질주하고 있었다. 미국을 등에 업고 권력을 잡은 쪽과 인민의 권력을 쟁취하려는 쪽의 싸움은 나날이 격화되었다. 권력을 잡은 쪽의 탄압은 날이 갈수록 노골적으로 변했고, 좌익은 자연 지하로 지하로 숨어들 수밖에 없었다. 46년에는 170건이던 노동쟁의가 47년에는 134건으로, 48년에는 37건으로 현격하게 줄어들었는데 그만큼 살기 좋아져서가 아니었다. 해방 후부터 47년 3월까지 26명의 노동자가 살해당하고 7886명의 노동자가 검거될 정도의 강력한 탄압 때문이었다. 극한 탄압 속에서 미군정과의 투쟁은 나날이 격화되어갔다. 감옥은 사상범으로 넘쳐흘렀다. 조선에서 제일 흔해빠진 게 사상범이라는 말이 떠돌 정도였다. 지하로 숨어들어서도 공산당의 투쟁은 멈추지 않았다.

48년 초부터는 유엔 감시위원단의 입국에 즈음하여 남한만의 단독선거에 반대하는 전국적인 2.7구국투쟁이 벌어졌다. 구례 각 면에서는 단독선거를 통해 조선을 영구분단 국가로 만들려는 미제의 음모를 폭로하는 벽보와 삐라가 경찰의 감시를 뚫고 거리마다 휘날렸으며, 매일같이 대중집회가 열렸고 대중집회에는 벌 떼처럼 사람들이 모여들었다. 근 사십 년간 일제의 식민지를 경험한 사람들은 어찌 됐건 이 땅의 분단을 인정할 수 없었고, 친일파들이 다시 윗대가리에 앉아있는 것도 용납할 수 없었다. 그리고 무엇보다도 그들은 미군정의 잘못된 식량정책으로 누군가의 창고에서 썩어나는 쌀을 두고도 강냉이로 간신히 끼니를 때워야 했던 이들이었다. 이 땅의 민중은 우익, 좌익이 무엇인지는 몰라도 누가 자신의 편인가 만큼은 정확하게 알고 있었다. 그리고 그 편을 지지했다. 그가 몇 번이나 불어버리고 싶은 충동을 참아낼 수 있었던 것도 바로 그 민중의 선택을 믿은 까닭이었다.

일주일 내내 지독한 고문이 계속되었다. 그러나 잡혀온 누구도 입을 열지 않았다. 찢어지고 터진 몸을 어쩔 수 없이 형사의 몸에 기대고, 아니 개처럼 끌려서 감방 안으로 돌아오면 그들은 이내 다시 웃으며 바깥소식에 귀를 기울였다.

"선거가 끝났다고 하오. 저들 말로는 투표율이 구십칠 프로라고 합디다만 어느 개가 믿겠소. 우리한테 협조적인 경찰 말에 의하면 투표소마다 텅텅 비었다고 하오. 가끔 총성도 울리고 한 걸 보면 바깥 동지들이 계획대로 잘 싸워준 모양이오."

상황을 보지는 않았지만 어떻게 진행되었을지 뻔할 뻔자였다. 그러나 총칼을 들이대고 위협했든 어쨌든 선거는 결국 진행된 것이다.

5.10선거 기간 동안 경찰서 유치장은 삐라나 벽보를 붙이다 잡혀온 사람, 봉화를 올리다 잡힌 사람 등 미군정의 포고령과 법령 2호 위반자들로 꽉꽉 들어찼다. 고문으로 다친 몸을 뒤척일 수도 없을 정도였다.

반동숙청 건으로 잡혀온 군당 간부들에 대한 고문은 끈질겼다. 날마다 끌려 나가서 맞는 게 일이었다. 시간이 지나면 익숙해질 법도 하련만 맞는 일만큼은 이력이 붙지 않는 모양이었다. 그는 계속 묵비권을 행사했다.

일주일쯤 지나자 취조담당 형사가 바뀌었다. 임성택이라는 자였다. 임 형사는 먼저 담배를 권했다. 담배를 피우지 않던 그가 사양하자 임 형사는 부드러운 말로 자기를 소개했다.

"나, 문척면 임종철 씨 조카요. 우리 아버님과 유 선생 아버님이 잘 아는 사이이기도 해서 내가 자진해서 유 선생을 맡았소. 한번 잘해봅시다."

"당신들이 피의자의 인격을 존중해준다면 나도 묵비권을 풀겠소."

"좋소. 일단 유 선생 아버지를 만나보시오."

미리 대기 중이었던 듯 잠시 후 그의 아버지가 사찰과로 들어섰다. 아버지는 여기저기 찢어지고 터진 아들의 모습을 보자 아무 말 없이 굵은 눈물을 투둑 떨어뜨렸다. 스무 해가 넘도록 아버지의 눈물을 보기는 처음이었다. 아버지는 두루마기 자락으로 눈물을 훔치고 보자기에 싼 찬합을 내밀었다. 쇠고기 볶은 것이었다. 어서 먹으라는 듯 아버지는 손짓만 해댔다. 한 줌도 안 되는 꽁보리밥을 반찬도 없이 먹다가 오랜만에 보는 고긴데도 입맛이 당기지 않았다. 허기진 배를 움켜쥐고 있을 동지들의 얼굴이 휙 스쳐가고, 비밀활동을 하느라 못 뵌 몇 달 사이 몰라보게 수척해진 아버지의 모습에 목이 메었다. 그는 끝내 젓가락을 놓고야 말았다.

"내 성택이한테 다 손 써놨응께, 알아서 하그라."

한마디만 툭 던져놓고 아버지는 차마 고문에 일그러진 아들을 더 이상 못 보겠는지 휭 하니 사찰과를 나가버렸다. 아버지가 무엇을 원하는지 알면서도, 아버지 이상으로 속을 끓이고 있을 어머니를 떠올리면서도 그는 아버지의 뜻을 따르지 못했다. 부모를 생각하며 그의 가슴 역시 부모처럼 멍드는 것 외에, 그리고 적어도 당신들의 자식이 역사 앞에 욕되게 살지는 않는다는 것 외에 그가 해드릴 수 있는 건 없었다.

다시 취조가 시작되었다. 그들은 일주일 내내 여섯 명을 심문했지만 4월 28일의 반동숙청(이하 반숙) 사건은 오리무중이었다. 군책 장성수와 도당 오르그가 반숙의 지령자임이 분명하다고 판단한 경찰은 증거가 없어 고심 중이었다. 반숙을 지시한 지령문에 대해 취조가 집중되었다.

"문척면에도 분명히 반숙 지령이 내려왔었지요?"

그가 계속 부인하자 임성택은 초조해 하기 시작했다.

"문척면에서는 반숙도 없었고 유 선생 성격으로 그런 살인행위에 가담했을 리도 없으니 협조만 해주면 정상참작을 해주겠소. 군당에서 반숙 지령이 내려왔다는 것만 밝혀주시오."

"그런 지령 받은 적 없소이다. 나는 모르는 일이오."

애원조로 나오던 임성택이 책상을 쾅 내리치며 언성을 높였다.

"유 선생, 계속 이렇게 나올 거요?"

"아니, 정말 모르는 걸 어쩌란 말이요. 거짓말이라도 하라는 거요?"

그도 같이 언성을 높이자 임성택은 한참 씩씩대며 그를 노려보다 문을 쾅 닫고 나가버렸다.

통금도 지난 깊은 밤에 그는 다시 끌려 나갔다. 담당 형사가 또 바뀌어 있었다. 처음 보는 형사로, 머릿기름을 어찌나 많이 발랐는지 진동하는 냄새에 욕지기가 나올 정도였다. 작은 키에 눈매가 치켜 올라가 매서워 보이는 인상이었다.

"나는 임성택이 같은 호인이 아니다. 네 주둥이에서 바른 말이 나올 때까지 할 테니 단단히 각오해라. 너 같은 놈들 몇 죽어봐야 상관없으니 알아서 하도록!"

처음부터 위협이 대단했다.

"레포(연락원) 김윤상이 네 지령으로 너와 함께 간전면까지 가서 반숙에 참가했다고 자백을 했는데 너는 그날 밤 열한 시 정각에 오산에서 봉화를 올렸단 말이지? 그렇다면 증인을 대야 할 것 아니냐. 봉화 올리는 걸 본 사람이 누구냐?"

"본 사람 없소. 설령 누굴 봤더라도 그들은 내 동지요. 당신이라면 당신 동지들까지 팔아먹겠소? 나는 더 이상 할 말이 없으니 구워먹든 삶아먹든 알아서 하시오!"

"이 악질 놈의 새끼! 좋다. 누가 이기는지 한번 해보자."

형사의 입가에 싸늘한 미소가 흘렀다. 그의 입가에도 알듯 말듯 미소가 퍼졌다. 형사는 그의 두 손가락에 전깃줄을 감더니 배터리를 돌리기 시작했다. 전깃줄이 감긴 손가락은 금세 꺼멓게 타들어갔다. 잠시 의식을 잃었던 그는 얼굴 위로 쏟아지는 찬물에 다시 정신이 들었다. 환한 불빛 아래 드러난 형사의 입가에는 여전히 싸늘한 미소가 흐르고 있었다. 소름이 쫙 돋았다. 저들은 인간이 아니었다. 일제 때부터 갖가지 고문에 이력이 난 고문기계들이었다. 압제자들에게 빌붙어 민족의 가슴에 비수를 겨누던 저런 놈들에게 다시 이 나라를 내주다니, 온몸에 돋은 소름이 분노로 변했다. 인민대중의 자발적인 통치기구였던 건준위를 무력으로 해체시키고 그 자리에 친일 반동분자들을 몇 계급씩 승진까지 시켜 도로 앉힌 건 바로 미군정이었다.

말해, 말해버려, 말하고 나면 편해질 거야, 가슴 한편에서 스멀스멀 기어 나오는 악마의 유혹을 그는 분노로 잠재웠다. 죽어도 저런 놈들에게 질 수는 없었다. 역사가 흐르는 방향도 모르고 날뛰는 놈들. 너희들의 천국은, 우리들의 지옥은 지금 우리들의 투쟁 속에서 서서히 무너지고 있다고 그는 이를 악다물었다.

"지독한 독종인데…… . 이번에도 견디나 어디 두고 보자. 이 개자식! 바지 벗겨!"

한 손가락에서 풀린 전선이 이번에는 그의 성기에 감겨졌다. 형사의 손길이 뱀처럼 차고 섬뜩했다. 온몸이 갈가리 찢기는 듯한 고통은 금세 멈추었다. 기절해버린 탓이었다. 성불구야 되건 말건 전기고문은 차라리 견딜 만했다. 기절하면 모든 걸 잊을 수 있으니까.

기절에서 깨어나자 이번에는 못과 망치가 기다리고 있었다. 여린 손톱 밑으로 못이 뚫고 들어가자 새빨간 피가 송글송글 배어나왔다. 처절한 신음소리가 일제 때 세워진 구례경찰서의 붉은 벽돌담을 넘어 어두운 거리 저 편으로 퍼져나갔다. 이 방 저 방에서 고통에 찌든 신음이 새나왔다. 아카시아 향기마저 숨죽인 밤이었다.

몇 번을 혼절했다 깨어났다 하면서 고문기계의 장난감 노릇을 하던 그는 희뿌옇게 먼동이 터올 무렵 피투성이가 되어 유치장에 내던져졌다. 옆방의 군책 장성수는 계속 피를 토하며 며칠째 아무것도 먹지 못하면서도 끝까지 입을 다물고 있다고 했다. 2방 장성수에게서 신호가 왔다. 내일이 경찰서에서의 만기일이니 오늘 취조만 투철한 혁명성으로 잘 견디라는 것이었다.

마지막 취조가 다가왔다. 취조실에는 온갖 고문기구가 일렬로 쫙 늘어서 있었다. 박 형사는 어지간히 질린 모양인지 일단 회유부터 시작했다.

"반숙에 참가했어도 우리가 의견서만 잘 써주면 당장 석방될 수 있어. 별일도 아닌 걸 버티다 죽어봐야 개죽음이지, 어떤가?"

"참, 박 형사도 딱해요. 아다시피 간전면은 모스크바로 소문난 곳 아니오? 당원이나 간부가 남아돌아 딴 면까지 지원하는 실정인데 우리 면은 오죽하면 면책이나 오르그가 봉화를 올리고 벽보를 붙이러 다니겠소. 그런 판에 우리가 간전면 반숙에 지원 나가게 생겼소? 당신보다 내가 더 답답하오."

"좋아. 그러면 문척면에서도 반숙하라는 장성수의 지령문을 받아봤지?"

"아따, 박 형사. 참말 깝깝하오. 인구 삼천도 안 되는 문척면에 먼 반동이 있겄소. 숙청할 반동이 있어야 지령을 보내든지 말든지 하지……."

"이런, 개새끼!"

방망이가 머리에 작열하는 순간 그는 의식을 잃었다. 그 방망이질 한 대 덕분에 그는 밤새도록 계속되었을 고문에서 해방될 수 있었다. 다른 동지들은 날이 환히 밝아서야 거의 시체가 되어 들어왔다. 뇌를 다친 것인지 그는 계속 토하기만 했다. 머리도 지끈거리고 눈은 빠질 듯이 아려왔다. 감방 동지들이 뇌진탕이라며 악을 쓰고 창살을 두들기는 통에 열시쯤 의사가 다녀갔다.

다음날 서장실에서 순회재판관 입회하에 치안재판이 열렸다. 다들 법령 2호 및 포고령 위반으로 구류 29일에 벌금 오천 원을 언도받았다. 몸뚱이는 엉망이었지만 모두의 얼굴에는 환한 웃음이 피었다. 역사 앞에 떳떳한 자만이 가질 수 있는 웃음이었다. 장성수가 그를 돌아다봤다.

"유 동지! 수고했소. 당과 인민은 유 동지의 영웅적인 투쟁을 기억할 것이오."

5.10단선 반대투쟁으로 가득 찼던 유치장도 차츰 텅 비어갔다. 유월이 되자 변소에서 나오는 악취와 구더기 때문에 견딜 수가 없었다. 차라리 배고픈 건 참을 만했다. 아침에 일어나서 옷을 털면 손가락 마디만한 구더기들이 후드득 떨어졌다. 잠을 자는 동안 구더기들이 엉덩이 밑에서 깔려 터지기 일쑤였고 잠결에 입맛을 다시다 구더기를 씹기도 했다. 한 번은 잠을 자다 반사적으로 벌떡 일어났다. 물컹하고 씹힌 게 구더기가 분명했다. 변기통에 대고 구토를 하는데도 바글바글한 구더기들이 바짓가랑이를 타고 올라왔다.

"유 동지, 오랜만에 고기 먹고 포식 좀 했을 텐데 그 아까운 걸 왜 다 토하나?"

"이거 한 모금 피게나."

군청 세포위원장을 하다 잡혀온 군청 산림계장이 깊숙이 숨겨둔 담배 한 개비를 권했다. 담배를 피워본 적이 없는 그였지만 매스꺼움을 달래려고 담배를 받아들었다. 머리가 핑 돌았다.

"좋은데요."

"누구야 이거. 유 동지까지 골초로 만들어서 안 그래도 모자란 담배 축내는 사람이?"

고문 없는 29일은 순식간에 지나갔다. 당에 가입한 후 그렇게 편한 시절은 처음이었다. 사람들은 이승만이 덕에 편한 휴가 한 번 지낸다고 우스갯소리를 하기도 했다. 젊은 몸들이라 고문당한 상처도 어지간히 나았다.

석방 날짜가 됐는데도 이들 여섯 명은 풀려나지 못했다. 석방 보류라는 것이었다. 다음날 아침 10시, 이들은 사찰과장 앞으로 끌려 나갔다.

"너희들은 분명히 사월 이십팔일 반숙에 참여한 악질이다. 증거가 잡힐 때까지 계속 잡아둘 테니 알아서 해라."

반숙사건으로 구례 당조직을 박살내려고 작심한 것인지 이 건으로 수많은 사람들이 잡혀 들어와 유치장은 다시 만원이 되었다. 유치장 바닥이며 벽에 피가 묻어나고 피비린내가 진동했다. 그 지독한 변소냄새가 흔적도 없이 사라질 정도였다. 그러나 끝내 반숙의 증거는 나오지 않았다.

그새 여름이 왔다. 8월 17일, 며칠째 폭우가 무섭게 쏟아지고 있었다. 자정이 넘어 일행 여섯 명은 또 사찰과로 끌려갔다.

"너희들을 살려보려고 나름대로 애를 썼지만, 결국 도경 특공대로 너희들을 인도하게 되었다. 나를 원망하지는 말아라."

머리에 하도 기름을 처발라서 '기름바우'라고 불리던 사찰과장의 말이 끝나자 완전무장한 특공대들이 달려들어 그들을 포박했다. 그들은 포승줄에 묶여 끌려 나갔다. 비에 젖은 트럭이 기다리고 있었다. 유혁운의 담당 임 형사가 따라 올랐다.

"어이, 유군. 나, 자네 부친 볼 면목이 없네. 지금이라도 반숙지시 받은 것만 말해주게."

트럭은 물바다를 천천히 미끄러져 나갔다. 산길을 오르는지 길이 몹시 가팔랐다. 칠흑 같은 밤, 무거운 빗소리만 가슴을 때렸다.

"자네들, 이렇게 고집 피다 정말 죽을 텐가? 이게 마지막 길일세."

아무도 그 자의 말에 귀 기울지 않았고 얼굴을 쳐다보지도 않았다. 굳은 얼굴로 빗소리에만 묵묵히 귀 기울이고 있었다. 트럭은 계속 비탈길을 오르고 있었다. 고인 빗물이 차바퀴에 두 갈래로 갈라지는 소리가 간간이 들려왔다. 덜컹거리며 차가 멈춰 섰다.

문득 한 여자의 얼굴이 나타났다. 결혼하고 단 하룻밤도 같이 자지 않은 여자, 명목상으로는 그의 아내인 여자였다. 자신의 삶에서 가장 후회스러운 부분이었다. 그는 그 여자를 미워해서는 안 되는 거였다. 그녀 역시 그릇된 제도의 희생물이었을 뿐이므로. 어쩌면 그녀도 같은 마을에서 마음을 주고 가슴 설레던 연인이 있었는지 몰랐다. 그 이상으로 오기 싫은 시집을 울며울며 왔는지도 몰랐다. 그러나…… 여자여! 분노하는 법을 배워라. 나에 대한 원망이라도 좋고, 얼굴도 모르는 남자에게 시집보낸 당신의 부모에 대한 원망이라도 좋다. 설령 내가 여기서 죽는다 해도 나머지 긴긴 날을 잠자리 한번 같이 하지 않은 나를 위해 숨죽여 살지는 말아라. 그리고 당신에게 강요되는 고통이 무엇 때문인지를 고민해라. 체념하고 그 자리에 주저앉지만 말아라.

유일한 부채였기 때문일까. 빗속으로 끌려가면서도 그는 내내 희미한 그 여자의 얼굴에 사로잡혀 있었다. 끌려간 곳은 봉성산 봉덕정이었다. 비는 여전히 억수같이 퍼붓고 있었다. 그들은 각기 봉덕정 사장 마당의 벚꽃나무에 묶였다.

"마지막으로 남길 말은 없는가?"

"할말 없다."

"이 개새끼, 끝까지 악질이구만. 좋다, 사격준비!"

찰칵, 장전하는 소리가 들렸다. 여름빈데도 제법 차가왔다. 온몸에 소름이 돋았다. 그는 천천히 주위를 돌아보았다. 빗줄기조차 보이지 않았다. 따갑게 부딪치는 세찬 빗방울과 소리를 느낄 뿐이었다. 이제 죽는 것인가.

다시는 눈을 뜰 수 없는 것인가. 살아나기 위해 당과 인민을 배신해야겠다는 생각은 들지 않았다. 허망하다는 생각도 들지 않았다. 그러나 억울했다. 유혁운이라는 이름으로 살아온 지 이제 1년 4개월, 더 많은 일을 하고 싶었고 더 열심히 싸우고 싶었다. 보잘것없는 작은 일밖에 한 게 없지만, 죽어서 또 다른 작은 보탬이 될 수 있다면……. 문득 죽기에는 좀 더러운 장소라는 생각이 머리를 스쳤다. 배고픈 백성들의 아우성에는 귀 막은 채 한량들이 하릴없이 활시위나 당기던 곳에서, 그것도 일본 놈의 나무에 묶여 죽어야 하다니. 그러나 그는 그 치욕의 역사를 그의 순결한 피로 물들일 것이었다.

"발사!"

총소리가 요란하게 여름밤을 뒤흔들었다. 잠시 후 빗소리만 다시 귀청을 때려왔다.

"이 개새끼! 좋은 데다 묏자리 하나 써 났능갑다. 운도 좋구만."

여기저기서 총소리가 쏟아졌다. 그는 다시 사찰과장 앞으로 끌려 나갔다.

"딴 놈들은 다 즉결처분했지만 네 애비 체면을 봐서 너만 살렸으니 그런 줄이나 알아라."

임 형사가 다시 그를 붙들고 늘어졌다.

"장성수란 놈, 이미 끝난 일이긴 하지만 대단한 독종이던데? 뒈졌으니 다행이제 안 그랬으면 사람 많이 잡았을 놈이야. 유군은 그 놈 어떻게 생각하나?"

죽음에 대한 공포를 이용해서 마지막으로 한번 떠보자는 비열한 수작이었다. 그러나 그들 못지않게 그도 계산은 빨랐다. 증거가 없어 더 이상 붙들어둘 수가 없으니 최후의 쇼를 한번 벌여본 것이었다. 그는 장성수 동지도 살아있으리라 확신했다.

"이번 회의 때 첨 본 사람이라 잘 모르것소. 그럼 나 나가도 되것소?"

임 형사는 똥이라도 씹은 얼굴로 대답이 없었다.

넉 달 만에 그는 다시 당으로 복귀했다. 그는 돌아오자마자 말라리아를 앓기 시작했다. 유치장에서 열두 번이나 재발했던 말라리아가 마지막 날 폭우를 맞는 바람에 다시 도진 것이었다. 유일한 말라리아 약 아다브링 열두 알을 한꺼번에 먹고는 정신을 잃고 쓰러졌다가 사흘 만에 깨어났다. 말라리아는 겨우 떨어졌지만 뼈다귀만 남은 몸은 지팡이를 짚고도 가누기가 힘들었다. 그러나 그는 좌절하지 않았다. 코앞에 닥친 죽음도 두려워하지 않았던 자신감이 그를 하루가 다르게 회복시켜갔다. 건강을 되찾기 위해 노력하며 그는 조직에 복귀하려고 비밀 아지트에서 조직의 명령을 대기하고 있었다. 푸른 들판이 누렇게 물들기 시작하더니 벼 베기가 시작되었다.

4_
한 민족에게 총을 겨눌 수는 없다

48년 10월 20일 마실 간다고 나갔던 아지트 집주인이 헐레벌떡 뛰어 들어왔다.

"난리 났다요. 여수 십사연대가 반란을 일으켰다요."

"왜 그랬다고 합디까?"

"그건 모리것고, 암튼 구례 경찰들도 여차하면 도망갈라고 싹 준비해놓고 있답디다."

심상치 않았다. 그는 당장 면당으로 나갈 채비를 했다. 때마침 면책 김용제가 그를 찾아왔다.

"제주폭동 진압을 위해서 파견되려던 십사연대가 의거를 일으켰소. 십사연대는 여수를 해방시키고 지금 계속 북상 중이오. 우리도 해방에 대비해서 정권을 인수할 태세를 갖추어야 하오. 군당에서는 그동안 영웅적인 투쟁을 보여준 유 동지를 문척면 인민위원장으로 임명했소. 지금부터 문척면 내 모든 조직을 점검하고 합법에 대비한 기구를 편성합시다."

여수 14연대의 봉기 소식은 삽시간에 온 면내에 퍼졌다. 인민대중은 흥분한 얼굴로 곧 해방이 온다는 소식을 옆집으로 옆집으로 알렸다. 군당의 긴급지시가 내려왔다.

첫째, 모든 조직은 지하에 그대로 두고 이미 드러난 당원과 중립적인 인물들을 중심으로 합법기구를 개편하여 모든 행정을 접수할 것. 둘째, 당, 인민위원회, 농맹(남조선농민동맹), 민청(남조선민주청년동맹), 여맹(남조선민주여성동맹) 등 모든 기관의 사무실을 확보하고 정상 활동케 할 것. 셋째, 인민대중에게 14연대의 의거를 선전·선동하여 14연대의 해방투쟁에 인민대중이 함께 참여케 할 것. 넷째, 해방기간을 이용하여 조직확대 사업을 적극적으로 전개하여 전 인민대중이 조직원이 되게 할 것. 다섯째, 만일의 사태에 대비하여 기본조직을 절대 노출시키지 않고, 핵심당원을 중심으로 극비리에 백여 명이 일년 동안 버틸 수 있는 식량과 물자를 확보하고 은밀한 곳에 비장하여 유격투쟁에 대비할 것. 여섯째, 토지개혁을 위한 기초조사에 착수할 것. 일곱째, 반동분자를 색출하여 처단할 것. 여덟째, 인공기를 게양할 것 등이었다.

그날 밤 문척면 인민위원장인 그와 면책, 각 부락 세포책, 면내 각 사회단체 책임자들이 비밀 아지트에 모였다. 밤새 토론과 협의 끝에 면당기구를 비롯해 인민위원회, 농맹, 민청, 여맹 조직을 편성하고 각자에게 임무가 부과되었다. 모든 기구를 개편해놓고 이들은 14연대가 구례까지 해방시키기를 손꼽아 기다렸다. 인민위원장인 그는 새벽부터 문척면 내의 열 개 부락을 돌며 선전작업에 착수했다. 아침밥도 먹는 둥 마는 둥 그는 토금부락으로 달려갔다. 벼 베는 때라 일찌감치 서둘러야 했다. 새벽밥을 먹고 들판으로 나서려던 부락민들이 조직원들이 두드리는 징소리에 우르르 몰려나왔다.

"해방이 됐담서?"

"먼 해방이 또 돼라? 해방이사 옛날에 안 되았간디?"

"참말로 답답허시. 넘 손으로 된 해방이 해방이여? 여수서 군인들이 들고 일어나 갖고 이승만이랑 친일파들을 싹 몰아냈디야."

"웜매. 글먼 하동덕 아들이랑 승천이랑 돌쇠 애비랑 안 숨어댕겨도 되것 그마잉. 잘 되았네, 잘 되았네."

"하먼. 그 사람들이 어디 즈그 출세할라고 한 짓이간디."

징소리가 맑은 가을 벌판으로 울려 퍼지자 웅성대던 사람들이 일시에 입을 다물었다. 그는 사람들 앞으로 나갔다.

"친애하는 부락민 여러분! 조선의 용감한 아들들이 미 제국주의와 이승만 도당의 매국행위에 분노하여 드디어 의거를 일으켰습니다. 그젯밤 여수 십사연대 애국병사들이 총부리를 이승만 반역도당에게로 돌려 여수를 해방시키고 지금 순천을 향하고 있다는 소식입니다. 반란진압 나왔던 광주 사연대도 반란에 합류했다고 합니다. 형제자매 여러분! 애국병사들은 목숨을 걸고 싸우고 있는데 우리는 지금 무엇을 하고 있습니까?"

"우리도 싸웁시다!"

"애국병사를 도웁시다!"

낫을 움켜쥔 부락민들의 함성이 벼이삭 출렁대는 금빛 들판으로 멀리멀리 퍼져나갔다. 제국주의의 식민지가 아닌 참 해방을 갈구하는 인민대중의 애타는 함성이었다.

23일 새벽, 밤새도록 섬진강 건너 구례읍에서 총성이 울리고 불기둥이 솟았다. 아무도 잠들지 못하고 강 건너에만 귀를 기울이고 있었다. 가을 해가 떠오르면서 섬진강에는 자욱한 안개가 깔렸다.

"해방이다!"

안개 너머로 해방의 함성이 물결쳤다. 그는 총알처럼 면사무소로 튀어나가 밤새 만든 인공기를 게양했다. 해방을 갈구하는 인민대중의 힘찬 함성처럼 인공기는 가을바람을 잔뜩 안고 마음껏 밝은 하늘을 휘저었다.

그는 엊그제 개편한 합법기구의 조직원들을 긴급소집하고 행정사무를 인수받았다.

면장 의자에 앉아보았다. 꿈만 같았다. 손톱 밑으로 못을 박아 넣던 형사의 얼굴이 스쳐 지나갔다. 밤으로만 다녀서 눈을 감아야 오히려 낯익은 길들이 창문 너머로 끝없이 이어지고 있었다. 그는 벅찬 가슴을 누르고 자리에서 벌떡 일어났다. 싸움은 아직도 끝난 게 아니었다. 이렇게 움켜쥔 권력을 영원히 인민대중의 것으로 하자면 일단 조직확대 작업부터 서둘러야 했다. 그는 면내의 조직을 총동원하여 호별방문을 시작하고 유격투쟁에 대비한 식량과 물자 확보작업에 박차를 가했다.

토지조사 사업도 즉시 착수해서 각 부락에 한 명씩 당원을 조사원으로 파견해 면내의 토지와 토지소유 상태를 정확히 조사하도록 했다.

반숙 문제는 가장 어려운 문제였다. 그는 면책과 일단 정세를 논의하면서, 이번 해방이 단기일에 끝날 가능성이 높고 그렇다면 반숙 대상자를 무조건 처형할 것이 아니라 최대한 동조자로 끌어들이자는 데 동의했다. 작은 면이고 평야지대가 아니라 대단한 지주도 없는 마을이라서 반숙 대상자라야 면장 정도였다. 치안대원을 데리고 가라는 면책의 말에도 불구하고 그는 혼자 자전거를 타고 면장의 집으로 달려갔다. 그러나 면장은 이미 어디론가 도망간 후였다.

역시 해방은 오래가지 않았다. 10월 25일 국군 12연대와 경찰이 다시 구례읍을 장악했다. 군당에서는 세포를 통해 긴급지시로 계엄군의 침입에 대비하는 교육 실시요령을 전달해왔다.

첫째, 진압군이 마을에 들어오기 전에 당원, 민청원, 농맹원 등 협조자들은 부락을 비우고 산으로 피신했다가 계엄군 퇴각 후 하산할 것. 둘째, 계엄군의 조사 시 모든 것을 안 했다, 모른다고 부인하라고 가족들을 교육시킬 것. 셋째, 노출된 당원들의 집은 계엄군의 방화에 대비하여 재산을 소개할 것.

모든 협조자들을 철저히 교육시킨 후 그는 전체 면조직을 이끌고 반내골 골짜기로 들어갔다. 각 부락에서 쫓겨 온 사람이 70여 명이었다. 이 인원 모두가 앞으로 비합법 활동을 하게 될 경우 면내 당조직을 유지한다는 것이 불가능했다. 합법적인 신분으로 위장할 사람들이 필요했다. 그는 면책과 입산한 사람들을 철저하게 심사하여 크게 노출되지 않은 40여 명을 다시 마을로 돌려보냈다.

이들을 돌려보낸 직후 군당지시가 내려왔다. 그를 다시 군당 오르그로 임명하니 문척면에 주재하면서 모든 조직을 지하로 개편하고 부득이하게 노출된 동지들만 데리고 유격전에 대비하라는 것이었다.

그는 곧 입산준비에 착수했다. 일부는 식량, 의복, 기타 물품을 확보하여 입산시키고 일부는 부락에 내려가 각 부락 세포와 연결망을 확립시켰다. 그는 세포를 통하여 매일매일의 정보를 산중에서도 모두 파악할 수 있었다.

국군 12연대가 구례읍을 점령하긴 했지만 각 부락까지 쫓아다닐 형편은 아니었다. 그는 여유 있게 입산준비를 완료시켰다.

화려한 가을 햇살에 휘날리던 인공기도, 잠도 자지 못하고 추진했던 계획들도 모두 일장춘몽이었지만, 혁명의 길이 멀고 험할수록 그의 투쟁의지는 불타올랐다. 자기 집 굴뚝연기가 바라보이는 겨울산 속에서 그는 매서운 산바람만큼이나 단단한 혁명의 열정을 더욱 단단하게 되새김질하고 있었다.

여순사건을 계기로 전남의 각 지역에서는 무장봉기가 잇달았다. 14연대의 봉기를 주도한 지창수는 광주 출신으로 14연대 인사계 선임하사관이었다. 전남도당에서 심은 14연대 당책으로 연대 내의 동조자를 끌어 모아 조직을 확대 강화하고 있던 지창수는 10월 18일 오후 부관실에 있는 당원으로부터 긴급보고를 받았다. 14연대 중 1개 대대가 제주항쟁 진압을 위해 파견될 예정이라는 것이었다. 지창수는 파견시기와 파견부대를 알아내고 즉시 전남도당에서 지도원으로 파견한 조 동무(성명 미상)를 찾아가 보고했다. 조 동무는 지창수의 보고를 받은 후 도당으로 긴급하게 연락원을 보냈다.

다음날 오후 조 동무를 비롯하여 대대 세포위원장, 연대 당간부 등 십여 명은 인사계 내무반에 모여 대책을 논의했다.

제주도에서 영웅적인 투쟁을 벌이고 있는 동지들에게 총을 겨눈다는 것은 있을 수 없는 일이라는 데 모두 동의하고 선상에서 반란을 일으켜 월북할 것이냐, 여수에서 전 연대가 반란을 일으킬 것이냐가 주로 논의됐다. 도당의 지시에 따르는 것을 원칙으로 하되 전국적인 연대가 아닌 단독적인 무장봉기로는 해방을 지속시키기 어렵다는 판단 아래 선상반란을 일으키자는 쪽으로 의견이 모아졌다.

그날 밤 9시 정보과에 있는 당원으로부터 다시 긴급보고가 들어왔다. 선상반란 계획이 알려져 장교들이 대책회의에 들어갔다는 것이다. 도당의 지시를 기다릴 시간이 없었다. 곧 체포령이 내려질 판이었다.

지창수는 즉시 세포위원장(세포책) 회의를 소집하고 상황을 설명했다. 선택의 여지가 없었다. 다들 연대반란에 동의하고 두 시간 후인 11시 정각에 결행하기로 했다. 숨가쁘게 일분일초가 흘러갔다. 지창수는 조직이 가장 강한 중대의 2개 소대를 여수 시내에 풀어 놓고 봉기가 시작될 11시에 경찰서를 점령하라고 지시했다. 나머지 1개 소대는 병기고를 점령하고 회의 중인 연대본부를 습격하여 장교 전원을 체포하도록 했다. 엉덩이 한번 걸칠 짬도 없이 바쁘게, 그러나 영원히 11시는 오지 않을 것처럼 천천히 시간은 흘러갔다.

자기 손에는 얼마 남지도 않을 추수에 지친 농민들이 평생의 한을 쏟듯 코를 골아대는 어두운 밤하늘 위로 날카로운 총소리가 연발로 울려 퍼졌다. 지창수가 엠원 한 탄창을 다 갈겨댄 지 오 분도 안 돼 연병장은 뛰쳐나온 사병들로 가득 찼다. 긴장으로 턱이 빳빳하게 굳은 지창수가 총을 들고 사열대로 올라갔다.

"애국병사 여러분! 우리는 동족을 살상하는 제주도 출동을 결사반대한다. 우리는 조선의 아들이다. 우리가 어찌 조국해방을 위해 영용한 싸움을 펼치는 우리 동지들의 심장에 총을 겨눌 것인가! 병사동지 여러분! 나는 자주독립을 쟁취하는 싸움을 결정하고 이 자리에 섰다. 지금 미 제국주의자들은 이승만과 친일파, 민족반역자들을 앞세우고 우리의 조국을 집어삼키려 하고 있다. 일제 삼십육 년의 식민노예 생활이 엊그제인데 또다시 미제의 노예가 될 것인가! 지금 전국에서 전 병사들이 조국해방을 위해 일제히 봉기했다. 삼팔선도 이미 뚫렸다. 우리 십사연대도 조국을 통일하여 평등사회를 쟁취하는 성스러운 투쟁에 앞장서자. 미 제국주의자와 이승만 괴뢰도당을 섬멸하고 피압박 인민을 해방시킬 자, 나를 따르라!"

"안 돼! 안 돼!"

한쪽에서 일부 장교들이 고함을 지르며 권총을 뽑아들고 지창수 쪽으로 달려왔다. 요란한 총소리가 들렸다.

"우리의 의거를 반대하는 반동장교는 죽었다!"

천지를 진동할 듯 박수와 함성이 터져나왔다. 지창수를 지휘관으로 한 14연대가 여수 시내에 진격하기도 전에 여수 시내 곳곳에서 총성이 울리고 불기둥이 솟아올랐다. 지창수가 파견한 2개 소대가 이미 여수를 해방시키고 있었던 것이다.

다음날 순천도 14연대의 손에 해방되었다. 순천 경비를 위해 파견나와 있던 14연대의 2개 중대가 선임중대장 홍순석의 지휘로 봉기에 합류했으며, 벌교 방면으로 진압 나왔던 광주 4연대의 1개 중대도 이진범 일등상사의 인솔로 봉기에 합류했다.

22일, 여수 14연대의 봉기소식을 듣고 중앙당 노동부장 이현상이 봉기 지휘를 위해 순천에 도착했다. 노 동무라고 자신을 밝힌 이현상은 지창수를 만나자 먼저 중앙당에서 심어놓은 좌익계 장교 열여섯 명의 안부를 물었다. 그러나 김지회를 제외한 열다섯 명의 장교는 이미 사살된 후였다. 모병을 나갔을 때 박헌영을 존경한다는 사람들만 입대시키는 등 평소 좌경적인 언동을 자주 해 순천역 화물차에 감금되어 있던 김지회를 만난 이현상은 눈물을 터뜨렸다. 자기의 동지들인 줄도 모르고 좌익계 장교들을 사살했던 지창수도 회한의 눈물을 흘렸다. 장교조직은 중앙당에서, 일반 사병조직은 지방당에서 관할하는 바람에 이런 어처구니없는 사태가 발생한 것이었다.

이현상의 지도 아래 홍순석 중위를 총지휘관으로, 김지회를 부지휘관으로 임명하는 등 14연대의 지휘체계가 개편되었다.

당시 14연대는 바깥세상과 마찬가지로 대부분이 좌익 동조자이긴 했지만 당원은 전 병력의 10퍼센트에 불과했고 그중 장교조직의 비율은 더 낮은 수준이었다. 당세가 약해 전체 병사를 통솔하기 어려웠던 14연대는 순천 점령이 예상보다 늦어지자 구례 진격을 포기하고 광양을 거쳐 백운산을 넘어 지리산에 입산했다.

김지회가 이끄는 선발부대는 22일 오후 10시 섬진강을 건너 지리산 문수골에 도착하여 23일 새벽 구례읍을 공격, 점령했다가 즉각 문수골로 철수했다. 이날 구례 공격 시 15연대의 연대장 이하 연대 참모와 고급하사관

열다섯 명이 김지회부대에 잡혀 있다가 탈출한 사건이 있었다. 사실상 이들은 지창수가 광양을 공격할 때 백기를 달고 지창수를 찾아와 반란에 합류할 것을 의논했던 사람들이었다. 일단 김지회를 만나 합류계획을 짜기로 하고 구례 문수골에서 김지회를 만난 이들은 김지회가 구례 공격을 떠난 후에 탈출로 위장하여 15연대에 복귀했다. 그러나 14연대 반란사건 이후 숙군작업이 철저하게 진행되었던 터라 이들은 복귀하고 얼마 후 전원 사형에 처해졌다.

계속 백운산에 남아 잔류 병력을 규합한 지창수는 김지회의 선발부대와 지리산에서 합류하기 위해 11월 13일 백운산 줄기를 따라 구례군 문척면 중산리 반내골에 도착했다.

13일 오후 4시 군당과 군 유격대(군당에서는 4월 28일 반숙사건 이후 수배된 박종하와 극단투쟁 이후 역시 수배된 20여 명으로 유격대를 조직하여 지리산 피아골에서 유격훈련을 시키고 있었는데 남부지역에서 무장유격대로는 가장 빠른 것이었다)에서 반내골에 숨어있던 문척면 인민위원장을 찾아왔다. 찾아온 사람은 박중래, 박종하로 둘은 당질 간이었다.

당시 구례군 유격대장 박종하는 담 크고 호탕하기로 소문난 사람이었다. 일 미터 팔십이 넘는 훤칠한 키에 뛰어나게 잘생겼던 박종하는 이후 백운산지구 사령관을 지내다 이현상부대 사령관으로 임명되어 이현상의 오른팔 노릇을 했다. 강 사령으로 알려진 박종하는 그가 전투를 지휘한다고 하면 아프다고 드러누웠던 사람들까지 싸우러 나가겠다며 따라나설 만큼 대단한 지장이었다. 47년부터 수배되어 비합법 활동을 하던 박종하는 언제 어디나 웃음을 몰고 다녔다. 어떤 상황에서도 박종하는 두려워하는 법이 없었다. 어느 마을에 숨어 있던 박종하가 한 번은 보초의 보고를 받았다. 동네에 나타난 엿장수가 수상하다는 것이었다. 다른 사람 같으면 수상

한 자가 사라질 때까지 더 깊이 몸을 숨기련만 박종하는 골목길로 달려 나
가 엿장수를 보고 외쳤다.

"어이! 엿장시. 나 박종하시. 나 여그 있네."

엿장수로 변장했던 형사들은 웬 떡이냐 싶어 엿판을 내던지고 박종하에
게 달려갔다. 유도가 삼단이고 걸음도 날쌨던 박종하는 이미 형사들이 내
던지고 간 엿판 쪽으로 달려가 있었다.

"어이, 엿 잘 먹것네이. 다음번에는 더 맛있는 것 조깐 갖고 오소."

형사들은 멀거니 주저앉아 닭 쫓던 개꼴이 되는 수밖에 없었다. 총알이
빗발치는 전투 중에도 꼿꼿이 허리를 세우고 전투를 지휘하던 박종하도 결
국은 51년 후평에서 남하하던 중 경남 가회전투에서 토벌대의 총알에 목숨
을 잃고 만다. 그 후 이현상은 오른팔을 잃었다며 눈물의 연설을 했던 걸로
전해진다.

문척면 인민위원장 유혁운을 찾아온 이들은 14연대가 그날 밤 반내골에
도착하니 면 조직원 전체가 환영할 준비를 서두르라는 군당의 전갈을 전했
다. 산골짜기에 숨어 있던 면 조직원들은 모두 마을로 내려왔다. 마침 반내
골은 유혁운의 고향이었다.

밤 11시경 지창수 사령관을 선두로 14연대 병력 2백 명이 백운산을 넘
어 반내골에 도착했다. 성대한 환영식이 벌어졌다. 2백 명 병력은 각각 배
당받은 집으로 흩어지고 사령부는 유혁운의 집에 주둔했다. 마을사람들
은 누가 시킨 것도 아니건만 쌀이며 고추장을 퍼들고 그의 집 앞에 줄을
이었다.

지창수는 조직관리에 철저한 사람이었다. 오합지졸로 흩어졌던 병력을
백운산에 주둔하면서 다 규합해온 것이라 지창수가 이끄는 병력의 군기는
그야말로 엉망이었다. 반내골에서 일주일을 머무르면서 지창수는 부대원

116

에 대한 사상교육과 군사훈련을 실시했다. 부대원에게 공급되는 식사 외에 민가에 폐를 끼치는 경우는 엄벌에 처했다. 사령부 숙소를 제공했던 유혁운의 부친에게도 깍듯이 인사 치레를 했다. 장신의 키에 풍채가 좋은 지창수는 광주 갑부의 아들로 일군의 고급하사관을 지낸 사람이었으나 군인이라기보다는 점잖은 선비 같은 모습이었다. 밤이 이슥해지면 지창수는 유혁운을 불러들여 밤늦도록 여순사건에 관한 얘기들을 들려주곤 했다.

"순천 점령 때 말이오. 부대원들이 통 통제가 돼야지. 한참 힘들었소. 그러다 양키 고문관이 생각나더란 말이오. 그래 양키들에게 설명을 해주고 앞장세웠지. 순천경찰서 놈들, 양키 다칠까봐 전전긍긍하는 꼴이라니, 덕분에 순천을 쉽게 얻기야 했지만 두고두고 분통이 터집디다. 같은 민족이 죽어도 눈 하나 깜박 안 하는 놈들이 그깟 양키 두 놈 죽을까봐 사색이 되다니……."

19일 아침 지창수가 면책과 군당 오르그를 불렀다.

"오늘 밤에 작전이 있을 테니 부대원들의 영양보충을 좀 해주실 수 있것소?"

유혁운은 면책과 상의하여 자기 집의 돼지 한 마리를 잡고 동리에서 닭 스무 마리를 추렴하기로 했다. 지창수는 그 순간부터 동리 밖의 출입을 엄격하게 통제했다. 밤 10시, 지창수는 병력을 이끌고 출동했다. 어디로 가는지도 알 수 없었다. 밤바람이 제법 싸늘하게 옷깃을 파고들었다.

그날 밤 김지회가 이끄는 5백 명과 지창수가 이끄는 2백 명이 한꺼번에 구례읍 2차공격을 감행했다. 김지회는 동쪽과 북쪽을 맡았고 지창수는 12연대 병력이 주둔한 구례 중앙국민학교 쪽을 공격했다. 19일 밤 9시까지 중앙국민학교에는 12연대 1개 대대가 교실 세 개에 주둔하고 있었다. 지창수의 공격은 1개 대대 주둔만을 생각하고 실행된 것이었다. 그러나 9시에서 12시 사이에 12연대 1개 대대가 증원되어 교실 스무 개에 증원 병력이 주둔하고 있었다. 12연대 표시대로 철모에 흰 테를 두르고 세 개 교실에 집중 사격했던 지창수 부대는 스무 개 교실에서 일제히 응전하는 바람에 혼란이 생겼다. 적과 아군이 뒤섞여 백병전이 벌어졌지만 복장과 무장이 똑같은데다 나중에는 서로 암호까지 알게 돼 밤새도록 피아를 구분 못 하고 이리저리 몰려다니기만 했다. 먼동이 터오면서야 비로소 서로 자기 진영을 찾아 대열을 정비하기 시작했다. 당장 14연대의 수적 열세가 드러나 더 이상 버틸 수가 없었다. 다행히 그날따라 섬진강가로 깊은 안개가 일었다. 14연대는 재빨리 안개 속에 몸을 숨기고 김지회부대와 합류하여 지리산 깊숙이 들어갔다.

이날의 전투로 양측 다 상당한 피해를 입었다. 계엄군은 다음날 반란군의 시체라며 트럭 몇 대에 시체를 실은 채 시위를 하고 다니다가 이삼 일 후 섬진강변 양정 모래밭에서 시체를 불태웠다. 그 전날 문척면 토금부락에서 동조자라고 붙잡아간 열일곱 명도 조사 한번 없이 양정 모래밭에서 총살당한 후 불태워졌다. 19일 전투 후 반란군이 대열을 수습해본 결과 행방불명이 마흔세 명, 부상자가 일곱 명이었는데 며칠 후 복귀자가 열일곱 명에 이르렀으니 실제 희생자는 스물여섯 명인 셈이었다. 계엄군이 반란군의 시체라며 몇 대의 트럭에 싣고 다니던 시체는 누구의 시체인지 밝힐 길이 없다. 당시 떠돌던 소문에 의하면 숙군 대상자 중 일부의 시체였다고도 하고 다른 시군 좌익들의 시체였다고도 한다. 아무튼 양정 모래밭은 매일 시체 태우는 연기로 가득했고 주변 사람들은 역한 냄새에 코를 막고 살아야 할 지경이었다.

11월 말, 구례에 주둔 중이던 12연대의 연대장 백인귀가 1개 중대 병력을 이끌고 남원지역 진압을 위해 이동하는 중이었다. 산동면과 용방면 사이의 쐬약재를 지나던 12연대는 김지회와 구례군 유격대장 박종하가 이끄는 유격대의 매복에 걸렸다. 연대장 백인귀를 비롯해 예순 명 남짓한 병력이 전사하는 싸움 끝에 12연대는 다시 남원으로 패주하고 말았다. 14연대 봉기 이후 최고의 전과였다.

김지회는 이날 엠원 소총 이백 정, 중기관총 한 정, 삐아링 경기관총 여섯 정, 자동차 열두 대, 실탄 십이만 발을 노획하는 대전과를 올렸다. 이날 얻은 무기가 그 겨울 내내 빨치산의 동력이 되었던 셈이다.

이 전투 때문에 구례지역은 국군의 대대적인 토벌로 피바다가 되기 시작했다. 계엄군은 지리산의 14연대 주력은 토벌할 엄두도 내지 못하고 중대 단위로 각 마을을 뒤지며 좌익의 기초조직 파괴에 혈안이 되었다. 그러나 사실상 파괴된 것은 좌익의 기초조직뿐만이 아니라 일반 민중의 삶이었다. 좌익과 우익이 무엇인지도 잘 모르면서 계급적 직관으로 심정적으로 혹은 쌀 한 되로 좌익을 지지한 수많은 사람들이 좌익이라 하여 처형, 투옥당하거나 자신들의 삶의 터전에서 쫓겨났던 것이다.

11월 27일, 계엄군이 반내골로 진압 나간다는 정보가 12연대의 병방산 주둔 중대로부터 전해졌다(이 중대의 중대장은 좌익 프락치로 발각되어 처형당했다).

반내골의 세 개 마을에 대비를 완료시키고 유혁운은 오전 7시 자신의 아버지를 찾아갔다.

"아버님, 오늘은 일단 피하시는 게 좋겠습니다. 함께 산으로 올라가십시다."

"내가 이 골짝 이장이다. 내가 피하면 누가 일을 수습하겠느냐. 나야 좌익도 아니니 별일 없을 것이다. 너나 피하거라."

아버지는 끝내 고집을 꺾지 않았다. 그는 다른 식구들 모두를 마을 뒤 자연굴에 피신시키고 면당으로 달려갔다.

오전 11시가 되자 반내골 입구에서 총성이 울리기 시작하면서 진압군이 밀려 들어왔다. 진압군은 마을을 포위하고 일단 사격을 시작했다. 조용한 산골이 총소리에 후드득 깨어 일어났다. 조금 후 온 동리가 불바다가 됐다. 사람이 있건 없건 집이란 집엔 죄다 불을 지르는 모양이었다. 조금씩 떨어져 있는 마을 세 곳을 모두 불태운 후 진압군은 5시쯤 물러갔다.

그는 곧 정찰대를 내려보냈다. 진압군이 완전히 철수했다는 소식이었다. 그들을 따라 함께 대피해 있던 마을사람들을 이끌고 내려가려는 그를 정찰대원 하나가 붙잡았다.

"저…… 유 동지 아버님이 총살당했습니다."

그는 마을로 달려 내려갔다. 마지막 불길이 사그라져가고 있었다. 아버지 시체도 보이지 않았다. 속에서 불덩어리 같은 것이 확 치밀어 올랐다. 설마 했던 일이었다. 그가 아버지에게 산으로 가자고 끝까지 우기지 않은 것은 다 믿는 데가 있는 까닭이었다. 아버지는 좌익 자식을 두긴 했지만 이승만의 독립촉성국민회에 관계하는 우익이었던 것이다. 진압군에게는 그런 것도 중요하지 않았다. 그저 반란군이 스쳐간 곳이니 눈에 닥치는 대로 총을 휘갈긴 것이었다.

별일 있겠느냐며 동네에 남아 있던 사람들은 남자건 여자건 모두 끌려가고 걷지도 못하는 노인네들만 타다 남은 세간을 챙기며 통곡하고 있었다. 그는 집터를 죽 돌아보았다. 그 많던 벌통이 다 엎어져 벌이 수북이 죽어있고 미처 다 파먹지 못한 꿀물이 찐득찐득 흘러내렸다. 타다 남은 기둥에서 바람에 따라 불길이 확 일어났다가 다시 가라앉곤 했다. 산에 몰래 매놓은 황소가 고삐를 끊고 집 주위를 맴돌고 네눈이란 개만 꼬리를 치며 그의 뒤를 졸졸 따라다녔다. 일제시절 우리 것을 지키겠다는 고집 하나로 버티던 조선 선비들로 들끓던, 그들이 다리를 괴고 앉아 몸을 흔들며 시조를 읊조리던 초당도 불길에 휩싸여 검은 재로 변해 있었다.

얼마 후 자연굴에 피신해 있던 식구들이 돌아오자 반내골 좁은 하늘은 통곡소리로 가득 찼다. 종조부도 끌려간데다 시체마저 어디에 있는지 찾지 못해 당장 치상할 일도 걱정이었지만 그에겐 울 시간조차 없었다. 그는 먼 족간 아저씨에게 치상을 부탁하고 황급히 면당 아지트로 돌아왔다.

다른 마을만이라도 반내골 같은 처참한 일을 피해야 했다. 그는 입산한 자 전원을 소집하여 각 부락에 파견했다. 모두 재산을 소개시키고 진압군이 들어오건 안 들어오건 당분간 낮에는 피신하도록 각 부락에 가서 메가폰으로 선전할 것을 지시했다. 사람들이 각 부락으로 떠난 후 그는 혼자 면당 아지트에 남아 있었다. 낮의 그 요란한 총성과 울음소리 대신 시냇물 흐르는 소리만 적막한 산골의 정적을 부추겼다.

며칠 후 오전 10시쯤 그는 보초선 순찰을 나갔다. 오 년간 그의 집에서 머슴살이를 했던 심 동지가 마침 보초를 서는 중이었다. 심재봉은 그가 다가가는 것도 모르고 마을을 내려다보며 훌쩍이고 있었다.

"어이 심 동지, 뭐하고 있어!"

"혁운이, 저 아래 자네 텃밭 한가운데를 보소."

거기엔 묘가 하나 있었다. 새로 생긴 무덤이었는데, 한 여자가 묘 옆에 쪼그리고 앉아 있고 다른 여자는 묘 앞에서 마구 뒹굴고 있었다. 자세히 보니 쪼그려 앉은 여자는 어머니이고 뒹굴며 통곡하는 여자는 바로 밑의 누이동생이었다. 동생의 울음소리가 산줄기를 타고 그의 귀에까지 희미하게 들려왔다.

그때였다. 곁에서 나뭇잎 바스락거리는 소리가 들렸다. 그는 재빨리 카빈총의 안전장치를 풀며 소리 나는 곳으로 총구를 겨누었다.

"어이 유 동지, 나여 나. 토금 세포책 김용채란 말일세."

노출되지 않아 세포책으로 심어놓았던 바로 그 김용채였다. 반가웠다. 그는 쫓아가 김용채를 껴안고 악수를 나눴다.

"그런데 여긴 웬일인가?"

"당원이란 것이 폭로되어 잡혀갔다 어제 나왔소. 그대로 집에 있다가는 개밥 될 것 같아서 선을 잡을라고 산을 헤매는 중이오."

그는 김용채를 데리고 아지트로 갔다. 김용채는 지금 자기와 같은 입장의 동지들이 자기를 기다리는 중이니 같이 가서 그들을 데려오자고 했다. 면당에서는 김용채의 보고를 받고 그날 밤 출동계획을 세웠다.

그는 서태석과 오산을 넘어 중마리에 가서 병방산 주둔부대와 접선하여 새로운 정보를 입수하기로 하고, 면책 등 네 동지는 김용채와 토금마을로 가서 노출된 동지들을 입산시키기로 했다. 출발하자마자 겨울비가 뿌리기 시작했다. 찬 겨울비에 옷이 젖어들자 뼈가 시릴 만큼 추웠다.

새벽 3시까지 선을 기다리다 결국 실패한 그는 돌아오는 길에 추위를 녹이기 위해 동해와 반내골 사이 누라매기재의 한 돼지막(멧돼지로 인한 농작물 피해를 막기 위해 지키는 막사)으로 들어가 불을 피우고 옷을 말렸다. 6시, 근처에서 분명한 인기척이 들렸다. 후닥닥 뛰어나와 보니 코앞을 분간하지 못할 정도로 짙은 안개 속에 사람 소리가 들려왔다. 안전한 곳으로 장소를 옮겨서 보니 헤아릴 수 없이 많은 사람들이 능선을 오르고 있었다. 분명히 적이었다.

그는 능선 아래의 샛길을 가로질러 반내골 아지트로 뛰어갔다. 아지트 방면에서 요란한 총성이 울렸다. 다시 그는 아지트 반대방향으로 돌아섰다. 아지트 쪽에서는 함성과 총성이 콩 볶듯 하였다. 하루 종일 이리저리 산을 헤매다 한밤중에야 그는 비상선으로 갔다. 면당 동지들이 다 모여 기다리고 있었다.

김용채가 스파이였던 것이다. 그를 따라간 마종재는 접선과정에서 잠복 중이던 경찰에게 사살되고 다행히 다른 동지들은 구사일생으로 튀었다고 했다. 곧바로 아지트로 돌아온 이들은 생활도구를 챙겨 다른 동지들과 곧장 아지트를 폈다. 몇 초 간격으로 김용채가 경찰을 데리고 아지트를 공격했다.

겨우 살아남은 동지들은 위장하여 앞잡이 노릇을 한 김용채에게 이를 갈며 복수를 다짐했다. 그는 복수심보다도 책임자로서의 오류 때문에 마음이 무거웠다. 그가 조금만 더 꼼꼼하고 세밀하게 노출된 경위와 현재의 사정을 점검했더라면 미연에 방지할 수도 있는 죽음이었다. 프락치의 위험성을 망각해버린 지도자 때문에 소중한 한 동지를 잃은 것이었다. 동지의 목숨과 맞바꾼 교훈을 가슴에 새기며 그는 새로운 아지트로 거처를 옮기고 마동지의 희생으로 상당히 저하된 사기를 살리기 위해 노력했다. 충분한 휴식을 취하도록 하고 자주 오락회를 열어 웃음을 잃지 않도록 하는 한편 혁명사상을 고취시키는 사상교육을 계속했다.

한 해가 저물어가는 12월 중순 무렵의 어느 날, 밤새 많은 눈이 내렸다. 눈이 내리면 발자국이 남기 때문에 꼼짝도 할 수 없었다. 비축해둔 식량으로 간신히 허기만 달랜 채 문척면당 사람들은 아지트에 틀어박혀 있었다. 주위를 둘러봐야 온통 새하얀 눈뿐이었다.

오전 10시경 아지트 건너편 웃성자골에서 갑자기 총성이 시작됐다. 양지바른 쪽의 눈이 녹은 곳을 따라 산모퉁이에 나가 적정을 살폈다. 분명히 웃성자골에서 작전이 벌어졌는데 한 시간도 채 못돼 "다 잡았다"는 고함소리가 울려 퍼졌다. 어느 동지들일까 궁금했다. 가까운 승주군 황전면 사람들일 수도 있었다.

한밤중에 그는 정보수집차 소개당한 자기 식구들이 묵고 있는 안지동 누님 집을 찾아갔다. 그는 뒷문을 살짝 두드렸다.

"누구시요?"

"나요, 어머니."

가까이 와서 부둥켜안아야 할 어머니가 웬일인지 눈이 퉁퉁 부은 채 겁먹은 얼굴로 자꾸 뒤로 물러났다.

"왜 그러요? 나란 말이요."

그는 안으로 뛰어 들어갔다. 어머니가 놀라서 털썩 주저앉았다.

"아이, 니가 진짜 사람이냐 귀신이냐?"

"그게 먼 소리요?"

그날 아침 군과 경찰이 섬진강가에서부터 여러 명의 족적을 따라 반내골까지 들어간 모양이었다. 발자국은 어느 집 앞에서 잠시 멈췄다. 거기서 밥을 해먹었던 듯했다. 그 족적을 따라가다 유격대 네 명을 만나 싸움이 붙었는데 한 명은 생포되고 나머지 세 명은 수류탄으로 자폭했다. 자폭한 사람 중의 하나가 얼굴은 완전히 뭉개져서 알 수가 없고, 입고 있는 옷이나 체격으로 보아 유혁운이 분명하다는 연락이 왔다. 자형이 가서 확인까지 했고 그의 가족들은 내일 시체를 묻으러 가려는 중이었다. 그러는 판에 그가 불쑥 나타난 것이었다.

죽은 사람들은 전남도당 선전부장 박석우(담양 출신으로 일본 명치대 졸업) 일행이 분명했다. 얼마 전 그들이 지리산으로 이현상을 만나러 갈 때 선전부장 수행원의 옷차림이 너무 초라하기에 유혁운은 자기 속옷과 철도국 정복을 입혀 보냈다. 그의 옷에 그만한 체격이라면 그 선전부장 일행이 틀림없었다. 비밀활동으로 단련된 간부가 어떻게 족적을 남기고 다닐 만큼 소홀했는지, 당사자들이야 그 부주의의 대가로 목숨을 버렸지만 남은 사람들은 흐린 겨울 하늘만큼 답답했다.

　어머니는 그가 집을 나올 때까지 따라나오며 그의 몸을 만져보고 몇 번씩 똑같은 말을 물어보았다.

　"아이, 니가 참말 사람이지야?"

5_
백운산의 봄

12월 25일 군당에서 소환장이 날아들었다. 조직책 김성균과 함께 27일까지 군당으로 들어오라는 지시였다. 26일 중으로 모든 인수인계를 끝낸 유혁운은 그날 밤 정기연락원과 함께 상군길에 올랐다. 섬진강은 꽁꽁 얼어붙어 있었다. 얼음 위로 조심스럽게 걸어 들어갔는데 중심부에는 얼음이 엷게 얼어서 건너가자마자 금이 쩍쩍 가며 갈라졌다. 한가운데는 그나마 얼음도 얼지 않고 얼음덩이만 떠다녔다. 얼음덩이를 헤치고 십 미터쯤 건너갔다. 다시 얼음이 나타났다. 겨울밤을 산산조각 내듯 얼음 갈라지는 소리가 요란했지만 그들은 묵묵히 걸었다. 막 땅에 닿으려는 순간 잠든 밤을 깨우며 그들 곁으로 총알이 빗발쳤다. 총탄이 바람을 가르며 머리 위로, 귓가로 스쳐 지나갔다. 땅에 바싹 엎드려 아무리 나갈 데를 찾아봐도 도저히 개미새끼 하나 빠져나갈 틈이 없었다. 건너온 쪽에서도 총탄이 퍼붓고 있었다. 얼지 않은 강 중심을 따라 헤엄치는 수밖에 없었다. 그는 일행에게 손짓하며 강으로 뛰어들었다. 얼마 동안을 물 흐름에 몸을 맡긴 채 떠내려갔다. 한겨울의 강물은 심장도 얼릴 것처럼 차가웠다. 퍼뜩 머리를 스치는 게 있었다. 조금만 더 내려가면 용두소였다. 그곳은 사람이 빠져나갈 틈도 없이 완전히 얼어붙어 있을 터였다. 그 얼음장 밑에 갇히면 끝장이었다. 그는 뒤따라오는 일행에게 소리쳤다.

"정신 차려! 조금만 더 가면 용두소다! 얼음 밑으로 들어가면 안 돼!"

신경을 곤두세우고 떠내려가는데 얼음이 빠지직빠지직 밀리는 것이 느껴졌다. 얼음덩이가 밀려 오도가도 못 하게 된 것이다. 그는 날카로운 얼음덩이를 헤치며 앞으로 나아갔다. 얼마 후 움직이지 않는 얼음덩이가 잡혀 얼음장을 손으로 디뎠더니 찍찌익 하고 요란한 소리를 내며 얼음장이 깨졌다. 깨진 얼음장을 가슴과 손으로 밀어붙이고 전진했다. 또 얼음장이 손에 잡혔다. 역시 깨졌다. 몇 번을 되풀이한 끝에야 간신히 얼음 위로 올라설 수 있었다. 머리에 이고 건넜던 총이며 옷은 온데간데없이 완전히 알몸이었다.

일행 중 김성균만이 그의 뒤를 따라 얼음장 위로 모습을 드러냈다. 물에 젖은 알몸으로 발을 동동 구르며 아무리 기다려도 연락원 두 명은 나타나지 않았다. 더 이상 기다렸다가는 날이 샐 판이라 그와 김성균은 지리산 쪽 토지면 강 언덕으로 올라섰다. 알몸 위로 매서운 강바람이 사정없이 몰아쳤다.

그들은 알몸으로 달달 떨면서 두 시간을 걸어 지리산 밑 문수계곡 웃대내라는 마을에 도착했다. 토벌대에게 소개당했는지 여느 산마을과 마찬가지로 마을은 텅 비어 있었다. 우선 추위를 녹여야 했다. 아무 빈집에나 뛰어든 그들은 방에다 볏단을 수북이 쌓고는 그 속으로 들어갔다. 얼마쯤 있으니 온기가 생겼다. 추위가 조금 가시자 온몸이 쏙쏙 아려왔다. 가슴께를 더듬었더니 뭔가 찐득한 게 묻어났다. 그러나 그런 데 신경 쓸 겨를이 없었다. 일단 따뜻해지니 살 것 같았다. 멀리 이웃마을에서 희미하게 닭 우는 소리가 들려왔다.

얼마나 지났을까. 살포시 잠이 들었는데 어디서 두런두런 말소리가 들렸다. 그들은 번쩍 정신이 들어 온 신경을 곤두세웠다.

"어이, 상율 동지. 빨리 불 좀 피워. 먼 놈의 날이 이래 추운가 모리것네."

아, 얼마나 반가운 동지의 이름인가. 그들은 후다닥 알몸인 채로 뛰어나갔다.

"누구여?"

그들도 놀랐는지 다급하게 외쳤다.

"나 문척면 유혁운이요."

"아니 유 동지가 여그 어짠 일이요?"

"어서 불이나 피우시오. 얼어 죽게 생겼소."

"그게 먼 소리요?"

"섬진강 도강 중 적의 습격을 받아 옷이고 뭐고 몽땅 버리고 구사일생으로 여그까지 온 거요."

이상율이 그를 붙들고 앞장섰다.

"어매, 글고 본께 알몸 아니다고. 갑시다, 요 위에 불 때논 집이 있소."

불이 따뜻하게 지펴진 방에 들어서서 호롱불을 켰다. 주위에 있던 사람들이 혀를 내둘렀다. 그와 김성균의 몸은 솜씨 좋은 백정이 살을 바른 것처럼 껍질이 홀라당 벗겨져 온통 피범벅이었다. 그 피범벅 위에 지푸라기가 다다다닥 붙어 있었다. 동지들이 마을에서 구해온 옷을 입었지만 옷은 금방 핏물에 담갔다 꺼낸 꼴이 됐다. 얼음덩이를 헤치고 나갈 때 얼음에 베인 모양이었다. 온몸에 칼로 베인 것 같은 깊은 상처가 나 있었다. 좀처럼 지혈이 되지 않았다. 면당 동지들이 엽초를 가져다 전신에 붙여주었다. 얼마 후 피에 젖은 옷을 다시 빨아 모닥불에 말려 입고는 문수골짝을 거쳐 질매재를 넘어 피아골 삼거리 접선장소로 갔다.

그들은 오전 10시, 군 유격대와 군당이 함께 쓰는 아지트로 안내되었다.

군당 아지트는 별천지 같았다. 왔다갔다하는 사람만도 대충 백여 명이 넘어 보였다. 병력이 있으니 고지에 보초를 세우고 합법시기와 다름없이 사는 모양이었다. 지도부, 조직부, 선전부, 민청 등 각 부서별로 온돌까지 놓은 윷판집(큰 나무로 우물 정자 형의 틀을 갖춘 후 이끼나 흙 등으로 틈새를 메운 집)을 독채로 사용하고 있었다. 얼핏 보니 취사장에는 가마솥이 여러 개 걸려 있었다.

군책 박대수가 반가이 그를 맞았다. 박대수는 박종하와 한집안 사람으로 일제 때 광주농업학교를 졸업하고 군청 농업기수로 있다가 해방 직후부터 활동을 시작한 사람인데 인상이 좀 거만해 보였다. 그들은 어젯밤의 사연을 보고하고 일단 옷을 한 벌 부탁했다.

"수고했소. 어느 정돈지나 한번 봅시다."

그들은 옷을 벗어 보였다.

"안 죽고 살아온 게 천만다행이오."

좀더 쉬고 보자는 박대수의 말에 따라 간호원에게 치료를 받고 잠깐 잠이 들었다 눈을 뜨니 저녁식사 시간이었다. 군책이 다시 그를 불렀다.

"동지에게 새로운 임무를 맡기겠소. 군당 기관지가 필요하여 선전부를 확대시킬 생각이오. 동지를 출판지도원으로 임명하려고 소환했소. 문척면 오르그는 동행한 김성균 동무에게 맡기기로 했소."

그는 그날 밤으로 선전부장 박귀성을 따라 군당 아지트에서 산등성이를 하나 넘어 아담하게 세워진 윷판집으로 갔다. 문을 열고 들어서자 14연대의 군복을 걸친 한 동지가 별떡 일어나 그에게로 달려왔다.

"야! 이게 누구야? 혁운이 아니야?"

같이 월북하려고 개성까지 갔던 조용식이었다. 서울에서 갈라진 이후 첫 대면이었다. 둘은 한바탕 웃으면서 옛날 이야기를 끄집어냈다.

"야, 인마. 그래 넌 결국 평양까지 갔냐?"

"그럼. 신진우 씨도 물렸는지 결국 보내주더구만."

"가서 공부하겠다던 놈이 여긴 웬일이냐?"

"가긴 갔는디 남반부에서 투쟁하라고 다시 돌려보내더라. 공부한다고 큰소리 빵빵 치고 나왔는디 고향에는 죽어도 못 가것고, 여수 십사연대에 입대했제."

"그럼 이번에 같이 봉기했겠구만."

"구례 일차전투까지 치르고 당사업 하라길래 군당으로 돌아왔지."

돈 없어 공부 못한 게 언제나 한이던 친구였다. 개성에 갔다 다시 돌아온 서울에서 "죽어도 고향엔 안 갈란다. 돈 없는 놈이 고향 가면 먼 수가 생기는 것도 아니고 구두닦이를 해서라도 공부를 해야제"라며 기차를 타고 내려가는 그를 안타깝게 바라보면서 주먹으로 눈물을 씻던 조용식을 다시 만난 그는 몹시 기뻤다. 그가 그때 친구들을 서울에 남겨두고 다시 고향으로 돌아올 수 있었던 건 직장이라는 최후의 보루가 있었기 때문인지도 몰랐다.

그는 끝끝내 평양까지 갔었다는 조용식을 똑바로 바라보았다. 이제 도시락을 못 싸와 친구들 몰래 물만 마셔대는 아픔을 나누는 친구만이 아니었다. 개인적인 아픔을 딛고 계급투쟁을 위해 떨쳐 일어선 그들은 이제 동지였다. 함지에 생선을 이고 다니던 고기장수 어머니의 아들 조용식과 말이 양반이지 양반이라 더 배가 고팠던 유혁운은 손을 맞잡고 긴긴 겨울 밤을 지새웠다.

선전부에서의 첫 아침이 밝았다. 옷깃을 촉촉하게 적시며 계곡 가득히 깔렸던 안개가 걷히자 아름드리 고로쇠나무가 하늘을 찌를 듯 당당한 모습을 드러냈다. 밤을 샜지만 머리는 더욱 맑게 개어왔다. 철도에서 면당으로,

면당에서 군당으로 그는 계급해방과 조국해방을 향해 굳센 행진을 시작하고 있었다. 선전부 식구 소개가 있었다. 선전부장 박귀성, 부원 조용식과 유혁운, 잡역 담당의 오십대 선 동지, 식사당번 곽영금 등 다섯 명이 선전부의 전 식구였다. 한 달 치 식량과 부식은 이미 확보되어 있었다.

구례군당 선전부는 즉시 당기관지 〈앞으로〉의 발간에 착수했다. 그에게 등사판과 부속재료 일체가 맡겨졌다. 생전 처음 하는 일이라 어리둥절했지만 그는 곧 다른 신문 검토에 들어갔다. 〈노력인민〉이라는 도당 기관지 등을 세밀히 검토한 후 그들은 신문 면을 배정하고 곧 원고청탁을 시작했다. 군책에게는 '창간사'를, 조직책에게는 '유격투쟁의 방향과 투쟁지침'을, 군 인민위원장에게는 '인민과 주권', 그리고 '적 치하의 당 활동과 인민들에 대한 당 노선 홍보를 위한 방법' 등을 청탁했다.

그는 한 달 만에 창간된 두 면짜리 군당 기관지 〈앞으로〉에 '워싱턴에서 이승만과 트루먼'이라는 가십을 실었다. 한국을 자기 나라의 캘리포니아처럼 보호하겠다고 한 트루먼의 말을 자랑스럽게 지껄이는 이승만을 야유하는 기사였다. 박대수가 그의 어깨를 두드리며 역시 사람을 잘 뽑았노라고 그를 격려했다. 하늘에라도 날아오를 것 같은 기분이었다.

가장 편하고 즐거운 한 달이었다. 군당이 보급투쟁을 나갈 때면 그도 용지를 확보하기 위해 따라나서기도 했지만 별 위험은 없었다. 선전부는 식구도 단출해서 가끔 팥밥도 해먹고 콩밥도 해먹으며 다시 오지 않을 따뜻한 겨울을 보내고 있었다.

1월 말, 선전부의 현 아지트가 너무 알려져 있고 지금 적이 대대적인 공격을 준비하고 있으니 먼 곳으로 이동하라는 군당의 지시가 내려왔다. 마땅한 자리를 잡아 움판집을 지으려고 언 땅을 파 온돌을 놓는 중인데 군작전이 시작되었다. 살림살이만 들고 선전부는 안전한 산사로 대피했다. 오후부터 눈이 내리기 시작했다. 눈이 쏟아지자 토벌군은 철수했지만 지금까지 쓰던 아지트가 모두 불타버려 눈 속에서 갈 곳이 없었다. 선동지가 아지트 자리를 잡으러 다니다 통막(벌목꾼들이 백송이 많은 골짜기에 산죽으로 지붕을 이어 지어놓은 작업장)을 보았다고 해서 지척을 분간하지 못할 정도의 눈보라를 뚫고 그 통막으로 갔다. 지리산 능선 하나를 넘는 데 한나절이 걸렸다. 밤이 이슥해서야 통막에 도착한 그들은 눈을 녹여 밥을 지어 먹고 깜박 잠이 들었다.

뜨거워 깨어보니 통막 전체에 불이 붙어 활활 타오르고 있었다. 백송은 불에 닿으면 탁탁 튀는 성질이 있어 꼭 지켜보고 있어야 하는데 불침번이 조는 사이에 불똥이 튄 것이었다. 통막과 땔나무는 완전히 타버리고 눈은 밤새 일 미터가 넘게 쌓여 꼼짝도 할 수 없는 상황이었다. 생나무를 꺾어 간신히 밥을 해먹으며 눈 속에 파묻혀 눈이 녹기만 기다렸다. 삼사일 후에야 눈이 녹았다. 신축 중인 아지트로 돌아와 다시 〈앞으로〉를 제작하며 정상생활을 시작했다.

49년 2월 25일 군당본부에서 전원 집합하라는 연락이 왔다. 군당과 군 유격대가 모두 군당 아지트에 모였다. 어떤 동지가 도망치려다 붙잡힌 모양이었다. 유격대장 박종하가 앞으로 나왔다. 봄기운을 담은 햇살이 살포시 그의 몸 위로 쏟아졌다.

"아직 반숙을 한번도 못해본 사람은 손드시오!"

서른 명가량이 손을 들었다. 사실은 그도 지금까지 반숙을 해본 적이 한번도 없었지만 왠지 손을 들지 못했다. 반숙하는 일이 두렵다기보다는 열성당원으로 손꼽히는 자기가 여직 반숙 한번 해본 적 없다는 게 창피했기 때문이었다.

"손든 동지들은 앞으로 나오시오!"

박종하의 목소리는 우렁찼다. 마지막 남아 있던 나뭇가지의 눈이 후드득 떨어져내렸다. 그의 가슴이 덜컥 내려앉았다. 박종하의 이글거리는 눈빛이 자기의 거짓을 꿰뚫고 있는 것처럼 보였다.

얼마 후 비겁한 도망자가 유격대원에게 끌려나와 굴참나무에 묶여졌다. 박대수의 연설이 시작됐다.

"동지들! 지금 우리는 악랄한 미 제국주의자와 그의 앞잡이 친일파, 민족반역자들과 견결히 싸우고 있습니다. 이 싸움을 승리로 이끌기 위해서는 무엇보다도 당 내의 철통같은 결속이 필요합니다. 자신의 생명만을 지키려고 도망하는 비겁한 반당분자는 도저히 용납할 수 없습니다. 저자는 일찍이 일본 공산당 시절부터 활동해온 인텔리로서 지주계급 출신입니다. 우리의 조국통일과 계급해방을 향한 투쟁이 나날이 격화되자 겁이 나 도망치려는 저자는 도저히 용서할 수 없는 기회주의자요. 적과의 싸움보다 더 중요한 것이 바로 내부의 적과 투쟁하는 것입니다. 그래서 군당 확대위원회는 저자를 공개 처형키로 결정했습니다. 여러 동지들의 불타는 적개심으로 반동분자의 심장에 칼을 꽂아 우리의 철통같은 단결을 다짐합시다."

유격대장의 호령으로 삼십여 명이 탈주자 앞에 도열했다. 구령에 따라 찌르기가 시작되었다. 반동분자의 심장에서 피가 튀어올랐다. 어떤 이는 차마 못 보겠다는 듯 고개를 숙였고, 어떤 이는 계급투쟁의 견결한 대열을 흐트러뜨린 반동분자의 죽음을 적개심으로 노려보며 투쟁의지를 새롭게 다지기도 했다.

며칠이 지났다. 14연대의 주력부대가 이현상의 지휘로 구례군당이 있는 피아골에 도착했다. 8백 명이나 되는 대부대였다.

14연대의 주력부대와 구례군당, 유격대 등 각 기관이 총동원되어 피아골 입구인 외곡으로 보급투쟁을 나갔다. 이 보급투쟁은 이현상 부대에게

중요한 의미가 있었다. 전투부대가 2월 28일부터 지리산 순회 3.1절 기념
투쟁에 나가야 하기 때문에 비전투원의 보급물자를 확보해놓아야 했던 것
이다. 선전부 식구들도 모두 보급투쟁에 참가했다.

14연대가 외곡으로 들어오는 기동로를 차단하고 보급투쟁을 시작한 뒤
박귀성과 그는 한지공장으로 갔다. 선전부에게는 식량보다 더 중요한 것이
바로 종이였다. 개 짖는 소리에 잠이 깼는지 문을 두드리자 주인영감이 후
닥닥 뛰어나왔다. 두 장정이 어둠 속에 시커멓게 버티고 섰는데도 영감은
별로 놀라는 기색이 없었다.

"산에서 오셨그만이라? 고생이 많소. 뭐가 필요하신 게라? 쌀이야 우리
묵을 것도 없고, 경찰 놈들이 쌀 갖고 있으면 산사람들만 존 일 시킨다고
싹 가져가뿌렀응께. 우리 묵던 보리는 쪼깐 있을 텐디 그거라도 좀 드리끼
라?"

"식량은 됐습니다. 지금 종이가 얼마나 있습니까?"

"산에서 먼 종이가 필요허다요? 한두 뎅이 될란가 모리것는디…… 따라
와보씨요."

"한 덩이에 얼마씩이나 허요?"

"이천 원은 받제라."

"여그 있소."

그들이 종이 값으로 사천 원을 내밀자 주인영감은 굳이 그 돈을 받지 않
았다.

"나야 촌영감이 되나서 잘은 모리지만 산사람들이 우리 겉은 민초들 잘
살자고 고생하는 것이야 알고 있소. 근디 나가 도와주지는 못할망정 먼 돈
을 받것소. 우리 동네가 오늘밤 식량을 대주는 모양인디 딴 사람들 심정도
다 그럴 것이요. 그 돈은 뒀다가 나중에 더 존 데 쓰시요. 종이 두 뎅이 없

다고 나 안 굶어 죽소."

　종이까지 날라주겠다는 영감에게 돈 사천 원을 강제로 쥐어준 그들은 각자 종이 한 덩이씩을 짊어졌다. 다리가 휘청거릴 만큼 무거운 종이를 짊어진 채 2월의 시린 달빛을 밟고 아지트로 돌아오면서 그들은 짐이 무겁게 어깨를 눌러올수록 마음은 외려 뿌듯해짐을 느꼈다. 당분간 종이 걱정은 하지 않아도 될 터였다.

　2월 28일 홍순석, 김지회 일행은 이현상의 지도 아래 3.1절 기념투쟁의 일환으로 지리산 일주 순회투쟁의 장도에 나섰다. 첫 공격지는 화개지서였다. 화개지서와 화개장터에 주둔해 있는 군부대를 기습했지만 군경의 방어는 끈질겼다. 결국 14연대는 두 명의 전사자만 내고 퇴각할 수밖에 없었다.

　순회투쟁은 3월 20일경까지 계속되었다. 악양, 청암 등을 거쳐 20일경 전북 남원군 산내면 금판정 마을에 도착한 14연대는 외부통로를 차단해놓고 하루를 보내게 되었다. 김지회와 일부 간부들은 금판정의 술도가에 묵었다. 김지회 일행을 반갑게 맞아들인 도갓집 주인은 그들에게 얼큰히 술을 먹인 후 경계가 허술해진 틈을 타 산내지서에 고발했다.

　그날 밤 14연대는 술도가 주인의 안내로 보초선을 피해 들이닥친 군경에 의해 완전히 쑥대밭이 되었다. 홍순석, 김지회 두 지휘관이 현지에서 전사하고 상당수가 생포되었으며 나머지 생존자들은 지리산 여기저기로 뿔뿔이 흩어졌다. 이들은 선을 찾지 못하고 지리산 일대를 헤매다가 지리산 주변의 각 군당이나 면당과 선이 닿아 5월 초순에야 간신히 이현상과 재회하게 되었다. 이 전투에서 14연대 반란 초기부터 김지회를 따라 함께 지리산에 입산했던 김지회의 애인 조경순도 생포당했다. 갓 스물의 나이였다.

　산내면 전투를 두고 지리산이 시끌시끌했다. 유능한 지휘관의 손실이 무엇보다 가슴 아픈 일이었지만 한두 번 전투를 해본 사람들도 아닌데 어쩌자고 그렇게 술을 먹었는지 이해할 수 없는 일이었다. 당시 14연대뿐만 아니라 모든 유격대의 철칙이 민폐를 끼치지 않는 것이었고, 원칙을 위배할 경우에는 아무리 뛰어난 당원일지라도 심하게는 처형이 되는 수도 있었다. 술에 취해서 당했다는 소문과 달리 군경의 매복과 속임수에 넘어갔던 것일 수도 있고, 어쩌면 순회투쟁의 마지막 무렵에 단 한 번이라는 생각으로 원칙을 위반한 것이었는지도 몰랐다. 그러나 그 단 한 번의 원칙 이탈은 자신들의 죽음뿐만 아니라 14연대와 남한 전 유격투쟁에 엄청난 손실을 가져왔다.

산내면 전투에서 패퇴한 며칠 후인 3월 20일경, 피아골 부근의 소개된 마을에서 보리순을 삶아먹던 이현상 일행이 구례군 유격대에게 발각되어 쫓기다 군당으로 들어왔다. 이현상은 군당에 들어오자마자 밥부터 찾았다. 며칠을 굶주린 채 헤매었는지 몹시 지친 기색이었다.

당시 노 선생이라고 불렸던 이현상은 구례군당에 며칠간 머무르면서 주로 구례군 유격대장 박종하와 전남도당 오르그 오금일을 자주 만났다. 무슨 협의가 이루어졌는지 오금일과 박종하는 며칠 후 무장 유격대원을 거느리고 어디론가 떠났다.

24일 유혁운은 박대수의 소환을 받고 군지도부로 갔다. 백운산 특수지구당에서 그를 소환했으니 내일 당장 연락원을 따라 출발하라는 지시였다.

원래 여수, 순천, 광양, 구례, 곡성 등 다섯 개 반란지역은 이현상이 지도하게 되어 있었으나, 이현상이 주로 14연대와 지리산에서 활동을 하는 바람에 지도가 불가능해지고 전남도당 역시 장흥군 유치면에 있어 지리적으로 반란지역에 대한 통제가 힘들다고 판단하여 백운산에 반란지역을 지도할 특수지구를 신설한 것이다. 즉 백운산 특수지구당(이하 특각)은 유격투쟁과 관련해서는 이현상의 지도를 받고 당사업과 관련해서는 전남도당의 지도를 받는, 반란지역의 특수한 당조직이었다.

특각 설치 임무를 띠고 먼저 파견된 오금일의 소환으로 25일 그는 군당을 떠났다. 백운산 용지동에 있는 특각에 도착한 것은 27일이었다. 연락원과 단둘이 있던 오금일은 그를 반갑게 맞으며 손을 내밀었다. 반가워한 정도에 비해 악수는 너무 맥이 없었다. 오금일의 악수는 언제나 그랬다. 오금일은 기본출신답지 않게 희고 갸름한 얼굴에 반짝거리는 눈이 매우 인상적인 사람으로 지시문 하나 작성하지 못할 만큼 필재가 없었지만 그 대신 정확한 원칙으로 냉철하게 일을 처리하는 사람이었다.

45년 5월 3일 구례군당 아지트 피습사건으로 군책, 도당 오르그 등이 검거되자 군당을 수습하여 5.10단선 반대투쟁을 끝내기 위해 전남도당에서 파견된 사람이 바로 오금일이었다. 그러나 오금일은 장성수의 후임으로 임명된 박대수 구례군책과 별로 사이가 좋지 않았다. 5.10투쟁 후 군내의 많은 조직이 파괴되고 핵심 당원들이 거의 체포되거나 수배당했는데 특히 군당책 박대수의 출신지인 간전면 논실은 더욱 심했다. 논실은 구례의 모스크바라고 불렸던 곳이었다. 당연히 군내 모든 기관에 논실 출신이 태반이었다. 군책, 조직부장, 간부부장, 유격대장 등 대부분의 간부가 간전면 논실 출신이어서 구례군당이 아니라 간전면당이라는 말이 공공연하게 나돌 정도였다. 그래도 박중래(군책 박대수의 당숙)가 조직부장으로 있을 때는 그가 박대수를 통제하면서 워낙 조직사업을 잘해 불만이 밖으로 표출되지 않았으나, 박중래가 49년 2월 이현상부대로 소환된 뒤에는 박대수의 관료성이 여지없이 드러나게 되었다. 게다가 박대수가 박중래의 후임으로 앉힌 신오동 조직부장까지 박대수와 죽이 맞는 바람에 대부분의 당원들이 군당 조직에 대해 강력한 반발을 갖게 되었다. 결국 이 불만은 몇 달 뒤 '확대간부회의 사건'으로 터져 백운산 특각에서 조사위원회를 파견하는 등 큰 파문을 불러왔다.

박대수에 대한 오금일의 감정 역시 예외는 아니었다. 광주농업학교를 수석으로 졸업했던 박대수는 평소 오금일의 형편없는 필재에 대해 무시하고 빈정거리기까지 했던 터였다. 특각으로 옮긴 오금일이 유혁운을 소환한 데는 자신의 필재에 대한 열등감도 다소 반영된 듯했다. 구례군당 기관지 〈앞으로〉를 제작하면서 그는 오금일에게 자주 칭찬을 받아왔었고, 그 역시 잘난 척하고 자기에게 아부하는 자만 편파적으로 대하는 박대수보다, 특별하게 친한 사이는 아니었지만 진솔한 오금일에게 더 존경심을 느껴왔었다. 그는 창백한 얼굴의 기본출신 오금일에게 호감이 갔다.

'이 동지와 함께 모든 능력을 발휘해서 당사업에 헌신해야지.'

오금일과 밤을 지새우며 내린 그의 결론이었다. 몇날며칠 밤을 새우는 날들이 계속되었다. 빠른 시일 안에 특각 조직을 완성시켜야 했다.

얼마 후 지구당 부책에 구례군책 박대수가 결정되었다. 평소 감정이 좋지 않은 박대수의 역량을 객관적으로 평가하고 부책으로 선택한 오금일의 결단은 대단한 것이었다. 만일 나였으면, 하고 유혁운은 생각해보았지만 자신이 없었다. 유격대 사령관에는 박종하, 조직과장에 광양군당 부책 김채윤, 선전과장에 구례 조용식, 인민위원회 과장(인위과장)에 광양 정귀석, 비서과장에 유혁운이 내정되었다. 오금일은 기구 확충에 대한 이현상의 승인을 받기 위해 지리산으로 떠났다.

아직은 텅 빈 아지트를 지키며 혁운은 지리산과 달리 벌써 싱싱하게 피어오는 백운산의 봄을 마음껏 즐기고 있었다. 용지동 계곡을 연둣빛으로 물들이며 하루가 다르게 푸른 잎사귀를 살랑거리는 도토리나무며 떡갈나무를 가만히 들여다보다가 그는 문득 무릎을 쳤다.

아! 저게 바로 혁명이구나. 헐벗은 인민대중의 가슴을 녹음으로 뒤덮어오는 것. 어린 등짝이 휘어지게 나뭇짐을 지고 산을 내려올 때나, 상급학교에 진학하는 친구들을 눈물로 바라볼 때나, 느닷없이 합환주를 마셔야 했을 때나, 언제나 그의 가슴에서 불어대던 스산한 바람이 어느 사이엔가 멈춰 있었다. 대신 그 가슴엔 촉촉하게 물오른 사월의 신록이 넘실대고 있었다.

날마다 목을 길게 늘이고 그는 오금일이 돌아오기를 기다렸다. 빨리 일을 시작하지 않으면 가슴에서 용솟음치는 열기가 곧 터져나와버릴 것만 같았다. 며칠이 지났을까. 그는 보초를 서며 온 신경을 집중시켜 오금일을 기다리고 있었다. 막 물오른 머루덩굴을 헤치며 오금일이 나타났다.

"오 동지!"

오금일도 그와 같은 심정이었는지 며칠 떨어져 있었던 것도 아니건만 그를 힘차게 부둥켜안았다. 사월의 설익은 햇살이 거지처럼 남루한 두 몸뚱이 위로 쏟아져 내렸다.

6_

지리산 호랑이 박종하

1949년 4월 20일 특각이 활동을 개시하자 유혁운은 그의 바람대로 눈코 뜰 새 없이 바빴다. 산하 다섯 개 시군당에 내려 보낼 각종 지시문이나 유격대 활동 결과보고서, 그 외에도 당 활동에 필요한 모든 보고서와 문건이 그의 손을 거쳐야 했다. 맑은 용지동 계곡물에 맘 편히 세수할 시간조차 없이 일에 쫓기는 직책이긴 했지만 비서과장이란 직책은 당 활동 전체를 보고 배우기에 가장 좋은 자리였다. 세수는 날마다 하는 것이라는 사실도 그는 잊은 것처럼 보였다.

4월 말 특각 최초의 투쟁이 시작되었다. 적의 후방을 교란하는 유격소조투쟁이자 보급투쟁이었다. 목적지는 승주군 황전면 삽재, 특각 아지트가 있는 백운산 용지동에서 두 시간 반 정도의 거리였다. 오전 9시에서 10시쯤 황전면 지서에서 날마다 삽재로 순찰을 나온다는 지하정보망의 보고에 따라 박종하는 유격대원 스무 명 전원을 이끌고 새벽 2시, 흐린 별빛을 따라 용지동을 떠났다. 유격대장 박종하의 가명에 따라 강사령부대라고 불렸던 특각 유격대는 당시 대원 전원이 구례군 유격대 출신이었다. 당세가 좋기로 소문난 구례답게 도에서 최초로 창설(5.10단선 반대투쟁 시 창설)된 구례군 유격대는 가장 많은 대원을 거느리고 가장 많은 투쟁경험을 축적한 곳이라 특각 유격대 인원 전체가 구례에서 충원되었다.

점심때쯤 승전보고가 용지동 아지트에 전달되었다. 카빈 세 정, 99식 소총 두 정을 노획하고 경찰 포로 한 명과 주민들에게 식량을 지워 백운산 입구에 도착했다는 것이었다. 오금일은 즉시 연락병을 보내 포로는 잠깐만이라도 교양을 시켜 주민과 함께 돌려보내고 식량은 아지트 반대방향에 비장하라고 지시했다. 첫 포로를 석방한 이래 백운산에서는 특각이 해체될 때까지 단 한 명의 포로도 학살하지 않고 전원 석방했다. 특각에서뿐 아니라 도당 산하 어디에서도 6.25 이전에는 포로를 학살하는 법이 없었다. 그것은 인민의 군대로서의 원칙이었다.

주민과 포로를 돌려보낸 유격대는 식량을 비장한 뒤 아지트로 돌아오고 만일의 경우 추격해올지도 모르는 적을 교란시키기 위해 유격대원이 아닌 기관원 열 명을 선발하여 용지동과는 반대쪽인 광양군 봉강면까지 다녀오게 했다. 삼재를 치고 바로 광양으로 빠진 것처럼 보이기 위한 위장전술이었다. 명령을 받은 기관원들이 출발하기 직전 오금일은 돈 오천 원을 주면서 소를 한 마리 사오라고 했다. 작은 전투였지만 첫 투쟁이었으니 아마도 첫 승리를 자축하여 드높아진 사기를 더욱 진작시키려는 모양이었다. 아무리 돈을 준다고 해도 농촌에서 가장 큰 재산인 소를 자진해서 팔 농가는 없었을 테지만 돈을 떠맡기고 빼앗다시피 했는지 아무튼 기관원들은 땅거미가 내릴 무렵 살집 좋은 소 한 마리를 끌고 돌아왔다.

다들 고기에 주려 있던 터라 입맛을 다셨으나 소를 잡는 일도 문제였다. 다음날 아침부터 소를 잡자고 여든 명가량의 장정들이 모두 옷을 걷어붙이고 달려들었지만 누구도 성큼 손을 대지 못하고 우물거렸다. 도끼를 들고 제법 폼까지 잡았다가도 결국 고개를 내젓고 물러설 뿐이었다. 그렇게 점심때를 넘겼다.

"에이, 사내자식들이라고 순 물렁뼈들이그마. 싹 다 불알을 짤라부러야

제 남사시러워서 달고 다니것다고이."

　권총을 뽑아들고 선뜻 앞으로 나선 이는 박종하였다. 황소의 양 눈 사이에 권총을 바짝 갖다 대고 방아쇠를 당기자 희미한 총소리와 함께 오전 내내 떠들썩했던 소란이 무색하게도 황소가 털썩 무너져내렸다.

　어둠이 내리자 용지동 계곡은 모닥불과 쇠고기 굽는 냄새, 장정들의 힘찬 노랫소리 들로 들떠 오르기 시작했다. 즉석 오락회가 열린 것이었다. 발갛게 달아오른 숯덩이 위에선 남자들의 둔탁한 솜씨로 어설프게 썰어진 쇠고기가 지글지글 익어가고, 고기에 뿌리다 불길 속으로 튕겨진 굵은 소금이 타닥타닥 경쾌한 소리를 내며 튀어올랐다. 언제쯤에나 손본 머린지 봉두난발로 흐트러진 머리카락에다 거친 수염이 여윈 얼굴을 뒤덮은, 우스꽝스럽기도 하고 처연해 보이기도 하는 모습이 바람에 일렁이는 불길을 따라 이리저리 이지러지곤 했다. 그러나 어둠 속에서도 그들의 눈빛만은 뜨겁게 타오르고 있었다. 일체의 두려움이나 긴장도 없이 밝고 건강한 표정들이었다.

　배가 어느 정도 불러오자 누가 먼저 시작했는지 노래가 흘러나왔다. 오랜만에 고기도 실컷 먹었겠다, 어둔 밤을 뒤흔드는 노랫소리가 유난히 힘차고 풍성했다.

　태백산맥에 눈 내린다
　총을 메어라 출진이다
　눈보라는 밀림에 우나
　마음속엔 피 끓는다
　높은 산을 넘어 넘어
　눈에 묻혀 사라진 길을 열고

빨치산이 영을 내린다
원수를 찾아 영을 내린다

　노래가 끝나자 갓을 쓰고 도포까지 걸친 웬 잘생긴 사내 하나가 헛기침을 해대며 중앙으로 턱하니 나섰다. 박종하였다. 어느 겨를에 소인극까지 준비한 모양이었다. 지주 마나님인 양 질질 끌리는 치맛자락을 휘날리며 거들먹거리는 걸음으로 박종하의 뒤를 따라나오는 이는 담양 출신의 박 동무였다. 광주에서 극단을 따라다니다 입산했다는 박 동무의 구수한 만담은 참으로 일미였는데, 이날은 정말 여자처럼 차려입고 하는 거동 하나하나가 영락없이 심술 사납고 욕심 많은 지주 여편네 그대로라 박 동무의 손짓 하나하나에 웃음이 일렁거릴 정도였다. 머슴 돌쇠로 나온 선전과장 조용식과 함께 세 사람은 관중을 완전히 휘어잡아버렸다. 머슴이 주인을 살살 골려주는 대목에선 통쾌한 웃음이 터져나오기도 하고, 지주가 긴 담뱃대로 돌쇠의 머리를 툭툭 때려가며 개처럼 부려먹는 장면에선 욕과 고함이 쏟아져나오기도 했다. 마침내 돌쇠가 자기의 기름 한 방울까지 쥐어짜는 주인을 때려 엎고, 눈물로 붙잡는 늙은 홀어머니도 뿌리친 채 입산하는 장면에서는 어디선가 훌쩍거리는 울음소리가 들려오더니 분노처럼 터져나온 박수소리가 멈출 줄을 몰랐다. 세 사람의 연기가 뛰어나서가 아니었다. 처음 해본 사람들이라 당연히 서투르고 틀리기도 했지만 그렇게 어색한 연기가 오히려 사실처럼 생생하게 느껴졌다. 누구의 얘기랄 것도 없이 그건 연극이 아니라 바로 자기 자신들이 지나온 삶 그대로인 까닭이었다.
　다음날부터 사기충천한 강사령부대는 박종하의 지휘 아래 본격적인 유격투쟁에 나섰고, 특각은 여순반란 사건 이후 어수선한 산하 시군당의 조직을 수습하는 한편 선이 끊긴 곡성군당과 연결하기 위해 다섯 명으로 된 특수 임무조를 편성하여 파견하는 등 조직사업에 박차를 가했다.

5월 말 강사령부대는 광양군 진상면에 주둔중인 15연대 중화기 중대를 습격하여 실탄 2만 발, 엠원 70정, 카빈 14정, 수령식 중기 1개, 삐아링 경기 1정, 60밀리와 80밀리 박격포 각 5대씩을 노획하는 대전과를 올리고 부락민 약 70명과 포로 36명에게 식량과 노획품을 지워 무사히 귀환했다. 특각 창설 이후 최대의 전과였다.

사실 이 전투는 박종하 혼자 다 해냈다고 해도 과언이 아닐 정도였다. 광양군 진상면당을 통해 중화기 중대가 면 내 어느 부락에 주둔해 있다는 정보를 입수한 박종하는 현지 지리에 밝은 면 당원과 단둘이 정찰에 나섰다. 사흘간 적의 움직임을 완전히 파악한 박종하는 즉시 부대를 끌고 새벽녘에 적의 주둔처인 마을회관의 건너편 잔솔밭에 도착했다. 하루 종일 잔솔밭에 매복한 채 전 대원에게 적의 움직임 하나하나와 지리를 익히도록 한 박종하는 날이 어두워지자 부대를 적의 숙소 백 미터 전방으로 이동시켰다. 밤 10시가 넘어 취침시간이 지나자 박종하는 단신으로 적의 숙소로 접근했다. 소리 없이 담을 타고 오른 박종하는 어둠을 뚫고 단도를 하나씩 날려보냈다. 어디를 어떻게 맞히는지 단 한 자루의 허비도 없이 단도 하나에 한 사람씩 쓰러져갔다. 비명 한마디 없었다. 이제 남은 것은 밖에서 무슨 일이 벌어지는지도 모르고 단잠에 빠진 자들뿐이었다. 박종하의 신호가 떨어지자 대기 중이던 유격대원들이 발소리도 없이 마을회관을 완전히 포위했다.

"적이다!"

박종하의 지시에 의해 유격대원들이 고함을 지르면서 총을 한 방 쏘자 계단지 풀어놓은 것처럼 적들이 앞을 다투어 하나밖에 없는 출구로 쏟아져 나오기 시작했다. 박종하는 석유 묻힌 솜뭉치에 불을 붙여 마을회관 안으로 던졌다. 대낮처럼 밝은 불빛 아래 우왕좌왕하는 적의 모습이 드러나자 담벼락에 붙어 서서 방아쇠 당길 준비만 하고 있던 유격대원들은 일제사격을 시작했다. 회관 안에 남아 있거나 사격을 피해 다시 들어간 적을 향해 수류탄 몇 개를 까 넣자 요란한 폭음과 함께 사격중지 명령이 내렸다. 완전 섬멸이었다. 십 분도 걸리지 않은 전투에 적들은 총 한 방 쏘아보지도 못하고 숱한 사상자만 낸 채 두 손을 바짝 들어버린 것이었다.

이 전투는 오랫동안 사람들의 입에 오르내렸다. 구례군당에서야 지리산 호랑이라고 이미 소문이 자자했던 박종하였지만 특각 활동 이후 박종하의 진가가 드러난 최초의 전투였으니 그럴 법도 했다. 특히 박종하의 단도 던지는 솜씨에는 다들 귀신이라며 혀를 내둘렀다.

당연히 특각 유격대의 사기는 하늘을 찌를 듯했다. 정규부대 출신도 아니었고 비합활동을 하다가 수배된 핵심당원 출신으로 정식훈련 한번 받아보지 못했지만 그들은 몇 번의 투쟁을 거치는 동안 최고의 유격대원으로 성장해갔다. 오합지졸인 이승만 독재정권의 군인들로서는 따라가려야 따라갈 수 없는 투철한 사상성의 당연한 결과이기도 했다. 유격대원들에게는 총알 하나가 바로 피땀 어린 인민의 재산이었으며 한 번의 싸움은 인민과 조국의 해방을 향해 자신들의 피로 쌓아가는 계단이었다. 개개인의 생명조차 자기 마음대로 죽을 수 있는 자기 자신의 것이 아니라 피압박 인민의 것이요 조국의 것이니 그만큼 소중하고 신중하게 싸움에 임할 수밖에 없었다.

게다가 강사령부대로서는 이기지 않으면 안 되는 또 다른 이유가 있었다. 사령관이 목숨을 걸고 가장 위험한 일을 도맡아 하는데 대원들로서는 사령관 이상으로 용감해질 수밖에 없었던 것이다. 싸움만 있으면 언제나 최전선에서 가장 열심히 싸우던 박종하는 나중에는 이현상으로부터 호된 꾸지람을 듣기도 했다. 일개 대원의 생명도 그의 것이 아니라 인민의 것으로 소중히 알아야 할진대 한 부대를 지도해야 할 사령관이 사소한 일에 목숨을 거는 것은 직무유기라는 것이었다. 그러나 어쩌면 그 직무유기가 그를 하부로부터 최대의 신임을 받는 탁월한 지도자로 만들었는지도 모를 일이었다.

앞에서도 잠깐 박종하의 일화를 소개했지만 그는 정말 유격투쟁을 위해 태어난 사람 같았고 그 일이 아니면 어떻게 살았을지 상상할 수 없는 사람이었다. 박종하의 싸움실력은 어려서부터 특출났다. 구례의 모스크바라는 간전 출신인 박종하는 일제시대 간문보통학교를 다니다 6학년 때 퇴학당했다. 동맹휴학을 주도한 탓이었다. 후에 박종하는 자신이 조선 최초로 보통학교의 동맹휴학을 주도한 가장 어린 애국자였다며 농담 삼아 으쓱거리기도 했는데, 도대체 무엇 때문이었냐고 물으면 허허 웃을 뿐 대답이 없었다. 같은 마을 출신의 말을 들으면 조선 최초의 보통학교 동맹휴학 사건은 비인간적인 일본인 선생 때문에 비롯되었다. 일본인인 남자 선생이 여학생을 욕보이려다 발각됐는데, 선생이 처벌되기 전에는 등교할 수 없다며 박종하가 교문 앞에 버티고 서 있다가 등교하는 전교생을 선동해 산으로 올라간 것이었다. 선생들이 제발 산에서 내려오라며 협박도 하고 달래기도 했지만 박종하는 절대로 굴복하지 않고 산에서 돌을 굴리기도 하며 끈질기게 버텼다. 결국 박종하는 불순한 동맹휴학을 주동한 혐의로 퇴학당하고 나머지 학생들조차 전원 상급학교 진학길이 막히는 것으로 이 조선 최초의 보통학교 동맹휴학 사건은 막을 내렸다.

박종하가 어린 나이에 혼자 힘으로 전교생의 등교를 막을 수 있었던 것은 그전에 이미 학생들을 휘어잡아놓은 덕분이었다. 박종하는 꼬마 때부터 소문난 싸움패였다. 어른이건 선생이건 자기가 승복할 수 없는 일에는 절대로 고개를 숙이는 법이 없었다.

학교에 다닐 때는 도시락 한번 싸간 적이 없어도 점심을 굶어본 일이 없었고, 책가방은 아예 다른 아이들을 시켜서 들고 다니도록 했다. 자기 집으로는 책가방을 들고 가지도 않은 것이다. 그러니까 수업시간 외에는 책을 펼쳐보지도 않은 셈인데 그러고도 일등을 놓치지 않은 것을 보면 타고난 머리도 제법 대단했던 모양이다.

단도 던지는 솜씨로 유명했던 박종하는 이미 그 시절부터 참새 잡는 솜씨로도 이름을 날렸다고 한다. 수업이 끝나면 하루 종일 참새잡이로 시간을 보냈다고 하니 솜씨가 대단하지 않을 수 없는 일이었다. 날마다 아이들에게 참새 잡기에 좋은 돌, 그것도 꼭 구슬만한 크기에 구슬처럼 매끄러운 것으로 스무 개씩 돌을 상납하도록 시킨 박종하는 그 돌을 신주머니 몇 개에 나눠 담아 다른 아이에게 들리고 수업시간이 끝나기 무섭게 들판으로 달려나갔다. 신주머니를 든 아이는 참새잡이가 끝날 때까지 꼼짝없이 박종하의 뒤를 따라다녀야 했다. 박종하의 돌에 깨진 동네 장독이 꽤 되었던 모양이지만 장독 주인이 두 눈으로 확인하기 전에는 장독 값은 고사하고 호통 한번 치기도 어려웠다. 두 손을 허리에 탁 받치고 버텨 서서 아저씨가 봤느냐고 대드는 데는 어른이라도 당할 재간이 없었던 것이다. 아들의 유명한 참새잡이에 동네의 원성이 자자한 것을 다 알면서도 박종하의 아버지는 아들이 잡아다준 덕에 먹게 된 참새탕에 반해서 아들을 나무라지 못했다고 한다.

아무튼 학교와 동네를 한바탕 휘젓고 난 박종하는 퇴학당한 뒤 불쑥 일본으로 건너가버렸다. 동경에서 야쿠자(깡패) 노릇을 한다는 소문이 들리는가 싶더니 일본 해군에 입대했다는 말이 흘러든 어느 날, 느닷없이 본토에서 왔다는 일본 헌병 한떼가 간전의 박종하네 집으로 들이닥쳤다. 45년 봄이었다. 술집에서 해군 장교들과 싸우다 장교 한 명을 살해하고 탈영했다는 것이었다. 박종하를 잡으러 온 일본 헌병들이 한동안 구례를 들쑤시다 떠난 그해 여름에 해방이 되자 어디에 숨어 있었던지 박종하는 떠날 때처럼 홀연히 돌아왔다. 떠날 때의 풋내 나던 모습과 달리 늘씬한 청년으로 변해서.

야쿠자였단 말이 뜬소문은 아니었던지 해방과 함께 돌아온 박종하는 하는 짓 하나하나가 영락없는 깡패였다. 그의 눈 밖에 나면 남아나는 게 없었다. 박종하가 지나가면 맨발로 뛰어나가 모셔다가 깍듯한 대접을 해야 장사를 제대로 할 수 있다는 말이 파다할 정도였다. 그래도 잘 생긴 용모와 시원시원한 성격 때문에 여자들에게 인기는 최고였다. 못된 성질이야 공산당 하면서 다 고쳤지만 여자들이 달라붙는 것만은 자기도 어쩔 수 없어 빨치산 시절에도 그에게 반해 입산한 여자들이 줄을 설 정도였다.

천하의 개망나니 박종하는 46년 말이 되면서 차차 변하기 시작했다. 동네사람들은 천하의 박종하를 저렇게 얌전하게 만든 게 누구냐며 수군거렸다. 박종하를 변화시킨 장본인은 곧 밝혀졌다. 바로 공산당이었다. 주먹이나 휘두르는 것으로 터져나올 수밖에 없었던 말뿐인 해방조선 젊은이의 답답함이 무산자를 위한 평등한 새 세계 건설과, 친일파를 비호하며 조선을 새로운 식민지로 만들려는 미 제국주의로부터의 민족해방이라는 이 땅의 역사적 사명을 알아가면서 비로소 진정한 자기 길을 찾기 시작한 것이었다. 조직활동을 시작하면서 놀랍게 변해가는 박종하를 보며 마을사람들은 공산당의 위력에 혀를 내둘렀다. 당시 남조선 대부분의 인민이 그랬지만 박종하와 같은 동네 사람들이 가진 자나 못 가진 자나, 배운 자나 못 배운 자나, 노인네나 젊은이들이나 모두가 좌익의 열렬한 지지자가 된 것도 무리는 아니었다. 동네에서 조금 말썽피우는 사람을 보면 으레 "저놈 공산당 만들어야 사람 된다"고 할 정도였으니 말이다.

    박종하는 48년 5.10단선 반대투쟁 때부터 반동숙청 등 극단적인 투쟁에 앞장섰던 관계로 단선 후 구례군의 핵심인물 25명과 함께 선발되어 지리산으로 입산해 유격훈련을 받기 시작했다. 그러다가 48년 8월 조선민주주의인민공화국 수립을 위한 최고인민회의 대의원 선거 시(남조선은 이 선거를 연판장으로 대신했다) 조직이 파괴되어 자체 역량으로는 연판장투쟁을 수행할 수 없었던 전북의 임실과 순창에 파견되어 두 군의 연판장투쟁을 수행하면서 전투지휘자로서의 탁월한 지도력을 하부와 상부 모두에게 인정받게 되었다.

    언제나 빨간 스카프를 목에 두르고 있던 박종하는 훤칠하고 당당한 체구와 유난히 까맣게 빛나는 큰 눈이 매력적이어서 그 때문에 가슴 설레는 여자가 한둘이 아니었다. 심지어는 박종하가 어느 전투 때 희생된 경찰을 직접 관까지 마련하여 장사를 치러준 적이 있었는데, 죽은 경찰관의 마누라가 박종하의 잘생긴 얼굴과 너그러움에 반해 산까지 쫓아온 적도 있었다. 그뿐인가. 보급투쟁만 나가면 주위 마을 아낙네들은 강 사령 소식부터 물어왔다. 얼굴도 얼굴이지만 워낙 우스갯소리를 잘 하고 서글서글해 동네 주민들에게 그야말로 우상처럼 떠받들어지던 강 사령이었다.

    박종하의 또 다른 특징이라면 정이 많아 누구에게나 무엇이든 주지 못해 안달을 내는 점과, 또 그런 씀씀이와는 달리 샘도 많아 남이 색다른 물건을 가지고 있으면 기어이 자기 것으로 만들어야 하는 성질이었다. 그렇다고 자기의 직위를 이용해서 강압적으로 뺏는다거나 무슨 비열한 수단을 사용하는 것은 아니었다. 오히려 평소 전투를 치를 때의 치밀함이나 뛰어난 지략가의 모습과는 달리 어수룩하고 순진한 구석이 있었다.

    한번은 유혁운이 미제 파카 만년필을 갖고 있었는데 언제 그걸 쓰는 모습을 박종하가 보았던 모양이었다. 그때부터 하루도 빠짐없이 틈만 나면 달려와 자기의 파일럿 만년필과 바꾸자고 성화를 부려대는데, 나중에는 박종하만 나타나면 슬그머니 피해야 할 정도였다. 하도 귀찮아서 떼어버릴 셈으로 그는 박종하가 도저히 못 들어줄 제안을 내놓았다.

"그렇게 내 파카 만년필이 갖고 싶으면 자네 손목시계하고 바꾸세."

박종하의 손목시계는 미제 야광시계여서 가격도 꽤 나갈 뿐 아니라, 야간활동을 주로 하는 그들에게는 최고의 인기품이었다. 게다가 언제나 일분일초를 다투는 전투를 지휘해야 하는 박종하에게는 시계 이상의 귀중품이 있을 수 없었다. 그러나 그의 말이 끝나자마자 박종하는 함빡 웃음까지 띠며 냉큼 시계를 푸는 것이었다. 어쩔 수 없이 파카 만년필과 야광시계를 맞바꾼 그는 좀 어처구니가 없어서 박종하를 물끄러미 쳐다보았다. 새 고무신이라도 얻은 아이처럼 파카 만년필을 들고 이리저리 돌려보며 좋아하던 박종하는 그의 눈길을 슬쩍 피하며 쑥스러운 듯 피식 웃었다. 어쨌거나 덕분에 귀한 야광시계를 얻은 그는 그 큰 덩치에 어울리지 않게 순진한 웃음을 띠며 좋아하는 박종하를 보며 같이 웃을 수밖에 없었다. 그는 그 뒤로도 야광시계를 볼 때마다 남한 유격투쟁사에서 이현상, 남도부의 뒤를 잇는 탁월한 지도자 박종하가 그날 보여준 순진한 웃음을 떠올리며 자기도 따라 비시시 웃음을 빼어물곤 했다.

7_
남한 유격투쟁의 전범 9.16결투

49년 6월 초 구례군당에서 급보가 들어왔다. 구례군 내의 각 면당 간부와 군 사회단체장 등 40여 명이 군당을 돌려내고 마산면당에서 구례군 당원확대회의를 열어 기존 군당에 대한 불신임을 결의하고 군당 지도부를 교체해달라고 요구했다는 것이었다. 곧이어 군당책과 현 지도부를 참석시킨 가운데 규탄대회가 열렸다는 보고가 들어왔다.

즉시 특각 간부회의가 소집되었다. 특각책 오금일과 부책 박대수, 유격대 사령관 박종하와 비서과장인 그가 회의에 참석했다. 박대수와 박종하는 특각 유격대 모두를 파견하여 반당행위자 전원을 처단해야 한다고 주장하며 길길이 날뛰었다. 일단 이들을 진정시킨 오금일은 시간을 두고 검토하자며 회의를 끝냈다. 잠시 후 오금일은 조용히 그를 불러들였다.

오금일이 박대수와 박종하를 제외하고 그만 부른 데는 그만한 이유가 있었다. 박대수와 박종하 역시 당원확대회의가 열릴 정도의 상황에 일조를 한 사람들이기 때문이었다. 게다가 오금일 역시 구례군당에 있을 때부터 그들의 그런 태도를 못마땅하게 여기던 차였다. 구례군 당원확대회의 사건은 정식 절차 없이 지도부를 탄핵했다는 점에서 명백한 반당행위이긴 했지만 오금일도 그도 인정할 수밖에 없는 배경을 갖고 있었다.

이전부터 구례군당은 요직의 70~80퍼센트가 간전면 출신이었는데, 물

론 간전면의 당세가 좋았던 탓도 있었지만 그 외에 간전 출신 박대수가 군
책을 맡으면서 지나치게 간전 출신만을 우대하여 암암리에 다른 면 출신들
의 불만이 누적되고 있었다. 박대수는 그뿐 아니라 5.10단선 반대투쟁 후
군책을 하면서 관료주의적인 지도방법으로 일관한데다가 사생활이 문란해
전 당원의 지도부에 대한 불신이 심각할 정도였다. 게다가 박대수가 특각
으로 소환되면서 신오동이 군책 자리를 넘겨받았는데, 그는 머슴과 노가다
생활을 한 기본출신이면서도 박대수에게 아부나 일삼고 박대수를 능가하
는 관료적 사업작풍을 가진 자였다. 신오동은 군책 자리에 있으면서 번듯
한 양복 차림에 넥타이까지 매고서 이 여자 저 여자 집적거리고 어찌나 관
료적이었는지 그 후 구례군당에서는 무수한 이탈자와 투항자가 생겨났고
무리한 투쟁 때문에 엄청난 희생자만 내고 있었다. 그래도 신오동보다는
훨씬 나은 박대수와 함께 구례군당에서 생활한 적이 있는 오금일 역시 피
부로 느꼈던 경험자라 신중해지지 않을 수 없었던 것이다.

"이번 사건은 터질 것이 터진 건데 어떻게 처리해야 하겠소?"

사건 자체가 엄청난 것이기도 했지만 박대수와 박종하의 태도도 만만치
않아 잘못 일을 처리했다가는 사건 이상으로 확대될 수도 있는 문제였다.
그러나 어렵게 입을 연 오금일과 달리 그의 대답은 명료하고 확실했다.

"세 가지 원칙만 지키면 별일 없이 마무리 지을 수 있을 겁니다. 첫째, 이
사건에 박대수 동지와 박종하 동지를 절대로 개입시켜서는 안 됩니다. 둘
째, 특각에서 적절한 인물을 선정하여 진상조사반을 파견하고 사건을 구체
적으로 파악한 뒤 처리해야 하며, 셋째로 조사반원은 구례출신이 아니어야
합니다. 제 생각으로는 정귀석 동무(전 광양군 당책으로 당시 특각 인위과
장)와 김채윤 동무(순천사범 출신으로 전 광양군당 조직책, 당시 특각 조직
과장)가 가장 적절할 것 같습니다."

"좋아, 좋아. 당장 두 동무를 부르시오."

즉시 그 두 사람으로 조사반을 편성하여 파견했다. 일주일 후 그들은 장문의 보고서를 가지고 돌아왔다. 역시 그의 판단대로 그 두 사람은 구례군의 문제점을 매우 정확하게 바라보고 있었으며 구례군당의 관료화에 대해서 분개하고 있었다. 그들이 돌아온 직후 오금일은 박대수와 박종하를 제외한 간부회의를 소집했다. 모두가 구례군 당원확대회의 사건은 반당적 행위가 아니라 올바른 당을 건설하기 위한 관료주의와의 투쟁이라는 것을 인정하지 않을 수 없었다. 곧이어 전체 간부회의가 열렸다. 두 조사위원의 보고가 끝나자 바로 조용식이 흥분한 기색으로 벌떡 일어났다.

"이것은 반당적 행위가 아니라 반당적 행위에 대한 당원으로서의 정당한 투쟁입니다. 우리는 언제나 내부의 적이 가장 위험하다고 주장해왔습니다. 무모한 투쟁이나 일삼고 개인의 쾌락이나 즐기는 관료주의야말로 당 내 최대의 적이 아닙니까? 저는 오히려 이러한 관료주의와의 투쟁이 이제야 한꺼번에 터져나왔다는 점에서 구례군 당원 전원이 철저하게 비판받아야 한다고 생각합니다."

숨 돌릴 틈도 없이 모두 군당 지도부의 관료주의를 비판하고 나서자, 특히 박대수의 경우는 자기도 밀접하게 연관된 문제라 말 한마디 못하고 말았다. 결국 정귀석을 수습기간 동안의 임시 구례군 당책으로 내려 보내고 비판대상 간부 전원을 특각으로 소환하여 철저하게 자기비판하도록 하는 것으로 구례군 당원확대회의 사건은 막을 내렸다.

구례군당 문제가 해결된 며칠 뒤, 4월 말에 곡성으로 파견했던 특별임무조가 곡성군에서 입산하여 도깨비생활(당조직과 연결되지 않은 개별적인 도피생활)을 하고 있던 열여섯 명을 연결하여 지구당으로 돌아왔다.

곡성군의 좌익을 이끌던 사람은 정동화와 장중환이었는데 이들이 삼당

합당(조선공산당, 인민당, 신민당이 남조선노동당으로 통합된 사건) 시 장안파와 연결되어 통합을 거부하고 사로당으로 돌아서는 바람에 곡성군에는 남로당 조직이 전혀 없었다. 자체적으로 활동하던 이들은 여순사건 이후 좌익에 대한 탄압이 날로 악랄해지자 입산하여 남로당 조직과 선을 대지 못하고 쫓겨 다니다가, 이 소식을 듣고 파견된 특별임무조와 연결된 것이었다.

특각에서는 사로당 계열인 이들에게 일단 자신들의 분파적 행위를 공개적으로 자아비판하게 한 뒤 남로당 가입 절차를 밟도록 했다.

1949년 6월 25일 유혁운은 꼭 석 달간의 특각 생활을 마치고 곡성군 당책으로 임명된 김채윤 이하 새로 남로당에 가입한 열여섯 명의 동지들과 함께 곡성군당 조직부장의 임무를 띠고 용지동을 떠났다. 석 달에 지나지 않은 짧은 기간이었지만 이미 그는 처음 용지동에 발을 디딜 때의 그가 아니었다. 비서과장이란 임무를 맡으면서 그는 비로소 당이 무엇인가를, 혁명사업은 왜 당조직이 아니면 수행할 수 없는가를, 그리고 조직원의 자세는 어떠해야 하는가를 배웠던 것이다.

그가 떠나기 전 오금일은 아쉬운 얼굴로 그에게 악수를 청했다. 처음처럼 여전히 힘없는 악수였지만 그는 오금일의 따뜻한 정을 느낄 수 있었다.

"유 동무, 그동안 수고했소. 이번의 새로운 과업도 잘 수행해내리라 믿소. 언제 끝날지는 모르지만 열심히 싸우다 보면 좋은 세상에서 만나게 될 날도 오지 않겠소? 잘 가시오."

곡성 생활이 시작되었다. 고향인 구례와 바로 맞닿은 곳이긴 했지만 구례 바깥을 나서본 적이 거의 없어 낯설기도 했고, 지리산이나 백운산 같은 큰 산에서만 활동했던 터라 처음 며칠간 그는 정신을 차릴 수가 없었다.

큰 산이 없어 주변의 야산에 주로 트를 잡고 살았는데 마을의 닭 우는 소리에 자다가도 놀라 깨기 일쑤였고, 지서에서 보초 확인을 하느라 일 보초, 이 보초, 하는 소리가 바로 곁인 양 또록또록하게 들려 자기도 모르게 총을 잡은 손에 힘이 쥐어지기도 했다. 곡성 전체가 그렇게 자잘자잘한 사람 소리가 들려올 정도의 야산뿐이었다. 그러니 고정 아지트를 가질 수도 없어 그들은 이불 홑청에 감이나 쥐 물을 들여 텐트를 새로 만들었다. 잠은 물론 식사까지도 텐트 안에서 해결하고, 날만 새면 텐트를 뜯어 짊어진 채 적의 발길이 닿지 않은 곳을 골라 산상대기를 해야 했다.

그래도 죽으란 법은 없었는지 다행히 보급원은 좋아 식사걱정만은 없었다. 보급투쟁도 필요 없이 한두 명씩 공작조를 내려 보내기만 하면 모든 물건을 입수할 수 있었다.

무장이라야 카빈과 엠원이 각기 한 정씩밖에 없어서 보급투쟁까지 해야 했다면 버틸 수가 없었을 텐데 불행인지 다행인지 곡성은 남로당의 당조직이 미치지 못했던 곳이라 다른 곳보다 탄압이 덜했고, 그래서인지 군경의 탄압을 별로 겁내지 않고 자기들의 부족한 쌀을 덜어주는 사람들이 많았던 것이다.

그러던 어느 날이었다. 점심밥을 지어 먹고 있는데 정찰조가 한 노파를 데리고 왔다. 울퉁불퉁한 나무로 모양만 낸 지팡이를 짚고 간신히 서 있을 정도의 노인네였다. 나물바구니를 들고 서성거리는 걸 데려왔다는 것이었다. 이리저리 캐물으니 염탐꾼은 아니었고 배를 곯다 뭐 먹을 만한 것을 찾아 산으로 올라온 것이었다. 그러나 시월이 가까운 무렵이라 나물이 있을 리 만무했고, 그렇다고 땡감이나 똘배도 아직 맛이 들 때가 아니었다. 다들 먹던 밥을 노인네에게 내밀었다. 보급원이 풍부하다고 해도 스물 전후의 왕성한 식욕을 감당할 정도는 아니었지만, 검버섯이 잔뜩 핀 노인네가 휘청거리며 서 있는 걸 보고 밥이 넘어가지 않았던 것이다. 말할 기운도 없는

지 기어들어가는 목소리로 고맙다며 허겁지겁 밥 한 그릇을 비운 노인네는 그날 이후로 점심때만 되면 그들을 찾아왔다. 사람 만나기가 힘든 그들인지라 밥을 축내는 노인네라도 반갑기만 했다. 게다가 밥 한 그릇을 먹기 위해 몇 시간을 걸려 기신기신 산을 올라오는 노인네가 꼭 자기 할머니나 되는 것 같은 기분이었다.

"할무이 이러다 들키면 어쩔라요? 우리 같은 산사람들 만나는 걸 알면 경찰들이 가만 안 있을 것인디. 들켰다 흐면 그냥 총 쏴갖고 죽여뿐디."

한 대원이 걱정스럽게 물었지만 할머니는 태평이었다.

"언제 즈그들이 밥 한때라도 공걸로 줘봤간디. 나사 밥 묵은 죄배끼 없는디 즈그들이 어쩔 것이여. 글고 들켜봤자 겁날 것 없그마. 기왕지사 굶어죽을 목숨인디 이래 가나 저래 가나 그거이 그거제."

곡성군당은 곡성 출신들의 보고에 따라 군내 열한 개 면 중 죽곡, 오곡, 삼기, 입, 곡성, 석곡, 고달 등 일곱 개 면의 지하조직 건설이 가능하다고 판단하고 각 면에 한두 사람씩 배치하여 지하조직을 구축하기 시작했다.

조직사업 외에 유격투쟁은 사실상 불가능했다. 인원과 무기가 절대적으로 부족한 상태에서 유일한 무장투쟁은 통신망 교란투쟁이었다. 곡성군당은 다섯 명의 유격조를 편성하여 전선, 전주를 자르는 등 격일제로 통신망 교란투쟁에 나섰다. 이 투쟁은 8월 말까지 계속되어 통신망을 상당 정도 파손하고 적을 교란시키는 데 성공했다. 그러나 이쪽의 전력이 노출되자 매일같이 경찰과 한청(대한청년단)이 합동하여 야산 포위작전을 해대는 바람에 결국 중단해야 했다. 퇴로도 없는 야산에서 포위작전을 계속 견디어낸다는 것은 다른 조직활동 전체를 마비시킬 뿐더러 자멸을 자초하는 길이었기 때문이다.

8월 중순, 특각에서 8.15 기념투쟁으로 곡성경찰서를 습격하기로 했다는 지시가 내려왔다. 그 사이 마흔다섯 명으로 늘어난 강사령부대가 14일, 잠시 이현상에게 소환된 박종하 대신 김환명과 김흥복의 인솔로 곡성에 도착했다. 이들은 그날 밤에 일단 곡성읍의 지형을 정찰하고 난 뒤 15일 밤 곡성경찰서를 습격했다. 각 면당에 파견되어 조직사업을 수행하던 사람들을 급히 불러들여 지리에 밝은 그들을 앞장세운 채 경찰서 습격작전이 시작되었다.

그는 곡성 출신 다섯 명을 데리고 현금 확보를 위해 경찰서에서 백여 미터 떨어진 금융조합을 치고 들어갔다. 총이라고는 그가 가진 카빈 한 자루뿐이라 그는 일행 중 가장 담이 크고 사격 솜씨가 좋은 농민부장에게 총을 건네주고 앞장 세웠다.

두 명의 숙직 직원이 조합을 지키고 있다가 순순히 문을 열어주었지만 문제는 금고 열쇠였다. 열쇠를 언제나 금융조합 이사가 갖고 다닌다는 것이었다. 그 혼자서 숙직 직원을 지키고 나머지 다섯 명은 카빈 한 자루를 앞세워 금융조합 이사 집으로 달려갔다. 한참 후 그들은 이사 대신 곡성경찰서 사찰과 형사 한 사람을 잡아왔다. 이사가 없어 온 집안을 샅샅이 뒤지다 벽장 안에서 그를 발견했다는 것이었다. 열쇠가 없으니 금고를 열 길이 없었다. 퇴각신호를 기다리며 금고를 열려고 온갖 수를 다 써 봐도 허사였다. 총을 몇 방 쏴봐도 금고는 끄떡없었다. 경찰서 쪽에서는 요란한 총소리와 함께 어지러운 불빛이 밤하늘을 날아다녔다.

이젠 생포한 형사를 처리하는 일이 문제였다. 곡성 출신의 기관원들은 서로 자기에게 처형권을 달라며 눈시울을 붉혔다. 여순사건 이후 부모든 형제든 가족 한둘쯤이 군경에게 무참히 학살당한 사람들이었던 것이다. 날마다 목숨을 내걸고 군경에게 쫓겨 다니고, 거기다 좌익 가족이라는 것밖에는 죄가 없는 가족을 잃었으니 적개심이 끓어오르지 않을 리 없었다. 학살당한 가족을 생각하는지 물기 젖은 눈동자가 이글거리는 기관원들과 두려움으로 새하얗게 질려 있는 형사를 번갈아 바라보며 그는 잠시 생각에 잠겼다. 동지들의 불타는 적개심은 천번만번 이해하고도 남았지만 그렇다고 당의 원칙을 저버릴 수는 없었다. 그는 무겁게 입을 열었다.

"동무들! 적을 무조건 죽이는 것은 우리 당의 원칙이 아니잖소. 적은 중립화시키고 중립인 사람들은 우군화하는 것이 당의 원칙이라는 걸 잊었소? 동무들! 생각해 보시오. 동무들의 적개심은 충분히 알겠소만, 적개심에서 이 사람 하나를 죽인다고 해서 우리 당에 무슨 이득이 있겠소? 득은커녕 우리는 이 한 사람을 죽임으로써 이 사람의 일가친척 등 수많은 사람들을 우리의 적으로 돌리게 되오. 만약 우리가 이 포로를 석방한다면 포로 자신부터 우리에 대한 인식이 달라져서 우군은 될 수 없을지라도 최소한 우리한테 총은 겨누지 않을 것 아니오. 우리는 어떤 상황에서도 개인의 감정에 따라 당의 원칙을 파기해서는 안 되오. 당의 명령은 생명과도 맞바꿀 수 없는 것이오. 이 점 명심하고 이 포로는 나에게 맡겨 주시오."

포승줄에 묶인 형사 주위로 삥 둘러선 채 다들 가타부타 말이 없었다. 그 자신도 적의 손에 아버지를 잃었던 터라 눈앞에 적을 두고도 죽일 수 없는 사람들의 부글거리는 속을 이해할 수 있었다. 그러나 그래서는 안 되는 것이 당의 원칙이었고, 무엇보다 인민을 해방시키기 위해 싸우는 자신들까지 이승만 독재정권과 똑같아질 수는 없는 일이었다. 무장투쟁 과정에서야 피치 못하게 사람을 죽일 수도 있는 일이지만 포로까지 죽여서는 안 되었다. 오금일이나 박종하도 군인이든 경찰이든 포로는 반드시 교양시켜 돌려보내지 않던가. 아지트 부근까지 데리고 온 포로라 살려 보내면 아지트가 발각될 위험을 감수하고서도 말이다.

형사는 의외의 사태에 놀랐는지 창백한 안색으로 눈을 둥그렇게 뜬 채 그를 올려보고 있었다. 그때 경찰서 쪽에서 퇴각신호가 들려왔다.

"출발!"

출발명령을 내려놓고 대검으로 형사가 묶여 있는 포승줄을 자른 뒤 그는 형사를 불렀다.

"여보, 윤 형사!"

윤 형사는 믿을 수 없다는 듯 반은 넋이 빠져 그를 바라보았다.

"우리가 왜 당신을 살려주는지 알겠소? 우리를 실망시키지 말기 바라오. 다시 경찰을 해도 좋소. 단 인민의 편에 선 양심적인 경찰이 되어주오."

풀어주고 퇴각한 사람들에게야 금세 잊혀져버릴 작은 사건이었지만 당사자인 윤 형사에게는 그렇지 않았던 모양이었다. 그 후 곧바로 경찰을 그만둔 윤 형사는 수년이 지난 후 그가 병보석으로 나왔을 때 어찌어찌 수소문을 하여 구례로 그를 찾아왔다. 그는 윤 형사를 까맣게 잊었지만 윤 형사는 생명의 은인이라며 그의 손을 잡고 놓을 줄을 몰랐다. 그가 생명보다 소중하게 지켰던 당의 원칙이 결국 옳았던 셈이고 그를 한 사람의 생명의 은인으로 만든 셈이었다.

어쨌든 곡성군당은 완강한 저항 때문에 경찰서 정문도 넘지 못한 그날의 습격투쟁 이후로 계속되는 토벌작전에 시달리다 결국 백아산으로 거점을 옮겨야 했다. 백아산은 화순과 곡성 양 군계에 위치하고 있어 곡성군 내 조직사업을 수행하는 데는 지장이 많았지만, 대신 양 군의 합동작전이 없는 한 안전한 장소였다. 곡성에서 공격이 들어오면 능선만 넘어 화순으로 피하고, 화순에서 공격이 들어오면 다시 능선을 넘어 곡성으로 피하고, 숨바꼭질 하듯 이리저리 피해 다니느라 시간이 흘렀다.

이렇게 하여 곡성군당은 백아산에서 9.16결투를 맞게 되었다. 9.16결투란 조선민주주의인민공화국 창립 1주년 기념투쟁으로 워낙은 9월 9일을 기해 시작되어야 하는데 빨치산의 연락조직이 취약하여 14일에야 특각으로부터 지시가 내려온 것이었다.

지시내용은 모든 당세를 총동원하여 적의 거점을 공격해 치명적인 타격을 가하고, 적의 후방과 교통통신망을 완전히 마비시키고, 모든 선전력을 총동원하여 전체 인민이 반미 반제 반독재 투쟁을 더욱 견결히 전개하도록 선전선동 사업을 적극적으로 펼치라는 것이었다. 9.16결투 지시는 모든 투쟁을 삐라 ○○장, 전신주 절단 ○○주, 도로 파괴 ○○곳 등 할당식으로 돼 있었다.

곡성군당은 군당확대회의를 열어 지시문을 검토 분석하고 조정하여 군당의 역량에 맞는 투쟁계획을 세웠다. 마음이야 지시한 그대로, 아니 그 이상으로 해내고 싶었지만 사실 특각의 지시는 곡성군당의 역량으로 죽었다 깨어나도 불가능한 것이었다.

6월 25일부터 조직사업에 들어간 곡성군당도 그 무렵에는 미연결자를 규합하여 전체 성원이 30여 명에 이르고 있었다. 그들의 역량을 기초로 곡성군당은 철도 폭파 1개 소, 국도 파괴 3개 소, 전신주 절단 3백 주, 삐라와 벽보 각 천 매, 메가폰을 이용한 아지프로 각 면 10회씩 총 11개 면에 110회 등의 투쟁을 하기로 계획하고 일주일간 완수할 것을 목표로 투쟁에 떨쳐나섰다.

일주일 내내 활동하기 곤란한 오전 몇 시간 동안 잠깐 눈을 붙이고 오후에는 삐라와 벽보 쓰기, 밤에는 도로 파괴, 전신주 절단, 삐라 살포 등 주야로 뛰었지만 계획의 절반 정도밖에 해내지 못했다. 특히 철도 파괴는 폭발물도 없이 시도했던 것 자체가 어리석은 일이었다. 어떻게든 목표를 완성하기 위해 괭이만 들고 곡성역과 압록역 사이의 철도 파괴를 시도했지만 당연히 실패할 수밖에 없었다. 괭이로는 도저히 방법이 없어 열차가 달려올 즈음 산 위에 준비해두었던 바위를 굴려보기도 했지만 경사가 완만해 목표지점까지 굴러가지를 않았다. 메가폰 소리만 들렸다 하면 달려오는 경찰병력에 쫓겨 군내 아지프로도 제대로 수행해낼 수 없었으며 경찰의 눈을 피하기 쉬운 전신주 절단만 초과달성했을 뿐이었다. 30여 명의 역량으로, 거기다 비합법 상황에서 각종 투쟁 전부를 완수한다는 것은 사실상 무리였다. 그나마 절반 정도를 해낸 것도 목숨을 건, 최선의 투쟁 결과였던 것이다.

이 9.16결투 중 전남 도내에서 특기할 만한 투쟁은 특각 유격대의 15연대 본부와 광양경찰서 습격투쟁이었다. 이 습격투쟁은 보성·순천·고흥지구 유격대와 연합해서 수행한 작전으로 박종하 사령관이 60여 명을 지휘하여 광양군 서국민학교에 주둔한 15연대 본부를 습격하고, 정재숙 부사령관(나 사령이라고 불렸으며 구례군 산동면 위안리 출생)은 3대대 40여 명으로 광양경찰서를 습격했다.

공격이 개시되기 전 전남의 동부지구 병력 약 2백 명이 순천 쪽에서 들어올 증원군을 막기 위해 순천 - 광양 간 국도를 미리 차단했고 광양군과 구례군의 유격대 50명은 하동 쪽에서 오는 지원군을 차단하기 위해 하동 쪽 길목을 맡았다.

도로차단 작전이 끝난 9월 16일 자정, 드디어 공격이 시작되었다. 박종하는 예하부대 60여 명을 이끌고 연대본부인 학교 전방 백 미터 지점에 도착하여 부대를 대기시키고 언제나 하던 대로 대대장 두 명만을 데리고 학교로 접근했다. 의외로 경비가 소홀한 것을 확인한 박종하는 부대를 삼십 미터 전방까지 전진배치시켜 놓고는 단독으로 초소로 다가가 일본 야쿠자가 쓰는 아이구치(단도)를 던져 보초 여섯 명을 단숨에 쓰러뜨렸다. 아무런 방해도 없이 정문까지 진격한 유격대는 15연대가 잠에 취해 있는 교실에 수류탄을 던짐과 동시에 일제사격을 시작하여 작전을 시작한 지 십분도 못 돼 연대본부를 완전히 장악했다.

이날 전투에서 빨치산들은 포로 7백 명, 엠원 등 1천여 정의 소총, 각종 기관총 30정, 박격포 6문, 기타 피복류 등 엄청난 전리품을 얻었다. 남한 유격투쟁사에 영원히 남을 최고의 전과였다.

한편 경찰서를 공격했던 나 사령은 점령은 못하고 봉쇄만 하고 있다가 박종하부대의 전리품 운반이 끝나고 동이 틀 무렵에야 철수를 시작했다.

박종하부대는 7백 명의 포로와 주민을 총동원하여 무기와 식량 등 전리 품을 광양군 봉강면 봉강골짜기 백운산 중턱까지 운반하는 데 성공하였고, 지원군을 막기 위해 도로를 차단하고 있던 전남지원군도 전리품 운송이 끝 난 뒤 무사히 귀환하였다. 뒤늦게 하동에 나가 있던 15연대 일부 병력과 순 천 방면에서 국군 증원군이 도착했지만 광양 읍내엔 이미 빨치산의 그림자 도 남아 있지 않았다.

광양읍에서 사 킬로미터 떨어진 봉강면 입구에 집결하여 전리품 운반이 끝나기를 기다리던 전남지원군과 박종하부대는 그곳까지 추격해온 증원군 과 또 한 차례 격돌했다. 그러나 빨치산의 강력한 저항에 부딪친 국군은 결 국 봉강면 입구에서 퇴각했고 빨치산은 전리품을 안전한 장소에 무사히 비 장했다. 비장을 끝낸 박종하는 25명의 정예만을 김환명(14연대 출신으로 순천 태생)에게 맡긴 후 자신은 나머지 부대를 이끌고 17일 자정 무렵 백운 산을 빠져나갔다. 밤새도록 강행군을 한 박종하부대는 구례 반내골을 지나 구례구역을 오른편으로 보며 18일 아침 곡성 봉두산에 도착하여 그곳에서 꼼짝도 않고 사흘을 잠복해 있었다.

한편 정예 25명을 거느린 김환명 대대장은 17일 새벽에 백운산 도실봉 (1105미터로 백운산 제2봉)을 장악하고는 구례군 간전 방면에서 올라올 수 있는 정쳉이골과 땅골 사이 능선, 승주군 황전면 방향인 달뜨기재, 광양군 상봉 쪽, 광양군 옥룡면과 봉강면 사이 능선에 각 5명씩 20명을 오백, 천 미터씩 전진배치시킨 후 자신 역시 5명의 대원만을 거느리고 도실봉에서 대기하고 있었다. 당시 5사단은 15연대의 치명적인 손실에 분개해서 사단장이 직접 사단 전 병력을 지휘하여 탈취당한 무기를 되찾으려고 혈안이 되어 있었다.

18일 새벽부터 5사단 병력은 설마 빨치산 25명만이 숨어 있으리라고는 상상도 하지 못하고 백운산을 첩첩이 에워싼 채 사방에서 공격을 개시했다. 그러나 공격이 개시되자마자 구례군 간전 방향에서 정쳉이골 능선으로 올라오던 정찰병 두 명이 도실봉 아래 칠백 미터 지점에서 잠복 중이던 다섯 명의 빨치산 소조에게 걸려 생포당했고, 김환명은 그 정찰병으로부터 그날 사용할 5사단 암호를 입수하는 데 성공했다. 게다가 정찰병 생포와 동시에 15연대의 일부 부대가 빨치산 소조에 걸려 공방전 끝에 사상자만 내고 후퇴하더니 아예 싸울 맛을 잃었는지 더 이상 공격하지 않았다.

승주군 황전면 쪽 달뜨기재와 광양군 옥룡, 봉강 사이 능선 쪽도 5인 소조에게 한 번씩 당하고는 마찬가지로 잠잠했다. 광양 상봉 방향에서 올라오던 15연대의 1개 중대 병력만이 사상자를 내면서도 저돌적으로 공격해오다 마침내 오전 9시경에는 도실봉 아래 이백 미터 지점까지 다가와 치열한 사격전이 벌어졌다. 중대와 다섯 명의 전투였다. 한여름 소나기처럼 퍼붓는 총탄이 먼지바람을 일으키며 온 산을 뒤흔들었다. 양쪽 다 총신이 시뻘겋게 달아오를 때까지 미친 듯이 방아쇠만 당겨댔다. 얼마나 시간이 흘렀을까. 돌연 김환명이 빼꼼한 틈도 없이 날아오는 총탄을 뚫고 도실봉 최정상의 큰 바위로 훌쩍 뛰어올랐다.

"쌍방 사격 중지! 중지!"

그 요란한 틈새에서도 김환명의 벽력같은 고함소리가 들렸던지 양쪽의 총소리가 일제히 멈췄다. 갑자기 귀가 멍멍할 정도의 정적이 찾아왔다. 어디선가 후두둑 흙이 부서져 내리고 잔바람에 풀잎이 하늘하늘 살랑거렸다.

"너희들 십오연대지?"

시간마저 멈춰서버린 듯한 침묵을 깨고 다시 고함을 지르자 아래쪽에서 "그렇다"고 대답해왔다. 김환명은 마치 가장 아끼는 부하를 잃은 장수처럼 비통하게 울부짖으며 외쳤다.

"야! 이 개새끼들아! 군호도 확인하지 않고 총부터 쏘는 놈이 어딨나? 우린 이십연대다. 지금 우리 측 피해가 얼만 줄 알기나 하나? 당장 중대장 나와! 나 이십연대 중대 중대장 박성호다!"

때마침 달뜨기재 쪽에서 치열한 사격소리가 들려왔다. 그제야 15연대 쪽에서 "중대장 부상입니다!" 하는 소리가 들려왔다.

"방금 전투에서냐?"

"예! 그렇습니다!"

"중상인가, 경상인가?"

"위험합니다!"

"그럼, 일소대장 나와!"

누군가 풀숲에서 부스스 일어났다.

"예! 제가 일소대장입니다."

"일소대장 이쪽으로 와라!"

아직도 뭐가 좀 미심쩍은 모양인지 1소대장은 김환명이 서 있는 쪽을 불안한 기색으로 살피며 천천히 걸음을 옮겼다.

"야 이 새끼야, 뛰어와!"

김환명이 벽력같은 고함을 내지르자 그제야 1소대장은 구보로 뛰기 시

164

작했다.

"십오연대 제삼대대 이중대 일소대장 안현중 부름 받고 왔습니다!"

숨을 헐떡이며 1소대장이 거수경례를 올려붙이자 김환명도 거수경례로 답했다.

"귀 중대장 정말 위독하나?"

"예, 그렇습니다!"

"그것 안됐군. 병신 같은 놈들. 그러게 군호도 확인하지 않고 총부터 쏴대는 놈들이 어딨나? 먼저, 귀관 오늘 군호?"

"한라."

"백운."

김환명이 군호를 답하고 나자 비로소 1소대장의 얼굴에 화색이 돌았다.

"귀관, 사관학교 몇 기인가?"

"사 기생입니다!"

"짜식, 새까만 후배구만. 그런데 방금 너희들의 사격으로 피해가 이만저만이 아니다. 귀관 부대에 책임이 있다는 것 인정하지?"

순간 장발의 빨치산 한 사람이 어쩌다 풀숲으로 고개를 내밀었다. 부스스한 긴 머리가 불쑥 올라오는 것을 본 15연대 소대장은 비호처럼 몸을 날려 뛰기 시작했고 김환명도 번개처럼 바위 위에서 뛰어내렸다. 동시에 15연대 1개 중대 병력의 전 화력이 바위로 쏟아졌다.

그때부터 백운산 전 능선에서 시작된 총소리는 다음날 새벽까지 잠시도 멈추지 않았다. 어둠이 내리자 능선에 배치되어 있던 5인조 소조가 모두 도실봉으로 합류했다. 도실봉의 25명을 향해 사방에서 1개 사단 3천여 명이 집중사격을 쏟아붓는 것이었다. 농담까지 해가면서 쉬엄쉬엄 여유 있게 응전하던 김환명은 밤 10시, 전 병력 25명을 이끌고 땅골 쪽 골짜기를 따라 백운산을 빠져나왔다. 텅 빈 도실봉을 향해 5사단은 자기네들끼리 열심히 총격을 주고받았다. 날이 환히 새어서야 아군끼리 피터지게 싸웠다는 것을 알고 발을 굴렀지만 이미 빨치산은 쥐도 새도 모르게 백운산을 빠져나간 뒤였다.

그 후 5사단은 패전의 분풀이로, 15연대 본부 습격 시 포로로 잡혔다가 전리품만 운송해주고 석방된 15연대 포로 7백 명을 전원 총살하여 그날 전투에서 단 한 명의 전사자도 없었던 빨치산의 시체라며 트럭에 싣고 돌아다녔다는 후문이 들려오기도 했다.

아무튼 이현상이나 박종하가 두고두고 자랑했던 대로 9.16결투는 남한 유격투쟁사에서도 빛나는 최고의 전과를 올렸으며 한마디로 통쾌한 승리였다. 이날의 전리품으로 전남 유격대의 비무장대원 전부가 사백 정의 엠원으로 완전무장했으며, 구례·광양·곡성군의 군 유격대 재편성용으로 각각 스무 정 정도씩 돌아갔고, 그러고도 남은 나머지는 박종하부대가 이현상부대로 소환되어갈 때 가져갔을 정도였다. 15연대가 6.25 전까지 빨치산의 목숨을 구한 셈이었다.

9.16결투의 승리로 백운산 특각의 박종하부대는 그 공적을 인정받아 이현상부대로 전원 소환되었고, 박종하는 이현상부대 사령관으로 임명되었다. 당시 이현상부대는 주력군이던 14연대가 김지회, 홍순석의 사망과 거듭되는 전투로 거의 박살나는 바람에 유격투쟁 자체가 불가능한 상태였으며, 박종하부대가 충원된 다음에야 비로소 유격투쟁의 본거지답게 본격적인 투쟁을 재개하게 되었다.

8_
중앙당을 연결하라

9.16결투 승리의 기쁨이 채 가시기도 전에 빨치산 최대의 적인 겨울이 닥쳐왔다. 산에서의 겨울은 유난히도 일찍 찾아왔고 서둘러 온 만큼이나 미적거리다가 봄을 뒤쫓아 온 여름에 채여서야 때 아닌 눈보라까지 쏟아 부으며 간신히 뒤돌아서는 것이었다. 애절한 그리움도 시간이 흐르면 익숙해지고 아무리 미운 사람도 자주 보면 정이 붙는 법이니 벌써 세 번째 맞는 겨울이면 면역이 생길 법도 하련만, 두려울 것 하나 없는 빨치산에게도 이 겨울만은 여전히 두렵고 무서운 존재였다. 게다가 9.16결투 이래 대대적인 토벌작전이 개시되어 어디 한 군데 진득이 엉덩이를 붙이고 앉아 있을 수도 없는 상황이었다.

산에서 겨울을 나는 동안은 추위와 토벌대의 추적에 전멸이나 당하지 않으면 감지덕지해야 할 판이었다. 유혁운은 궁리 끝에 전남 쪽과 달리 탄압이 극심하지 않은 전북 쪽의 민가를 확보하여 겨울을 나기로 하고, 곡성군과 인접한 남원군의 대강면과 순창군의 풍산면 등지를 돌아다니며 거점구축 사업을 서둘렀다.

그러던 11월 23일 특각에서 소환장이 날아왔다. 추진 중이던 사업 전체를 군당책 김채윤에게 인계하고 그는 백운산으로 달려갔다. 불과 다섯 달 사이에 백운산도 많이 변해 있었다. 유격대 지구사령부도 9.16결투 이후

167

이현상부대로 소환되어 가고, 특각은 전남도당으로 책임부서가 이관된 상태였다. 여순반란 후 반란지구의 특수성을 감안하여 특각의 지휘권을 이현상에게 넘긴 것인데, 이 문제로 당시 전남도당에서 불만이 많았던 것이다.

특각 재편 무렵 전남의 당조직은 크게 셋으로 분할되어 있었다. 하나는 도당직속의 담양, 장성, 나주, 영광, 광산의 당조직으로 흔히 광주지구당으로 불렸다. 장흥 유치산에 위치한 전남 남서부의 해남, 강진, 완도, 진도 등지의 당조직은 철성(鐵城)이라 했으며, 백운산 특수지구당은 암성(岩城)이라 하여 예전의 특각 그대로이되 다만 전남도당의 관할로 바뀌었다. 암성은 다시 순천, 고흥, 보성을 관장하는 5성 지구당과 구례, 곡성, 광양, 여수를 관장하는 6성 지구당으로 나뉘었다.

백운산 6성에서 통보리만 삶은 저녁 한 끼를 대접받고 그는 연락원을 따라 용계산에 있다는 암성 아지트를 향해 밤길을 나섰다. 새벽녘에야 도착한 그를 향해 반갑게 달려오는 사람은 바로 오금일이었다.

"이렇게 다시 만나 일하게 돼서 정말 반갑소. 그동안 수고하셨소. 유 동무를 암성 정보과장으로 임명했으니 다시 한번 잘해봅시다."

그와 오금일의 인연도 꽤 끈질긴 편이었다. 인연이라기보다는 그에 대한 오금일의 호의라는 편이 더 정확할지도 몰랐다. 자리를 옮겨갈 때마다 오금일은 그를 불러들였고 그 역시 오금일과 함께 일하는 것이 즐거웠다.

특각 조직이 그대로 6성으로 재편되어 암성 관할로 들어간 모양인지 초기에 활동했던 그리운 얼굴들이 모두 그를 반겼다. 오금일의 말에 따르면 백운산 특각은 유격대와 당 활동에 대한 지도가 이현상과 전남도당으로 분리된 상태라 통일적으로 활동하기가 어려웠고, 거기다 특각 성원 전부가 이현상을 전적으로 따르던 사람들이라 이런저런 까닭으로 전남도당에서 마땅찮아 했다고 한다. 그러던 판에 특각 유격대가 9.16결투 이후 지리산으로 소환되어 가고 반란의 시기도 오래 계속되어 반란지구에 대한 특별한 정책이 별 필요 없는 시점이라 특각을 해체한 것이다. 그러나 비합시기인 데다 거리가 멀어 전남도당이 전남 전 지역을 지도하기 어려운 탓에 도당 산하에 암성, 암성 산하에 5성과 6성을 두어 도당의 지도를 효율적으로 수 행할 수 있도록 했다.

그에게 맡겨진 첫 임무는 장흥군 유치산에 있는 도당본부를 안전하게 백 운산으로 이전시키는 것이었다. 유격대가 전멸하다시피 해 무장투쟁이 거 의 불가능한 상태로 야산인 유치산에서 나날이 악랄해지는 토벌을 견딘다 는 것은 죽음을 자초하는 길이라 판단하고 산세가 좋은 백운산으로 옮긴다 는 것이 백운산 이동작전이었다. 이동작전은 도당 핵심간부들의 생사가 달 린 일이었다. 그가 조금만 방심했다가는 전남도당이 최후를 맞을 판이었 다. 말이 정보과장이지 과원 한 명도 없어 모든 일을 그 혼자 계획하고 실 행해야 했다.

당시 전남도당은 9.16결투 이후 보복적으로 밀어닥친 가혹한 토벌작전 과 11월의 공세에 밀려 전남 유격대 총사령관 최현이 전사하는 등 치명적 인 상처를 입고 조직이 거의 박살난 상태였다. 국군에게 사살된 최현의 참 혹한 시체가 광주 역전에 내걸린 것도 그 무렵이었다. 이승만 정부의 토벌 작전은 날이 갈수록 기세등등해졌고, 토벌작전에 참가하는 군경의 수도 나 날이 증가했다. 빨치산들은 계속되는 전투와 기아 속에서 마지막 고비를 맞이하고 있는 셈이었다.

유치산에서 백운산까지는 하룻밤 만에 이동이 불가능한 거리여서 그는 우선 조계산과 용계산 중간 지점에 비트를 파기로 하고, 도당 기관원들이 백운산에 도착하여 거처할 아지트부터 만들기 시작했다. 문제는 비트 작 업이었다. 비트는 한 사람이 간신히 들어갈 수 있을 만한 크기로 십여 개를 준비했는데, 야음을 틈타 작업을 해야 하는데다 파헤친 흙을 멀리 떨어진 곳에 갖다 버려야 하고, 입구가 가려질 정도의 나무를 뿌리째 파다 세워 놓아야 했으므로, 허리 한번 안 펴고 삽질을 해도 하룻밤에 하나 완성하기가 빠듯했다. 푸르스름한 달빛만 교교하게 흐르는 늦가을 산기슭에서 정신없이 흙을 파내다 간혹 허리를 펴면 벌써 불그스레 물든 상수리 나뭇잎이 그의 머리 위로 떨어져내렸다. 묘한 기분이었다. 푸르스름한 어둠이 두려워 머리카락이 쭈뼛쭈뼛 곤두서는 것 같기도 하고, 스스로의 일에 대한 만족감 때문인지 가슴이 후끈 더워지는 것 같기도 했다. 오금일이 언젠가 그에게 했던 말이 떠올랐다.

"당원의 행동거지 하나하나가 혁명을 앞당기기도 하고 망치기도 한다!"

옳은 말이었다. 이 민족의 혁명을 담당할 전체 당을 놓고 보자면 그는 한낱 미미한 존재일지도 몰랐다. 그러나 조직이란 그런 미미한 개인의 힘을 모아 각 개인으로서는 상상도 할 수 없는 엄청난 힘을 발휘하는 것이다. 스산한 가을밤에 홀로 산기슭을 파헤치는 그의 노동은 바로 혁명을 앞당기는 힘찬 발걸음이었다. 자신에게 맡겨진 일을 혁명의 대의와 분리시켜 개인적인 일로 치부하고 대충대충 넘기는 것은 혁명을 좀먹는 행위였다. 연락요원이 제대로 시간을 지키지 못했을 경우 연결하기로 했던 동지가 위험해지는 것은 물론이고 그 사소한 한 가지 원칙을 파기한 것이 어떤 결과를 초래할지는 아무도 모르는 일이었다. 혁명사업에서는 아무리 작은 원칙일지라도 그것을 생명으로 알고 지키는 것만큼 중요한 일도 없었다.

위험에 처해 있던 40여 명의 도당본부 요원이 무사히 백운산으로 이동하고 나자 유혁운은 다음날부터 도당 본부에 기거하면서 도당 사람들에게 주위 지리를 하나하나 익혀주기 시작했다. 어디든 자리를 옮기면 지리부터 익히는 게 빨치산의 원칙이었다. 군경의 막강한 인원과 화력에 맞서 그 백

분의 일도 안 되는 빨치산이 여태껏 버텨올 수 있었던 것도 강고한 사상성과 지리에 밝다는 것, 이 두 가지 덕분이었다.

부근 지리를 거의 익혔을 무렵 도당 조직부장 김병추가 그를 불러들였다. 원래 김병추와는 사돈간으로 그가 구례 있을 때부터 안면이 있는 사이였지만 서로가 동지로서 만나기는 이번이 처음이었다. 김병추는 일제 때 고등계 순사를 지낸 사람으로 별명이 각시순사였다. 얼굴이 얌전하게 생겼기도 하거니와 곶감보다도 더 무서운 게 순사라던 그 시절에 김병추는 민족주의자로 같은 민족의 편에 서서 군민들에게 많은 도움을 주었다. 일제 때부터 조선공산당에 관계해왔던 선동기를 계속 보호해준 것도 김병추였고, 해방 직전인 45년 8월 일제가 마지막 발악으로 공산주의자와 민족주의자에 대한 예비검속령을 내렸을 때도 구례에서는 단 한 사람의 피해자도 없었는데, 이것 역시 사전에 정보를 알려준 김병추의 공로였다.

워낙 말수가 적은 김병추는 그날도 말없이 앉아 있고, 도당책 전인수가 말을 시작했다.

"어제 오금일 동무에게 유 동지의 조직공작 능력에 대해 잘 들었소. 당에서는 유 동무의 조직가적 능력을 높이 평가하고 있소. 유 동무도 아다시피 유치산에서 너무 많은 손실을 입었소. 중앙당과 선이 두절된 지도 반년이 넘었소. 도당 최악의 상황이오. 지금 가장 시급한 것은 중앙당과의 연결이오. 지금 도내에서는 지하조직망이 완전히 깨져 중앙당과의 연결통로로 삼을 만한 조직망도 없소. 동무가 곡성군 조직부장으로 있으면서 확보한 지하조직망이 있다는데 중앙을 왕래할 수 있는 교두보로 삼아도 좋을 만큼 탄탄한 조직인지 알고 싶소."

김병추의 표정도, 유격대 총사령관 김선우의 표정도 잔뜩 굳어 있었다. 유혁운 역시 도당의 상황이 위급하다는 것 정도는 감으로 파악하고 있었지만 중앙당과의 연락마저 두절된 정도인지는 전혀 모르고 있었던 터라 얼굴이 굳어졌다. 도당책이 거창하게 말한 곡성의 지하조직망이 과연 그 정도의 역할을 할 수 있을지 선뜻 자신이 서지 않았다. 곡성군당에 있으면서 그가 확보한 지하조직망은 주로 옥과면과 인접한 남원과 순창 쪽에 있었다. 전북 쪽은 반란지구인 전남과 달리 탄압이 그리 심하지 않았다. 전남에서는 도민증이 있어야만 통행을 할 수 있는 데 비해 전북에서는 도민증 없이도 통행이 자유로웠고 각 부락마다 지키는 보초도 없었다. 전남에서는 여순사건 이후 국군의 대대적인 주민학살이 벌어진 뒤부터 협조자들이 위축되어 공작이 거의 불가능한 상태였지만 전북에서는 해방 초기와 마찬가지로 주민 대부분이 좌익에 대해 대단히 우호적이기도 했다. 그는 곡성군당 조직부장으로 있으면서 순창 출신 당원에게 옛날 협조자였던 몇 사람들의 주소와 신원을 입수한 뒤 단신으로 공작에 나섰다. 유혁운은 그들이 이전부터 협조자였음을 감안하여 자신의 신분을 솔직하게 밝히고 협조를 요청했다. 그 후 그는 협조자들에게 등사용지를 사오라거나 잉크를 사오라거나 하는 등의 여러 가지 임무를 맡기면서 성실성과 이용가능 정도를 파악해두었다.

유혁운의 상세한 보고를 들은 도당 간부들의 얼굴에 한 가닥 안도가 떠올랐다.

"좋소. 일단 안전을 기하기 위해 조직부장과 상의하여 내일 중으로 그 조직망이 안전한지 점검하고 오도록 하시오."

다음날 유혁운은 공작금을 받아 들고 순창으로 떠났다. 단신으로 산을 타고 걷기 시작한 지 나흘 만에 그는 순창군 풍산면 순정부락에 도착해서 그중 가장 믿을 만한 조 영감 집으로 찾아갔다. 조 영감은 구장으로 살림도 괜찮고 근방에서는 행세깨나 하는 동네유지여서 친척이라 하고 며칠씩 머물러도 의심하는 사람이 없었다. 하루를 보내며 살핀 결과 동네 사정이 예전과 변함없고 조 영감 역시 헌신적임을 확인한 그는 조 영감이 준비한 한복으로 갈아입고 남원군 대강면 생솔리의 조직까지 점검하고 다시 조 영감 집으로 돌아왔다. 며칠 머물면서 할일이 제법 많았다. 조 영감 집에서 소죽도 쒀주고 논에 거름도 내면서 허드렛일을 해주는 동안 그는 조 영감을 전주로 보내 도당에서 자금으로 사용하라며 현금 대신 준 금을 팔아 오도록 하고 그 돈으로 다음번 공작 때 필요한 옷가지며 동지들이 부탁한 신발, 종이, 동사잉크, 약 등을 사오게 했다.

산생활이라 보급투쟁을 한다고는 하지만 언제나 물자가 부족하기 마련이고 지하공작을 나가는 경우가 흔치 않았으므로 누가 밖에 나간다는 말이 들리면 모두 몰려와 이것저것 사다 달라는 부탁이 쏟아졌다. 이번에도 예외는 아니어서 빈손으로 왔던 그는 약품이다, 신발이다, 동지들에게 나눠 줄 선물을 한보따리 지고 돌아왔다.

다녀온 경위를 보고하자 즉시 중앙당 연락책 소성대와 함께 떠났다가 소 동무가 중앙당을 방문하고 돌아오길 기다려 함께 들어오라는 지시가 내려왔다. 엉덩이를 붙일 짬도 없이 다시 왔던 길을 되짚어 소성대와 순창 조 영감 집에 도착한 그는 조 영감을 시켜 소성대를 전주까지 무사히 안내하도록 했다.

소성대가 돌아오기를 기다리는 동안 그는 몇 년 만에 처음으로 푹 쉴 수 있었다. 조 영감 집안일이나 도와주려고 해도 한겨울이라 쇠죽 쑤는 일 외에 별다른 일거리도 없었다. 뜨듯한 아랫목에서 비록 보리밥이나마 끼니마다 밥 한 그릇을 비우면 등 따시고 배부르고 세상 부러울 게 없었다. 몸이 편해지니 가족들 생각이 났다. 아버지도 없는 구차한 살림을 어머니 혼자 어떻게 꾸려가고 있을까. 혼례식만 올린 채 버려두고 떠나온 그 여자는 어떻게 지내고 있을까. 그 여자에 대한 사랑이 생겼다거나 세월이 그만치 흘렀으니 웬만하면 포기하고 내 여자로 받아들이겠다거나 하는 감정은 전혀 없음에도 불구하고 세상에 대한 그리움 탓일까, 기억조차 희미한 여자의 얼굴이 아슴푸레 떠올랐다. 남녘으로 향한 툇마루에 나와 앉아 서서히 서쪽으로 기울어가는 태양빛을 쬐고 앉아 있으면 엊그제 산에서 있었던 일들이 모두 꿈만 같았다. 해방된 지 벌써 사 년이 지났다. 비합으로 쫓겨 입산한 지도 만 이 년이 지나고 있었다. 그러고 보면 남로당에 입당한 이래로 그는 계속 앞만 쳐다보며 달려왔다. 어떻게 여기까지 달려왔는지 스스로도 믿기지 않을 정도였다. 삼 년을 한걸음에 휙 지나쳐온 것 같기도 하고, 어떻게 생각하면 이전의 전 생애를 다 합친 것보다도 더 중요한 사건들이 너무나 많아 그 삼 년이 까마득한 옛날 같기도 했다. 혁명이란 어쩌면 삶의 농축액이나 엑기스 같은 것인지도 몰랐다.

1950년의 새해가 밝았다. 이제 그도 스물세 살이었다. 비록 갓 스물을 넘긴 어린 나이였지만 그는 기억도 할 수 없을 만큼 짧고 길었던 지난 삼 년간 역사라는 거대한 물결의 주변에 있는 다른 사람들보다 훨씬 더 격렬하고 풍부한 삶의 체험을 했으며 그 체험을 통해 나이와는 관계없이 성숙한 인간으로 변해 있었다.

출발한 지 열흘쯤 지난 1950년 1월 5일 무렵 소성대가 낙담한 표정으로 돌아왔다.

"중앙당이 완전히 파괴됐소. 도저히 선을 댈 수가 없을 정도였소."

참담한 소식이었다. 중앙당까지 파괴됐다면 전 조직이 비합으로 움직인다는 얘기였다. 대대적인 탄압 속에서 비합활동으로 얼마나 언제까지 어떻게 버텨야 한다는 것인가. 내일모레 해방이 이루어질 거라고 믿었던 것은 아니지만 중앙당까지 완전히 파괴되었다는 말에 눈앞이 캄캄해졌다. 소성대의 보고를 받은 도당 간부들의 표정 역시 그와 다를 바 없었다.

"유 동무, 동무가 직접 서울에 다녀와 줄 수 있겠소?"

조직부장 김병추의 물음에 고개를 끄덕이긴 했지만 서울과 전혀 연이 없는 그가 서울에 간다고 해서 무슨 뾰족한 수가 생길 리도 만무했다. 그에게 서울에 다녀오라던 김병추가 도당책 트에서 그를 불렀다.

그가 도당책 트로 들어서자마자 취사반원이 웬 술병 하나를 들고 찾아왔다.

"이게 뭐요?"

"예, 보투 나갔던 동지들이 가져온 짐 중에 이게 한 병 섞여 있었습니다."

참으로 오랜만에 보는 소주였다.

"그래요? 이거 참 잘됐구만."

입산한 뒤로 술이란 구경 한번 해보지도 못한 터였다. 다른 동무들이라고 다를 리 없었다. 빨치산 생활은 순간순간이 생명과 직결된 긴장의 연속이라 술을 먹는다는 건 자기 생명을 내던지는 것과 똑같은 얘기였다. 14연대의 탁월한 지휘자 김지회가 어이없이 목숨을 잃은 것도 술 탓이었다. 어쩌다 짐에 끼어온 술 한 병을 자기들이라고 먹고 싶지 않을 리 없건만 도당책에게로 보낸 하부원들의 정성에 감격했는지 다들 술 한 병을 앞에 놓고 묵묵히 말이 없었다.

"유 동무, 술 마실 줄 알겠지? 자, 조직부장이랑 한잔 합시다. 이 술은 유동무의 새로운 임무를 축하하는 뜻에서 동지들이 바친 겁니다."

그도 한때는 스물도 안 된 나이에 술에 취해 몇 개월을 보내기도 했었다. 술맛을 모를 리 없었다. 술을 마시기로 작정만 했으면야 산생활이 아무리 힘들다고 한들 그동안 술 몇 병 구하지 못했을 리도 없었다. 빨치산들이

이 년 동안 술 한 방울 입에 대지 않은 데는 물론 생명의 위협에 대한 인간으로서 본능적인 도사림도 있었지만 그보다는 노동자계급의 당 원칙을 파기해서는 안 된다는 신념 때문이었다. 어쨌거나 오랜만에 술 한 잔을 앞에 놓고 보니 술맛보다도 지나온 세월에 대한 감회가 더 새로웠다. 잠시 후 한 여성 동무가 휘장을 들치고 트 안으로 들어섰다.

"부름 받고 왔습니다."

"이리 앉아요. 이성애 동무."

이성애라고 불린 여자는 눈이 휘둥그레질 정도의 미인이었다. 거친 산생활에도 불구하고 맑고 깨끗한 피부며, 척 보기에도 인텔리로 고생 없이 곱게 자란 처녀 같았다. 도당책 전인수는 그를 돌아보며 싱긋 웃었다.

"이봐, 유 동무. 이 색시 예쁘지?"

"예, 그렇습니다."

대답을 해놓고 보니 쑥스러워서 그는 얼굴을 붉히며 고개를 수그리고 말았다.

"그럼 내가 두 사람을 부부로 만들어주어도 불평 없겠지?"

무안한 생각도 잊고 그는 번쩍 고개를 들었다. 전인수는 여전히 빙글빙글 웃고 있었다. 당에서 그가 결혼한 사실을 모를 리 없을 텐데…….

"…… 하지만, 저는 결혼한 사람입니다."

"그래? 결혼을 했다구? 언제?"

"예, 집안이 봉건적이라 어려서 강제로 하게 됐습니다."

"그랬었나? 불행한 일이군. 하지만…… 당에서 필요하여 저 색시와 결혼하라면 어떻게 하겠나?"

"예, 결혼하겠습니다. …… 그런데 저에게는 좀 과분한 색시인 것 같습니다."

이성애가 고개를 숙인 채 하얀 이빨을 가지런히 드러내며 살짝 웃음을 깨물었다.

"이거 유 동무가 너무 좋아하는 것 같은데."

우스갯소리를 잘하지 못하는 조직부장도 한마디 하고는 그를 놀리듯 싱긋이 웃다가 정색을 하고 다시 말을 시작했다.

"실은 다시 중앙당과 연결을 시도하려고 하오. 중앙당과의 옛날 선은 이미 끊겼으니 서울시당이나 서울의 하부조직이라도 연결해 거기서부터 중앙당을 찾아가보는 수밖에 없지 않겠소? 이번 일을 해낼 사람은 이성애 동무밖에 없소. 이 동무는 서울 출신이고 서울에서 대학까지 나왔으니 서울시당과 연결할 방법을 찾을 수 있을 게요. 이 동무를 혼자 보낼 수가 없어 안전하게 유 동무와 부부로 위장을 시키려는 것이오. 그래야 이 동무가 서울에서 활동하기가 편할 것이요."

조직부장의 말이 끝나자 도당책이 고개를 끄덕이며 말을 받았다.

"좋아요. 지금으로서는 그것이 최후의 방법이오. 어떻소? 이 동무! 유 동무! 자신 있소?"

"서울까지 무사하게 안내하는 것이라면 자신 있습니다."

"좋소. 부부로 위장해 이성애 동무의 신변을 보호해주는 것이 바로 유 동무의 임무요. 이성애 동무는?"

"오랫동안 소식이 끊긴 상태라 자신할 수는 없습니다만, 학생동맹 출신 친구들이 어디엔가 한둘은 남아있겠지요. 최선을 다해보겠습니다."

이틀 뒤 부부로 위장한 두 사람은 묵직한 돈가방을 들고 산을 떠나 순창 조 영감 집으로 떠났다. 어렵사리 한복을 구해 입은 두 사람은 조 영감의 안내로 남원읍까지 나와 하룻밤을 잔 뒤 이리를 경유하여 사흘 만인 1월 15일 드디어 서울역에 도착했다. 그로서는 함께 남아 고학이라도 하자던 조용식의 손을 뿌리치고 떠나온 이래 처음 온 서울이었고 이성애야 고향이었으니 감회가 새로울 법도 했지만, 묵직한 임무 때문에 잠시나마 감상에 젖을 짬도 없었다. 그들은 금천교 너머 용진여관 특실에 숙소를 정하고 심부름꾼 아가씨에게 두둑한 팁을 주어 남자 신사복과 여자 양장 한 벌씩을 구했다. 신혼부부인데 서울로 신혼여행 왔다고 하자 여관주인이며 심부름꾼은 전혀 의심 없이 상냥하게 잘 대해주었다.

　다음날부터 선 대기 작업이 시작되었다. 여관에서 이른 아침 나란히 나왔다가 이성애가 여기저기 선을 대러 다니는 동안 그는 극장이나 다방을 전전하며 이성애를 기다렸다. 날이 지나면 지날수록 이성애는 점점 더 새파랗게 질린 얼굴로 돌아왔다. 49년 4월 폭압과 11월 폭압 때 거의 체포당했거나 몇몇 사람은 도피 중인데 집안 식구들이 얼마나 데었던지 학교 때 같이 좌익활동을 했던 이성애가 찾아가자 질겁하고 문도 열어주지 않는다는 것이었다. 말도 못 붙여보고 가는 데마다 쫓겨나왔다는 이성애는 이러다 우리까지 다치겠다며 빨리 내려가자고 졸라댔다. 그러나 당장 신변에 큰 위험도 없는 이상 성과도 없이 그대로 내려갈 수는 없었다. 다음날부터는 그도 이성애와 함께 하루 종일 사람들을 찾아다니기 시작했다. 그러나 단 한 사람도 만날 수 없었다. 찾아다니는 사람들이 잡혀 들어가고 중앙당 전체가 비합활동으로 들어갔는지 나머지 사람들도 도저히 찾을 길이 없었다. 비합으로 들어갔으니 찾기 어려운 거야 당연한 일일 테지만 중앙당과 선이 끊겨버린 전남도당으로서는 이만저만한 낭패가 아니었다.

　당시 전남도당은 기로에 서있었다. 정세가 혁명적으로 변화하지 않는 한 비합법적 유격투쟁이 막바지에 다다른 것이었다. 현재 인원이 여순사건 직후 입산한 수의 10퍼센트도 안될 만큼 인원손실도 엄청났다. 좌익 동조자에 대한 대대적인 탄압 때문에 인민들의 지지도 현저히 약화되어 날이 갈

수록 보급투쟁도 어려워졌다. 그런데다 선을 되찾을 가능성도 없이 완전히 고립되어버린 것이다. 실제로 중앙당과의 연결 실패 이후 6.25로 인한 해방 전까지 전남도당 앞에 기다리고 있는 것은 이제까지와는 비교할 수도 없을 만큼 처참한 굶주림과 죽음뿐이었다.

어쨌거나 두 사람은 아무런 성과도 없이 1월 23일 서울을 떠나는 수밖에 없었다. 임무를 완수하지 못한 죄책감으로 마음도 무거운 판에 몇몇 동료들은 짓궂은 농담으로 한동안 그를 괴롭혔다. 신혼 재미가 어땠냐는 것이었다. 그는 떳떳하게 아무 일도 없었다고 대답했지만 동료들은 전혀 믿는 눈치가 아니었다. 자신의 혁명성을 어떻게 아는 건지 서운한 생각이 들 정도였다. 그는 정말이지 열흘이 넘게 한방을 쓰면서도 이상한 마음조차 품은 적이 없었다. 이성애는 함께 임무를 수행하러 떠난 동지일 뿐이지 그에게는 여자가 아니었다. 옷을 갈아입어야 할 때는 서로가 눈치껏 자리를 피해주었고, 이부자리는 당연히 따로 깔았으며, 불을 끄고 자리에 누워서도 곁에 이성이 누워있다는 생각보다는 어떻게 하면 선을 댈 수 있을지 그 고민에 뒤척거린 그였다. 그러지 말고 바른말 해보라는 동지들의 집요한 물음을 듣고서야 이성애가 아리따운 여자로 느껴져 얼굴을 붉게 물들였다.

그는 긴 세월이 흐른 뒤에야 그때 그렇게 짓궂게 자신을 놀려대던 동지들의 장난을 이해할 수 있었다. 그리고 그때의 자신이 보통의 상식으로는 이상하리만치 순수했음도. 한창 나이에 젊은 여자와 며칠 밤을 보내면서도 여자 때문에 가슴 졸이기보다는 맡은 임무에 가슴 졸이던 그 시절은 얼마나 인간적이고 아름다웠는지……

9_
시련의 시기

그러나 그만한 실패로 중앙당과의 연결을 포기할 수는 없었다. 이번에는 경기도 고양 출신인 도당부책 박참봉과 전 중앙당 연결책 소성대를 보내 경기도당을 통해 중앙당을 연결하기로 했다. 유혁운은 다시 순창 조 영감 집으로 내려가 안전점검을 하고 의복 등 서울 나들이에 필요한 물품 일체를 준비했다. 조 영감 집을 떠나려는데 조 영감이 동네에 나갔다가 전날 밤 반란군 대부대가 지리산에서 나와 곡성군 동악산 사시암골에서 하루를 묵은 뒤 옥과 방면으로 해서 백아산에 들어갔다는 소문이 파다하다고 전해주었다. 도당으로 가자면 백아산을 거쳐 갈 수밖에 없는데 벌써 소문이 파다하다면 토벌대가 지금쯤 백아산에 도착해 있는지도 몰랐다. 백아산 쪽으로 토벌대의 공격이 집중될 것은 뻔한 이치였다. 상황이 어떻게 될지 몰라 그는 식량을 충분히 짊어지고 조 영감 집을 나섰다.

새벽녘에 백아산에 도착하여 주능선을 타고 상봉 쪽을 향해 가는데 얼마나 많은 부대가 지나갔는지 평소에는 새때기풀이 가슴까지 차오르던 길이었는데 신작로처럼 반질반질 닦여져 있었고 주변에는 화랑담배 빈 갑이며 건빵봉지 등이 이슬에 젖은 채 즐비하게 떨어져 있었다. 빨치산이 지나간 길이라면 발자국 하나 남기지 않는 법인데 꽤 많은 토벌대가 그보다 앞서간 지 얼마 안 되는 성싶었다. 초긴장을 하고 매봉 가까이에 있는 도당

연락과 분트의 접선 장소에 도착하여 접선을 시도했지만 허사였다. 기다림에 지친 그는 연락과 분트에 무슨 일이 생겼으리라는 것을 짐작은 하면서도 어쩔 수 없이 지난번 떠날 때 사용했던 연락과 분트 아지트로 찾아가 보았다.

아지트는 무서운 정적에 잠겨 있었다. 그는 트 부근의 풀섶을 헤치고 살며시 고개를 내밀어 상황을 살피다가 그만 못 박은 듯 그 자리에 멈춰서고 말았다. 트는 흔적도 없이 사라져 검은 잿덩어리로 변해 있고 시체 세 구가 주위에 아무렇게나 내던져져 있었다. 간혹 불어오는 바람에 잿빛 먼지가 조금씩 휘날렸다. 어떤 동지인지 시체를 확인하려고 그는 천천히 시체 곁으로 다가갔다. 시체의 얼굴 위에 올라앉아 살을 뜯어먹던 족제비가 인기척에 고개를 들더니 별로 놀라지도 않고 입맛을 다시며 어기적어기적 잔뜩 배부른 몸짓으로 시체의 몸을 타고 내려왔다. 코와 입술을 다 파먹히고 하얀 이빨만 소름끼치게 드러난 시체는 연락원이 분명했는데 눈까지 휑하게 비어 차마 더 바라볼 수 없었다. 시체를 한두 번 본 것도 아니건만 난생처음으로 머리카락이 곤두서도록 공포가 몰려 닥쳤다. 이빨이 딱딱 소리를 내며 아래위로 맞부딪치고 다리가 후들거려 잠시도 그 자리에 서 있을 수가 없었다. 그는 고지를 향해서 죽을힘을 다해 뛰었다. 고지에 설령 적들이 기다리고 있더라도 이렇게 공포스럽지는 않을 것 같았다.

얼마쯤이나 뛰었을까? 가슴에서 고무 타는 냄새가 나는 듯해서 잠시 멈춰 숨을 고르는데 방금 지나간 발자국이 보였다. 자세히 보니 그들만이 알수 있는 고무신 자국이었다. 동지들이 분명했다. 그는 발자국을 따라 온 산을 휘감은 짙은 안개를 헤치고 앞으로 나아갔다. 안개 때문에 십 미터 앞도보이지 않아 조심스럽게 움직이는데 갑자기 서늘한 총구가 가슴으로 다가왔다.

"손 들엇!"

적인지 아군인지 살필 새도 없었다. 저쪽에서야 총을 쏘든지 말든지 그는 목숨을 내걸고 잽싸게 뒤돌아서 달리기 시작했다.

"어이! 당동무 아니요? 우리는 지리산부대요."

허겁지겁 그를 뒤쫓아 오며 외치는 소리가 얼마나 반가운지! 동지들을 끌어안고 한바탕 눈물이라도 쏟고 싶은 심정이었다. 그 정찰병을 따라 오백 미터쯤 걸어가니 대부대가 안개 속에서 아침밥을 짓느라 야단법석이었다. 이현상부대로 소환되어 간 박종하부대였다. 밥 짓는 사이사이를 돌아다니며 평소의 그답게 우스갯소리를 하고 있던 박종하가 달려와서 그를 얼싸안았다. 야광시계와 미제 파카 만년필을 교환한 뒤로 처음이었다. 박종하는 여전했다. 지리산으로 쏟아지는 토벌을 견디다 못해 7연대 50여 명만 눈가림으로 지리산에 남겨두고 3, 5연대가 분산투쟁을 나와 5연대는 이영희 연대장과 최규복(가명 최윤호) 정치위원의 인솔하에 담양 추월산을 거쳐 쌍치 가마골로 진출하고 자신은 3연대와 이곳으로 왔다면서 초조한 기색도 전혀 없이 오히려 백아산, 모후산, 무등산을 중심으로 광주시를 위협해보겠다며 자신감이 대단했다.

"어이, 혁운 동무! 자네 요즘 쫓겨 다니느라 노래 한번 못 들어봤지? 예쁜 미인 노래 한번 들어보게. 요즘 북조선에서 한창 유행하는 노래 한자리 들려줄게. 어이, 연락병! 최영애 동무 좀 불러와!"

싱글거리는 박종하가 우습기도 하고 곧 전투를 치러야 할 판이라 무슨 노래냐며 그는 그만두라고 했다.

"야, 야! 죽을 때 죽더라도 먹을 것은 먹고 놀고 싶을 때는 노는 거야, 이 바보야. 그래야 싸움도 잘하지."

때마침 참모장이 도착했다.

"참모장! 오늘도 개새끼들 발악이 계속될 테니 빨리 식사 끝내고 이동하라구! 바로 이 앞 고지와 건너편 고지만 야물게 장악하면 오늘은 충분히 버틸 것이야. 일대대는 뒷고지, 이대대는 앞고지! 책임지고 사수하도록. 그리고 본부는 두 고지 사이, 어제 그 자리로 옮기라구 알겠나! 빨리 조치해!"

전투를 앞두고 어쩌면 그리 천하태평인지 놀라울 정도였다. 박종하를 잘 모르는 사람이라면 무책임하고 철저하지 못한 그의 태도에 한바탕 싸움이라도 벌여야 할 정도였다. 그러나 대충대충 처리하는 것 같은 부대배치가 사실은 어떤 탁월할 지휘관이라도 그렇게 할 정확한 위치일 것임이 분명했다. 천재성이라는 것이 분명히 있는 모양이었다. 식사가 끝나자 부대는 전부 임무지로 떠나고 박종하는 최영애와 연락병, 유혁운을 기어이 그 자리에 남겼다. 노래를 듣고 가야 한다는 것이었다.

"최 동무! 이 촌놈에게 좋은 노래 좀 들려주라구. 밭갈이, 그거 불러봐. 뭐하는 거야? 개새끼들 들이닥치면 또 시끄러우니까 빨리 한 곡 듣자구."

비시시 웃고만 있던 최영애는 박종하가 계속 몰아세우자 어쩔 수 없다는 듯 노래를 시작했다. 처음 듣는 노래였는데 역시 대단한 솜씨였다. 문화선전대로 내려온 동무다웠다. 박종하의 억지에 최영애가 노래를 세 곡이나 더 부르고 나자 참모장이 화급하게 달려왔다. 적이 3개 방면에서 접근해 온다는 보고였다. 유혁운은 깜짝 놀라 자리를 차고 일어섰다.

"야, 야, 혁운 동무! 개새끼들 오면 내가 다 때려잡을 테니 걱정 말고 노래나 더 들어!"

그러나 그는 참모장을 따라 고지로 올라갔다. 궁금하기도 하고 걱정이 되기도 해서 도저히 노래나 듣고 있을 분위기가 아니었다. 지독한 겨울안개가 아직도 걷히지 않고 꽉 들어찬 축축한 능선에 대기조가 한가롭게 흩어져 앉아 잡담을 나누며 총기점검을 하고 있었다. 그는 비전투원이라 전투에 참가한 적이 거의 없었지만, 그래도 박종하부대처럼 천하태평인 부대를 본 적이 없었다. 사령관이고 부대원이고 모두 똑같았다. 전투가 시작된 후에도 전 대원이 이상하리만치 여유만만하고 차분했다. 한쪽에서는 총소리가 콩 볶듯 쏟아지는데 한쪽에서는 순찰 중인 박종하가 부대원들에게 무슨 농담이라도 하는지 떠들썩한 웃음이 흘러나오기도 했다. 사령관이 천하태평이고 겁이 없으니 모두들 닮아가는 모양이었다. 아니 어쩌면 그 여유는 자신감인지도 몰랐다. 그리고 사령관에 대한 믿음일 터였다.

쉬엄쉬엄 별 피해도 없이 능선을 사수한 그날 밤 박종하는 유혁운을 간부회의에 참석시키고는 도움을 요청했다. 박종하 자신은 1대대를 끌고 무등산으로 해서 광주를 한번 쑤셔놓은 뒤 화순과 장흥을 돌아 보성을 거쳐 백운산으로 들어갈 것이고, 김흥복이 이끄는 2대대는 곧장 백운산으로 갈 텐데 지리를 아는 사람이 없으니 김흥복부대를 백운산까지 안내해달라는 것이었다. 그날 밤중으로 그와 김흥복부대는 곡성 통명산을 향해 떠났다. 아침부터 날씨가 수상하더니 오후부터 퍼붓기 시작한 비가 밤중에는 눈보라로 변하여 휘몰아치기 시작했다. 움직이기는 힘들었지만, 덕분에 적정에 걸리지 않고 무사히 백운산에 도착할 수 있었다.

도당 연락과를 거쳐 본부로 들어갔더니 당장 서울로 떠나야 할 박참봉이 부상을 당해 환자 트로 가고 없었다. 움직이려면 보름은 걸릴 거라고 했다. 박참봉이 완쾌될 때까지 중앙당 연결작업은 뒤로 미룰 수밖에 없어 그는 도당 조직부에서 대기하기로 했다.

대기생활은 길고 지리했다. 당장 할일이 없으니 유격투쟁에라도 참여하겠다고 했지만 도당에서는 만약 무슨 사고라도 생기면 대신할 사람도 없는 중요한 간부라며 일체의 유격활동이나 보급투쟁도 하지 못하게 했다. 하릴없이 빈둥거리며 시간을 보낼 수밖에 없었다. 그게 더 고통스러웠다. 굶주린 게 하루이틀도 아니건만 이상하게 배가 고파 견딜 수가 없었던 것이다. 끼니도 제대로 채울 수 없는 형편이고 보니 시간이 남아돌면 배고픈 데 자꾸 신경이 쓰이는 것은 당연한 이치였다.

그 무렵 백운산에는 주요 고지와 보급로의 중요 루트마다 국군이 아예 상주하고 있어 백운산 주변의 보급투쟁은 엄두도 내지 못하고 원거리 보급 투쟁이나 간신히 나가는 형편이었다. 그나마 갈 때마다 퇴로를 차단당하고 심한 공격을 받아 30명이 나가면 돌아오는 건 절반도 되지 않았다. 간신히 목숨을 부지한 사람들조차 식량 한 줌 구하지 못하고 빈 몸으로 돌아오는 경우가 허다했다. 빨치산이 있을 만한 산 주변의 마을은 모두 소개당한 후라 어차피 보급투쟁을 하려면 목숨을 걸고 큰 마을로 내려가는 수밖에 없었다. 산기슭에는 허름한 집들이 주인을 잃은 채 폐가처럼 버려져 비바람에 기울어져가고 있었다. 나중에는 큰 마을들마저 당장 먹을 식량 조금을 제외하고는 모두 지서에 맡겨놓고 타다 먹어야 했으니 큰 마을로 보급투쟁을 나가봤자 쌀 몇 줌 구해 오기가 하늘의 별 따기였다. 주민들이나 빨치산이나 서로가 못할 짓이었다. 굶주림에 견디다 못한 빨치산들이 동네의 식량을 모아둔 경찰서까지 습격해 들어올까봐 경찰들은 입산한 사람들의 가족을 경찰서 주변에 삥 둘러 잠자게 했다. 너희들 가족이 여기 있으니 습격하려거든 어디 한번 해보라는 것이었다.

당장 굶어죽을 판인데 조직확대고 교란투쟁이고 가능할 리가 없었다. 전 남도당에서는 쌀 한 줌이 한 사람 목숨이라는 말이 공공연하게 떠돌았다. 하루 두 끼가 한 끼로, 이삼 일에 한 끼로, 그나마 죽으로 점점 줄어들었다. 죽이라고 해야 반 되도 안 되는 쌀을 털어 넣고 가마솥 가득히 물을 부어 끓여 칠팔십 명이 먹어야 했으니 죽이 아니라 죽물인 셈이었다. 산에만 틀어박혀 있으니 정보는 점점 어두워지고 토벌대의 공격은 날이 갈수록 거세

지고 몇 년간 식민지 조국의 해방을 위해 자신의 모든 것을 다 바쳤던 아까운 동지들의 목숨을 쌀 한 줌과 맞바꾸는 날들이 계속됐다.

이불홑청 하나만으로도 어떻게든 겨울은 갔고 참담한 굶주림 속에서도 기어이 봄은 왔다. 봄이 되면 나물이라도 뜯어먹을 수 있어 겨울보다는 사정이 훨씬 좋았다. 백운산 아래서부터 겨우내 굶주린 나무들이 제법 푸근한 봄빛으로 물이 오르고, 아직 나물을 캐기에는 이른 4월 초순이었다.

도당 전원이 계속되는 보급투쟁의 실패로 사흘간 죽 한 모금 넘기지 못한 채 물로 연명할 지경이 되었다. 지금까지 잘 먹었더라면 그깟 사흘 굶은 것쯤 문제도 아니겠지만, 두어 달을 어쩌다 죽 한 모금씩 먹고 버티다 사흘 내내 멀건 죽 한 모금 못 먹었으니 다들 제대로 서 있을 수가 없을 정도였다. 목숨을 걸고 대대적인 보급투쟁을 시도하든지 앉아서 굶어 죽든지 양단간에 결정을 내려야만 할 고비였다. 드디어 도당에서는 마지막 운명을 걸고 마지막 전투를 결정했다. 어떤 상황이 되더라도 도당을 유지할 수 있는 핵심간부 일고여덟 명만 남기고 전원이 전투에 참가하기로 했다. 전원이라고 해봤자 무장한 유격대원 마흔여섯 명에 비무장 기관원 서른 명이 전부였다.

보급투쟁을 하러 갈 장소는 광양군 진상면의 야지마을이었다. 예전 같으면 하룻밤에 너끈히 다녀올 수 있는 거리였지만, 주요 능선마다 국군이 주둔하고 있어 능선을 이리저리 돌아야하므로 사흘을 계획해야 했다. 총 한 자루도 들 힘이 없을 만큼 굶주린 빨치산들은 여 사령(본명 장성수, 구례군 마산면 청천 출생으로 5.10단선 반대투쟁 때 구례군책으로 유혁운과 함께 체포되어 옥고를 치른 사람)의 지휘하에 다시 돌아올 수 없을지도 모를 길을 떠났다.

구례 간전 쪽의 제기암 골짜기로 돌아 간전면당과 합류하기로 한 부대는 간신히 간전면당 트에 도착했지만 다들 더 이상 걸을 힘도 없어 주저앉아 가쁜 숨을 헐떡거리고 있었다. 비장한 표정으로 부대원들을 바라보던 여 사령은 잠시 후 조용히 간전면당책을 불러들였다. 두 사람은 서로 얼굴을 마주본 채 한동안 말이 없었다. 해가 지려는지 벌써 서쪽 하늘이 보라색으로 물들어오고 있었다.

"…… 이대로는 도저히 안 되겠소. 뭐든 비장해둔 곡식 없소?"

"……."

"우리, 뒷일은 생각하지 맙시다. 이번 보급투쟁에 실패하면 미래는 어차피 없는 것이오. 이번 보급투쟁에 우리 도당의 운명이 걸려 있소."

간전면당책은 대답도 없이 무거운 얼굴로 밖으로 나가더니 한참 만에 콩 한 말을 들고 돌아왔다. 여 사령은 눈물을 글썽이며 면당책의 손을 움켜잡았다. 비록 콩 한 말이지만 그것은 간전면당의 목숨줄이었다. 간전면당이라고 지금까지 배를 곯지 않았을 리도 없고, 콩 한 말은 최후의 경우에 대비한 그들의 마지막 보루였을 것이다. 이번 보급투쟁에 도당의 운명이 걸렸다고는 했지만 성공할지 여부는 아무도 장담할 수 없었다. 그런 마당에 콩 한 말을 내놓는다는 것은 자신들의 생명을 내놓는 것이나 마찬가지였다. 주는 사람도 받아먹는 사람도 그걸 모를 리 없었다. 미래가 확실히 보장되어 있을 때는 누구나 원칙에 충실할 수 있다. 그러나 내일 당장 자신의 생명조차 보장할 수 없을 때, 낙관보다는 좌절이 압도적인 상황에서까지 원칙을 지키고 동지애를 지킨다는 것은 노동자계급의 운명과 자신의 운명, 역사와 개인을 일치시키는 철저한 신념이 없이는 불가능한 것이다. 세계역사상 유일무이할 만큼 처참하고 탁월한 빨치산의 투쟁은 그런 사람들에 의해 가능했던 것이고, 훗날 그 수많은 좌익수들이 언제 감옥에서 나간다는 기약도 없이, 또 이 나라의 역사가 자신들이 살아 있는 동안 변할 것이라는 보장도 없이 수십 년간 감옥에 갇혀 있으면서도 아침에 일어나는 문제에서부터 모든 생활을 철저하게 조직하고 투쟁할 수 있었던 것도 바로 그 역사 발전에 대한 확고한 믿음 때문이었을 것이다. 어쨌거나 제기암골에서는 그렇게 콩 한 말로 최후의 만찬이 벌어지고 있었다.

유혁운은 며칠을 굶다 어떻게든 식량을 구해볼 생각으로 단신으로 백운산 마지막 자락인 구례군 문척 쪽으로 접근했지만, 경찰의 삼엄한 경비 때문에 엄두도 내지 못하고 기력만 허비한 채 정챙이골의 도당 연락과로 돌아왔다. 그곳에서 도당의 보급투쟁 결정 소식을 들은 그는 합류하기 위해 부랴부랴 제기암골로 달려갔다. 부대는 막 떠날 채비를 끝낸 참이었다. 불행히 콩죽 몇 수저도 얻어먹지 못한 채 그는 대열 후미에 따라붙었다. 대열은 적의 눈길을 피해 능선을 이리저리 돌며 밤새도록 걸었다. 콩 몇 개 먹고 안 먹고가 그렇게 큰 차이였는지 평소에는 절대 남에게 뒤지지 않는 그였는데 그날은 목적지를 십 킬로미터 정도 남겨놓고 그만 아찔한 현기증에 풀썩 쓰러지고 말았다. 쓰러지고 나자 지금까지 어떻게 걸어왔는지가 신기할 정도로 몸을 주체할 수가 없었다. 기를 쓰고 일어서보려 했지만 일어나는 것은 고사하고 손끝 하나 움직이기 힘들었다. 마지막 한줌의 기력까지 다 쇠진한 것이었다. 결국 여 사령은 그를 눈에 잘 띄지 않는 곳에 뉘어놓고 몇 시간만 기다리라며 대열을 끌고 떠났다. 이게 마지막일지도 모른다는 불안이나 공포보다는 나른한 편안함 같은 것이 밀려들었다. 그는 별 생각도 없이 서서히 깊은 잠에 빠져들기 시작했다.

얼마나 시간이 지났을까? 뭔가가 입 안으로 흘러내렸다. 무슨 액체가 식도를 타고 위장으로 흘러드는 것이 느껴진 순간 도저히 떠질 것 같지 않게 무겁던 눈꺼풀이 번쩍 치켜졌다. 낯익은 동지가 귀한 날계란을 깨뜨려 그에게 먹이고 있었다. 잠시 후에는 식은 밥 덩어리가 씹을 새도 없이 꾸역꾸역 밀려들었다. 하기는 씹을 힘도 없었다. 밥을 그냥 삼켰는지 씹어 먹었는지 기억도 없는데 잠시 후에는 신기하게도 발가락이 움직이고 손도 들어올려지고 몸이 조금씩 움직이기 시작했다. 희한한 일이었다. 사람의 몸이란 게 태엽을 감아주면 그만큼만 움직이는 시계 같기도 하고 저울 같기도 했다. 먹은 밥이 소화가 됐을 무렵에는 혼자 힘으로 걸을 수도 있었다.

추격대를 피해 한 시간쯤 골짜기 깊숙이 들어간 부대는 짐을 풀고 잠시 휴식을 취했다. 여기저기서 생쌀 씹는 소리가 힘차게 들려왔다. 그제야 주위를 둘러보니 다들 자기 힘껏 쌀을 짊어지고 있었다. 도당의 운명을 건 마지막 보급투쟁이 성공한 셈이었다. 한치 앞을 모르는 사람으로서는 당연히 그렇게 보였다. 십 분쯤 쉬었다가 다시 출발해 몇 개의 능선을 오르내리는데 무거운 짐에도 불구하고 먹을 게 있다는 뿌듯함 때문인지 다들 힘든 것도 잊은 채 밝은 표정이었다. 하늘도 환하게 밝아오고 있었다.

드디어, 삼십 분간 식사를 하고 떠나자는 지시가 내려왔다. 사람들은 그야말로 번개처럼, 비호처럼 움직였다. 쌀을 씻을 새도 없이 그대로 물만 부어 불을 지펴놓고 주위에 둘러앉은 사람들의 표정이 그렇게 밝고 행복해 보일 수 없었다. 뜸이 드는지 향긋한 밥냄새가 뼛속까지 구수하게 스며들었다. 그때였다.

타앙!

백 미터 전방고지의 보초선에서 환하게 밝아오는 아침햇살을 뚫고 강렬한 한 방의 총성이 울려왔다. 밥냄새에 취해 있던 사람들 모두 재빠르게 옆에 있던 총을 움켜쥐고 벌떡 일어났다. 예리한 칼날 같은 정적이 찾아왔다. 그리고는 그뿐이었다. 보초의 오발인 모양이었다. 다시 앉으려고 주춤주춤 엉덩이를 내려앉히는 순간이었다.

쾅!

빠바바방!

집중사격과 박격포가 사방에서 무섭게 날아들었다. 대열을 추스르고 어쩌고 할 경황도 없었다. 그 정신에도 밥 항고(밥을 지을 수 있도록 알루미늄으로 만들어진 밥그릇)를 챙겨 든 그는 앞사람의 뒤통수만 바라보고 죽을힘을 다해 뛰기 시작했다. 앞에 가던 사람들이 하나둘씩 푹푹 쓰러져갔다. 직감적으로 불리한 방향이구나 싶어 그는 15도쯤 각도를 바꿨다. 얼마 못 가 암벽에 가로막혔다. 몇 동지들이 길이 막혀 우왕좌왕하고 있었다. 도 당본부 요원들인지 익숙하지 않은 얼굴들이었다. 함께 헤쳐 나갈 방향을 찾고 있는데 아까 뛰던 방향에서 "조선민주주의인민공화국 만세!" 하는 고함이 터지자마자 쾅 하는 수류탄 폭발음이 들려왔다. 누군가 부상으로 움직일 수 없는 상황에서 자폭한 모양이었다. 누군지도 모르는 동지가 마지막 죽어가면서 부른 이름은 어머니가 아니었다. 사랑하는 여인의 이름도 아니었다. 자기의 목숨을 제 손으로 끊으면서 마지막 순간에 사력을 다해 외쳐 부른 것은 바로 조선민주주의인민공화국 만세였다.

그때였다. 그의 옆에서 만세소리에 잠시 숙연해 있던 동지가 외마디 비명을 내지르더니 바닥으로 나뒹굴었다. 반사적으로 땅바닥에 엎드린 그는 고개를 들고 쓰러진 동지를 살폈다. 지금 막 떠오른 태양보다 더 붉은 피가 넘쳐흘러 바위를 적시고 있었다. 희멀건 창자가 콸콸 쏟아져내렸다.

"도, 동무, 내 총과…… 수류탄을 가져…… 제발 한 방, 한 방만 쏴주고 가시…… 저놈들 손에 죽을 수는 없어……."

그가 다가가는 기척을 느꼈던지 쓰러진 동지는 피와 창자가 쏟아져내리는 배를 움켜쥔 채 애원이었다. 상태를 확인하려고 몸을 일으키는데 다시 우박처럼 총알이 퍼부었다. 수많은 총탄이 암벽에 부딪쳐 돌가루가 사방으로 튀었다. 튄 돌조각이 얼굴에 부딪쳤는지 아프다는 감각도 없는데 끈적

끈적한 피가 줄줄 흘러내렸다. 적들의 손에 죽을 수 없다고 죽여 달라던 동지는 완전히 벌집이 되어 있었다. 사격은 계속되고 그 자리에서는 도저히 버틸 수가 없었다. 그는 포복하여 암벽을 타고 돌았다. 얼마쯤 돌아가니 암벽과 암벽 사이에 작은 틈새가 있었다. 양쪽의 암벽을 방패막이로 삼아 계속 기어올랐다. 무릎이 축축하게 젖어왔다. 통증을 느낄 여유가 없었다. 얼마나 기어올랐는지 소나무가 우거진 능선이 나왔다. 솔숲을 단숨에 뛰었더니 잠시 후 가슴께나 닿을 듯 말 듯한 관목숲이 이어졌다.

"나온다!"

어디선가 고함소리가 들리더니 동시에 일제사격이 시작됐다. 땅바닥에 바싹 엎드려 나갈 구멍을 찾았지만 안전한 장소라고는 바구리봉 상봉 능선밖에 없을 텐데 그쪽은 아득하게 멀고 도저히 빠져나갈 데가 없었다. 이판사판이었다. 그는 눈을 질끈 감고 무조건 아래를 향해 달렸다. 머리 위로, 옆구리 근처로, 다리 곁으로 총알이 그보다 더 빨리 씽씽 스쳐갔다. 얼마나 뛰었을까? 아침에 그들이 통과한 길이 나타났다. 그 길을 따라 또 한참을 달렸다. 문득 주위가 조용하여 그는 달음박질을 멈췄다. 저쪽 능선에서 총소리와 고함소리가 멀리 들려왔다. 숨이 턱에 차 입 안에서 피비린내가 풍길 지경이었다. 그는 근처의 산대나무 숲 사이에 몸을 숨겼다. 총소리와 고함소리가 점점 멀어지더니 이내 정적이 찾아왔다. 이따금씩 산대나무 잎사귀만 서로 부딪쳐 마른바람 소리를 낼 뿐이었다. 그제야 시계를 보니 10시, 해가 지기까지 기다리려면 아득한 시간이었다.

제일 먼저 밥 항고 생각이 났다. 아마 암벽 밑에 버리고 온 모양이었다. 근처에 밥이 있다는 생각 때문일까, 못 견디게 배가 고팠다. 그는 길을 십 미터쯤 아래에 두고 산길로, 왔던 길을 따라 조심스럽게 걸어 올라갔다. 올라가는 도중에 공격을 마치고 돌아가는 국군의 대열을 세 차례나 보았다.

국방색이 눈에 띌 때마다 가슴이 갈가리 찢어질 것처럼 부풀어 올랐다. 죽여 달라던 동지의 눈빛이, 조선민주주의인민공화국 만세라고 외치던 소리가 생생하게 귓가에 맴돌았다.

산 전체에 저녁 그림자가 드리울 때쯤에야 그는 처음 공격당한 장소를 찾아냈다. 군데군데 쌀 담은 배낭이 전부 칼로 갈기갈기 찢긴 채 흐트러져 있었고 깨진 밥솥 조각이 여기저기 나뒹굴고 있었다. 항고를 찾으려고 암벽 쪽으로 뛰어가던 그는 갑자기 걸음을 멈추고 헛구역질을 해대기 시작했다. 동지의 시체 세 구가 머리도 없이 피에 잠겨 있었던 것이다. 시체를 가져갈 수는 없고 전적을 올리기 위해 목만 잘라간 모양이었다.

암벽 밑에는 복부를 관통당한 동지의 시체와 무기가 그대로 있었다. 그 옆에는 밥 항고도 있었다. 그는 허겁지겁 달려들어 호주머니에서 꺼낸 소금 한 덩이를 꺼내 빨면서 항고에 가득 찬 밥을 다 먹어치웠다. 바위 위에는 아직도 굳지 않은 피가 흥건하게 고여 있었지만 아무 생각도 떠오르지 않았다. 평생 잊을 수 없을 것 같았던 목 잘린 동지들의 시신도 떠오르지 않았다. 정신없이 밥을 다 먹고 나자 그제야 정신이 들었다. 그는 주변에 있는 돌을 다 긁어모아 어설픈 돌무덤을 하나 만들었다. 동지들의 피로 물든 산도 붉었고 저녁노을 진 하늘도 붉었다. 봄이라지만 아직 쌀쌀한 저녁 바람이 다 해진 옷섶을 파고들었다. 어디선가 불어온 바람 한줄기에 온 산의 나무들이 장송곡처럼 흐느껴 울었다.

그러고 나서 그는 낙엽 위에 흐트러진 쌀 한 알 한 알을 정성껏 주워 모았다. 손톱 끝에 피가 맺히도록 주워 모은 쌀은 대여섯 홉쯤 되었다. 그러나 그것은 대여섯 홉의 쌀이 아니라 이 세상 무엇과도 바꿀 수 없는 고귀한 칠십여 동지들의 핏값이었다. 쌀을 배낭에 짊어지고 그는 바구리봉을 향해 걷기 시작했다.

바위틈으로 흐르는 물소리에 섞여 가느다란 울음소리 같은 것이 들려왔다. 걸음을 멈추고 찬찬히 귀를 기울였더니 가까운 곳에서 나는 소리였다. 소리 나는 쪽을 따라 발소리를 죽이고 접근했더니 누군가 누워 있는 시체를 끌어안은 채 울고 있었다. 눈물이 핑그르르 돌만큼 반가웠다. 누군지는 모르지만 분명 동지였다. 좀더 접근해보니 울고 있는 이는 박정숙이라는 구례군당 출신의 여자였고, 시체는 그의 오빠 박춘산이었다. 박정숙은 어깨를 짚을 때까지도 넋을 잃고 있다가 소스라치며 벌떡 일어나 도망치기 시작했다.

"박 동무! 박 동무! 나요, 나 유혁운이요. 안심하고 이리 오오."

웬일인지 그제야 한정 없는 슬픔이 밀려들었다. 천신만고 끝에 구해온 밥 한 숟갈 먹지도 못하고 목까지 적에게 빼앗긴 채 나뒹굴던 동지의 시체, 시체들…… 사방에 흩뿌려진 동지들의 붉디붉은 피, 조선민주주의인민공화국을 외치던 동지들의 마지막 절규……. 뛰어 달아나다 말고 그 자리에 주저앉아 이제는 맘을 놓고 더 큰 소리로 울어대는 박정숙을 일으켜 세우는 그의 눈가에도 노을을 받아 핏빛처럼 붉은, 굵은 눈물방울이 뚝뚝 떨어지기 시작했다.

"아야야야!"

어깨를 들먹거리며 슬픔에 잠겨 있던 그는 박정숙의 비명소리에 놀라 후닥닥 고개를 들었다.

"왜 그러시오?"

"부상이에요."

그러고 보니 박정숙의 아랫도리는 온통 피투성이였다. 다행히 관통상은 아니었고 총알이 허벅지살을 찢고 스쳐갔을 뿐이었다. 박정숙을 간신히 진정시킨 후 박춘산을 위한 돌무덤을 만들고 보니 주위는 완전히 어둠에 잠겨 있었다. 그는 완전히 탈진한 박정숙에게 우선 부근의 물을 떠다 밥을 지어 먹였다. 그리고 그녀를 부축하여 밤새도록 달빛을 따라 걸었다. 그러나 겨우 바구리봉을 지났을 뿐이었다. 곳곳에 국군이 주둔해 있어 그들의 눈길을 피하느라 제대로 걸을 수가 없었던 것이다. 곧 새벽이 밝아올 것이었다. 해가 뜨는 게 무서웠다. 하루 종일 어두운 밤이면 좋으련만.

상처야 별게 아니었지만 피를 많이 흘린 탓인지 몸을 가누지 못하는 박정숙을 질질 끌다시피 하여 그는 능선 하나를 넘어 도실봉을 향해 걸었다. 도중에 동지들의 목 없는 시체 열한 구가 풀숲에 뒹구는 것을 보았지만 어설픈 돌무덤 하나 만들어줄 시간이 없었다. 이제 고지의 국군이 기상하여 순찰을 시작하고 있었다. 1개 분대 병력의 순찰이 끝날 때까지 숨소리를 멈추고 숨어 있던 그들은 순찰대가 돌아간 후 다시 걷기 시작했다. 그렇게 반복하기를 몇 번쯤 했을까? 날은 환하게 밝아 있었다. 나무에 가린 시체 한 구가 보였다. 그냥 지나치려고 하는데 다른 시체들과 달리 머리가 그대로 붙어 있는 것이 얼핏 눈에 띄었다. 어떤 동지인지 확인이라도 해야 되겠다고 다가서는데 낮은 신음소리가 들렸다. 살아 있는 것이었다. 급하게 쫓아갔더니 박종하의 친형 박정하였다.

"으음, 혁운 동무군."

얼굴은 창백했지만 박정하는 그를 알아보았다.

"잘 만났소. 내 총과 실탄을 가져가고, 착검해서 내 심장을 찔러주고 가시오."

바로 머리 위에 국군이 주둔해 있으니 총 대신 대검으로 죽여 달라는 부탁이었다. 기가 막혔다. 어떻게 끌고라도 갈 수 있을지 확인했지만 한쪽 다리가 무릎 아래로 완전히 떨어져나간 채 아직까지도 피를 흘리고 있었다. 업고 간다 하더라도 변변한 약 하나 없는 형편에 살릴 수 있을 리 만무했고, 설사 살아난다 하더라도 다리 하나로 그 힘든 빨치산 생활을 어떻게 견딜 수 있을 것인가. 그렇다고 지하조직이 있어서 내려보낼 수 있는 것도 아니었다. 박정하는 이미 자신의 미래까지 다 생각했을 것이었다. 잠시 생각에 잠겼던 유혁운은 천천히 자기가 들고 있던 총을 박정숙에게 넘겨주었다. 살고 죽는 것, 그리고 그 후의 일들은 아무도 미리 재단할 수 없는 일이었다. 한사코 싫다는 박정하를 들쳐 업고 될 수 있으면 국방군의 주둔지에서 멀어지기 위해 그는 아래쪽 골짜기로 내려갔다. 십 분쯤 지났을까. 갑자기 총성이 울리고 머리 위로 총탄이 쏟아졌다. 순간 박정하의 몸이 뒤로 발딱 젖혀지며 그의 몸에서 굴러 떨어졌다. 동시에 그도 엎드렸다. 이 미터쯤 떨어진 곳에 나뒹군 박정하의 손가락이 가늘게 떨렸다. 살았구나 싶어 급하게 포복으로 다가갔다. 그리고 그는 그만 눈을 감고 말았다. 머리에 관통상을 입어 이마 위로 머리가 완전히 떨어져나간 채 붉은 핏덩어리와 희멀건 골수가 폭포처럼 콸콸 쏟아지고 있었다. 그는 그때까지도 여전히 부들부들 떨고 있는 박정하의 손을 부여잡고 이미 박동이 멈춘 심장에 자신의 머리를 묻었다. 그러나 더 이상 박정하를 붙들고 감상에 젖어 있을 시간이 없었다.

"떨어졌다!"

국군의 고함소리와 함께 우르르 몰려오는 요란한 발자국 소리가 점점 더 가까워졌다. 백 미터도 안 되는 거리였다. 그는 그보다 앞쪽에 있는 박정숙에게 자기를 따르라는 손짓을 한 뒤 무작정 아래로 몸을 굴렸다. 어디까지 얼마나 굴렀는지 총알은 더 이상 날아오지 않았다. 다시 능선 몇 개를 옆으로 돌았다. 부상당한 박정숙을 부축해줄 형편도 되지 않았다. 그래도 박정숙은 아픈 내색 하나 없이 기를 쓰고 쫓아왔다. 적과의 거리가 안심할 만큼 멀어지자 손가락 하나 꼼짝할 수가 없었다. 두 사람은 엉금엉금 기어 양지

바른 바위 사이를 골라 누웠다. 눈을 떴을 때는 해가 뉘엿뉘엿 서산에 걸려 있었다. 어두워지기 전에 방향을 잡으려고 박정숙을 재촉하여 고지를 향해 기어올랐다. 도당 트가 있는 한재골까지는 머나먼 거리였다.

이틀 밤 이틀 낮을 잠 한숨 자지 못하고 계속 행군한 두 사람은 드디어 한재골 도당 트에 도착했다. 간부들에게 보고할 생각을 하니 눈앞이 캄캄했다. 일주일이나 굶었을 간부들이 살아있을지도 모르는 상황이었다. 고향을 찾아온 것 같은, 사지에서 돌아온 자식이 부모를 찾아가는 것 같은 안도감과 불안함이 뒤섞인 채 그들은 마지막 힘을 다해 도당 트를 향했다.

그러나 이게 웬일인가. 아지트 막사는 온데간데없이 사라져 불탄 재만 바람에 날아다니고 막사 부근엔 누구의 시첸지 알 길도 없는 머리 잘린 시체 세 구만 나뒹굴고 있는 것이었다. 가슴이 철렁 내려앉았다.

이게 끝인가? 이게 몇 년간 몸 바쳐 싸워왔던 혁명사업의 끝이란 말인가? 동지들은, 소중한 우리 동지들은 모두 어디로 갔는가? 슬픔보다도 고독이 뼛속까지 사무쳐왔다. 이제 혼자라는 고독감에 그는 온몸을 부들부들 떨었다. 갑자기 못 견디게 목이 말랐다. 그는 천천히 고개를 들어 주위를 둘러보았다. 산 전체는 저녁 그림자에 싸여 어둡고, 그 어둠의 저편에서 박정숙이 땅바닥에 쓰러져 울고 있었다. 박정숙의 숨죽인 울음소리가 터질 듯이 그의 가슴으로 밀려들었다. 어디선가 소쩍새가 울었다. 박정숙을 위로해야 한다는 생각도 없이 그는 그저 갈증을 달랠 생각뿐이었다. 우물에 엎드려 정신없이 물을 들이마셨다. 미친 듯이 실컷 물을 먹고 고개를 드는데 우물 속에 뭔가 하얀 것들이 둥둥 떠다니고 있었다. 허리를 숙여 건졌더니 물에 불은 콩이었다. 그는 무의식적으로 콩을 입으로 가져갔다. 비록 날콩이었지만 이 세상 무엇과도 비교할 수 없을 만큼 고소하고 맛있었다. 박정숙도 달려와 울음을 그치고 열심히 콩을 건져 먹었다. 목 잘린 동지의 시체가 달빛에 시커멓게 드러난 모습을 보면서도 그들은 콩 먹는 일을 그치지 않았다. 콩을 먹다 공포와 고통을 잊은 건지, 아니 그 엄청난 두려움을 이기 위해 콩이라도 먹어야 했던 것인지는 알 수 없었다.

산등성이에서 휘영청 달이 떠올랐다. 두 사람은 열심히 콩을 씹어 먹고 있는 서로의 얼굴을 바라보았다. 도당도, 전남 유격대도 전멸되었다. 자, 어디로 갈 것인가!

건너편 산 능선에서는 국군이 순찰을 하며 보초를 불러대고 있었다.

10_
드디어 해방이다!

누가 먹으려고 했던 콩이었을까? 결국 그것조차 먹지 못한 채 남겨두고 간 동지 대신 배를 채운 유혁운과 박정숙은 남은 콩을 죄다 건져 유엔잠바의 호주머니 양쪽이 불룩하도록 담아 넣은 채 곡성군당을 향해 다시 걸음을 재촉했다. 한때 자신이 속해 있던 곡성군당 외에 달리 선을 댈 방법이 없었다. 적에게 투항한다는 것은 꿈도 꾸지 못할 일이었다. 가다가 죽는 한이 있더라도 할 수 있는 한까지 최선을 다하는 것이 살아남은 자로서, 그리고 이 땅의 해방을 위해 싸우는 자로서 마땅한 도리였다.

날콩을 씹어 먹으며 만 이틀을 꼬박 걸은 그들은 그의 고향인 구례 반내 골에 도착했다. 박정숙을 양지바른 곳에 대기시켜놓고, 쌀도 구하고 도당 의 다른 소식이라도 들을 수 있을까 해서 이십 리 산길을 더듬어 인가를 찾 았지만 문척면당도 이미 파괴된 후였다. 그는 문척지서가 바라보이는 오산 마루턱에 앉아 지서를 내려다보며 궁리를 거듭했다. 곡성군당까지 가려면 배를 채워야 했고 배를 채울 길은 이제 도둑질밖에 없었다. 부상당한 박정 숙과 둘이 보급투쟁을 한다는 것은 죽겠다는 것과 똑같은 얘기였다. 그는 도둑질을 하기 위해 새벽을 기다렸다. 4월의 밤은 아직 길고 차갑기만 했 다. 멀리 구례읍의 반짝이는 전등불을 응시하며 그는 밤을 지새웠다. 아련 하게 흔들리는 읍내의 불빛은 잡을 수도 없고 다가갈 수도 없는 아지랑이 같았다. 그러나 그리움이나 향수는 아니었다.

드디어 새벽 2시. 박종하가 미제 파카와 바꿔준 야광시계가 얼마나 고마운지 몰랐다. 혹시 적의 매복이 있을까봐 이리저리 돌고 돌아 섬진강가 구성마을로 숨어들었다. 조금은 처량한 기분으로 담을 넘어 다니며 몇 집을 뒤졌지만 식은 밥 약간과 삶은 보리쌀, 쌀 두 홉이 고작이었다. 하긴 이런 농가들이 쌀을 마음껏 두고 먹을 수 있는 처지였다면 애당초 그와 같은 사람들이 생겨나지도 않았을 터였다. 비록 식은 밥 덩이나마 그가 가져가고 나면 누군가가 그만큼 굶어야 할 것이었지만 어쩔 방도가 없었다. 그래도 그들은 굶어 죽지는 않을 테니까. 그는 장독대를 뒤져 작은 된장독을 통째로 배낭에 짊어지고 박정숙이 기다리는 곳으로 돌아왔다. 사람의 마음이란 게 그렇게 간사한 것일까? 그래도 몇 끼는 해결했다는 생각에 민중에 대한 미안함도 처량함도 고달픔도 뒷전이었다. 도둑질로 배를 채운 그들은 이전에 늘 이용하던 통명산의 한 루트에서 이틀을 잠복해 있다가 곡성군당 연락원을 만날 수 있었다. 다시 동지들의 얼굴을 대하자 고독도 공포도 사라지고 새로운 힘이 솟았다.

그러나 곡성군당의 형편도 마찬가지였다. 아직 도당의 소식도 모르고 있었다. 그가 있을 때만 해도 서른 명 정도였던 곡성군당 기관원들은 그동안 계속된 전투에서 희생되거나 도당으로 차출당하고 군책 김채윤 이하 간부 다섯 명만이 군당을 지키고 있었다. 사업을 추진할 형편이 아니었다. 사람들은 위축될 대로 위축돼 있었고 식량 사정도 도당과 다를 바 없었다. 그는 그날 당장 박정숙과 당책만을 남기고 보급투쟁을 나갔다. 이전에 그가 눈여겨 봐두었던 곳인데 경계도 허술하고 사는 형편도 괜찮아 제법 성과가 있을 만한 남원군 금지면의 큰 부락이었다. 다음날 새벽 그들은 별 어려움 없이 각자 힘에 부칠 정도로 쌀을 짊어지고 돌아왔다. 다들 희색이 만면했다. 당분간은 식량걱정을 하지 않아도 좋을 정도였다.

곡성군당에서 지내면 몸이야 편하겠지만 마냥 눌러있을 수는 없었다. 자신이 소속되어 있는 도당이 무엇보다 궁금했다. 비좁은 비트 속에서 하루를 보낸 그와 박정숙은 연락원을 앞세워 백아산에 있는 도당 연락과 분트를 찾기 위해 출발했다. 삼기와 석곡 사이 국도를 건너는 지점에서 한 시간이 넘게 잠복하며 살폈지만 적의 매복은 없는 것 같았다. 연락원이 앞서고 유혁운, 박정숙 순으로 오 미터쯤 간격을 두고 도로를 건너기로 했다. 연락원이 탈 없이 도로를 건넜다. 그런데 그가 반쯤 도로를 건넜을 때 느닷없이 총알이 빗발처럼 퍼부었다. 그는 몸을 굴린 뒤 백아산 방향으로 힘껏 뛰었다. 한참을 뛰다 보니 부상당한 곳은 없었는데 일행을 잃어버리고 그 혼자였다.

날이 샐 무렵 비상선으로 정한 백아산 채알봉으로 갔지만 기다리는 것은 연락원 한 사람이었다.

"박정숙 동무는 당했습니다."

적들이 철수할 때까지 꼼짝도 못하고 그 자리에 숨어 있다가, 사격이 끝난 후 플래시를 비추며 여기저기 돌아다니던 적들이 "야! 하나 뒈졌다"고 외치는 소리를 들었다는 것이었다.

허망했다. 부상당한 다리를 끌고 죽자사자 그를 뒤따르던 박정숙의 툭불거진 가녀린 어깨가, 울다 말고 달빛 아래 미친 듯이 날콩을 건져 먹던 모습이 환하게 떠올랐다. 이렇게 죽을 걸 뭐하러 그렇게 열심히 여기까지 쫓아왔던 것일까. 오빠의 뒤를 따라 거기서 죽었다면 훨씬 편했을 걸. 땅 한마지기 없는 소작농이었던 박정숙네 집안은 아버지도 없이 믿고 의지하던 큰아들 박춘산이 입산하자 경찰의 탄압을 견디다 못해 어머니와 열두 살 막내까지 모두 박춘산을 따라 입산했다. 굶더라도, 경찰이 괴롭히더라도 산 아래서 견딜 것이지……. 그는 그녀의 죽음 앞에서 괜스레 화가 치밀었다. 그들에겐 죽지 못해 사는 것보다 싸우다 죽더라도 그들이 바라는 꿈이 있었을 것이다. 그 자신만 해도 그렇지 않은가. 목숨을 부지하는 것이 최고의 가치였다면 빨치산은 단 한 사람도 생기지 않았을 것이다. 목숨을 버려서라도 기필코 이루어야 할 꿈이 있었고, 그 꿈을 위해 헤아릴 수 없는 동지들이 피지도 못한 청춘을 스스로의 선택으로 거두어들인 것이었다.

고통이 커질수록 그의 마음도 머리도 더 냉철하게 깨어왔다. 이대로 주저앉을 수는 없었다. 그렇지 않아도 위축되어 있다가 박정숙의 죽음에 넋을 잃은 연락원을 일으켜 세운 그는 도당 분트를 찾아 나섰다.

간신히 선이 닿은 도당은 말이 아니었다. 조용식이 벌떡 일어나 그를 부둥켜안고 오래도록 어깨를 들먹이며 서럽게 울었다. 조용식은 해골바가지 같은 몰골을 하고 있었다. 옷은 여기저기 찢어져 너덜거리고, 떨어진 신발이나마 도망치면서 어디에 버렸는지 맨발이었다. 그러고 보니 다들 비슷한 모습이었다. 다행히 도당 간부들은 무사했다. 도당 아지트에 있던 시체들은 보급투쟁조에 끼었다가 살아남아 거기까지 도망쳤던 사람들인 모양이었다. 전남도당의 희생은 엄청났다. 그날 보급투쟁을 나갔던 유격대와 도당 기관원 칠십 여명 가운데 살아남은 사람은 고작 스물다섯이었다. 살아남은 사람들도 그날 이후로 내리 굶고 있었지만 보급투쟁은 고사하고 바람에 나뭇잎만 살랑거려도 깜짝깜짝 놀라 몸을 사리는 형편이었다.

일단 곡성에서 그가 가져간 식량을 조금씩 먹으며 며칠을 보냈다. 시간이 지나자 다들 충격에서 벗어나 할일을 찾기 시작했다. 가장 시급한 것이 중앙당과의 선 회복이었다.

4월 말, 그는 전에 추진하다가 박참봉의 부상으로 중단했던 박참봉과 소성대의 서울파견을 다시 준비하라는 지시를 받고 순창군 조 영감 집으로 갔다. 보릿고개라 자기들도 굶고 있을 텐데 오랜만이라고 반가워하며 조영감은 수북이 담은 꽁보리밥을 차려왔다. 모든 준비를 끝내놓고 다시 도당으로 돌아온 것은 5월 말이 다 되어서였다.

도당으로 들어가기 위해 중간지점인 곡성 통명산에 들른 그는 거기서 우연히 조용식을 만났다. 반가웠다.

"자네가 여기 웬일인가?"

"응, 간부 몇 사람만 남고 도당 전원이 보급투쟁 나왔네. 아침에 도착했어. 마침 잘 만났네. 그렇지 않아도 이쪽 사람한테 길 안내를 부탁하려고 했는데 자네가 장소 좀 물색해보게. 이쪽이야 자네가 잘 알지 않나."

그는 조용식을 따라 안전지대에서 대기하고 있는 도당 보급부대를 찾아갔다. 며칠만 안 봐도 그리운 얼굴들인데 한 달을 떨어져 있었으니 하도 반가워서 허겁지겁 달려간 그는 눈이 휘둥그레지고 말았다. 30여 명이 모두입에 게거품을 문 채 땅바닥에 쓰러져 끙끙거리고 있었던 것이다.

"도대체 왜 이러나?"

"조금 전에…… 하도 배가 고파서…… 취, 취나물을 뜯어 먹었는데……."

며칠을 굶었던 빈속에 제법 독성이 강한 취나물을 날 것으로 먹고 나서독이 오른 것이었다. 그는 급히 배낭을 풀어 조 영감이 비상미로 쓰라며 넣어준 쌀 두 되를 꺼냈다. 밥 지을 새도 없이 생쌀을 한두 주먹씩 돌려주었더니 다들 그 와중에도 정신없이 생쌀을 씹기 시작했다. 생쌀을 삼키자마자 거짓말처럼 게거품과 통증이 사라졌다. 언제 그랬느냐 싶게 멀쩡하게일어나 앉은 사람들을 보면서도 가슴은 점점 더 답답해왔다. 바윗덩어리를가슴에 얹어놓은 것 같았다. 도대체 어떤 일꾼들인데 생쌀 한 줌에 목숨을걸어야 한단 말인가. 이 아까운 일꾼들을 날이면 날마다 보급투쟁만 하다죽게 만들어야 한단 말인가. 그는 동지들을 부여안고 엉엉 울고 싶은 심정이었다. 비슷한 심정이었는지 생쌀로 간신히 허기를 달랜 대원들은 게거품 자국을 지울 생각도 없이 쑥스럽고 허탈한 표정으로 말이 없었다.

그는 조용히 조용식과 권상수를 불렀다. 구례군당에서부터 절친한 사람들이라 마음을 다 털어놓고 얘기를 나눠보고 싶었다. 제법 따갑게 내리쬐는 봄햇살을 받으며 세 사람은 길고 고통스런 한숨만 토할 뿐이었다.

"우리가 이대로 얼마나 버틸 수 있다고 생각하나?"

조용식이 먼저 입을 열었다.

"한 달……."

"그래. 이런 방식이라면 한 달도 되기 전에 완전히 끝날지도 몰라."

그렇다면 이렇게 죽어갈 것인가. 아니면 살 수 있는 길을 찾을 것인가. 조용식도 권상수도 그도 살아야 한다는 데는 더 이상의 말이 필요 없었다. 나 혼자의 목숨이 아까워서가 아니었다. 한 개인의 생명이란 것이 얼마나 덧없고 허망한 것인가를 그들은 몇 년 동안 온몸으로 느껴왔다. 당장 그들에게도 죽음이 눈앞에 닥쳐 있을지 몰랐다. 이번 보급투쟁에서 그가, 조용식이, 권상수가 죽지 않으리라고 누가 보장할 것인가. 그래도 그들은 살아야 했다. 기필코 살아야만 했다. 그가 죽는다면 조용식이라도 살아야 했고, 누군가라도 살아야만 했다. 살아서 무산대중을 위한 새 세계를 건설해야만 했다. 이 엄청난 역사의 증인이 되어야만 했다. 먼저 죽어간 동지들의 꿈이 이루어질 때 비로소 그들은 죽지 않고 다시 살아날 것이었고, 그것만이 살아 있는 자들의 유일한 책임이고 의무였다.

한동안 세 사람은 말이 없었다. 자, 그렇다면 어떻게 해야 살 수 있을 것인가. 그들은 모든 정보로부터 막혀 있어 바깥세상이 도대체 어떻게 돌아가는지조차 알 수가 없었다. 그저 토벌대의 수나 대응에 따라 막연히 바깥세상의 동향을 짐작할 뿐이었고, 그 짐작에 따르자면 이제 남한에서 독자적으로 무장혁명을 일으킨다는 것은 불가능했다. 지하조직은 다 깨지고 다시 조직건설을 한다는 것도 불가능했다. 남은 것은 북쪽으로부터의 지원이나 월북이었다.

얼마 후 조용식이 고개를 들더니 언젠가 그 옛날 서울역전에서 시골로 내려가는 그를 바라보던 때처럼 간절하게, 그러나 단호한 눈빛으로 그를 바라보았다.

"우리가 사는 길은 자네 손에 달려 있네."

그와 권상수는 번쩍 고개를 들어 조용식을 보았다.

"우리가 우리의 사상을 포기하지 않고 살아남는 길은 월북밖에 없지 않은가? 자네의 지하조직을 이용해서 어떤 방법으로든 월북을 감행해야 하네. 한 달, 우리가 버틸 수 있는 한계는 한 달……. 그 이전에 어떤 조치가 취해져야만 돼."

권상수도 그도 말없이 고개를 끄덕였다. 월북을 위한 구체적인 방법과 준비는 지하선을 가지고 있는 그가 담당하기로 하고, 모두가 확실한 계획이 나올 때까지 자기 임무에 충실하자는 결정을 내리고 그들은 토론을 마쳤다. 그러나 실행에 옮기기도 전에 전쟁이 발발함으로써 이 계획은 영영 무산되고 말았다. 월북계획이 조금만 더 빨랐더라면 세 사람의 운명이, 아니 전남도당 전체의 운명이 어떻게 달라졌을는지. 아마도 그것은 대답 없는 역사만이 알고 있으리라.

그날의 보급투쟁은 유례없는 대성공이었다. 유혁운은 지난번 보급투쟁의 성공을 생각하고 이번에도 전남 쪽이 아니라 전북 쪽을 대상으로 잡았다. 그는 보급부대를 이끌고 섬진강을 건너 곡성 고달면 뒤쪽의 지리산 자락인 천마산에 도착하여, 가지고 있던 마지막 비상미를 다 털어 전 부대원에게 죽을 쑤어 먹였다. 부대는 땅거미가 내릴 때까지 천마산에 잠복해 있었다. 밤과 함께 어둠처럼 남원군 송동면 어느 마을에 스며든 보급부대는 가까이에서 마을을 정찰했다. 역시 적성지구가 아닌 탓에 잠복경찰도 보초도 없고 야간통행도 자유로웠다. 작전에 성공한 그들은 서른 명이 욕심껏 식량을 짊어졌는데, 문제는 퇴로였다. 모두 천마산을 넘어 구례 산동으로 해서 지리산으로 들어가자는 의견이었다. 그렇게 하면 도당까지 일주일도 넘게 걸릴 터였다. 그가 고개를 젓자, 그곳 지리를 아는 사람은 그뿐이었으므로 다들 그만 쳐다보고 있었다. 곰곰 생각해보니 송동면에서 곧장 섬진강을 따라 내려가다 곡성 오곡면 앞에서 강을 건너면 새벽 3시쯤 통명산에 도착할 수 있고, 거기서 세 시간만 강행군하면 죽곡면 보성강을 날 새기 전에 건널 수 있을 것 같았다. 그는 쌀을 스물다섯 되쯤 짊어지고는 선두에 서서 줄곧 반달음박질로 행군을 이끌었다. 덕분에 1시도 되기 전에 통명산에 도착할 수 있었다. 놀라운 속도였다. 통명산에서 각자 짐을 반으로 줄여 나머지는 비장해놓고 다시 강행군해서 동이 트기 직전 봉두산에 무사히 도착했다. 밤새 백이십 리는 걸은 셈이었다. 남원군 송동면에서 설마 밤사이에 곡성군의 봉두산으로 빠지리라고는 아무도 짐작조차 하지 못했을 것이다. 토벌대는 기껏해야 지리산 자락이나 통명산을 뒤지고 있을 터였다.

부대는 사흘 만에 무사히, 그것도 오랜만에 푸짐한 성과를 안고 백운산 도당에 도착했다. 이 보급투쟁의 성공으로 그는 졸지에 도당을 살린 영웅이 되었다. 밖의 실정을 전혀 모르는 간부들로서는, 난다 긴다 하는 사람들도 쌀 한 되를 구하지 못하는 판에 몇 가마를 구해온 그가 대단해 보일 법도 했다. 야산이나 야지가 백운산보다 훨씬 안전하다는 것을 모르는 것이었다. 야산 토벌이 계속되자 못 견딘 빨치산들이 백운산으로 다 옮겨왔고, 그 뒤로는 백운산에 적의 공격이 집중되고 있었다. 그가 두 번의 보급투쟁을 통해 내린 결론이었다.

그러나 보급사업이 잘된 게 또 탈이어서 당장 떠나야 할 박참봉이 병이 나고 말았다. 며칠 굶다 갑자기 배불리 밥을 먹은 탓이었다. 박참봉은 보름이 지나서야 간신히 움직이기 시작했다. 겨우 몸을 움직이기 시작한 박참봉과 소성대를 데리고 조 영감 집에 도착한 것은 6월 21일이었다. 이틀 후 두 사람이 무사히 길을 떠난 뒤 그는 다시 도당으로 복귀했다. 그것이 조 영감과의 마지막 이별이었다. 그가 도당에 복귀한 무렵 조 영감은 이미 경찰서에 끌려가 모든 것을 다 분 후였고, 서울로 떠난 박참봉 일행은 조 영감의 신고로 전북도경에 체포됐다. 한 번만 더 들렀더라면 그 역시 잡혔을 것이지만 6.25 덕분에 목숨을 건진 것이다. 총칼의 위협 앞에서야 어쩔 수 없이 돌아서고 만 조 영감을 탓할 수도 없었다. 그동안 진 신세만 해도 감지덕지였다.

지난번 보급투쟁의 성공으로 한동안은 밥걱정을 덜었지만 다시 배를 곯기 시작했다. 일반 당원이고 간부고 간에 다들 못 먹어서 얼굴이 퉁퉁 부어올랐다. 월북 계획도 계획이지만 당장 살아남을 방법도 필요했다. 그는 궁리 끝에 간부들을 찾아갔다.

"제안할 것이 있습니다."

"뭐요?"

도당책 전인수가 되물었다. 그즈음 도당책은 거의 좌절에 빠져 있는 상태였다. 4월에 도당이 전멸당한 전투가 있기 전까지만 해도 매우 원칙적이었던 사람이 그 전투 이후로 무섭게 타락해갔다. 걷잡을 수 없을 정도였다. 하부에서는 제대로 비판도 못하고 간부들 사이에서는 아마도 얘기는 되었을 텐데, 나아지기는커녕 나날이 정도가 심해졌다. 예전에는 같이 굶던 사람이 악착같이 권위를 내세워서 자기 먹을 것을 챙긴다거나 유혁운과 함께 서울에 다녀왔던 이성애를 트로 불러들여 향락을 즐긴다거나 하는 식이었다. 철저히 절망했거나 자포자기한 것이 아니라면 당원으로서 하루아침에 그렇게 변할 수는 없는 일이었다. 그러나 자포자기가 아니라 더한 것을 변명으로 삼더라도 결코 정당화될 수 없는 행위였다. 오늘만 넘기면 내일은 해방이 올 거라고 낙관하는 사람은 아무도 없었다. 누구나 적당히 타협하고 싶고 물러나고 싶은 자신과 치열하게 싸우고 있었고, 그렇게 혁명가로서의 원칙을 지키고 있었다.

"도당 본부를 야산으로 옮겼으면 합니다."

"야산으로? 이유를 설명해보시오."

유격대 사령관 김선우가 바싹 당겨 앉으며 호기심을 나타냈다.

"백운산은 요소요소에 군경이 주둔하고 있어서 초기와 같이 강력한 유격대가 있더라도 보급투쟁이 실제로 불가능한 상황입니다. 현재의 우리 역량으로는 더 이상 무장 유격투쟁이 불가능하고, 그렇다면 우리가 할 수 있는 최대한의 사업은 현재의 역량을 그대로 보존하면서 정세의 변화에 따라 결정적 시기를 기다리는 것이라고 생각합니다. 도당이 백운산으로 옮겨온 후 현재 야산은 군경의 감찰이 거의 없는 편입니다. 이는 제가 확인한 결과입니다. 녹음기에 한해서 도당을 다시 야산으로 옮긴다면 보급투쟁도 훨씬 용이할 것입니다."

"좋은 생각이오. 동의하오."

김선우가 먼저 찬성을 표시했다. 전인수도 고개를 끄덕였다.

"야산으로 옮긴다면 어디가 적당하겠소?"

"지리적 환경이나 주변 인민들의 동향, 보급대상지 등을 고려해야 한다고 생각합니다. 제가 아는 쪽은 곡성 부근인데, 제 판단으로는 그중에서도 봉두산이 가장 좋을 것 같습니다."

장소에 대한 논의가 한참 더 진행되었고 결국 봉두산으로 결정이 났다.

"좋소. 빨리 실행합니다. 적의 눈을 속이기 위해 무장병력 열다섯 명 정도는 계속 이곳에 남아 있도록 합시다. 식량은 지원해줄 것이오."

그는 그날로 김선우 등 일진 일곱 명을 안내하여 27일 아침 봉두산에 도착했다. 도착 즉시 그는 두 명만 남겨두고 구례읍 봉서리로 보급사업을 나갔다. 이제 보급투쟁의 방식도 도둑질로 바뀌야 했다. 빨치산이 나타났다는 것이 알려지면 부근의 야산을 이 잡듯 뒤질 것이고 야산에서 전투를 한다는 것은 섶을 지고 불로 뛰어드는 짓이나 다를 바 없었다. 봉서리에서도 가장 그럴듯한 집을 골라 숨어들었는데 촌의 작은 마을치고는 의외로 상당한 부잣집이어서 식량이 꽤 많았다. 게다가 모심기 철이어서 종일 일하고 피곤했는지 온 집안을 몇 명이서 샅샅이 뒤지는데도 아무도 일어나는 사람이 없었다. 쌀과 보리를 한 짐씩 지고 돌아오는데 최석태(구례읍 출신으로 도당 조직부원)가 부근 비촌마을에 절친한 친구가 사는데 그에게서 정보를 수집해오면 어떻겠냐고 물어왔다. 그렇지 않아도 정보가 없어 답답하던 차였다. 혼자 보낸다고 해도 도망을 친다거나 자수를 할 친구도 아니었다.

아지트에 도착해서 식량을 내려놓자 도당책 등 이진까지 도착해 있다가 그들을 반겼다. 김선우는 눈물까지 글썽이며 감격스러워했다. 이렇게 쉽게도 보급투쟁을 할 수 있는데 그동안 쌀 한 줌 때문에 적의 손에 잃었던 동지들을 생각하면 목이 멜 법도 했다.

막 밥을 먹으려고 하는 찰나였다.

"동무들! 동무들!"

그렇게 크게 동무를 외치는 소리를 들은 게 아마 처음이었을 것이다. 놀라서 쳐다보니 정보를 수집해 오겠다던 최석태가 자기가 짊어졌던 식량까지 어디다 버렸는지 맨몸으로 헐레벌떡 뛰어오고 있었다. 적이구나! 모두 화닥닥 뛰어 일어나 무장을 챙겼다. 그러자 뛰어오던 최석태가 숨이 차서 말을 못하고 손을 휘휘 저었다. 무슨 영문인지 알 수가 없어 전투태세를 취하는데 이윽고 코앞에 선 최석태가 숨을 헐떡거리며 반동강이 말을 쏟아냈다.

"아니…… 아니여……."

"아 도대체 뭐가 아니여? 적이 아니면 숨이나 삭이게 좀 천천히 얘기해보라구."

최석태는 마음이 급한지 숨이 가빠 헉헉거리면서도 말을 계속 늘어놓았다.

"터…… 터졌어, 터……."

"이거, 원, 답답해서 견딜 수가 있나. 뭐가 터져, 터지긴?"

"사, 삼팔……선. 삼팔선이, 터졌다구!"

"뭐?"

"뭐?"

너나없이 다들 놀라서 뭐, 뭐만 연발하고 있었다.

"버버거리지 말고 자세히 얘기 좀 해보라구."

최석태가 순식간에 쏟아낸 말은 엄청난 것이었다. 인민군이 25일 삼팔선 전역에서 총공격을 시작해 어젯밤 서울시내까지 진입하여 서울 함락이 목전에 있고, 국군은 지금 전 군을 긴급소집하여 북으로 북으로 실어 나르고 있다는 거였다. 소식을 듣자마자 한시라도 빨리 전달하기 위해 식량이고 뭐고 팽개치고 계속 뛰었다는 것이다.

곁에 있던 김선우가 그를 덥석 끌어안았다. 일제히 만세소리가 터져나왔다. 누군가는 서로 끌어안고 엉엉 울면서 땅바닥을 데굴데굴 구르고 있었다.

도당책이 물기가 축축하게 배어난 목소리로 말했다.

"동무들! 진정하오. 경각심을 잠시라도 풀어서는 안 되오. 방금 소리를 질러댔으니 위험할지도 모르오. 일단 비품을 지고 이동합시다."

모두들 흥분해서 벌겋게 달아오른 얼굴로 유혁운의 뒤를 따라 삼십 분쯤 행군한 뒤 곡성 태안사로 넘어가는 매너미재 부근에서 짐을 풀었다. 갑자기 산뜻한 게 날아갈 것 같은 기분이었다. 확인된 정보는 아니었지만 다들 확실하게 그 정보를 믿고 있었다. 식사가 끝나자 최석태와 그에게 위험하더라도 지금 당장 인민과 접촉하여 정보를 확인해 오라는 지시가 내려왔다.

두 사람은 승주군 황전면 야산 기슭에서 주위를 살폈다. 바로 앞 논에서 열 명 정도가 모내기를 하고 있었는데, 국도와 철도가 오백 미터쯤 떨어져 있고 뒤에는 숲이 제법 울창해서 여차하면 충분히 피할 수 있는 지형이었다. 그들은 떨리는 마음을 간신히 억누르고 어슬렁어슬렁 인민들 곁으로 다가갔다. 낡아빠진 옷차림에 덥수룩한 머리만 보고도 금세 산사람인 줄 눈치 챘을 텐데 평소와 달리 도망가거나 모른 체하지 않고 오히려 한 사람이 일어나 "산사람이시오?" 하고 물어왔다.

"맞습니다. 그런데 우리가 안 무섭습니까?"

"언제는 무서워서 피했가니라. 경찰 놈들이 하도 닦달을 해쌓게 어짜요? 산사람들헌티 꼬치장만 줘도 죽이는 세상인디. 시방이야 머가 무사서 피하것소. 고생들이 많제라?"

농부들 말마따나 평소라면 군경이 무서워 이렇게 얘기를 나눌 리가 없었다. 확실하구나 싶어 잠깐 얘기를 하자고 했더니 마침 쉴 때도 됐다며 그늘에 편히 주저앉았다.

"마침 저게 점심이 오네. 점심 묵을 챔인께 같이 따순 밥 한번 잡숴보실라요? 이런 밥을 잡숴본 지 오래됐을 텐디."

"우리 밥 먹이다 내종에 경치면 어짜실라요?"

"그 새끼들! 지금 정신이 한나도 없을 것이오. 아이고, 그리고 봉께 이 냥반들 삼팔선 터졌다 소리도 못 들었는갑네."

그와 최석태는 동시에 마주보았다. 눈보라치던 어린 시절 밤에 참고 참던 오줌이 찔끔찔끔 새나오던 것처럼 아무리 애써 참아도 눈물이 흘러나왔다. 격한 감정을 눌러 삭이며 사실은 서울함락 소식을 들으러 왔다고 솔직하게 털어놓았다.

"오늘내일 한답디다. 아침에 동네 구장 말을 들은께 인자 순사들도 지서 밖으로 못 나오고 짐 챙긴다고 허고, 서울은 오늘이 고비라고 허던디."

삼 년 만에 처음으로 못밥과 막걸리까지 한 잔 얻어먹고 돌아서는데 농부들이 잠깐 기다리라며 남은 찬을 한 보퉁이 들려주었다.

"이거라도 들고 가씨요. 나야 암것도 모르는 촌 무지랭이지만 산사람들만 생각하면 왜 그란지 미안허고 짠한 마음이 들었소. 다 존 세상 만들자고 하는 짓인디, 우리야 목숨 붙이고 살자니 도와주도 못허고 그냥 이래 가심에만 묻고 살았소. 참말 잘 되얏소. 인자 산사람들 다리 쭉 뻗고 편한 잠 한번 자것그만."

"고맙십니다."

"내일 이맘 때 또 와보씨요. 더 존 소식이 있을란가 우리가 좀 알아볼란께."

"고맙십니다. 저, 신문 한 부 구할 수 있을랑가 모리것네요. 신문을 좀 봤으면 좋것는디요."

"아매 구장집이 신문 볼 것이오. 얻어보겄소."

해방의 기쁨도 일순간이었고, 이제까지와 달리 바쁜 나날이 시작되었다. 도당은 각 시군당에 정보를 수집할 것과, 해방이 되었을 때 전 기관을 인수

211

할 수 있도록 간부육성 사업에 모든 역량을 집중하라고 지시했다.

6월 30일 유혁운은 광주지구당 부책으로 임명되어 백아산에 있는 광주지구당책 김채윤을 찾아갔다. 지구당 성원이라야 고작 열세 명이 전부였다. 이 열세 명이 해방될 광주지구의 전 기관을 접수하고 운영해야 하는 것이었다. 그날부터 광주지구당은 산하의 강산, 광주, 화순, 곡성(곡성은 원래 도당 직속이었으나 6월 30일 부로 광주지구당에 편입되었다) 군당의 전 성원을 끌어모아 날마다 보급투쟁을 다니고, 예순 명가량의 옛 당원을 재모집하여 광주입성에 대비한 간부육성 사업에 박차를 가했다. 하루하루가 숨가쁘게 굴러갔다.

7월 8일 도당회의가 있었다. 각 지구당책, 지구 사령관 등 십여 명이 회의 참석차 속속 도당으로 모여들었는데 놀라운 사건이 그들을 기다리고 있었다. 도당책 전인수가 감금되어 있었던 것이다. 지구당 간부들이 모이자 도당 간부들이 사건의 개요를 설명하고 성토대회를 벌였다.

앞서 말한 전인수의 타락행위에 드디어 하부원들의 분노가 일시에 터진 것이었다. 도당책의 타락에 대한 불만에도 불구하고 간부의 존엄성은 지켜야 한다는 원칙하에 그동안 한 끼도 거르지 않고 그에게 꼬박꼬박 밥을 지어 바쳤다고 한다. 그런데 해방을 눈앞에 두고 그나마의 긴장도 풀린 모양인지 그가 반찬이 없다고 투정을 해대다가, 마침내 이것도 밥이냐며 밥을 내던지고 취사반원에게 발길질을 한 모양이었다. 아무리 상급자지만 구타라는 것은 있을 수 없는 일이었고, 구타의 이유도 도저히 용납할 수 없는 것이었다. 그렇지 않아도 동지들의 피 같은 쌀을 축내며 여성 동지와 연애행각이나 벌이는 것에 대해 불만이 터지기 직전인데 구타사건으로 인해 도당의 전 간부가 격분을 하고 전인수를 감금한 것이었다. 지구당 간부들까지 흥분해서 동지의 피를 팔아 개인의 향락이나 일삼는 간부는 마땅히 숙청해야 한다며 총살을 주장하고 나섰다. 고통스런 표정으로 앉아 있던 김선우 도당 부위원장이 발언을 요청했다.

"저 역시 동지들의 견해에 동의합니다. 그러나 동지 여러분! 도당책은 어쨌든 지금까지 온갖 역경을 이기며 여기까지 함께 온 우리의 동지입니다."

"무슨 소리요! 적보다 더 무서운 것이 내부의 적이라는 것도 모르시오? 도당책은 우리의 동지가 아니라 이 어려운 상황에 우리의 혁명정신을 갉아먹는 명확한 반당 행위자요. 그는 우리의 동지가 아니요! 당장 처벌해야 합니다."

"처벌하지 말자는 것이 아니오! 그러나 내일모레가 해방이잖소. 해방된 이후에 정식으로 혁명재판에 회부해도 늦지 않소. 처벌을 조금만 늦춥시다."

김선우의 간곡한 부탁에도 불구하고 참고 참다 터져나온 분노는 쉽게 가라앉지 않았다. 결국 동경제대 출신의 도당책 전인수는 해방을 며칠 남겨두고 함께 생사를 걸고 싸웠던 동지들의 손에 처형되고 말았다. 한 개인으로 생각하자면 도당책의 좌절과 타락도 이해하지 못할 것은 아니었다. 일제시대에 동경제대까지 졸업한 인텔리로서 혁명사업에 뛰어들었다가 그나마 자기 앞의 등불마저 잃어버렸을 때, 끼니를 때우는 것이 자기의 유일한 목표가 되어버렸을 때, 인간은 어쩌면 더 심한 짓을 할 수 있을지도 모른다. 그러나 이미 터져버린 동지들의 분노의 봇물을 어찌할 수 없었던 것 역시 바로 인간이기 때문이었을 것이다. 누구의 결정이 옳은 것이었든 간에 그것은 살아남은 자의 일이었고, 죽은 자는 다시 돌아올 수 없었다.

7월 중순을 넘어서자 북쪽에서 아득하게 포성이 들려오기 시작했다. 20일쯤에는 포성이 훨씬 더 가깝고 또렷하게 들렸다.

22일, 그날도 간부육성 사업을 위해 옛 당원들을 찾아 화순군 북면 수리

마을에 들어갔던 그는 광주에서 방금 돌아온 학생을 만났다. 인민군이 장성 갈재를 넘었다는 것이었다. 부랴부랴 구당원 다섯 명을 인솔하여 백아산 솔티재를 넘어 아지트에 도착한 그는 상황보고를 끝내자마자 정보수집조를 파견했다. 자정이 넘어 출발한 정보수집조는 새벽에 돌아왔다. 화순군의 북면, 이서면, 곡성군의 석곡면은 이미 지서가 텅 비어 있다는 것이었다. 하산을 해도 좋을지 최대의 안전을 기하기 위해 다시 정보수집조를 내려보냈다. 정보수집조는 그날 오후에 조선대학교 학생 두 사람을 데리고 술이며 음식을 가득 짊어진 채 돌아왔다. 광주에서 인민군과 악수까지 하고 온 학생들이라고 했다. 맑디맑은 여름 하늘로 만세소리가 울려 퍼졌다. 얼마 만에 마음껏 외쳐보는 소리인가. 얼싸안고 춤을 추는 사람, 우는 사람, 저 혼자 펄펄 뛰어 날아다니는 사람······. 매미는 귀가 멍멍하도록 울어대고 사람몰골 같지도 않은 산사람들의 감동에 젖은 울음이 하늘을 붉게 물들였다. 곧 땅거미가 내렸다. 신속하게 하산준비가 끝나자 마지막 오락회가 열렸다. 오락회를 여는 것도 참으로 오랜만이었다. 입산 초기에는 오락회도 자주 열었는데, 힘이 밀리기 시작하면서부터는 내내 숨 돌릴 틈도 없이 쫓기고만 살아온 것이다.

이 날만을 위해 살았던 것처럼 사람들은 미친 듯이 노래 부르고 춤을 추며 해방의 첫 밤을 보냈다. 희미한 어둠 속에 드러난 동지들의 흥겨운 모습을 보면서 핑 눈물이 돌았다. 이 밤의 감동을 즐기는 백여 명 중에 구 대원은 서른 명도 되지 않았다. 나머지는 전쟁 이후 한 달 사이에 새로 규합한 동지들이었다. 그 어려운 날들을 버티며 이날을 위해 싸워온 수천 명의 진짜 투사들은 곳곳의 산기슭에서 썩어가고 있거나 이미 한 줌의 흙으로 변했을 것이었다.

작년 초봄, 백운산 특각에서의 첫 오락회가 떠올랐다. 그때 우리를 그렇게 웃겨주던 그 만담가 박 동무는 지금 어디에 있을까? 혁명의 열정에 떨며 그 밤을 함께 즐겼던 동지들은 모두 어디로 갔을까? 왁자지껄한 웃음소리와 쇠고기 굽는 냄새가 아직도 코끝에 감미로운데……. 목울대를 타고 올라오는 울음덩이를 꿀꺽 삼키며 그는 밤하늘을 올려보았다. 오늘을 위해 싸우다 오늘이 오기 전에 가버린 동지들. 동지들은 가고 나는 살아남았다. 그러나 이미 우리에게 '나 혼자'란 없다. 박정하가 죽고 김지회가 죽고 박정숙이 죽고 유혁운이 살아남은 게 아니다. 우리 중의 많은 사람이 죽고 우리 중의 일부가 살아남았을 뿐이다. 동지들! 그대들이 흘린 피로 오늘은 왔다. 그리고 우리는 우리들의 피로 오늘의 해방을 이어갈 것이다. 그는 동지들의 피로 찾은 해방의 감격을 가슴속에 꼭꼭 눌러 담으며 뜬눈으로 밤을 새웠다.

날이 새기 바쁘게 광주를 향하여 백여 명의 대열이 백아산을 떠났다. 조금씩 멀어지는 백아산을 유혁운은 자꾸 뒤돌아보았다. 그 고생을 하고 백아산으로 오다 죽어버린 박정숙. 백아산에서 백운산에서 온 산을 피로 물들이며 쓰러진 동지들! 목이 잘린 채 굴러다니는 동지의 시체를 보면서 날콩을 주워 먹던 그 밤엔 달도 참 밝았었다. 백운산에서 도당과 유격대가 박살나던 날, 그는 눈물도 없이 동지들의 시체를 그러모아 돌무덤을 만들면서 눈물보다 더 뼈아픈 맹세를 했었다. 살아남은 우리가 당신들의 못 다한 꿈을 이루겠노라고, 당신들의 원수를 갚겠노라고. 그리고 이제 해방은 왔다.

동지들이여 들리는가! 백주대낮에 대로를 걷는 우리의 힘찬 발소리가, 가슴 터지는 감동의 함성이 들리는가. 우리의 피로 찾은 이 해방을 영원히 인민의 것으로 하기 위해 먼저 간 당신들이 죽으면서도 꿈꾸던 세상, 그 무산계급의 평등한 나라를 지키기 위해 우리도 기꺼이 당신들의 뒤를 따르겠노라.

그의 눈가에 굵은 눈물이 흘러내렸다. 눈을 꿈벅이며 그는 오래도록 백아산을 보았다. 문득 한여름의 땡볕에 푸르다 못해 검게 타오르는 나무들이 하나씩 동지들의 모습으로 변해갔다. 백아산 능선마다 봉우리마다 힘차게 버티고 선 동지들은 열심히 손을 흔들어댔다. 그제야 그는 미련 없이 되돌아서 걷기 시작했다. 우리는 간다. 발전하는 역사와 더불어 지나간 슬픈 역사를 묻고 우리는 전진한다.

태양은 머리 위에서 이글거리고, 해방 광주는 조금씩 가까워졌다.

11_
인민의 나라

광주가 가까워질수록 그들을 환영하는 국도변의 인파도 늘어났다. 언제 인
공기를 준비했는지 뜨거운 태양 아래 국도변은 온통 붉은 인공기의 물결로
넘실대고 있었다. 한여름의 태양은 점점 머리 위로 기어올라 폭염을 뿜어
내고, 언제 갈아입었는지 기억도 없는 옷은 땀으로 흥건하게 젖어갔다. 몇
년간 울퉁불퉁한 산길에서 단련된 몸이라 평평한 신작로를 걷자니 이상하
게 자꾸 헛발을 딛는 느낌이었다.

　광주 가는 길목의 화순 동면에 도착한 것은 한낮이 지나서였다. 광주 지
구당책 김채윤이 호위병만 데리고 쉴 틈도 없이 먼저 광주로 달려갔고, 부
책인 그는 백여 명의 대열을 인솔하여 동면에서 잠시 몸을 풀었다. 산에서
는 며칠을 내리 걸어도 끄떡없던 발이 웬일인지 반나절의 신작로 행군에
물집이 잡히고 퉁퉁 부었다. 산에서 오래 생활한 사람일수록 심했다. 다 낡
아 구멍이 뻐끔뻐끔한 신발을 풀고 물집 잡힌 발을 주무르고 있는데 연락
병이 웬 젊은 청년을 데리고 왔다. 급하게 온 모양인지 빨갛게 달아오른 청
년의 얼굴에서 훅 찌는 열기가 뻗쳐왔다.

　"무슨 일입니까?"

　"저는 화순 탄광의 노동잡니다. 지금 탄광에서 빨치산 동무들을 위한 환
영회를 준비하고 있는데 같이 가 주시면 영광이겠습니다."

선생님 앞이라도 되듯 몸을 뻣뻣하게 세우고 있는 청년은 그와 비슷한 연배로 보였다. 자기 또래의 일반 청년을 보자 느낌이 묘했다. 어색하기도 하고 신기하기도 하고 비로소 인민들의 세상으로 돌아왔다는 안도감도 들었다. 어제까지의 만 이 년이 넘는 산생활이 한바탕의 꿈 같기도 했고, 까마득하게 먼 옛날 옛적의 얘기 같기도 했다.

"말씀은 고맙습니다만 인민들에게 폐를 끼치기도 그렇고, 또 저희들은 화순읍을 경유해서 한시바삐 광주에 도착해야 합니다."

"그 문제라면 아까 김채윤이라는 동무가 말을 전해달라고 했는데, 원래 잡았던 길을 버리고 탄광에 들러서 같이 일할 사람들을 좀 모아오라고 했습니다. 저희들 중에 같이 일할 사람이 꽤 많을 겁니다."

화순 동면의 탄광 광장에 도착하자 주변의 시커먼 탄더미와 함께 꽉 들어찬 사람들이 작열하는 태양에도 아랑곳없이 인공기를 흔들며 그들을 맞았다. 지하조직이 다 깨지고 없으니 누가 나오라고 해서 일부러 동원한 사람들도 아닐 터였다. 그들이 인민들 한가운데 대열을 맞춰 정렬하자 귀가 멍멍한 박수소리가 사그라지면서 수수한 한복 차림의 한 여성 동무가 앞으로 나왔다.

"저는 화순군 전 여맹위원장입니다."

여성 동무의 말이 잠깐 끊기자 시끄럽게 울어대던 쓰르라미도 갑자기 울음을 뚝 그쳤다.

"여러분! 지금 여러분 앞에 서 있는 저 동무들은 해방의 오늘이 오기까지 사랑하는 가족의 품을 떠나 단 하나뿐인 목숨까지 버리고 오로지 압박받는 인민과 조국의 해방을 위해 영용한 투쟁을 벌여온 그 유명한 빨치산 동무들입니다. …… 경찰과 지주, 사장의 악랄한 탄압에서 우리를 해방시켜준 위대한 빨치산 동무들을 위해 우리 만세삼창을 부릅시다. 빨치산 동무 만세!"

"빨치산 동무 만세!"

뜨거운 태양 볕에 시든 나뭇잎을 흔들어 깨우는 인민들의 함성에는 눈곱만큼의 꾸밈이나 거짓도 없었다. 빨치산들의 남루한 행색에 혀를 차며 눈시울을 붉히는 노인네들은 바로 그들의 어머니이고 아버지였다. 그는 답사를 하기 위해 인민들을 향해 섰다. 심장이 거세게 뛰었다.

"존경하는 부모 형제자매 여러분! 이렇게 만나게 된 감격, 뭐라 표현하면 좋을지 모르겠습니다. 존경하는 부모 형제자매 여러분! 오늘의 이 감격을 있게 해준 우리의 위대한 영도자 김일성 장군과 영용무쌍한 인민군, 그리고 우리와 함께 남조선 방방곡곡에서 적과 용감히 싸우다 무주고혼이 된 빨치산 동지들에게 경건한 마음으로 감사를 드립시다!"

우렁찬 박수소리가 검은 탄광촌에 메아리쳤다.

"부모 형제자매 여러분! 그동안 압제자들로부터 얼마나 괴로움을 당했습니까? 지나간 악몽은 이제 모두 잊어버립시다. 우리는 지금 승리하고 있습니다. 그러나 우리 인민대중의 통일된 나라가 굳건히 서려면 아직도 갈 길이 멉니다. 바로 여러분들의 적극적인 참여가 필요합니다. 미제와 그 앞잡이들을 이 땅에서 완전히 소탕할 때까지 전체 인민이 하나가 되어 견결히 투쟁해야 합니다. 전선과 후방이 하나 되어 이 성스러운 싸움에 떨쳐 일어나야만 영원한 승리를 쟁취할 수 있음을 명심하시고, 여러분의 총궐기를 기대하겠습니다. 이제 우리는 광주로 가서 모든 기관을 인민의 것으로 인수해야 합니다. 그러려면 많은 애국청년이 필요합니다. 여기 모여 있는 여러분 중에 이 사업에 동참하고 싶은 분은 앞으로 나와 주십시오."

그의 말이 끝나기 무섭게 장정들이 앞을 다투어 우르르 몰려나왔다. 150명이 넘었다. 쉰 살이 넘어 보이는 노인네들도 몇 사람 손을 들고 나왔다. 영감님들은 다음에 안정되면 부르겠다고 했지만 막무가내여서 한참을 설득시켜 간신히 들여보냈다. 그때만 해도 나이 쉰이면 영감님 축에 끼던 시절이었다.

입성만 조금 깨끗하달 뿐 몇 년간 산에서 뒹군 빨치산들과 별 다를 바 없이 검게 그을리고 고된 삶의 흔적이 그대로 얼굴에 드러나 있는 탄광촌의 노동자들을 바라보면서 그는 마음이 든든했다. 이제 무산계급 스스로가 자신들의 나라를 세우겠다고 분연히 일어선 것이었다.

환영회는 그것으로 끝나지 않았다. 과분한 식사대접은 사양하겠다고 누누이 말했지만 탄광촌 사람들은 돼지까지 잡고 술까지 곁들여서 그들로서는 최고의 정성으로 늦은 점심을 준비해왔다. 여름 볕도 한풀 꺾인 오후 무렵에야 식사가 끝났다. 자제해서 술을 마시라는 지시 한마디 없었건만 술이 과해 비틀거리는 사람은 단 한 사람도 없었다. 한낮이라 한두 잔만 마셔도 취기가 오를 텐데 얼굴색 하나 변하지 않고 멀쩡한 걸 보면 다들 술 마시는 시늉들만 낸 모양이었다. 오늘 같은 날 사내라면 누구나 구수한 막걸리에 흥건히 취해보고 싶기도 하련만, 노인네들이 어깨춤을 들썩이는 이런 상황에서도 앞으로 가야 할 길을 잊지 않고 있는 것이었다.

새로 모집한 150여 명의 노동자들과 함께 광주로 떠날 때 가족 중 어느 누구도 눈물로 그들을 붙잡지 않았다. 오히려 새로운 조국을 건설하기 위해 떠나는 남편과 자식을 자랑스럽게 생각하며 박수와 함성을 보내주었다.

해방의 감격에 들떠 해방조국을 건설하겠다는 기쁨 하나로 자기를 따라나섰던 그 150여 명의 탄광노동자들 가운데 다시 가족의 품에 안긴 사람이 과연 얼마나 되는지 유혁운은 알지 못한다. 그로부터 오랜 세월이 지난 후 탄광촌 부근을 지나면서 유혁운은 문득 그날 입은 옷 그대로 그를 따라나섰던 노동자와 가족들이 두고두고 흘렸을 눈물을 떠올렸고, 자신을 심판

한 사람들의 말대로 수많은 죽음과 한이 과연 자신의 책임이어야 하는지 씁쓸한 생각에 잠긴 적이 있었다. 그들 중에는 물론 자기 앞에 엄청난 고통이 숨어 있으리라고는 상상조차 못한 채 그저 해방의 감격에 들떠 따라나선 사람도 있었을 것이다. 그런 사람이라면 나중에 자신의 죽음에 직면해서 누군가를 원망하며 죽어갔을지도 모른다. 그러나 그가 원망한 건 분명 그를 그런 일로 몰아넣은 일개인이 아니라 이 땅의 서러운 반동의 역사였을 것이다.

쉬지 않고 걸어 광주에 도착한 것은 밤 12시가 넘은 시각이었다. 불빛 하나 새나오는 곳 없이 달빛에 겨우 윤곽을 드러낸 광주는 마치 죽음의 도시 같았다. 도청까지 가는 동안 쥐새끼 한 마리 보이지 않았다. 워낙 늦은 시간이고, 게다가 어제까지만 해도 먼 데서 포성이 울려왔던 전시인 걸 생각하면 당연한 일일 테지만, 어둡고 텅 빈 도시에 입성하는 기분은 과히 좋지 않았다. 자신들의 발자국 소리에만 귀 기울이며 도청에 도착했을 때에야 비로소 사람의 모습이 보였다. 도청 정문에서 보초를 서는 사람들은 바로 인민군이었다. 처음 보는 인민군이라 유심히 들여다보았더니 뜻밖에도 솜털이 보송보송한 소년이었다. 열일곱 살이나 되었을까? 어린 나이에 여기까지 오는 행군이 힘들었던지 몹시 지쳐 보였지만 눈빛만은 초롱초롱했다. 기다리고 있었다며 일단 잠자리를 안내하겠다는 인민군 소년의 뒤를 따르며 그는 하늘을 보았다. 여느 때처럼 별이 총총한 하늘엔 푸르스름한 달빛이 흐르고 있었다. 도청에 입성한다는 승리의 기쁨도 없이 그저 온몸이 피곤하고 쓸쓸하기만 했다. 승리란 게 이런 것일까? 오로지 이 날만을 바라며 모든 것을 이겨왔는데, 수천의 목숨을 버리고 얻은 결과가 아직 뚜렷한 실체로 다가오지 않았다. 찬 마룻바닥에 누워 이유 모를 쓸쓸함을 삼키면서 뒤척이던 그는 이내 깊은 잠에 떨어졌다.

미명에 눈을 뜬 그는 도당책 김선우의 호출을 받고 곧장 도당 간부들이 있다는 근처의 무등여관으로 달려갔다. 맨 처음 눈에 띈 사람은 놀랍게도 중앙당에 선을 대러 가다가 전주에서 체포됐다던 박참봉이었다. 깜짝 놀라는 그를 보고 박참봉이 환하게 웃었다.

"명줄이 길어서 말이야. 조사 받다가 육이오가 터졌는데 총살 명령이 내리더군. 꼼짝없이 죽었구나 하고 포기를 했는데, 하늘이 무너져도 솟아날 구멍이 있다더니 전북 경찰국 사찰과 형사계장이란 놈이 흥정을 걸어오더란 말이다. 그래 그 녀석과 같이 도망쳤지."

혁운은 박참봉이 잡힌 후 으레 죽었으려니 생각했고, 자신의 루트인 순창 조 영감 집을 이용한 후에 잡힌 거라 내심 찜찜하기도 했었다. 그런데 이렇게 멀쩡하게 살아 돌아왔으니 천만다행이었다. 그러나 살아 돌아온 동지와 재회의 기쁨을 나눌 틈도 없었다. 그에게 광주시당 조직부장의 임무가 맡겨진 것이었다. 그는 난색을 표했으나 김선우는 위원장 김채윤과 당장 사업에 착수하라며 등을 떠밀어 내쫓았다. 난감했다. 합법활동의 경험도 없고 지식도 짧은데다 몇 년 동안 산생활만 해왔으니 뭘 해야 할지 캄캄하기만 했다. 딴 방에서 기다리고 있던 김채윤과 막 얘기를 시작하려는 판인데 다시 김선우가 불렀다.

"유 동무, 인기가 너무 좋아서 안 되겠어. 김병추 도당 조직부장 동무가 기어이 자네를 달라네. 도당 조직부부장으로 다시 배치할 테니 김병추 동무를 보필해서 도당 조직부를 꾸려가도록 해요."

유혁운은 김병추와 무등여관을 나섰다. 다른 때 같으면 사람이 북적거릴 시간인데 거리는 어젯밤과 다름없이 쥐죽은 듯 조용했다. 여기저기 건물 보초를 서고 있는 인민군이나 당원들이 바쁘게 뛰어다닐 뿐 일반인들은 거의 눈에 띄지 않았다. 해방 소식과 동시에 뛰어나와 인공기를 흔들고 2백 명이 넘는 대열 앞에 줄 것이라곤 이것밖에 없다며 수박 몇 덩이, 계란 한 줄, 참외 몇 개씩을 부끄럽게 내놓던 시골 인심과는 사뭇 달랐다.

"도시 사람이란 게 시골 사람과는 다르지. 약삭빠르거든."

김병추 역시 비슷한 생각을 하고 있었는지 쓸쓸한 어조였다.

도청으로 돌아온 그는 어제의 일행 중에서 빨치산 출신 몇 명을 보내 사무실을 물색하도록 했다. 7월 25일 오후에야 비로소 금남로에 있는 광주지방법원과 고등법원 청사를 도당 사무실로 쓰기로 하고, 도청에 대기하고 있던 일행이 모두 자리를 옮겼다. 도망가는 적들에게 인수인계 받았을 리도 없고, 산생활만 했던 비합법 출신들이 나와 하루아침에 거대한 도당을 움직이자니 이것저것 뒤죽박죽으로 쉽지가 않았다.

사무실을 잡은 첫날부터 유혁운은 잠시 숨 돌릴 여유도 없이 일에 쫓기기 시작했다. 해방의 감격, 감격 뒤의 묘한 쓸쓸함 등은 한낱 사치스런 감상일 뿐이었다. 되레 산생활이 그리워질 지경이었다. 함께 일을 하겠다고 찾아온 일반인들, 형무소에 갇혀 있다가 어떻게 풀려나온 옛 당원들, 선이 떨어진 채 고립되어 있다가 해방과 함께 나타난 사람, 도당 조직부엔 날마다 수백 명의 사람들이 몰려들었고, 그 사람들을 심사하고 분류하여 적재적소에 배치하는 것이 그의 일이었다. 심사하는 것은 둘째 치고 그 많은 사람들에게 당장 식사와 숙소를 제공하는 것만도 여간한 작업이 아니었다. 게다가 도당 조직부에서 사람들을 배치해줘야 도당에서부터 각 시, 군 기관들이 움직일 수 있기 때문에 한시도 지체할 수 없었다.

8월 초, 사람들을 배치된 기관에 데려다 주고 조직부 사무실로 돌아왔더니 낯선 사내 몇 명이 침울하게 둘러앉아 있었다. 〈로동신문〉과 소련 〈프라우다〉의 기자라고 했다. 인사를 나누는데 그들의 눈이 발갛게 충혈돼 있었다.

"무슨…… 안 좋은 소식이 있습니까?"

"세상에, 이것 좀 보십시오"

몇 장의 사진이었다.

"…… 이, 이게 뭡니까?"

커다란 구덩이 속에 수백 구의 시체가 엉켜 있는데, 시체들은 이미 형체도 알아볼 수 없이 썩어가고 있었다. 사진으로도 역겨운 송장냄새가 풍겨오는 것 같았다.

"…… 우리 동지들의 시체요. 놈들이 후퇴하면서 보도연맹에 가입했던 사람들과 광주형무소에 있던 정치범 등 칠백여 명의 동지들을 저 모양으로 죽여 놓았소."

악취 때문에 지산동 부근은 발도 디딜 수 없을 정도라고 했다. 현장을 보고 온 기자들은 사나이 체면이고 뭐고 한참을 운 모양이었다. 너무나 처참하고 놀라워서 욕도 나오지 않았다. 적어도 사람의 얼굴을 한 자들이라면 할 수 없는 짓이었다. 그것도 보도연맹에 가입한 사람들이라면 전향한 자들인데, 전향하라고 온갖 공작을 다하더니 결국 살육당할 티켓을 쥐어준 셈이었다. 좌익 쪽에서는 그런 식으로 무고한 사람을 처형하지는 않았다. 전투 중의 불상사야 어쩔 수 없는 일이었고, 여순사건 당시 친일반역자나 반동지주들을 처형한 적은 있지만, 전라도에서 숙청된 사람들은 다 합친다 해도 백 명도 되지 않을 터였다. 군인이나 경찰이라 하더라도 생포된 자는 반드시 살려 보내는 것이 빨치산의 풍토였다. 피는 피를 불러오는 법인데, 이미 죽은 자는 어쩔 수 없다 하더라도 이후의 보복전이 문제였다. 당에서야 사적인 복수를 당연히 금지시킬 테지만 한에 서린 사람들의 마음이 당의 뜻대로만 움직이는 것은 아니었다. 그의 염려는 나중에 현실로 나타났다. 그리고 그 처참한 살육전은 우습게도 모두 좌익의 책임으로 떠넘겨졌다.

우익들의 무자비한 살육에 어처구니가 없어 다들 입만 벌리고 있는데 〈로동신문〉 기자라는 동무가 고개를 갸우뚱거리며 이런 말을 꺼내놓았다.

"그런데 참 이상합디다. 썩어 문드러지고 구더기가 바글대는 시체를 하나씩 뒤적거려 금나마 아니면 무슨 특징을 찾아서든 시체를 확인하면 말이오, 어머니들은 누구나 할 것 없이 자식의 시체를 가슴에 끌어안고 이빨만 허옇게 드러난 시체의 얼굴에 자기 얼굴을 부비면서 눈물을 터뜨립니다. 그런데 아내들은 그 뒤에 멀찌감치 서서 눈물만 닦아내더란 말이오. 역시 모성의 힘이 위대한 건지, 아니면 부모 앞에서 함부로 나서지 않는 조선 여자의 미덕 때문인지……."

기자는 북쪽에 있을 어머니를 생각하는 모양이었다. 그 역시 까마득하게 잊고 지냈던 어머니의 모습이 불쑥 그리워졌다. 그러고 보니 살아 계시기나 할는지, 입산자 가족에 대한 탄압이 이만저만이 아니었을 텐데……. 가슴속에 드리우는 검은 구름을 애써 지우며 그는 고향 쪽의 하늘을 바라보았다. 어릴 적 사랑방에서 혹시 남겨져 나올지도 모르는 밥을 기다리다가 깨끗하게 비워져 나오는 손님들의 밥그릇을 보며 울먹거리는 그의 엉덩이를 토닥거려주던 어머니의 손길처럼 부드러운 뭉게구름이 끊임없이 피어나고 있었다.

8월이 시작되면서 전선은 낙동강에서 멈춘 채 국군의 반격이 조심스레 시작되었다. 광주시내에도 차츰 미군의 비행기 폭격이 잦아졌다. 대피 때문에 낮에는 거의 모든 일이 중단됐다. 폭격이 점점 더 심해지자 전리품 관리위원회에서 구동에 있는 개인저택을 사무실로 물색해주었다. 개인집이 얼마나 큰지 도당이 다 옮겨 앉아도 넉넉할 정도였다. 이렇게 큰 집이 있으리라고는 상상도 못했던 그였다.

이사하느라 심사하느라 잠도 안 자고 무리를 한 탓인지 심한 몸살 기운이 생겨 도당 지정병원을 찾아갔다. 그가 진찰실로 들어서자 서 있던 간호원들이 코를 감싸 쥐며 뒤로 물러섰다. 왜 그러는지도 모르고 치료를 받고 나오려는데 젊은 의사가 사람 좋아 보이는 웃음을 지으면서 잠깐 기다리라고 했다. 조금 후에 나온 의사의 손에는 속내의와 갈아입을 옷가지가 들려 있었다.

"일이 바쁘신 모양입니다."

그리고 보니 광주에 온 뒤로 옷을 갈아입은 기억이 없었다. 한여름에 보름이 넘도록 목욕 한번 못하고 옷 한번 못 갈아입었으니 악취가 심한 건 당연했다. 자기 몸에서 나는 악취도 맡을 새 없이 바빴던 것이다.

"바쁘시면 여기까지 올 것 없이 제가 왕진을 가죠. 조국을 위해 일하시는 분이 한시라도 아껴야죠."

의사가 왕진까지 와주며 신경을 써주는 바람에 몸은 곧 회복되었다.

8월 7일부터 중앙당에서 새로운 사람들이 속속 임명되어 내려오면서 도당 전체의 인사이동이 시작되었다. 전 위원장이었던 김선우는 부위원장이 되고 경북 고령 태생으로 노동자였다는 박영발이 위원장에 임명되었다. 부위원장이던 박참봉은 조직부장으로, 조직부장이던 김병추는 도인민위원회 수매부장으로 옮겨갔다. 각 기관의 부책임자로 이북 출신들이 대거 파견되었다. 이남 출신 책임자에 이북 출신 부책임자나 실무자로 전 기관이 체계를 재정비한 것이다.

아무리 합법활동에서 단련된 동무들이라고는 하지만 남쪽 실정에 어두운 이북 출신들을 실무자로 선정한 인사이동이라 문제가 생기지 않을 수 없었다. 그러나 워낙 경황이 없던 때였다. 어떻게든 도당 전체 조직의 틀이 짜이고 그럭저럭 골격이 갖춰지자 비로소 본격적인 활동을 시작할 수 있었다.

김일성 수상의 남반부 순시

8월 9일, 아무리 여름이라지만 유난히 더운 날이었다. 전쟁 탓이었는지, 아니면 워낙 경황없이 일에 쫓겼던 탓인지 50년의 여름은 기억속의 어느 여름보다 끔찍하게 더웠는데, 그날은 새벽참부터 아예 찜통이었다. 오전 10시경 김선우가 급하게 그를 찾았다. 어딘지 흥분되고 들뜬 기색이었다.

"혁운 동무! 오늘 경사스런 일이 생겼는데 무슨 일인지 짐작이나 되오?"

언제 어떤 상황에서도 침착하고 과묵하던 김선우에게 저토록 흥분되는 일이 뭔지 감이 잡히지 않았다.

"글쎄요?"

"아하, 한번 알아맞춰 보시오."

낙동강 전선을 돌파하기라도 했나? 아니면 죽었다던 동지가 살아 돌아오기라도 했나? 그가 어리둥절해 하고 있는 모습을 장난스럽게 바라보던 김선우가 갑자기 그의 귀를 바싹 끌어당기더니 비밀 많은 소녀아이처럼 나지막이 속삭였다.

"극비요, 극비. 지금 중앙에서 귀중한 손님이 전선 시찰 나오셨다가 여기 들렀소."

"예?"

김선우가 저렇게 흥분할 정도의 귀중한 손님이라면……. 갑자기 부동자세를 취하는 그를 보며 김선우는 비밀스럽게 도당위원장실을 가리키며 낮은 목소리로 말했다.

"김일성 수상 동지요."

김선우의 손짓을 바라보는 그의 가슴도 쿵쿵 뛰기 시작했다. 벌써 몇 년 전 조용식과 함께 서울 상경을 꿈꾸며 호기심 반, 흥분 반으로 두근거리던 꼭 그때의 설렘 같았다.

"그런데, 왜 저를……?"

"응. 다름 아니라 손님을 위한 일체의 접대를 혁운 동무가 맡아 주어야겠소. 식사나 음료수까지 손님의 안전을 혁운 동무가 책임지는 거요."

손님을 뵈러 가자는 말에 그는 날다시피 경리과로 달려갔다. 직접 물을 끓여 작설차를 준비한 그는 쟁반을 든 채 조심스럽게 문을 두드렸다. 심장이 멈추는 게 아닐까 두려울 지경이었다. 일제 때부터 무산계급의 해방을 위해 신출귀몰하게 싸워온 그 유명한 지도자를 직접 만나게 되었다는 것이 좀체 믿기지 않았다.

손님은 소파 한가운데 앉아 북쪽보다 더운 날씨 탓인지 연신 부채질을 하고 있었다. 키가 훤칠하게 크고 부담스러울 만큼 잘생긴 손님은 지도자다운 위엄이 흘러넘쳤다. 그가 떨리는 손으로 작설차를 내려놓자 김선우가 그를 소개했다.

"이 유혁운 동무는 철도노동자 출신으로 현재 살아있는 도당 빨치산 출신 중에 가장 나이가 어립니다. 지금은 도당 조직부부장직을 맡고 있는데 나날이 발전하는, 대단히 유능한 동무입니다."

조금의 빈틈도 없이 부동자세를 취하고 있는 그를 바라보며 손님이 웃음 띤 얼굴로 손을 내밀었다. 조금 전의 근엄했던 모습과는 달리 큰형이나 아버지처럼 포근하고 다정한 웃음이었다. 악수를 나눈 그의 손을 끌어당기며 손님이 말했다.

"이쪽으로 좀 앉아요."

그는 조심스럽게 손님 바로 옆에 앉아 있는 박영발 옆으로 앉았다. 여전히 가슴은 두근거리고 머리는 여름날의 신작로처럼 하얗게 비어 아무 생각도 떠오르지 않았다.

"어린 나이에 수고했소. 동무는 나이가 몇이요?"

"예, 스물세 살입니다."

"입당은 언제 했소?"

"사십칠년 사월 십육일입니다."

"산에서는 무슨 사업을 했소?"

"예, 계속 당사업만 했고 하산 당시 광주지구당 부책을 맡았습니다."

"그래요? 산악 당사업과 합법 당사업은 근본적으로 사업방향이 다르니 부단히 학습하여 훌륭한 조직일꾼이 되도록 하시오."

고개를 끄덕거리는 손님에게 깊숙이 고개 숙여 인사를 하고 위원장실을 나오려다가 그는 얼른 뒤돌아섰다.

"저…… 혹시 뭐 드시고 싶은 음식 없으십니까?"

손님은 착한 막내아들을 보듯 정겨운 눈빛으로 한참 그를 바라보더니 기분 좋은 너털웃음을 터뜨렸다.

"그렇게 신경써줄 시간이 있겠소? 나 때문에 당사업에 지장이 생기면 곤란한데……. 정히 동무의 뜻이 그렇다면 그 유명한 무등산 수박이나 한번 먹어볼까요? 고맙소, 유 동무."

그는 신바람이 나서 단걸음에 근처의 양동시장으로 달려갔다. 그도 말만 들었지 먹어본 적이 없는 무등산 수박은 과연 굵었다. 조금이라도 좋은 수박을 고르기 위해 시장바닥을 몇 바퀴나 돌고 돈 끝에 가장 큰 수박 두 덩이를 고른 그는 수박을 인부에게 지워서 돌아왔다. 혼자서는 도저히 들 수 없을 정도로 컸던 것이다.

점심시간이 가까워지고 있었다. 점심을 준비하라고 지시한 그는 수박을 들고 도당위원장실로 찾아갔다. 도 정치보위부장, 인민위원장, 인민군 광주지구사령관이라는 총좌 등 새로 온 사람들까지 수박 크기에 입을 쫙 벌렸다.

"이게 수박이란 말이오? 확실히 크긴 크구만. 이거 먹음직스러운데."

어서 쪼개라고 말한 손님은 그 큰 수박을 몇 조각이나 맛있게 먹었다. 오후 3시경 점심을 마친 손님은 타고 왔던 전북 넘버의 자가용 트럭을 타고 배웅도 마다한 채 어디론가 떠나갔다. 그로서는 꿈결 같은 만남이었다(그러나 최근의 어떤 증언에 의하면 김일성은 비밀리에 낙동강 전선 시찰을 다녀갔을 뿐 광주에는 들른 적이 없고 아마 장시우 상업상을 김일성으로 착각한 모양이라고 하는데, 그렇다면 왜 김선우나 박영발이 장시우를 김일성으로 둔갑시켰는지 모를 일이다. 누가 옳은 것인지는 확인할 길이 없으나, 유혁운은 지금도 당시 만났던 사람이 수상이었다고 굳게 믿고 있다).

이삼 일 후 도당 조직위원회가 긴급소집됐고 이어 도당 전 성원 긴급소집령이 내렸다. 곳곳에 흩어져 있는 각 부에 연락하여 전원이 모인 것은 자정이 가까운 시간이었다. 박영발의 기색이 심상치 않았다. 광주로 온 뒤로 밝게 웃는 모습 한번 보인 적이 없는 사람이긴 하지만 그렇지 않아도 엄격하고 차가운 얼굴이 유난히 싸늘해 보였다.

"동무들!"

외모야 깡마르고 볼품없는 박영발이었지만 위엄이 가득한 음성이었다. 백여 명의 도당 성원들은 숨소리조차 죽이고 있었다.

"수일 전 수상 동지께서 우리 남조선 일대와 전선을 시찰하고 가셨소. 전

인민을 고무, 추동해 모든 사업을 전쟁 승리로 이끌어나가야 할 우리 당사업을 면밀히 검토하신 후 수상 동지께서 우리 도당이 허다한 오류를 범하고 있다고 지적하시었소.

첫째, '주권은 인민에게로'라는 당의 기본정책이 해방된 지 상당 시일이 지난 지금까지도 이루어지지 않고 있으며, 둘째, '토지는 밭갈이하는 자에게'라는 토지개혁도 전혀 안 되고 있고, 셋째, 전쟁피해 복구사업을 등한시하는 바람에 전선으로 집결시켜야 할 인민군의 기동력이 떨어지고 있소. 넷째, 합당된 게 오래전인데도 남반부 당원들이 여태껏 남로당 당적을 갖고 있을 뿐만 아니라 변절자 등을 정화해야 함에도 불구하고 어중이떠중이가 다 애당자 행세를 하는 바람에 당 분위기가 엉망이 되고 있소. 여러 가지 많은 문제를 지적하셨지만 이 네 가지 중요사업은 지금 이 순간부터 즉각 실행에 옮기라는 엄명이셨소."

다음날부터 주권을 인민의 것으로 하기 위하여 각 주권기관의 선거, 무상몰수 무상분배의 토지개혁, 당원 등록이 시작되었고 철도, 도로, 통신수단 복구를 위한 총동원 명령이 내려졌다. 기관이 조직되자마자 바로 시작했어야 할 기본사업들이었다.

8월 12일, 눈코 뜰 새 없이 바쁜 와중에 중앙당에서 승인한 도당 조직부 부장 신임장을 가진 김재연이라는 동무가 찾아왔다. 이로써 그는 자동적으로 밀려난 것이었다. 미련이나 불만은 털끝만큼도 없었다. 이왕이면 남조선 사람이었으면 좋았겠다는 아쉬움은 있었다. 중앙당에서 속속 임명되어 온 사람들이 죄다 이북 출신들인 게 좀 마음에 걸렸고, 합법사회에서 단련된 이북 출신들이 실무에 어두울 수밖에 없는 빨치산들을 격려하고 도와주기보다는 무시하고 거드름 피우는 모습이 자주 눈에 띄어 별로 기분이 좋지 않았다. 그는 조금은 쉴 수도 있겠다는 마음에 기분 좋게 인수인계를 시작했다. 그러나 경리장부에서부터 탁탁 걸리기 시작했다. 해방 첫날 어수선한 판에 돈을 세지도 않고 창고에 대충 쌓아놓은 후 대충 지출을 해왔던 터라 장부가 정확할 리 없었던 것이다. 그 바쁜 와중에 산더미 같은 돈을 헤아리고 있을 짬도 없었던 게 사실이었다. 수입을 왜 모르느냐, 여기는 맞지가 않는다, 하나하나 따지고 드는 데는 미치고 환장할 노릇이었다. 만만치 않은 신임자와 목에 핏대를 세우며 한참을 따지고 들다가 결국 그는 언성을 높이고 말았다.

"여기는 합법사회가 아니요. 전시 중이지 않소. 나는 단 한 푼도 사사로이 쓰거나 헛되이 쓴 적이 없으니 만일 지금까지의 일로 무슨 일이 생긴다면 내가 다 책임지겠소."

답답하리만치 파고드는 그와 헤어지고 나서도 계속 기분이 찜찜했다. 인민의 땀인 돈의 지출이 철저해야 함은 당연한 일이었다. 작은 돈 한 푼까지도 정확하게 기록하는 것이 신임자의 말대로 당 재정지출의 원칙일 것이었다. 그러나 일에는 조건이라는 것이 있지 않은가. 농번기 때 논일 밭일에 정신없는 아낙네가 마루를 한두 번 덜 훔쳤다고 비난할 수는 없는 법이었다. 일손을 더 얻어준 뒤라면 몰라도.

식사시간까지 쪼개가며 자신의 몸을 돌볼 새도 없이 최선을 다했던 터라 기분은 좀처럼 풀리지 않았다. 좀더 효율적으로 일했더라면 장부정리도 깨끗이 해놓을 수 있지 않았을까 싶기도 했다. 그러나 그것은 그의 능력 밖이었다. 괜스레 짜증이 일었다. 그날 오후 박영발의 호출이 왔다. 박영발은 언제나 사람을 긴장시키는 힘이 있었다. 엄격하고 빈틈없는 자세 때문이었다.

"유혁운 동무, 도당에서 동무를 모스크바 유학에 추천했소. 김행진 동무(전 노령지구 유격대 제2사령관), 황봉옥 동무(전 장흥유치지구당 부책)와 함께 시월 일일 떠나게 될 것이오. 그때까지 노동부에서 오금일 동무의 일을 도와주시오."

해방 이후 빨치산 출신들을 중앙당학교나 모스크바에 유학시키는 정책이 추진되고 있었다. 실무에 어둡고 이론이 약한 빨치산 출신들을 사상적으로 무장, 단련시키기 위한 정책이었다. 전남도당에서는 1차로 도 여맹조직부장 유일남 등 세 명이 8월 15일자로 중앙당학교로 떠났고, 모스크바 유학은 그들 셋이 처음이었다.

그러나 꿈에 부풀었던 모스크바 유학도 결국 헛일이 되고 말았다. 그러고 보면 몇 번 공부할 기회가 있었지만 단 한 번도 성공한 적이 없었다. 철도학교 대신 농림학교나 일반 중학에 갔더라면, 조용식과 서울에 갔을 때 어떻게든 서울에 남아 고학을 했더라면, 모스크바 유학 결정이 조금만 더 빨랐더라면 그의 삶은 달라졌을지도 모른다. 그러나 한 개인의 삶이건 역사건 이미 지나간 일에 대한 추측은 환상일 뿐이다. 누구에게나 가지 않은 길이 있지만 선택한 길만이 유일한 현실이기에.

어쨌거나 유학 소식을 들은 그는 하늘을 날 것 같았다. 얼마나 공부를 하고 싶었던가. 일본 탄광으로 떠난 형을 대신해 어린 나이에 지게를 지고 다니면서 교복 입은 친구들을 얼마나 부러워했던가. 해방조국의 건설에 보탬이 될 공부를 하러 모스크바에 가게 되다니! 새 조직부부장과 다툰 것도 다 잊어버리고 그는 신이 나서 오금일을 찾아 달려갔다.

오금일은 여전했다. 서울 색시처럼 새하얗던 얼굴이 건강한 구릿빛으로 그을었을 뿐이었다. 그는 노동부장 오금일의 비서로 당장 다음날부터 각 생산직장의 직업동맹을 조직하러 나섰다. 1차 대상자는 광주 도시공장이었다.

모두 출근하라는 홍보 덕분이었는지 첫날 참석한 사람은 3백 명이 넘었다. 전 노동자가 빠짐없이 출근한 셈이었다. 방직공장이라 주로 젊은 여성 노동자가 대부분이었다. 지금까지 광주의 일반 시민에게서 느낄 수 없던 활기가 넘쳐흐르는 분위기였다. 그렇구나. 그는 무릎을 쳤다. 광주 시민의 분위기가 달랐던 것은 그들이 무산자가 아니기 때문이었다. 혁명으로 얻을 것보다 잃을 것이 많은 자들의 표정이 밝을 리가 없었다. 농민들의 표정이 그렇게 밝았던 것도, 이 노동자들의 표정이 이렇게 싱싱한 것도 바로 그 때문이었다. 웅성거리는 사람들을 진정시키고 그가 먼저 입을 열었다.

"노동자 동무들! 이제 이 공장은 여러분의 것입니다. 이 공장에서 만들어 낸 모든 것은 이제 사장 한 사람의 주머니 속으로 들어가는 게 아니라 여러 분들에게 공평하게 나누어질 것입니다. 새로운 사회에서는 일하는 사람들, 노동자 여러분이 바로 모든 것의 주인입니다.

노동자 동무들! 지금 우리에게는 많은 옷이 필요합니다. 땅과 공장, 모든 것을 인민에게 되돌려주기 위해 적들과 싸우고 있는 우리 인민의 군대를 입힐 옷도 필요합니다. 군대와 인민이 입을 옷을 많이 생산하는 것, 그것이 바로 여러분들의 혁명사업입니다. 직업동맹을 결성하고 직업동맹의 기치 아래 어떤 난관도 뚫고 우리 힘으로 우리 공장을 움직입시다!"

연약한 여성들의 손바닥에서 믿을 수 없을 만큼 우렁찬 박수소리가 터져나왔다. 노동자들의 발언으로 회의가 계속 진행되었다. 부끄러워 제대로 말도 못할 줄 알았던 여성 노동자들이 앞을 다투어 거리낌 없이 일어나 자기 견해를 발표하고 있었다. 비록 못 배우기는 했지만 그렇다고 멍청한 것은 아니었다. 단지 그들에게는 스스로의 머리를 쓰고 가슴을 쓸 기회가 주어지지 않았을 뿐이었다. 그 시절엔 노동자도 지금과 달리 보통사람들에게는 대단해 보이는 직업이었다. 운전수가 가장 인기 있는 직업일 때였다. 자본주의가 막 발전하기 시작한 터라 자본주의적 관계 자체가 일반인들에겐 신기한 것이지만, 그렇다고 해서 착취까지 없는 것은 아니었다. 지금으로서는 상상도 할 수 없을 만큼의 열악한 조건과 장시간 노동, 저임금에 어떤 공장에서는 여공들이 피를 토하며 숱하게 죽어나가기도 했다. 그렇게 당해온 노동자들이라 사유재산을 반대하는 사회주의에 적극적으로 동참하지 않을 리 없었다.

광주역, 광주기관구 등 많지 않은 공장들을 이리저리 뛰어다니며 직맹을 조직하다 보니 어느새 한여름의 고비가 지나고 있었다.

어느 날 노동부 사무실로 쓰고 있던 전 나주군수의 사택에서 땀을 뻘뻘 흘리며 점심을 먹고 있을 때였다. 집 앞에 웬 지프차가 와서 서더니 누군가 활짝 웃으며 그에게 달려왔다. 바로 김병억이었다. 해방 전에는 군사간부였다가 지금 장성군당 위원장으로 있는 김병억과는 한번도 같이 일을 하지 않았지만 동갑내기여서 유난히 절친했다. 김병억은 식사 중인 그를 다짜고짜 지프차에 밀어 넣었다. 약혼식을 하러 가자는 것이었다. 전쟁 발발 전에 헤어지면서 그와 잘 어울릴 자기 고모를 소개시켜 주겠다고 했는데 오늘 차도 있는 김에 갔다 오자는 것이었다. 김병억은 싫다는 그를 억지로 차에 태워 장성으로 데려갔다. 장성군당에 도착한 김병억은 숨 돌릴 틈도 없이 여맹에서 일한다는 그의 고모를 불렀다. 곧 자그마한 여자가 종종걸음으로 올라왔다. 콧등에 땀이 송송 맺힌 여자는 자그마한 몸집에 수수하고 그러면서도 어쩐지 인텔리 냄새가 났다.

"내가 말한 고모야. 김춘옥 동무지. 이쪽은 그 유명한 빨치산 유혁운 동무!"

두 사람 모두 시뻘겋게 달아오른 얼굴로 엉거주춤 고개를 숙였다. 같이 일하는 동지를 여자로 느껴보긴 처음이었다. 그동안 김병억에게 얘기를 많이 들었던 탓일까, 아니면 김춘옥의 다부진 모습에 마음이 끌린 것일까. 사랑하는 여자와 마주선 것처럼 그의 가슴은 흥분으로 방망이질치고 하늘에 둥둥 떠 있는 것처럼 아찔한 현기증이 일었다. 어디서나 배짱 좋고 농담 잘 하던 그가 웬일인지 말 한마디 꺼낼 수 없었다. 고개를 숙인 채 서로의 발 끝만 바라보다 그들은 곧 헤어졌다. 그리고 전쟁의 와중에 난생 처음 사랑 이 꽃피기 시작했다.

8.15가 지나면서 적기의 공습이 잦아지기 시작했다. 23일에는 수십 대의 대편대가 나타나 광주를 온통 불바다로 만들었다. 비행기 공습은 날이 갈수록 심해졌다. 전선은 한 달째 낙동강에서 팽팽하게 대치하고 있었다. 어쩐지 불안한 기운이 감돌기 시작했다.

13

어머니의 눈물

그 무렵 그에게 집이 한 채 생겼다. 전리품 관리위원회에서 당일꾼들에게 배정해준 것 가운데 하나였는데 서석동에 있는 광주지방검찰청 부장검사의 집이었다. 전리품 관리위원회에서는 제법 값비싼 세간까지 한 트럭 실어다 주었다. 내 집을 갖는다는 것이 처음에는 즐거웠다. 미적 감각과는 담쌓은 그인데도 첫날은 세간을 이리저리 배치하고 기분 좋게 방바닥에 드러누웠다. 단층 양옥집으로 정원이 제법 울창한 게 그로서는 좀 과분할 정도였다.

그런데 참 이상한 일이었다. 여러 사람들이 한 방에서 북적거릴 때에 비하면 천국 같은 방인데도 잠이 오지 않는 것이었다. 거진 뜬눈으로 밤을 새우고 났더니 다음날은 별로 그 집으로 돌아가고 싶지가 않았다. 어제의 신났던 기분이 좀 우습기도 하고, 그것이 내 것이라는 느낌도 들지 않았다. 내 것이라는 개념을 잊고 산 지 벌써 삼 년이었다. 그래도 편히 쉬어야지 하는 마음으로 하루 더 그 집으로 들어간 그는 역시 그날 밤도 편한 잠을 자지 못했다. 왜 그렇게 외롭고 쓸쓸한지. 조금 전에 헤어진 동지들이 보고 싶어 죽을 지경이었다. 워낙 오랫동안 동지들과 북적대며 살았으니 혼자 있는 시간이 당황스럽고 허전한 것도 당연한 일이었다. 결국 그는 세간이고 뭐고 다 팽개친 채 이틀 만에 집단합숙소로 돌아오고야 말았다.

8월 30일, 그에게 새로운 임무가 내려왔다. 수상의 지시로 착수된 주권기관 선거사업과 토지개혁사업이 어떻게 진행되고 있는지를 감사하는 종합검열반원으로 뽑힌 것이다. 담당지역은 광양군이었다. 도 인민위원회에서 간단한 교육을 받은 뒤 그는 내무부에서 징발한 자전거 한 대를 받았다.

자전거를 집어타고 광주 교외로 나서자 얼굴을 스치는 바람이 상쾌했다. 들과 산 어디에도 전쟁의 흔적은 보이지 않았다. 눈에 익숙한, 한적하고 평화로운 시골풍경 그대로였다. 이제 9월, 어느덧 가을이 코앞에 닥쳐와 있었다. 푸른빛을 잃은 벼가 서서히 고개를 숙이기 시작하는 벌판을 그는 씽씽 지나쳤다. 콧노래가 절로 나왔다. 광주에 입성한 후 처음 맛보는 여유였다.

열심히 페달을 밟은 덕택에 점심때 조금 못 미쳐 곡성군 옥과면에 도착했다. 그는 곧장 옥과면당으로 달렸다. 이웃한 풍산면 소식이 궁금했다. 가장 힘들고 어렵던 때, 순박한 마음으로 혁명사업을 도와주었던 순정마을 조 영감의 얼굴이 떠올랐다. 그 조 영감 덕분에 어려운 고비를 넘긴 게 한두 번이 아니었다. 굶주린 배를 채운 적도 있었고 조 영감이 어렵게 구해준 약으로 고통을 던 적도 많았다. 해방됐다고 얼마나 좋아하고 있을까.

그러나 그는 옥과면당에서 점심 한 끼만 대접받은 채 쓸쓸한 마음으로 돌아와야 했다. 불과 며칠 전 유격대라며 찾아온 한 무리가 현장에서 조 영감을 사살해버렸다는 것이었다. 경찰과 내통하여 도당부책 일행을 체포당하게 했다는 죄목이었다. 그때 잡힌 박참봉은 살아서 돌아왔는데, 대체 누구의 짓일까. 박참봉이 지시한 일인가. 사살명령을 내린 사람이 누구였든지 간에 화가 치밀었다. 죽이는 것밖에 길이 없었을까? 총칼의 위협 앞에서 누군들 자유로울 수 있겠는가? 제 발로 경찰을 찾아간 것도 아니고 빨치산에게 협조하는 것이 발각되자 자기 목숨 살자고 한 짓인데, 당원이라면 모르되 조 영감은 그저 순박한 협조자일 뿐이었다. 빨치산에게 쌀 한 톨 내주는 것이 두려워 다들 벌벌 떨고 있을 때 무엇이건 더 도와주지 못해 마음 아파하던 조 영감이었다. 동지들이 적과 싸우다 쓰러졌을 때 치솟던 분노와는 달리 묘한 서글픔이 일었다. 그가 조금만 더 빨리 손을 썼더라면 막을 수 있는 죽음이었는지도 몰랐다. 죄스러웠다. 이제 두 번 다시 갈 일도 없을 순정마을 쪽을 그는 자꾸 뒤돌아보았다.

곡성군당에 들러 옛 빨치산 시절 동료들을 만나고 구례구역에 도착한 것은 자정 무렵이었다. 폭격이 심했던지 구례구역 부근은 완전히 폐허가 되어 있었다. 옛날 역에 근무할 때 하숙했던 강남여관도 폭격에 다 무너져 내렸고, 임시로 지어놓은 역 막사에서는 낯익은 타블렛 전화기가 요란하게 울어댔다. 임시열차 통과를 기다리며 하품을 하고 있는 철도직원은 낯선 얼굴이었다. 그는 불과 몇 년 전의 자기 모습과 똑같이 지루하고 피곤한 밤을 보내고 있는 철도직원에게 강남여관과 그 옆집에 살던 박해석의 안부를 물었다. 다들 무사하고 폭격을 피해 역에서 오백 미터 정도 떨어진 봉덕마을로 이사를 갔다는 소식이었다.

시집간 누나가 오랜만에 집에 왔다는 소식이라도 들은 어린애처럼 그는 신나게 자전거를 굴렸다. 강남여관 집 문을 요란하게 두드리는 그의 가슴이 불현듯 두근거리기 시작했다. 이 집 딸 때문이었다. 생각해보면 그가 죽자고 결혼을 거부한 데는 이 집 딸의 영향도 컸다. 상사병을 앓을 정도는 아니었지만 그의 가슴속에는 어슴푸레 이 집 딸이 들어차 있었고, 그런 상태에서 다른 여자와 결혼한다는 것이 도저히 용납되지 않았던 것이다. 그렇게 어거지로 결혼한 아내가 아직도 자신을 기다리고 있을지 모른다는 것도 까맣게 잊어버린 채, 그때와 다를 바 없는 총각의 마음으로 설레어하며 그는 열심히 문을 두드렸다. 그렇다고 이 집 딸과 서로 좋아한다느니, 결혼하자느니 하는 말은 해본 적도 없다. 서로 수줍어서 말 한마디 나눠보지 못한 처지였다. 그러면서도 그는 아직 이 집 딸이 자기를 기다리고 있을 거라는 염치 좋고 막연한 기대감에 부풀어 있었다.

자다 깼는지 주인아주머니가 늘어지게 하품을 하며 나왔다가 그를 보며 기겁을 했다.

"워매! 이거이 누구여?"

그는 빙긋이 웃으며 대문을 밀치고 들어섰다.

"나도 못 알아보겠소?"

"자네, 혁운이 맞는가? 참말 혁운이여?"

"시상에, 다들 죽었다고 그래쌓드만 요로크롬 버젓이 살아있었그마이. 워디 좀 보세. 얼매나 고생을 했능가."

아주머니를 달래며 큰방으로 들어서다가 그는 그 자리에 얼어붙은 채 멈춰서고 말았다. 두근거리는 가슴으로 기대했던 그 집 딸이 어린아이를 안은 채 그를 바라보고 있었던 것이다. 다리가 후들후들 떨렸다. 들어갈 때의 기세와 달리, 그는 야심했으니 내일 다시 오겠다며 그 집을 나와 버렸다. 조금도 더 그 자리에 머무르고 싶지 않았다. 맞구멍이 뚫린 듯 가슴이 허전했다. 그 아가씨만 보면 가슴이 뛰었었는데 이제 그녀는 다른 사람의 아내가 된 것이다. 아궁이라도 있어 장작불을 지핀 것처럼 가슴이 후끈후끈 달아올랐다. 그러고 보니 그 여자를 본 것이 근 사 년 만이었다. 젊은 나이의 처녀에게는 긴 세월이었다. 눈빛으로 서로의 감정을 어슴푸레 느끼기야 했지만 두 사람에게는 어떤 사랑의 맹세도 약속도 없었다. 설사 그녀가 젊은 날의 순수한 열정으로 그를 기다렸다고 한들 어쩔 것인가. 자신 역시 다른 여자의 남편이며, 게다가 한치 앞의 생명을 보장할 수 없는 혁명가였다. 그제야 묘한 배신감, 분노 같은 것이 조용히 사그라졌다. 이번만이 아니라 혁명운동을 하면서 그는 수많은 이별을 경험했다. 아버지와는 죽음으로 갈라섰으며, 어머니와 가족을 떠나왔고, 이전까지의 모든 인간관계를 떠나왔다. 날이면 날마다 함께 고생하던 동지들도 수없이 떠나보냈다. 생각하면 그리운 사람들은 너무나 많았다. 죽어버린 동지들은 말할 나위도 없고, 어머니, 동생들, 우익으로 좌익으로 갈라선 불알친구들, 국민학교 시절 어린 그들에게 민족의 역사를 알려주고 민족혼을 불어넣어주던 박희태 선생……. 어쩌면 혁명가란 이렇게 어찌할 수 없는 이별이나 슬픔과 친숙해지면서 강철로 단련되어가는 것인지도 몰랐다.

박해석의 집까지 가는 동안 그의 가슴은 다시 평온을 되찾기 시작했다.

"아이고 이 문둥아! 이렇게 살아왔구나, 살아왔어. 백운산에서 죽었다고도 하고 지리산에서 죽은 걸 봤다는 사람도 있더니만 이게 웬일이고?"

한창 젊은 시절 늘 배가 고팠던 그에게 자신의 밥까지 수북하게 덜어주던 인심 좋은 박해석의 마누라 하동댁은 그를 끌어안고 놓을 줄을 몰랐다. 촛불을 켜놓고 방안에 둘러앉아 얘기를 나누는데 9월 초임에도 더워 죽을 지경이었다. 그들은 아예 이불을 들고 와상으로 나갔다. 섬진강에서 불어오는 강바람이 제법 시원했다. 와상에 드러누운 채 부채로 모기를 쫓으며 그들은 밤새껏 지난 얘기들을 나누었다. 낙동강에선 이 밤중에도 치열한 전투가 벌어지고 있을 테고 불과 한두 달 전만 해도 기아에 허덕이며 쌀 한 톨에 목숨을 걸고 있었는데……. 그는 지금의 이 작은 평화가 믿기지 않았다.

날이 밝자마자 예전처럼 수북하게 담아주는 밥 한 사발을 다 먹어치운 그는 집안 소식이 궁금해 구례읍까지라도 가볼 양으로 섬진강 다리를 향해 부지런히 페달을 밟았다. 그러나 그는 폭격으로 무너진 다리 앞에서 자전거를 멈춰야 했다. 나룻배로 건너야 할 모양인데 그럴 만한 시간은 없었다. 역으로 달려갔다. 내무서와는 통화가 가능하다고 했다. 내무서로 전화를 돌려 유장영을 찾았다. 그의 집안은 모두 무사하다는 소식이었다. 그는 11일 밤을 구례역전에서 묵고 갈 테니 그날 가족들을 역전 신성여관에서 만나게 해달라고 부탁했다.

그날 오후, 백운산 특각시절 함께 지냈던 풍채 좋은 이봉옥이 광양군당 위원장이라며 반갑게 그를 맞았다. 둘 다 명 하나는 타고난 사람들이었다. 다음날부터 그는 교육받은 대로 검열계획을 세워 여덟 개 면을 돌기로 하고 자전거에 올라탔다. 멀리 백운산이 가을 구름에 싸여 있었다.

주권기관 선거사업은 어느 면이나 거의 문제가 없었다. 주로 각 리·면 인민위원장으로 당선된 자의 성분이 검열대상이었는데, 당의 공천을 받은 단독후보가 거의 만장일치로 당선된 터라 문제가 있을 리 없었다. 리 인민위원장은 마을사람들이 모여 거수로 선출했고, 면 인민위원장은 당의 공천자를 찬반 비밀투표에 부쳤다. 이승만 독재정권 때처럼 강제동원을 한 것도 아닌데 거의 모든 면의 투표율이 90퍼센트를 넘겼다. 새로운 정부에 대한 관심의 표시였고 역시 인민의 대표자를 뽑는 인민의 선거다웠다.

그러나 토지개혁은 조금 달랐다. 지주의 논을 무상으로 몰수하여 소작인들에게 각 집의 노동능력에 따라 무상분배하라는 원칙에 따라 토지분배가 되긴 했는데 이런저런 작은 말썽거리가 어디에나 많았다.

진상면에 갔을 때였다. 새로 뽑힌 리 인민위원장 집에서 개혁 이전 토지대장과 개혁 이후 토지대장을 비교하는데 한 집이 식구에 비해 할당된 토지가 너무 적었다. 당시 인구 일인당 한 마지기 정도 분배되는 게 통상적인 예였는데 그 집은 식구 여섯에 고작 두 마지기가 배정돼 있었다.

"이 집은 왜 이렇게 할당이 적소?"

"아아? 그 집 아들이 경찰이그만이라."

인민위원장이 너무 당연하다는 듯 거리낌 없이 대답했다.

"악질반동이오?"

"…… 그 정도는 아니고 군대보다 좀 편한 경찰 흔다고 군대 대신 간 것인디, 그래도 반동은 반동잉께……."

"그건 반동이 아니오. 의식적으로 반동 짓을 한 악질이면 몰라도 경찰이라고 무조건 차등을 두면 안 됩니다. 평등사회를 건설하려는 우리가 그런 문제로 인민을 차별하면 되겠소? 당장 제대로 분배하시오."

어디나 마찬가지였다. 반동이라고, 반동의 부모라고, 반동의 친척이라고 토지분배에서 제외된 집이 한두 군데가 아니었다. 그는 찾아가는 곳마다 반동 자식을 둔 집이라도 의식적으로 반동 짓을 한 악질이 아니라면 경찰이건 군인이건 차별 없이 분배할 것을 지시했다. 실제 지독한 반동들은 경찰 후퇴와 함께 자취를 감춘 지 오래였고, 남은 사람들은 먹고 살기 힘들어 어쩔 수 없이 경찰을 했달 뿐 선량하게 살아온 사람들이었다. 도망갈 시기를 놓친 사람도 물론 더러는 있었지만 대부분은 나쁜 짓 한 게 없는데 좌익이고 우익이고 어쩌랴 싶어 남아 있는 것이었다. 토지분배를 둘러싸고 농촌은 온통 불안과 흥분과 기쁨과 의아함에 휩싸여 있었다. 그가 검열을 나갈 때마다 농부들이 몰려와 그를 붙잡고 질문을 쏟아 부었다.

"이거이 참말이다요?"

"도로 뺏아가는 것 아니제라?"

토지개혁의 효과는 대단했다. 땅 한 마지기 가지는 것이 평생의 소원이던 농민들이었으니 그 기쁨이야 말할 나위가 없었다. 식구가 적어 분배를 적게 받은 농민들이 투덜거리는 경우도 있었고, 어느 곳에서는 어깨춤을 들썩이며 토지분배를 축하하는 잔치를 벌이기도 했다.

일주일에 걸친 검열이 끝나고 새벽나절 길을 나서 돌아가는 길이었다. 국도를 따라 자전거를 몰다가 미군 비행기를 만났다. 피할까 하다가 설마

한 사람을 보고 쏘겠느냐 싶어 그는 피하지도 않고 그냥 계속 달렸다. 그러나 그게 아니었다. 느닷없는 기총소사가 그의 머리 위로 퍼부어졌다. 자전거고 뭐고 다 내팽개치고 논두렁으로 몸을 굴리는 그를 향해 기총소사는 멈출 줄을 몰랐다. 안전하게 대피한 그를 향해 십여 분이 넘도록 쓸데없는 탄환을 쏘아대던 비행기가 한참 만에야 유유히 사라졌다. 한마디로 미친놈들이었다. 빨치산이라면 한 사람 때문에 이렇게 많은 탄환을 소비할 리가 없었고 할 수도 없었다. 미친놈들이라고 욕을 퍼부으며 옷을 털고 일어서다가 갑자기 불안한 생각이 머리를 스쳤다. 쌓인 무기가 얼마나 많으면 저런 만용을 부릴 수 있는 것일까? 혹시, 혹시나 이 전쟁은 잘못된 것이 아닐까? 저렇게 많은 물자를 놔두고 지금까지는 그들이 왜 그렇게 형편없이 일방적으로 당한 것인지 그의 머리로는 이해할 수 없었다. 정신력, 사상성의 문제로 돌리기에는 뭔가 석연치 않은 점이 있었다. 대구폭동을 일으킬 때도 남로당에서는 혁명적 정세라고, 우리가 승리할 것이라고 자신 있게 얘기했었다. 그러나 결과는 정반대였다. 이번 전쟁 결정은 무엇을 근거로 내린 것인가. 미국의 방대한 물자, 대대적인 참여에도 불구하고 우리는 정말 이길 수 있을 것인가. 불안이 꼬리에 꼬리를 물고 뭉게뭉게 피어났다. 어쩌면 이번 전쟁은 전쟁을 바랐던 미국의 덫이 아닐까. 그렇지 않기를, 제발 그렇지 않기를, 페달을 다시 밟으며 그는 간절하게 기원했다.

　구례역에서는 뜻밖의 상황이 그를 기다리고 있었다. 장원급제한 사람이 금의환향이라도 하는 것처럼 구례의 유지들까지 총출동해서 그를 기다리고 있었던 것이다. 부모형제와의 조용한 만남을 기대했던 그로서는 뜻밖이었다. 한편으로는 마음이 착잡하기도 했다. 난생 처음 받아보는 귀빈대우가 어쩐지 씁쓸하고 어색했다. 왁자지껄한 분위기 속에서 아들 천신도 못하고 서성거리던 어머니는 한참 후에야 아들 손을 붙들고 눈물을 뚝뚝 흘렸다.

"니가 출세했담서야?"

어머니는 떨리는 손으로 그의 얼굴을 더듬었다. 남편을 잃고 집안일을 도맡아 하고 있을 어머니의 손은 몹시 거칠었다. 그러나 어머니의 얼굴에는 지금까지의 조바심과는 달리 자랑스러움이 조금씩 묻어났다. 아들이 출세해서 좋겠다는 사람들의 부추김도 있었을 테지만 지금까지 죽어라고 고생만 하던 아들이 대접받는 세상이 온 게 어머니에게는 무엇보다도 신나는 일일 것이다.

"출세는 무슨……."

"넘들이 그래 쌓드라. 넘들은 부러워해 쌓드라만은 난 한나도 안 반갑다. 니 몸 성흐고 얼굴이나 자주 봤으면 소원이 없것다……."

잘난 아들을 둔 자랑스러움도 그 아들 뒤를 쫓아다니는 위험에 비하면 별것이 아닌 모양이었다. 여자 치고는 제법 실한 몸집의 어머니였는데 몰라보게 야위어 보였다. 죽었는지 살았는지 소식도 없는 아들 생각에 가슴을 졸이며 산 탓이었을 것이다.

밤이 이슥해서야 그는 구례를 떠났다. 자전거로 떠나는 그의 등에 대고 갑자기 어머니가 그의 이름을 소리쳐 부르며 부디 몸조심하라고 눈물을 훔쳤다. 그는 뒤돌아보지 않았다. 어쩌면 어머니는 여자 특유의 본능적인 감각으로 웃으며 떠나는 아들의 앞길에 드리운 고난의 그림자를 미리 엿본 것인지도 몰랐다.

보고를 끝내고 숙직실로 돌아오자 며칠간의 피로가 한꺼번에 몰아닥쳤다. 숙직실 바닥에 등을 대기가 무섭게 곯아떨어졌다. 얼마나 잤을까? 고함지르는 소리에 놀라 깨보니 오금일이었다.

"무슨 잠이 그리 깊이 들었어? 위원장실로 가봐. 위원장 호출이야. 유 동무 필력을 알아주는 사람이 또 하나 생겼어. 보고서 잘 됐다고 극찬이던데."

잠도 덜 깬데다 배가 고파 정신이 없었지만 눈을 비비며 도당위원장실로 달려갔다.

"아, 혁운 동무. 검열사업 제대로 했더군. 보고서도 최고였어. 그 상으로 특별과업을 하나 주어야겠는데. 지금 광산군당 사업이 엉망이요. 영산강 철교가 폭격으로 망가진 게 언젠데 아직까지 열차통행도 안 되고 있을 정도요. 혁운 동무가 군당업무 검열을 나가줘야겠어. 철도복구사업도 포함해서 말이야. 피곤하겠지만 지금 당장 출발할 준비를 하시오."

그날 밤으로 송정리의 광산군당에 들러 일단 군당부터 검열에 착수했다. 광산군당 위원장은 고봉석으로 쉰이 넘은 빨치산 출신이었는데 당성이야 좋았지만 당사업의 기본원칙도 모르는 무능한 인물이었다. 그 나이에 일을 새로 배우기도 힘들었는지 모든 사업을 이북 출신의 부위원장에게 맡겨놓은 채 위원장은 완전히 허수아비였다. 없는 역량이야 어쩔 수 없는 것이니 위원장의 오류라고 몰아붙일 수도 없는 노릇이었고, 문제는 이북 출신의 부위원장이었다. 위원장을 격려하고 가르쳐서 당사업을 이끌어야 할 사람이 매일 밤 내무서장과 어울려 술집에 다니며 외박을 일삼고 낮으로만 겨우 출근해서 시간을 때우는 식이었다. 내무서장이 그 모양이니 내무서는 더 말할 나위가 없었다. 반동이라고 잡아다 놓은 사람들로 유치장이 발 디딜 틈도 없었고, 그나마 잡아온 지 열흘이 넘도록 조서 한 장 받아놓은 게 없었다. 화가 치밀었다. 어떻게 얻은 해방인데 해방된 지 얼마나 됐다고 벌써 이따위 관료적 작태나 일삼고 있단 말인가.

그는 내무서장과 부위원장의 행적을 집중적으로 조사했다. 내무서장은 벌써 첩을 들여 첩과 노닥거리느라 정신이 없었으며 부위원장은 매일 밤

술과 여자에 파묻혀 있었다. 마지막으로 그는 영산강 철도 복구공사 현장으로 나갔다. 2백여 명의 복구대원이 일하고 있다는 인민위원회의 말과 달리 겨우 스무 명 정도만이 감독자도 없이 그늘에 모여 앉아 노닥거리고 있었다. 일을 하려고 해도 모래를 퍼 담을 가마니가 없다는 것이었다.

머리끝까지 화가 치민 그는 그 길로 군당 조직위원회를 소집했다. 사람들이 다 모여 기다리는데 점심 먹으러 나갔다는 내무서장만 돌아오지 않았다. 그는 내무서장이 밥 먹으러 갔다는 집으로 쫓아갔다. 내무서장은 대낮부터 벌겋게 술이 올라 기생을 끌어안은 채 희롱하고 있었다. 그는 자신보다 나이가 한참 많아 보이는 내무서장을 질질 끌다시피 군당으로 데려왔다.

"도대체 이게 뭐하는 짓입니까? 당신들이 과연 인민의 벗이라고 할 수 있습니까? 당신들 하는 짓이 반동과 뭐가 다르오? 모든 역량을 위대한 조국해방 전쟁의 승리로 총집결해야 할 이 엄숙한 시기에 동무들의 작태가 그게 뭡니까! 죄 없는 인민까지 감옥에 처박아두고 간부들이 대낮부터 술타령이라니요. 당은 동무들의 반인민적이며 해당적인 작태를 결코 용서하지 않을 것이오. 명심하시오!"

그는 사실 그대로 에누리 없이 지적한 검열보고서에 군당 조직위원들의 사인을 받는 둥 마는 둥, 새파랗게 질려 있는 사람들을 뒤로 하고 곧 광주로 올라와 보고를 마쳤다. 다음날 밤 광산군당 간부들을 참석시킨 긴급 도조직위원회가 소집됐다. 보고를 받은 각 기관장들의 분노가 이만저만이 아니었다. 군당위원장은 엄중경고, 내무서장은 출당처분과 동시에 즉각 구속하여 형사처벌, 북에서 내려온 부위원장도 출당과 동시에 북으로 돌려보내기로 결정이 내려졌다. 대기하고 있던 도당 경비병이 그 자리에서 내무서장을 끌고 나갔다. 인민과 당을 배신한 자의 말로였다.

다음날 그는 새로 임명된 부위원장과 내무서장을 대동하고 송정리로 향했다. 군당이 정상화될 때까지 군당을 지도하라는 임무였다. 광산군당으로 돌아오자 다음날 열릴 각 시군당위원장 회의에 참석하라는 지시가 내려와 있었다. 광산군당 위원장은 엄중경고를 받은 뒤 완전히 위축되어 있었다. 문제가 생긴 군당의 책임자임에도 불구하고 엄중경고만으로 끝난 것은 실무능력이야 없지만 당성을 인정한 탓이었다. 그리고 실제로 빨치산 생활만 했달 뿐 실무교육을 전혀 받을 기회가 없었으므로 당연한 결과이기도 했기 때문에 관대한 처분을 한 것이었다. 그러나 위원장은 자기 자신에 대한 절망감에 빠져버린 모양인지 좀체 의욕을 보이지 않았다. 그런 위원장을 끌고 도당으로 올라왔더니 무안군당 위원장 정상열이 먼저 와 있다가 뛰어와 그를 얼싸안으며 반가워서 난리였다. 백운산 특각 시절 연락과에 있던 정상열은 알짜배기 기본출신이었다. 영리한 편은 아니었지만 성실하고 기본출신답게 당성이 강해 해방 후 무안군당 위원장으로 임명된 것이었다. 정상열은 무슨 할말이 있는지 그를 잡아끌었다. 둘은 대폿집으로 가 탁주 한 잔씩을 시켰다.

"이봐, 유 동무, 큰일났어. 열흘쯤 전부터 밤이면 서해바다가 온통 불빛으로 대낮 같애. 학교운동장만한 함정들이 시커멓게 북쪽으로 올라가고 있다구. 텅 빈 북조선을 칠라구 그러나?"

문득 9월 15일 인천에 미군이 상륙했다던 소식이 떠올랐다. 정상열의 말을 듣고 나자 불안이 엄습해왔다.

"상부에 보고는 했소?"

"물론이지. 나도 보고했고 목포에 주둔해 있는 인민군들도 매일 최고사령부에 보고하고 있지."

보고를 했다니 일단 안심이었다. 열흘쯤 전부터 함정이 북으로 향하고 있다는 걸 상부에서 알았다면 십중팔구 인천으로 치고 들어올 것임을 미리 알았을 것이고 그에 대한 조치를 강구하지 않았을 리 없었다. 그러나 상부에 대한 믿음에도 불구하고 불안은 쉽게 떨쳐지지 않았다. 무장력에서 달리면 어쩔 수 없지 않은가. 모든 것을 정신력과 사상성만으로 해결할 수는 없었다. 광주 상공에 나타나는 그 무수한 비행기들, 한 사람을 죽이려고 엄청나게 총탄을 퍼부어대던 적들의 여유…… 아직 혁명은 끝난 게 아니었다. 어쩌면 앞으로의 길은 지금까지보다 훨씬 더 멀고 험난할 수도 있었다. 그러나 혼자만의 판단으로 완전히 해방되었다고 믿고 있는 다른 동료들의 사기를 꺾어놓을 수는 없었다.

"그럼 됐어. 최고사령부에서 무슨 대책이 나오겠지. 우리는 우리가 맡은 사업이나 열심히 합시다."

그러나 다음날 회의는 그의 우려대로였다. 모든 당조직을 단시일 내에 지하조직으로 개편하라는 것이었다. 승리가 내일모레라고 믿었던 사람들에게는 청천벽력 같은 소리였다. 분위기가 침울하게 가라앉았다.

단기간에 지하조직으로 개편하라니. 이런 때를 대비해 일부 당원들을 노출시키지 말았어야 했는데 각 기관의 틀을 잡으면서 가능한 모든 사람을 다 동원한 뒤였다. 이제 완전히 새롭게 지하조직 사업을 하는 수밖에 없었다. 그것도 단기간에.

군당 일은 산더미처럼 많은데 위원장은 도통 일하려 들지 않았다. 그저 넋을 잃고 앉아 있을 뿐이었다. 회의라도 주재하라고 아무리 시켜도 오히려 그를 잡고 통사정이었다.

"유 동무. 난 못해, 도저히 못하겠어. 우선 있는 동안만이라도 유 동무가 좀 해주게."

눈물까지 글썽이는 데는 할말이 없었다. 하도 안쓰러워서 그가 위로를 해야 할 지경이었다. 하긴 지금까지 배운 것도 없고, 그렇다고 머리가 좋은 것도 아니고, 설사 머리가 좋다 하더라도 쉰이면 이미 알았던 것들도 하룻밤 자고 나면 말끔히 잊어버릴 나이였다. 외톨이가 되어 어깨를 축 늘어뜨리고 혼자 앉아 있는 위원장을 보고 있자면 속이 상했다. 위원장은 어쩌면 혼자 우두커니 앉아 비록 힘들었지만 자기도 무엇으로든 당에 기여할 수 있었던 빨치산 시절을 회상하고 있는지 몰랐다. 그토록 바라던 세상이 왔는데도 자기 힘으로 할일이 없다는 건 가장 비참하고 무서운 일일 것이다. 그는 어떻게 해서든 의욕이라도 갖게 해보려고 갖은 말과 비판으로 위원장을 자극했다. 되든 안 되든 부딪쳐서 뛰어다니며 즐거워하는 모습을 보고 싶었던 것이다. 그러나 위원장은 이미 무서운 절망의 나락으로 빠진 뒤였다. 그 바쁜 와중에 더 이상 위원장 개인을 위해 무엇을 할 수 있는 형편도 아니었다. 가여운 동지였다.

능력을 고려하지 않고 출신성분만으로 사람을 중용한 결과가 결국은 아까운 한 동지를 타락시키고 만 것이다. 그는 궁리 끝에 위원장을 교체해달라는 보고서를 제출했다. 직책의 높낮이에 상관없이 자신이 할 수 있는 일을 맡는 것이 위원장에게도 훨씬 바람직할 터였다. 위원장 교체 건의서를 마지막으로 그는 다시 도당 노동부로 돌아왔다. 어느새 가을도 깊어가고 있었다.

14_

9.28 후퇴작전, 그 짧고 무더웠던 여름

구름 한 점 없이 달은 밝기도 했다. 그러고 보니 오늘이 추석이었다. 추석
인 줄도 까맣게 모르고 지난 하루였다. 서울도 이미 함락됐고 평택에도 군
산에도 벌써 유엔군이 상륙했다. 대전 지도부는 후퇴준비에 여념이 없다
고 했다. 후퇴야 예상하고 있었지만 너무 빨랐다. 일제시대부터 장기간의
게릴라전으로 단련된 인민군이 이렇게 허망하게 무너질 수 있는가. 추석
인 줄도 모르고 하루 종일 뛰어다닌 자신의 존재가 문득 뼈저린 외로움으
로 다가왔다. 그는 이내 고개를 저었다. 이럴 때일수록 용감하고 당당해져
야 한다고 그는 스스로에게 수없이 다짐했다. 그러나 외로움은 가시지 않
았다. 이렇게 또 밀려가는 자신들의 심정도 모르고 휘영차게 밝은 달 때문
인지도 몰랐다.

　9월 27일, 다음 날 열릴 시군당위원장 회의에 참석할 사람들이 속속 올
라왔다. 어쩌다 보니 구례 출신 십여 명이 한자리에 모이게 되었다. 선전과
장 조용식이 자꾸 그의 옆구리를 찔러댔다. 며칠 후면 다시 산생활로 돌아
갈지도 모르고 오랜만에 모처럼 고향동무들이 모두 모였으니 술이나 한잔
하자는 것이었다. 다들 심란했는지 대찬성이었다.

　"이봐. 이 시간에 술집도 없을 테니 혁운 동무가 전리품관리위에 가서 몰
수해논 위스키 좀 구해 오라구. 고기는 내가 책임지고 구해 오겠어."

각자 먹을 걸 구해서 구례 출신으로 부인과 함께 살고 있는 박대수 도인 민위원회 서기장 집에 모이기로 하고 흩어졌다. 바른 대로 말해서는 위스키를 얻을 수 있을 것 같지 않아 그는 궁리 끝에 도당에서 위스키를 구해오랬다고 둘러쳤다. 두말없이 오케이였다. 그렇게 구한 백마위스키 한 상자를 짊어지고 광주여고 부근의 박대수 집으로 갔다. 위스키를 보자 벌써 와있던 친구들이 휘파람까지 불어대고 난리였다. 밤새 쓸쓸한 축제가 벌어졌다. 아무도 입으로 후퇴를 앞둔 허망함을 말하지는 않았지만 이런 상황에서 누구라고 그런 허망함을 느끼지 않을 리 없었다. 빨치산 시절의 노래들이 오랜만에 흘러나왔다. 광주에 와서는 노래 한 곡 부르지 못하고 지냈었는데…….

"비상소집!"

술과 노래에 취해 언제 잠이 들었는지 잠결에 들려온 외침소리에 벌떡 일어났다. 박대수가 침통한 표정으로 서 있었다. 같이 술을 마시던 박대수가 급한 회의라고 밤중에 불려나갔던 기억이 떠올랐다. 후퇴라는 생각이 퍼뜩 머리를 스쳤다.

"양키들이 어제 곡성까지 들어왔소. 목포에도 양키가 들어왔다고 하오. 후퇴지시가 내렸으니 어물거리지 말고 속히 소속기관으로 돌아가시오!"

인사할 경황도 없이 신발도 신는 둥 마는 둥 학동 도당사까지 한걸음에 달렸다. 도당사는 서류를 태우는 연기, 이리저리 뛰는 사람들, 마구 흐트러진 짐들로 북새통을 이루고 있었다. 노동부는 이미 서류소각이 끝나고 그의 짐까지 다른 동지들이 다 꾸려놓은 상태였다.

"아니! 짐이 무슨 소용이요? 무기는 어디 있소?"

"후퇴명령이 내무서에 제일 빨리 내려 그 동무들이 다 가지고 먼저 갔다오."

급작스런 후퇴명령에 대한 불만인지 잔뜩 볼이 부어 있던 부부장의 퉁명스런 대답이었다.

"무장도 없이 그럼 우린 어쩌란 말이요?"

"시월 일일까지 춘천으로 집결하랍니다."

그럼 북으로? 조금은 안심이 되었다. 후방 없는 유격전의 문제는 저번 경험으로 이미 드러날 대로 드러난 셈이니 북으로 후퇴명령을 내린 모양이었다. 그러나 무슨 재주로 이삼 일 만에 걸어서 춘천까지 간단 말인가. 적어도 대전이나 천안까지 차량수송이 된다면 몰라도. 조바심을 치고 있는데 얼마 후 노동부 지도원 김오동이 빨간 지폐를 한 짐 짊어지고 나타났다. 각자 챙길 수 있는 대로 챙기라는 것이었다.

"그리고 외곽단체만 춘천으로 후퇴하고 우리 당은 정예만 골라서 다시 산으로 들어갈 것이라고 하오. …… 총기는, 단 한 자루도 없소."

눈앞이 캄캄했다. 그는 당장 김선우에게 쫓아올라갔다. 이미 옛 빨치산 출신들이 그와 같은 심정으로 쫓아올라와 면담을 기다리고 있었다. 조용식도 줄담배를 피워대며 잔뜩 초조한 기색으로 서성거리고 있었다.

"이럴 수가!"

누군가 큰 소리로 분통을 터뜨렸다. 복도 안은 금세 부연 담배연기로 가득 찼다. 한식경이 지나서야 김선우가 손님을 배웅하러 복도에 나왔다.

"면담 좀 합시다!"

몰려 있던 사람들이 일제히 김선우를 끌고 부위원장실로 들어가 9.28후퇴 상황을 따지기 시작했다.

"…… 후퇴명령이 우리 당에 제일 늦게 전달됐소. 당을 비롯해 모든 기관과 단체에서 노약자와 사상성이 약한 자는 춘천으로 후퇴시키고 나머지는 후방에서 게릴라전을 펼치라는 지시였소. 일찍 후퇴명령을 받은 내무부가 무장을 모두 가지고 새벽에 떠나버렸고 우리에게 남은 무장이라고는 완도 해방에 참가했다 돌아온 박판수 동무가 인솔하는 유격대 백여 명의 무장과 내무부가 버리고 간 수류탄 몇 개뿐이오. …… 어쩌겠소. 일단 남은 기관원을 인솔하여 무등산이나 백아산으로 후퇴하고 남해안 수비를 맡았던 인민 군 경비대를 흡수하여 무장부대를 확보하도록 합시다."

김선우도 그들만큼 암담한 표정이었다. 그러나 그는 박영발 위원장이 극비로 후퇴를 가장하여 지하당 재건을 위해 지하로 잠적한 지금 도당을 책임져야 할 최고 지도자였다. 한 개인으로서야 김선우를 골백번 이해하고도 남았지만 책임자의 말 치고는 뒷수습이나 하려는 무책임한 발언이었다. 도저히 이해할 수 없었다. 이해한다고 끝날 문제도 아니었다. 그는 당장 반박하고 나섰다.

"부위원장 동무! 우리는 지금껏 승리의 조건 제일항에 항일유격전에 능통한 위대한 전략가 김일성 장군이 우리 당을 영도하고 있기 때문이라고 배웠습니다. 우리는 그것을 전적으로 믿었습니다. 그런데 이게 뭡니까? 미제국주의자들이 인천상륙을 위해 구월 초부터 계속 대함대를 북상시키고 있음을 보고를 통해 당은 이미 알고 있었을 것이며, 인천상륙이 구월 팔일이니 일주일 전부터 적의 동향을 파악했다면 이십일이나 지난 지금 대책도 없이 이렇게 무질서한 후퇴명령이 어떻게 나올 수 있습니까? 저는 도저히 승복할 수 없습니다. 저는 육이오 전의 그 성과 없고 쓰라린 경험을 되풀이하지 않겠습니다. 부위원장 동무가 어떻게 하시든 저는 북으로 후퇴하겠습니다. 무장 하나 없이 싸울 수는 없습니다."

"저도 같은 생각입니다."

다른 사람 모두 합창으로 외쳐댔다. 김선우는 한동안 말이 없었다.

"나도 동무들과 같은 생각이오."

그리고 똑바로 서서 흔들림 없는 눈빛으로 그들을 응시했다. 이 세상의 모든 고통과 절망까지를 끌어안고 더 강하게 타오르는 눈빛이었다.

"동무들!"

평소의 조용하고 차분하던 김선우와 다른 모습이었다. 그의 목소리를 힘차고 우렁찼다.

"동무들! 우리는 조선노동당 당원들이오. 굶주리고 짓밟힌 무산대중을 위한 프롤레타리아 계급혁명가들이오. 혁명가는 이미 자기를 버린 지 오래요. …… 혁명가는 개인의 감정이 아니라 혁명당을 따라야 하오. 동무들은 한 지도자의 일시적인 오류로 혁명사업을 그르쳤다고 해서 영원히 혁명을 포기하겠다는 거요? …… 이번 전쟁은 언젠가 중앙에서 다시 검토될 것이오. 그때 모든 과오들이 가려지고 비판되겠지요. 이 점 명심하고, 지금 우리 당은 긴급을 요하는 명령을 하고 있소. 당의 명령을 무시하고 동무들 몇 명이서 북으로 가겠다는 거요? 이미 퇴로도 끊겼소. 지금까지의 옳고 그름을 따지기 전에 지금 당장 어떻게 하는 것이 옳은지를 결정하시오. 내 말이 옳다고 생각되면 각자 자기 부서로 돌아가 자기 임무를 다하시오."

기세등등하게 따지고 들던 사람들 모두 말이 없었다. 김선우라고 지난 빨치산 시절의 쓰라림을, 쌀 한 톨에 수많은 동지의 목숨을 팔아야 했던 그 암담한 분노를 잊었을 리 없다. 그러나 김선우의 말대로 그것이 아무리 고통스러운 것이라 한들 현재로서는 유일한 선택이었다. 한시가 급한 이 시점에 후퇴명령이 옳았느니 틀렸느니를 따지면서 당장의 일을 그르치는 것은 명백한 오류였다. 그들 모두는 당의 임무보다 개인의 감정을 우선 폭발시켰던 자신들을 철저하게 비판하고 각자 자기 부서로 돌아왔다.

오전 10시경 그에게 기관요원 150여 명을 인솔하여 백아산 수리마을로 후퇴하라는 명령이 내려왔다. 무장이라고는 그에게 지급된 권총 단 한 자루가 전부였다. 남원 방면으로 후퇴한 것처럼 꾸미기 위해 계림동까지 갔다가 다시 산수동을 거쳐 조선대 남쪽 능선을 넘어 어두워진 후에야 증심사에 도착했다. 거기서 저녁식사를 하고 조금 더 걸어 무등산 큰재에서 하룻밤을 묵었다. 행군 경험이라고는 처음인 초보자들을 데리고 밤길을 가봐야 지치기나 하고 사고나 날 것 같았다. 화순에는 아직 미군이 들어오지 않았다니까 새벽같이 떠나는 게 더 나았다.

멀리 광주는 불빛 하나 없이 어둠에 잠겨 있었다. 좀체 잠이 오지 않았다. 두 달여간 일에 쫓겨 정 붙일 틈도 없었던 광주. 여순사건 이후 2년의 기나긴 고통으로 얻은 해방은 이렇게 두 달로 막을 내리는가. 해방이 이보다 더 짧고 고통은 몇십 배 더 강한 것이더라도, 이제 다시 살아서 해방을 볼 수 없다 할지라도 기꺼이 자신을 바칠 용의가 있는 그였지만 이렇게 허망한 후퇴는 너무나 억울했다. 일주일 전에 미 함대가 이동하는 것을 알았으면서도 치고 들어올 곳이 인천이나 군산쯤이란 걸 몰랐던 것일까? 미군의 대대적인 참여를 예상하지 못했던 것일까? 결정적인 기회란 좀체럼 다시 오기 힘든 것인데, 이번의 결정적인 기회를 이렇게 허망하게 놓치고 나면 과연 또 다른 기회가 찾아올까? 다시 국군이 들어온다면 고을고을마다 일어날 그 끔찍한 살육은 과연 누가 책임져야 하는가. 보도연맹 가입자들마저 다 죽이고 떠난 놈들인데…….

다음날 오전 10시경 백아산 밑 수리마을에 도착했다. 도당이 수리에 왔다는 소식이 퍼지자 사방에서 후퇴인파가 모여들어 수리는 장터 모양이 되어갔다. 지난번 국군 후퇴 시 된맛을 한번씩 당했던 터라 각 외곽기관의 하부원까지 동조자란 동조자는 다 모여들었으니 웬만한 정도가 아니었다. 그렇다고 대책도 없이 내려가라고 쫓아 보낼 수도 없는 노릇이었다. 대책도 세우기 전에 적들이 밀어닥쳤다가는 개박살이 날 판이었다.

김선우 일행은 밤이 이슥해서야 도착했다. 30일 아침 그는 김선우에게 불려갔다. 박영발이 지하조직을 담당하고 경험 있는 김선우가 빨치산투쟁을 지도할 모양이었다.

"혁운 동무에게 또 중요한 임무가 있소. 구례, 광양 등 동부6군 출신 기관원 백여 명을 데리고 백운산으로 가주시오. 백운산 주변에서 입산한 동지들을 규합하여 백운산 지구당과 지구 유격대 사령부를 조직, 편성하는 것이 동무의 임무요. 정귀석 간부부장이 순천에서 백운산으로 입산했을 것이니 지구당 책임을 맡기고 지구 사령관에는 여수 유명윤 동무를 임명하시오. 나머지 기구편성과 인원선출은 그 두 사람과 타협해서 해결하도록 하시오."

동부6군 출신 기관원을 차출해보니 140여 명이나 되었다. 오후 5시경 막 출발하려고 하는데 장흥 방면 해안을 경비하던 인민군 40여 명이 동행하자고 나섰다. 140여 명 가운데 무기라곤 그가 가진 권총 한 자루뿐이었으니 무장부대 40여 명이 반갑지 않을 수 없었다. 인민군이 선두에 서서 대열이 움직일 무렵 기요과장 공종열이 달려와 그의 귀에 속삭였다.

"혁운 동무. 어떻게든 인민군이 후퇴하지 않고 남아 있도록 공작 좀 하시오. 반드시 붙들어야 하오."

무장부대가 그만큼 필요한 시점이었다. 인민군을 앞세운 행렬은 곡성 죽곡면 남양부락 앞에서 보성강을 건너 동계마을로 들어갔다. 미군이 곡성이 입성했다고 했지만 읍내만 겨우 장악하고 있는 듯 면 단위 부락에는 아직 적의 그림자도 보이지 않았다. 그들 일행은 몇몇 집으로 분산되어 불침번을 세워놓고 다음날인 10월 1일을 쉬어 가기로 했다.

마흔 명 남짓한 인민군 중에는 중좌가 둘, 소좌가 둘 등 장교가 열넷이나 있었고 그중에는 그 유명한 팔로군 출신도 셋이나 되었다. 역시 오랫동안 단련되어온 탓인지 인민군 장교들은 인민의 군대가 인민 속에서 어떻게 행동해야 하는가를 잘 알고 있었다. 팔로군 출신 장교의 제의로 10월 1일 밤 동네 주민들과 함께 하는 오락회가 열렸다. 돈을 주고 돼지도 사서 한 마리 잡고, 잔치가 제법 성대했다. 인민군들 중에는 춤을 못 추는 사람이 없었다. 다들 어쩌면 그렇게 고전무용은 물론이고 사교춤들을 잘 추는지, 게다가 군가보다 민요를 더 멋들어지게 잘 뽑아서 인민들은 완전히 인민군들에게 도취되어버렸다. "조금만 더, 조금만 더" 하는 인민들의 요청에 따라 오락회는 밤늦도록 계속되었다. 후퇴명령을 받은 사람들답지 않게 밝은 모습으로 인민들과 함께 어우러져 어깨동무를 하기도 하고 흥겹게 탭 댄스를 추는 그들의 모습이 혁운은 낯설기도 하고 놀랍기도 했다. 그러면 이렇게 후퇴하는 상황에서 저렇게 흥겨운 오락회를 생각해냈을 것 같지 않았다. 제 코도 석잔데 오락회라니……. 그러나 그것이 바로 인민들과 함께 호흡하고 인민들을 함께하게 만드는 가장 좋은 방법이었다.

오락회의 효과는 다음날 즉시 나타났다. 다음날 동네에서는 인민군들을 서로 자기 집으로 데려가려는 쟁탈전이 벌어졌다. 그날 온 동네 닭들은 수난을 면치 못했다. 이 집 저 집에서 닭죽 끓이는 구수한 냄새가 퍼져 나왔다. 어제와는 완전히 다른 대접이었다. 아무래도 많은 사람이 묵어가면 귀찮은 일이 한두 가지가 아니고 게다가 후퇴하는 사람들이니 내색은 안 해도 떨떠름하게 대하던 주민들이 명절날이나 잡는 귀한 닭을 자진해서 잡는다는 것은 보통일이 아니었다. 인민군들은 별말도 없이 함께 어울려 노는 모습을 보여주는 것만으로 인민들을 확실히 자신의 편으로 만들어버린 것이다. 덕분에 맛있는 닭죽을 얻어먹으면서 그는 새로운 사실에 무릎을 치고 있었다.

15_
다시 백운산으로

낮익은 백운산 정챙이골에 다시 서자 감회가 새로웠다. 굶어죽기 직전 그
들은 백운산을 떠났었다. 그때는 어떻게든 목숨이라도 부지하는 것이 유일
한 목표였다. 다시 오고 싶지 않던 곳이었는데, 그러나 아프고 지긋지긋한
추억일지라도 오히려 그 아픔만큼 그리움도 깊어지는 것일까. 꼭 고향에
돌아온 기분이었다. 10월 초, 백운산에도 서서히 단풍이 오르고 있었다. 이
런 행군이 처음인 대부분의 대원들이 너무 지쳐 있어서 그는 대원들을 정
챙이골에 남겨둔 채 몇 사람만 데리고 광양군당과 선을 대기 위해 광양 옥
룡골로 떠났다. 여수와 광양에서 후퇴한 기관원들이 우글거리는 옥룡에서
백운산 지구당책으로 내정된 정귀석과 유격대 사령관으로 내정된 유몽윤
을 만난 그는 도당의 지구당 결성 결정을 통보하고 즉시 각 군당과 연결하
여 지구당 결성을 서둘렀다. 지구당 결성과 더불어 훈련방법, 월동대책, 투
쟁방향 등이 제시됐다.

　같이 왔던 인민군들은 기어이 후퇴를 하겠다며 지리산으로 떠나갔다. 최
고사령관의 명령을 어길 수 없다는 것이었다. 이미 후퇴로가 다 막혔을 거
라고 말렸지만 소용없었다.

　10월 11일 도당의 지시대로 모든 조치를 끝낸 후 그는 백운산을 떠나 도
당으로 향했다. 다음날 길목인 반내골에 도착했다. 6.25 전에는 적색지구

라 해서 다 소개당하고 완전히 잿더미가 된 동네였는데 해방이 되고 나자 모두들 가막사를 짓고 입주하여 추수에 여념이 없었다. 아직 진주군의 영향을 받지 않은 모양으로 그를 보고도 겁내지 않고 쫓아와 반가워서 야단이었다. 하다못해 사돈이라도 돼서 모두가 친척인 고향 마을. 굽이지고 좁은 신작로길, 달밤에 숨을 죽이고 게를 잡던 개울가, 어느 것 하나 그의 지난 발길이 닿지 않은 곳이 없었다. 왜놈에게 호통을 치던 할아버지의 고함소리가 어디선가 들려오는 것 같기도 했다. 어머니에게 가 하룻밤이라도 묵고 싶은 생각이 간절했지만 뒷산 텃밭에 깨 털러 나갔다는 어머니 얼굴조차 볼 시간이 없었다. 눈에 보이는 동네사람들에게 인사만 하고 떠나려는데 밭에 일 나갔던 주민에게서 신고가 들어왔다. 이상한 사람 둘이 귀에다 무슨 요상한 줄을 꽂고 라디오를 들으며 내려오고 있다는 것이었다. 사람들과 함께 달려가 권총을 들이댔다.

"우리는 중앙당 당원들이오. 특수 임무를 띠고 여수로 가는 중이오."

혹시나 싶어 몸을 조사했더니 라디오와 무전기, 금괴와 달러를 다량으로 소지하고 있었다. 대일 공작임무를 띠고 중앙당에서 파견된 사람들로 여수에서 출발할 예정이었으나 대전에서 9.28 후퇴명령을 만나 대전에서 여기까지 걸어왔다는 것이었다. 신분은 믿을 만했다.

"그런데 동무, 동무는 그 소식 들었소? 중국 인민군 지원군이 시월 십일부터 압록강을 건너 유엔군에 일대 반격을 가하며 남하 중이라 하오."

드디어 중국이 참전했구나. 한 가닥 희망이 잡히는 것 같았다. 그는 주민들에게 그들의 식사와 잠자리를 부탁하고 그들에게 여수로 가는 상세한 지리를 알려준 후 출발을 서둘렀다.

도당은 그새 화순군 북면 갈경이로 옮겨가 있었다. 9.28 때와는 완전히 딴판으로 다들 활기에 넘쳐 있었고 모든 기관에 질서가 잡혀 있었다. 중국군 참전 소식에 모두 흥분해 있는 것 같았다. 중국군 참전과 함께 지하로 잠적했던 박영발도 다시 나타났다. 중국군의 참전에 낙관적인 희망을 걸고 있는 것이었다. 박영발의 등장과 함께 도당의 전면적인 체제개편이 있었다. 박영발 위원장, 김인처 부위원장, 박참봉 조직부장, 선동기 선전부장 순으로 빨치산 체제가 잡히고, 유격대 총사령부는 김선우 사령관, 오금일 부사령관, 김병추 참모장 아래 1, 5, 7연대 등 3개 연대로 편성되었다. 구 빨치산이 주축이 되어 유격대가 조직된 것이다. 후퇴명령이 내린 불과 열흘 만에 무전기도 전화도 한 대 없는 형편에서 완전히 체제가 잡혀졌다.

보고를 끝내고 돌아와 쉬고 있는 그의 어깨를 누가 툭 쳤다. 조용식이었다.

"돌아왔다는 말 들었어.".

열흘 만에 보는 것인데도 반가워 어쩔 줄을 모르며 조용식은 그의 손을 잡아끌었다. 자기가 지금 총사(유격대 총사령부) 출판부장으로 있는데 총사 기관지 〈빨치산〉을 내려고 준비 중이니 구경하러 가자는 거였다. 조용식을 뒤따라 나오던 김선우도 같이 가자며 그를 끌었다.

총사 아지트는 동리 한가운데 있는, 제법 규모가 큰 주택이었다. 그때까지만 해도 유엔군이 군 소재지에만 간신히 들어와 있을 뿐 대부분의 지역은 해방된 상태와 마찬가지라 완전한 빨치산 체제로 돌입하지는 않고 있었다. 권총 찬 사람, 따발총 든 사람 등으로 경비가 삼엄했고, 사령관이 지날 때마다 보고 소리가 요란했다. 널찍한 광에 책상까지 들여와 제법 사무실다웠다. 광을 지나 큼직한 온돌방이 총사령관실이었다. 자리에 앉자마자 여자 비서가 차를 가져왔다. 전쟁 이후 들어온 동무인지 처음 보는 얼굴이었다.

"복순 동무, 이 이가 바로 혁운 동무야. 점심 좀 맛있게 준비하라구."

호리호리한 키에 까무잡잡한 피부의 복순이라는 여자는 생글생글 웃음 띤 얼굴로 인상이 좋아보였다. 차를 마시고 나자 김선우는 조용식을 내보냈다. 단둘이 할 얘기가 있다고 했다. 두 사람만 남자 김선우는 현재의 백운산 사정과 배치인물을 상세히 물은 뒤 얘기를 꺼냈다.

　"미안해. 밤낮 어려운 일에만 부려먹고 또 어려운 일을 맡겨야겠어. 방금 위원장과 상의하고 왔는데, 적이 우리를 이곳에 머물게 하지 않을 거야. 겨울이 짙어 가면 곧 공세가 시작될 텐데 월동준비를 해야겠어. 지난번 경험으로 잘 알겠지만 백운산이 마지막 보루인데 거기는 식량이 문제란 말이오. 식량문제만 해결된다면 얼마든지 버틸 수도 있는데…… 예전에 그 놈의 식량 때문에 우리 귀중한 동지들을 다 죽였잖아."

　김선우의 눈동자가 붉게 충혈됐다. 정도 많고 워낙 따뜻한 사람이었다.

　"그래서인데 말이야. 이 문제를 가지고 한참을 위원장과 논의를 했어. 그래 백운산 가까운 곳에 월동용 식량을 미리 확보하여 비장해 두자고 타합이 됐어. 천여 명의 육 개월 분 식량이 필요해. 위원장이 맡아서 해낼 사람을 묻기에 내, 혁운 동무를 추천했어. 그전에도 보급투쟁이야 동무 따라올 사람이 없었잖아. 곧 위원장이 부를 텐데 필요한 것은 유격대에서 다 밀어줄 테니 한번 연구해보오."

　"알겠습니다."

　점심을 먹고 따뜻한 온돌방에서 밀린 잠을 자고 났더니 박영발이 그를 불렀다.

　"총사령관에게 들어 알겠지만 이번에 혁운 동무가 중요한 일을 해주어야겠소. 우리 빨치산에게 식량 조달은 가장 중요한 사업이요. 어떤 방법으로 식량을 조달하고 비축할 수 있을지 연구는 좀 해봤소?"

　그는 지도를 펼쳤다. 그는 백운산의 중간거점으로 곡성 봉두산을 가리켰다. 봉두산은 순천구 황전면과 월등면, 곡성구 죽곡면과 목사동면을 끼고, 한쪽으로는 구례읍을, 앞으로는 섬진강을 끼고 있어 3개 군의 합동작전이 아니고는 공격이 어려운 곳이었다.

"이곳이 바로 비축장소입니다. 산 주위 면에서 벼를 수집하되 한쪽에서 수집한 것은 백아산으로 행방을 위장하고 한쪽은 백운산으로 위장했다가 밤중에 다시 봉두산으로 빼돌려야 합니다. 식량 수집은 우리 재정이 충분 하니 현금으로 구입합니다. 공출을 받는 것보다 현찰로 구입하는 것이 이후 대민관계를 생각해서 훨씬 나을 것입니다. 수집병력은 무장 오십, 비무장 오십, 최소 일백 명이 필요합니다. 그리고 비축방법은 벼로 수집하여 가마니에 담아 한 곳에 오십 가마 이하로, 볏가마니를 옆으로 세워 쟁이고 산죽이나 새때기풀로 위장하면 됩니다. 단 변절자나 생포자가 생길 경우에 대비하여 열 명을 일개 조로 편성하고, 조 단위로 다른 조의 상황은 비밀에 붙여 작업해야 합니다. 문제는 무장인데, 그 정도의 무장이 가능합니까?"

"무장은 문제없소. 남해안 경비를 담당했던 인민군이 미처 후퇴를 못하고 우리와 합류했소. 그쪽의 무장이 충분하오. 다 좋은데 힘들여 비축한 식량이 썩으면 어떻게 하지요?"

"저도 그것을 고려했습니다. 예전 빨치산 때 경험한 바에 의하면 무슨 수를 써도 쌀로는 장기간 비축이 곤란합니다. 그런데 벼는 가마니에 담아 아무렇게나 쟁여놨더니 어떤 것은 썩고 어떤 것은 여름을 났는데도 비에 젖은 표피 부분만 싹이 났을 뿐 안쪽으로는 하나도 썩지 않았습니다. 무슨 이유에선지는 모르지만 다 조사해봤더니 옆으로 쟁여진 것만 썩지 않았더군요. 그래서 볏가마를 옆으로 쟁이려는 겁니다. 땅 속에 묻거나 굴 속에 쟁인 것도 다 부패했었습니다."

"그 경험이 확실하오?"

"그렇습니다. 다른 빨치산 출신들에게 확인해보십시오."

노동자 출신이면서도 모스크바 유학을 다녀온 때문인지 인텔리 냄새가 강하게 나는, 바늘로 찔러도 피 한 방울 나지 않을 것 같은 박영발이 그를 바라보았다. 검은 안경테 속에서 예리한 눈동자가 침착하게 빛나고 있었다. 이상하게 박영발이나 김선우나 똑같이 존경하는 간부들인데도 박영발 앞에선 왠지 긴장되고 딱딱해져서 마음속에 있는 말도 제대로 하기 어려웠지만 김선우 앞에만 가면 마음이 편하고 푸근해졌다. 워낙 오랫동안 같이 고생한 사람이라 그만큼 깊은 정이 들기도 했을 테지만 그보다는 사람 자체가 워낙 소탈한 탓이었다. 언제나 잘 웃고 너그러운 김선우가 하부원들에게는 당연히 편하고 좋게 느껴질 수밖에 없었다.

"좋소. 나중에 여러 사람들에게 확인하기로 하고, 일단 지금 말한 그대로 계획서를 제출하시오. 인원은 혁운 동무 의사대로 아무 곳에서나 차출하시오. 모든 것을 나와 총사령관이 보장하겠소. 단, 동원된 사람들 외에는 일절 극비요. 당장 착수하시오!"

벌써 13일, 이미 추수가 시작되었으니 15일부터는 일에 착수해야 했다. 늦어도 11월 15일까지는 모든 것을 끝낼 생각으로 그는 즉시 계획을 잡고 인원선발부터 시작했다. 인력동원이 가장 큰 관건이었다. 당성이 약한 사람을 선발했다가는 기껏 노력한 일이 수포로 돌아갈 게 뻔했다. 연구 끝에 그는 당성이 강한 사람을 우선으로 선발하되, 곡성이나 곡성 부근 출신들은 일체 제외시켰다. 일이 다 끝나고 출신지역으로 돌려보내면 잡히더라도 이쪽의 일이 들통날 확률이 적었다.

18일 상부의 계획서 검토와 승인이 끝나고 인원도 모두 충원되었다. 특별임무를 수행할 이 부대의 명칭은 '별동부대'였다. 하루 동안 교육을 받은 별동부대는 밤 10시가 넘어 빨간 지폐(당시 당에서는 적들이 6.25 때 후퇴하면서 버리고 간 한국은행 지폐를 그대로 가져다 사용했는데 그때까지만 해도 어디에서나 통용이 되고 있었다)를 한 짐씩 짊어지고 어둠과 더불어 백아산에서 사라져버렸다.

20일 아침 봉두산 태안사에 도착한 별동대는 만일의 경우 있을지도 모르는 전투에 대비해 지리 익히기에 들어갔고, 사흘간 전 부대가 식량 수집 지역 순회를 마치고는 곧 수집사업에 들어갔다. 곡성을 점령했던 유엔군은 다시 전방으로 떠나버리고 경찰병력만 남아 있었는데 워낙 병력이 딸려 경찰서나 주요 도로만 장악하고 있는 상태였다.

다음날부터 각 조별로 수집사업에 착수했다. 무장병력과 섞어서 짠 조별로 각자 담당지역으로 떠났다. 그도 1개 조를 이끌고 곡성 죽곡면의 한 마을로 갔다. 남녘 어느 마을이나 마찬가지로 집집마다 붉은 감들이 잎 진 나무에 조랑조랑 매달려 있고 고추며 콩이며 팥이며 벼들이 여기저기 깔린 멍석 위에 늘어져 일 년 중 가장 푸짐하고 넉넉한 분위기였다. 전쟁과도 상관없이 시간은 흐르고 자연은 자신의 섭리대로 뿌렸던 것을 거둬들이고 있었다. 수많은 동지들이 죽어 남녘의 산들을 기름지게 하고 있는 것도 다 자연의 섭리일까. 그루터기를 남기고 비어가는 들녘 때문인지 조금은 쓸쓸한 기분이었다.

무장병력에게 마을 주변을 경계하라고 시켜놓고 그는 한창 추수에 바쁜 마을사람들을 불러 모았다. 낫을 들고 소매를 둥둥 걷어붙인 차림으로 사람들이 무슨 일인지 싶어 모여들기 시작했다.

"인민 여러분! 저희는 오늘 여러분에게 벼를 사러 왔습니다."

여기저기서 웅성거리는 소리들이 들려왔다. 공출로 받아들였는지 항의가 쏟아졌다.

"여러분! 저희가 지금 미 제국주의자들에게 쫓겨 다시 인민의 곁을 떠나가지만 아주 가는 것이 결코 아닙니다. 태양과도 같으신 김일성 수령 동지가 있고, 영용한 인민군이 있고, 중화인민공화국의 지원군이 미 제국주의자의 조선 강점을 용납지 않을 것이며, 또 후방에서 싸우는 빨치산들이 있는 한 저희는 기어코 여러분들을 해방시키러 다시 돌아올 것입니다."

그러나 주민들의 소요는 가라앉지 않았다. 우리가 무엇 때문에 지금까지 목숨을 바쳐 싸워왔는가. 개인의 영달이나 출세를 위해서가 아니었다. 우리가 흘린 피는 바로 세상의 부로부터 소외당해 있는 무산계급의 해방을 위해서였다. 서서히 화가 치밀었다.

"여러분! 뺏겠다는 게 아니라 사겠다는 것입니다. 시세대로 사겠습니다. 그래도 거부하겠습니까? 여러분이 지금 내놓지 않으면 어차피 나중에 저희는 총을 들고 보급투쟁을 나올 수밖에 없습니다. 옛날에 많이 겪어보지 않았습니까?"

그제야 소란이 가라앉았다. 해방이 되자 자기들도 아껴왔던 계란 한 꾸러미를 빨치산 대열에 아낌없이 내놓던 농민들, 토지개혁 때 춤을 추며 조선민주주의인민공화국 만세를 부르던 농민들이었다. 검열 나간 그의 손을 붙잡고 수십 번 머리를 조아리던 농민들의 모습이 스쳐갔다. 이것이 바로 농민들의 기회주의적 속성인가 싶기도 하고, 뭔가 묵직한 것으로 뒤통수를 한 대 얻어맞은 것처럼 아찔하기도 했다. 그들에게는 그 땅이 다 같이 잘살자는 공유 토지가 아니라 그토록 가져보는 게 한이었던 자기 땅 외에 아무것도 아니었는가. 토지개혁을 해서 처음으로 자기 땅을 갖게 된 사람들이 인민의 정부가 요구하는 수매를 거부하다니! 도당에만 있었던 그로서는 도저히 납득할 수 없는 행위였지만, 인민들이 그 정도까지 심한 반발을 한 데는 나름대로의 이유가 있었다. 남쪽의 실정에 도통 맞지 않는 지독한 현물세 징수로 농민들이 질릴 대로 질려 있었던 것이다. 유혁운네가 왔을 때도 농민들은 그런 공출로 생각하고 항의를 해댄 것이었으니 실정 모르는 그로서는 답답하고 분통터질 일이었다.

어쨌든 봉두산 주변 여덟 개 면을 샅샅이 돌아 이천오백 가마의 벼가 모아졌다. 주민들이 먹을 정도만 남기고 탈탈 털어온 셈이었다. 벼가 걷히는 즉시 계획대로 충분히 방향을 위장하여 백아산, 백운산 등지로 줄줄이 소달구지에 실어 보냈다가 야심한 밤을 틈타 감쪽같이 봉두산에 비장했다. 별동대는 11월 15일 식량비장 사업을 모두 완수하고 도당으로 돌아왔다. 물론 그렇게 애를 써서 비장한 식량은 철저한 보안에도 불구하고 반 이상이 토벌대에 의해 불태워졌지만 아무튼 나머지만으로도 대단한 성과였다. 6.25 이전처럼 쌀 한 톨 생기지도 않는 보급투쟁에서 수많은 동지들이 죽어갔던 것과 같은 처참한 비극은 당분간 생기지 않았다. 백운산의 전남도당은 51년 여름까지 이때 비장했던 식량 덕분으로 보급투쟁에 대한 걱정 없이 사업에 충실할 수 있었다.

16_
곡성군당 위원장을 맡다

식량비장 사업을 끝내고 돌아온 11월 23일 다시 박영발의 부름이 있었다. 부위원장 김인철과 김선우가 동석해 있었다. 입에 꿀이라도 바른 모양이라는 소문이 무성할 만큼 말 없기로 유명한 김인철이 먼저 입을 열었다.

"유 동무, 빨치산 시절에 곡성군당과 무슨 관련이 있었소?"

"예, 도당과 연결이 안 돼 곡성군당 사람들이 도깨비생활을 한다는 소문을 듣고 연결하러 갔었습니다. 그 뒤 곡성군당 지도를 좀 했구요"

"음, 그랬었구만. 실은 곡성군당 일부에서 위원장을 교체해달라는 요청이 들어왔어요. 그래 이번에 곡성으로 집중 검열사업을 다녀왔는데 조영길 그 동무 도저히 안 되겠어. 너무 무능해. 그런데 빨치산 출신들이 유 동무 얘기를 해 쌓드라고. 그래서 유 동무가 곡성과 연계도 있고 하니 곡성군당 위원장으로 동무를 결정했어요. 이번 사업 관계도 있고 해서 그렇게 결정했는데 동무 의향은 어떻소?"

"예, 좋습니다."

"좋소. 동무라면 곡성군당을 잘 수습할 수 있을 거요. 그럼 오늘 밤에 부임하시오. 솔티재 너머 염곡마을에 거점을 두고 있다니 두 시간이면 넉넉할 것이오."

곡성군당 부위원장 전해순과 유격대장 강상원이 마중을 나와 반갑게 그를 맞았다. 빨치산 시절 같이 있었던 동지들이었다. 그들을 따라 군당사로 들어가자 위원장 조영길이 침통하게 앉아 있었다.

"잘 오셨소, 혁운 동무. 오늘 밤 내로 인수인계를 마치고 내일 아침까지 도당으로 들어오라는 지시니, 지금부터 인수를 받으시오."

주섬주섬 일어나 조영길이 서류를 뒤적거리기 시작했다. 그는 얼른 조영길을 붙잡았다. 조영길은 구례 빈농 출신으로 빨치산까지 했던 사람이다. 선량하기만 한 조영길이 이런 식으로 떠나는 게 너무 가슴 아팠다. 못 배우긴 했지만 멍청한 사람도 아니었다. 그저 너무 순박하고 말재주가 없어서 생각한 바를 표현하지 못하는 것뿐이었다. 도당 부위원장 김인철에게 도저히 어쩔 수 없는 사람이라고 혹평을 받은 것도 아마, 그의 짐작이지만, 그렇지 않아도 말주변이 없는 사람이 높은 사람 앞에서 얼어붙어 대답 한마디 제대로 했을 리 없었고, 그런 조영길이 김인철의 눈에는 당연히 어눌하고 무능하게 비쳤을 터였다. 군당을 지도할 정도의 지도력은 없었지만 영리한 어느 누구보다도 신실하고 혁명성이 강한 조영길이었다.

"됐소. 인수인계는 그만둡시다. 도당 가면 새로운 임무가 기다리고 있을 테니 너무 걱정 마시고 얘기나 좀 합시다. 그동안 고생이 많으셨지요? 원래 곡성은 지역간의 다툼이 뿌리 깊어 사람들 중재하기가 고역이었을 겁니다."

"아이구, 말도 마시오……."

곡성의 지역 다툼에는 유서 깊은 내력이 있었다. 조선시대에는 옥과현이라 하여 옥과가 이 지역의 중심지였는데 일제 때 개편을 하면서 옥과현이 너무 면적이 작아 곡성과 병합시키고 군 소재지를 옥과가 아니라 곡성에다 두었다. 이름조차 옥과군이 아니라 곡성군으로 하자 옥과 사람들의 반발이 이만저만이 아니었다. 그러다 보니 옥과와 곡성의 자존심 싸움이

팽팽했다. 군 소재지야 곡성에 있었지만 이전의 전통과 오기로 모든 면에서 옥과가 압도적이었다. 좌익 배출만 해도 그랬다. 옥과와 옥과 주변 세개 면이 가장 좌익세가 강했다. 곡성군의 특수한 사정을 전혀 몰랐던 조영길은 당연히 좌익세가 강한 옥과 사람들을 간부로 중용했다. 곡성 사람들이 불만을 갖지 않을 리 없었다. 그때까지만 해도 큰 문제는 없었다. 그런데 9.28후퇴 명령이 내리고 나서 군당 조직이 빨치산 체계로 바뀌고 나자 기껏 등용해 놓았던 옥과면 사람들이 빨치산 경험이 전혀 없어 적응하질 못하고 대신 6.25 전까지 빨치산 생활을 했던 곡성 쪽 사람들이 실질적으로 모든 일을 지도하기 시작했다. 지도력을 잃은 옥과 사람들까지 이제는 조영길을 비난하고 나섰다. 비판을 하거나 말거나 가만히 내버려두기만 했더라도 문제가 이렇게 확대되지는 않았을 텐데 원칙주의자인 조영길로서는 하부가 상부에 대해 복종하지 않는 것을 용납할 수가 없었다. 불만을 드러내는 사람마다 원칙적으로 엄격하게 통제했으니 결국은 도당으로 밀서가 올라가고 이런 결과를 낳아버린 것이었다. 조영길로서는 최선을 다한 행동이었다.

조영길과 곡성군의 문제를 한참 얘기한 후 그는 곧 각 기관의 부장급 이상을 불러들여 이임식 겸 취임식을 열었다. 이왕 가는 길에 조영길의 기분을 조금이나마 풀어주고 싶었다. 말하자면 그것은 송별연인 셈이었다. 그런다고 그렇게 떠나는 사람의 마음이 편하게 풀어질 리가 없었겠지만.

새로 온 그를 둘러싸고 신바람이 난 사람들 속에 우두커니 앉아있던 조영길은 송별연이 끝나자 선량하기 짝이 없는 얼굴 가득 그늘을 드리운 채 자정이 넘어서야 곡성을 떠나갔다. 제발 조영길의 역량에 맞는 일이 맡겨져서 당성 좋고 선량한 그 사람이 다시는 오늘처럼 가슴 아파하는 일이 없기를, 그래서 빨치산 때처럼 단단한 몸집으로 훨훨 날아다닐 수 있기를 그는 간절히 바랐다.

다음날인 11월 24일 아침 7시, 서리가 하얗게 내린 염곡마을 앞 들판에는 3백 명이 넘는 장정들이 도열해 있었다. 미제 군복 윗도리를 걸친 키가 껑충하게 크고 마른 젊은이가 그 대열 앞으로 나섰다. 유혁운이었다. 벌판에서 불어오는 찬 겨울바람에 그의 목에 두른 빨간 스카프가 힘차게 휘날렸다. 겨울 들판에 막 시린 아침햇살이 퍼지고 있었다.

"도당에서 본 군당의 위원장 임무를 맡고 어젯밤 늦게 이곳에 도착한 유혁운이오. 우선 동무들의 건강하고 늠름한 모습을 보니 기쁘기 한량없습니다. 동무들! 우리는 지금 위대한 조국해방 전쟁을 승리로 이끌기 위하여 모든 역량을 다해 악랄하고 무도한 미제 및 그 앞잡이들과 마지막 결전을 수행하고 있소. 이런 엄중한 역사적 순간에 동무들과 내가 만난 것이오. 이제까지 어떤 불협화음이 있었다 해도 이 시간부터 과거의 모든 것을 털어버리고 나와 함께 한 마음 한 뜻이 되어 위대한 우리 당과 수령께서 제시하는 가르침을 받들어 적과 견결히 싸우고 위대한 혁명투쟁에 떨쳐나설 것을 약속합시다. 본인 역시 미력하나마 있는 역량을 다해서 어떠한 어려운 투쟁에도 앞장서 싸울 것을 약속하겠소. 그리고 지도부의 문은 언제나 활짝 열려 있소. 여러 동무들의 기탄없는 충고와 비판을 기다리겠으니 혁명적 애당심으로 가차 없이 지적해주면 고맙겠소. 그럼 동지들의 건투를 비오."

우레와 같은 박수소리를 들으며 그는 맨 앞에 도열해 있는 지휘관들과 악수를 나눴다. 기쁨보다는 부담감이 젊은 그의 가슴을 압도해왔다. 더러 아는 동무들도 있었지만 대부분은 낯선 동무들이었고, 그보다 나이가 어려 보이는 사람은 거의 없었다. 악수를 마치고 나자 제법 햇살이 퍼져 서릿발이 녹아가고 있었다. 서릿발을 녹이고 추위를 녹이는 저 태양 같은 지도자일 수 있다면……. 당의 지도에 따라 최선을 다하겠다는 굳은 결심으로 그는 둥긋하니 떠오르는 겨울해를 바라보았다.

첫 아침상이 들어왔다. 어디서 구했는지 쇠갈비까지 차려 제법 화려한 상이었다. 수저도 들지 않고 총무과장을 불렀다.

"총무과장 동무! 우리 조직원 전부가 다 이렇게 먹고 있습니까?"

"저…… 간부에 대한 존엄성을 표시해야 된다고 생각해서 그만."

그의 말이 추궁 조였는지 총무과장이 찔끔 놀라며 말을 얼버무렸다.

"다음부터는 이런 행위를 용납하지 않겠소. 우리는 평등한 세상을 건설하려고 투쟁하는 사람들이오. 평조직원과 똑같이 차려오시오."

음식에 손도 대지 않고 상을 물린 그는 집집마다 돌아다니면서 일반대원들이 아침 먹는 것을 살펴보았다. 당간부나 일반대원이나 차림은 거의 비슷했다. 신임 군당위원장이라고 그만 특별대우를 한 모양이었다. 어쩌면 이번이 처음이자 마지막일지도 모르는 특별대우지만, 한 번의 오류를 그냥 지나치는 게 얼마나 무서운 것인지를 그는 잘 알고 있었다. 그건 바로 덫이었다. 간부나 일반대원이나 특별대우를 한두 번씩 받다 보면 그것에 익숙해지기 마련이었다. 누군들 편안하고 좋은 것을 싫어하겠는가. 그러다 보면 나중에는 어느 사이엔가 관료주의가 흉측한 아가리를 벌리고 달려드는 것이다. 해방의 소식을 듣고도 동지들의 손에 처형됐던 전인수 도당위원장의 생생한 교훈을 그는 잊지 않고 있었다. 음식과 생활습관은 물론 혁명가라면 자신의 내부에서부터 철저하게 혁명을 일으켜야 했다.

취임 첫날 오전, 당 단체와 유격대 등을 총망라하여 간부회의를 소집하고 그동안의 활동을 보고받은 결과 놀랄 만한 일이 한두 가지가 아니었다. 그 첫째가 9.28 이후 지금까지 반동숙청 한답시고 경찰과 군인 가족들을 거의 다 처형했다는 것이었다. 어느 곳이나 말이 많았던 현물세 징수도 문제였다. 벼이삭, 수수이삭에 달린 낟알까지 다 세어서 그에 따라 현물세 징수를 하는 바람에 인민들의 불만이 사방에서 터져나오고 있었다.

"시상에! 공산당, 공산당 해싸트만 참말로 징허고 무섭네그랴. 지주 놈들 맨키로 싹 씰어가고 항꾼에 못살자는 평등세상이그마."

이건 명백한 중앙당의 오류였다. 현물세는 이북에서야 어떻게 했건 이곳 지방의 실정에 따라 재조정했어야 마땅했다. 지주들이 소작인들의 불만을 잠재우기 위해 눈감아주던 산골짜기 화전답에서까지 그런 식으로 세금을 거두어가니 인민들이 동요하지 않을 리 없었다. 그로서도 어쩔 도리가 없었다. 그가 어떻게 한들 죽은 군경의 가족들이 되살아날 리 만무했고 그 주변 사람들의 분노와 원망도 이미 골이 깊을 대로 깊어진 뒤였다. 수습할 방법도 없이 인민들의 마음이 겨울 찬바람처럼 매섭게 돌아서는 걸 바라봐야 할 뿐이었다. 게다가 이제 유격전에 돌입해야 할 시점이 아닌가? 인민들이 등을 돌리면 아무리 유격투쟁을 해봐야 기다리는 건 개죽음뿐이었다.

게다가 조직사업도 엉망이었다. 아직 적들이 완전히 진주하지 않아서 마음만 먹으면 활동을 할 수 있는 상태인데도 지하당 조직은 뒷전에 내팽개친 채 동조자들이 생기면 입산시켜 식구만 늘리고 있었다.

어이가 없었지만 이제 와서 책임추궁만 한다고 될 문제가 아니었다. 며칠에 걸쳐 열한 개 읍면을 돌며 실정을 정확하게 파악한 그는 28일 밤 다시 간부회의를 소집하고 다섯 가지의 사업방향을 제시했다.

첫째, 초토화 작전과 반동숙청을 즉각 중지하고 '적은 중립으로, 중립은 우군으로'라는 원칙을 철저히 준수하여 가능한 입산시키지 말고 지하조직으로 개편할 것이며 이미 입산한 자도 신변을 잘 검토한 후 하산시켜 일하도록 할 것, 둘째, 현물세 징수사업을 즉각 중단하고 월동용 식량은 전량 현금으로 구매할 것, 셋째, 곧 적이 각 면마다 진주할 것이므로 산악생활에 대한 대비와 철저한 월동준비 사업에 즉각 착수할 것, 넷째, 미군진주 지구의 조직관리사업으로 6.25 후 비교적 노출되지 않은 사람들을 중심으로 1개 마을 1세포 운동을 전개하며 한 마을에 최소한 한 사람 이상의 정보원을 확보할 것, 다섯째, 지역 간 안배와 당성, 경력 등을 고려하여 인사개편을 단행할 것.

이런 그의 발표가 끝나고 나자 다들 놀란 기색이었다. 며칠 전 취임할 때만 하더라도 "저런 애송이가 무슨……" 하며 얕잡아보는 것 같던 사람들의 표정이 모두 놀라움으로 바뀌어 있었다. 단 한마디의 이의제기도 나오지 않았다. 놀라움은 차츰 그가 김선우나 박영발을 바라볼 때와 같은 따뜻한 신뢰의 표정으로 변해갔다.

곡성군당에 온 뒤로 단 하루도 편히 잠들지 못했던 그는 그날 밤 더욱 잠들지 못했다. 내일 아침부터 숨가쁘게 진행시켜야 할 많은 사업들이 머릿속에서 빙빙 맴돌았다. 민가 사랑방의 뜨뜻한 아랫목에 앉아 벽에 기댄 채 그는 담배 한 개비를 꺼내 물었다. 이렇게 기분 좋은 따스함을 즐길 수 있는 날도 얼마 남지 않았다. 희미하게 흔들리는 호롱불 아래 푸르스름한 담배연기가 춤을 추며 길게 피어올랐다. 김선우의 말이 떠올랐다. 언젠가 이 전쟁에 대한 책임을 묻게 되겠죠……. 그러나 어떻게 책임을 진단 말인가. 후퇴하는 마당이라고 관공서는 물론 학교까지 불태우는 초토화작전을 펴고, 사전 선전작업도 없이 과다한 현물세 징수를 해 인민의 마음을 돌아서게 하고, 그래서 만약 이 조국해방 전쟁이 수포로 돌아간다면 어떻게 책임을 질 것인가. 설사 이런 문제가 조국해방 전쟁 실패의 결정적인 이유는 되지 않는다 하더라도 우리의 투쟁이 정당할 수 있는 것은 우리가 고통 받는 대다수 인민의 편에 서 있기 때문인데 그런 인민의 삶을 파괴하면서 어떻게 정당성을 주장할 수 있을 것인가. 한 번의 실수가, 한두 사업 오류의 결과가 이토록 엄중하고 냉혹한 것인가. 그는 두려움을 느꼈다. 군당 위원장으로서 내려야 할 무수한 결정들 앞에서 얼마나 신중하고 정확해야 할 것인가. 오류를 저지르고 나면 냉혹한 자기비판으로도 책임질 수 없는 돌이킬 수 없는 실패가 남는 법이었다. 그 실패가 곧 역사와 인민의 퇴보요 슬픔이요 패배인 것은 두말할 나위가 없었다.

그는 천천히 담배를 끄고 호롱불도 끄고 드러누웠다. 이제라도 늦지 않았다. 몇 가지 사업의 오류로 인민들의 지탄은 받고 있지만 결정적인 것은 아니었다. 아직도 인민들은 우리 편이다. 이제부터 나의 할일은 바로 인민의 마음을 잡는 것이다. 첫날 우리를 진심으로 환영하던 그날의 모습으로 되돌리는 것이다. 그렇다. 인민의 마음만 잡으면 된다. 수십 번 후퇴를 하더라도 인민들이 이 뜨뜻한 방구들처럼 우리를 녹여준다면 최후의 승리는 우리 것이다. 지난 오류에 매달려 절망할 필요는 없다. 혁명가에게 과거란 없듯이, 과거가 쌓아올린 현재의 자리와 당장 싸워야 할 오늘의 임무와 빛나는 내일이 있을 뿐이다.

등허리가 시큰거리게 뛰어다녀야 할 내일을 위해, 새로 인선해야 할 간부들의 이름이며 자꾸 떠오르는 수많은 일거리를 다 지워버리고 그는 애써 잠을 청했다.

17

빨치산 생활에 대비하다

깊은 밤을 흔들어 깨우는 새벽 닭울음소리에 놀란 그는 모포를 걷어차고 일어났다. 야광시계는 꼭 5시를 가리키고 있었다. 권총을 장전하고 신발을 신는 둥 마는 둥 뛰어나갔다. 새벽바람이 살을 에는 듯 차가웠다. 염곡마을 앞길을 따라 동구 밖까지 나갔지만 누구 한 사람 그의 신분을 확인하지 않았다. 동구 밖 백 미터 전방에 잦아드는 불꽃이 힘없이 일렁거리기에 쫓아갔더니 두 명의 유격대원이 엠원 소총을 가슴에 껴안은 채 불길을 따라 고개를 까닥거리며 곤한 잠에 빠져 있었다. 발소리를 죽이고 다가가 잽싸게 총을 낚아챘다. 보초가 소스라쳐 튀어 일어났지만 이미 총은 그의 손에 들어온 뒤였다. 총을 들고 서 있는 그를 본 보초들이 그제야 사색이 되어 안절부절이었다. 너무 한심해서 말도 나오지 않았다.

"제대로 근무하시오!"

퉁명스럽게 한마디만 던지고는 유격대 상황을 살피러 유격대 본부로 갔더니 여기는 더 가관이었다. 불침번은 아예 화로를 껴안고 퍼질러 앉아 코까지 골며 잠들어 있었다. 화가 머리끝까지 치밀었다. 새벽바람을 헤치고 자기 방으로 돌아온 그는 옆방에서 곤히 자고 있는 연락병을 두들겨 깨워 전 간부를 비상소집하게 했다. 쥐새끼 한 마리 나다니지 않던 새벽길로 먼지바람을 일으키며 간부들이 달려오고 사방에서 개들이 짖어대고 새벽녘의 적막이 일시에 분주하게 깨어 일어나기 시작했다. 깊은 새벽잠에 취해 있던 간부들이 무슨 영문인지도 모른 채 잠이 덜 깬 부스스한 얼굴로 그의 말이 떨어지기만 기다리고 있었다. 그는 한참 동안 굳은 얼굴로 사람들의 얼굴을 응시했다.

"…… 도대체 무슨 말부터 시작해야 좋을지 모르겠소……."

"무슨 일입니까? 적의 기습이 있는 겁니까?"

침통하게 내뱉는 그의 말에 놀란 사람들이 그제야 잠이 달아난 얼굴로 물어왔다.

"대관절 동무들은 뭐하는 사람들이오? 우리가 지금 야외에 집단 캠핑이라도 나와 있는 줄 아시오? 내가 다섯 시 정각에 이 마을을 한 바퀴 돌아도 누군지 물어오는 사람 하나 없고, 동구 밖에서는 모닥불 피워놓고 한가하게 잠들어 있더군요. 유격대 본부에서는 화로를 애인이라도 되는 양 껴안고 졸고 있고……. 부위원장 동무! 왜 이 지경인지 대답 좀 해보시오."

"외곽 보초는 유격대가 맡았고 각 부처는 자기 처소별로 부서 책임자의 책임하에 불침번을 서게 했습니다만……."

"지금 누가 변명하라고 했소. 왜 이 지경인지 묻고 있지 않소! 유격대장 강상원 동무! 어디 동무가 얘기해보시오."

"부위원장 말씀대로 배치는 했습니다만……."

"아무도 원인을 모른다는 거요? 도대체 지금까지 어떻게 일을 했기에……."

그는 긴 숨을 몰아쉬고 기분을 삭였다. 이런 식으로 해서 해결될 문제가 아니었다.

"좋소. 우선 유격대장과 부위원장은 지금 당장 경비상태를 확인하고 만반의 준비상태를 갖춰놓고 들어오시오. 나머지 동무들은 왜 이 지경까지 이르렀는지 그 원인과 대책을 연구했다가 잠시 후 각자의 의견을 개진하시오."

사람들이 새벽어둠 속에서 부산하게 움직이기 시작했다. 잠시 후 일렁이는 호롱불 앞에서 회의가 열렸다.

"자, 지금부터 왜 이렇게 경각성이 해이해졌는지, 앞으로 어떻게 해야 모든 동무들에게 혁명적 경각성을 높일 수 있겠는지 토론해 봅시다. 조직부장 한일현 동무부터 연구한 것을 발표하시오."

"저는 조직부장이라는 중책을 맡은 자로서 자기 임무를 망각하고 당이 부여한 임무에 태만했으며, 이와 같은 작풍은 저 자신부터 혁명적 경각심이 부족한 데서 기인했다고 생각합니다. 엄중히 당 앞에 자기비판함과 동시에 앞으로는 혁명적 경각성으로 임무에 임하겠습니다."

"부위원장 전해순 동무 토론하시오!"

"지난 빨치산투쟁에서 보초의 실수로 우리의 귀중한 동지들이 수없이 개죽음당한 바 있습니다. 그런 뼈아픈 경험에도 불구하고 무사안일에 젖어 보초근무를 등한히 했다는 것은 투쟁을 포기한 것이나 다름없는 행동이었습니다. 이 모든 것을 지도하고 감독해야 할 제가 자기 직분을 망각하고 무관심했으니 모든 책임은 저에게 있다고 봅니다. 그러므로 저는 직책을 반납하고 백의종군하여 제 과오를 비판받으려 합니다. 군당위원장 동무의 단호한 조치로 모든 당원들에게 본보기로 삼아주실 것을 건의하면서 토론을 마치겠습니다."

돌아가면서 다들 자기비판을 했지만 내용은 모두 똑같았다. 잘못했으니 잘하겠다는 것이었다. 구체적인 원인진단과 대안을 기대했던 그는 다시 한 번 화가 치밀었다.

"동무들의 토론, 진지하게 경청했습니다. 유격투쟁에서 보초의 중요성은 기본상식입니다. 보초의 중요성을 모두 다 잘 알면서도 군당과 유격대 성원 삼백여 명의 거점이 이처럼 무방비 상태라는 것은 도저히 이해가 가지 않습니다. 토론내용도 그게 뭡니까? 무조건 잘못했으니 다음부터 잘하겠다는 말밖에 원인과 대책은 언급도 없습니다. 동무들이 잘못했다는 말을 들으려고 이 바쁜 시간에 토론회를 조직한 것이 아니오. 나는 다음과 같이 원인을 지적하고 싶소. 첫째, 모든 지도일꾼들의 혁명적 경각성이 부족합니다. 둘째, 적에 대한 증오심이 부족하고, 셋째, 오늘의 정세를 알지 못해 백척간두에 서 있는 조국과 당의 운명을 모를 뿐 아니라 적의 잔인함과 교활성도 모르고 있소. 마지막으로 얼마 전 540부대와 우리 군 유격대 합동작전의 승리로 지나친 승리감에 도취돼 있소. 내가 부임한 지 며칠 되지 않았지만 우리 군당의 사업작풍이 산만할 뿐 아니라 자유주의적이며 관료적이오. 우리는 피난민이 아니라 의식적인 계급투쟁의 전위부대임을 명심하시오. 하루빨리 이런 과오를 극복하기 위해 다음과 같은 대책을 제시할 테니 명심하고 행동으로 옮기시오.

과오가 없는 자는 일을 하지 않았다는 증거요. 사람은 누구나 오류를 범하는 것이고 유능한 일꾼이란 과오를 즉시 발견하고 시정할 줄 아는 사람이오. 오늘 토론에서 몇 동무들이 자기의 직책을 반납하겠다고 했는데 당장 철회하고 뼈아픈 자기반성을 하시오. 오류가 생겼으면 책임지고 그 일을 시정하고 발전시켜야지 그만두겠다는 것은 한마디로 패배주의적인 발상이오. 잘못한 만큼 더 헌신적으로 당을 위해 일하시오.

먼저, 조직부장은 간부부 사업을 겸하면서 간부에서 말단 성원에 이르기까지 조직관리를 철저히 하여 전 당원의 사상과 동향을 정확히 보고하시오. 둘째, 선전부장은 모든 간부와 당원들에게 지속적으로 당 정치교양 사업을 실시하여 전 성원이 마르크스레닌주의로 무장하도록 하시오. 셋째,

당의 각부 부부장 이하, 유격대의 소대장 이하 전원이 보초임무에 임할 것이며, 간부들은 삼십 분에 한 차례씩 보초 지도검열을 실시하시오. 넷째, 오늘 중으로 각 부서별로 자아비판회를 개최하여 새벽의 사건을 집중적으로 토론하시오. 이상의 문제들을 효과적으로 집행키 위해 매일 간부회의를 개최하여 그날의 사업을 점검하도록 하겠소. 해당 부서장들은 조치를 취해주시오."

이렇게 하여 11월 29일이 시작되었다. 그는 곧 선전부부장 김윤옥을 불러들였다. 새벽녘의 간부회의 소식을 들었는지 다른 때와 달리 격앙된 얼굴로 김윤옥이 들어왔다. 김윤옥은 함경북도 출신으로 6.25 이후 중앙당에서 파견된 사람인데 마흔이 넘은 나이였다.

"윤옥 동무, 오늘부터 동무가 고생 좀 해야 되겠소. 아무리 전시라고 하지만 매일 사상교육을 해야 되겠어요. 동무가 우리 당 실정에 맞는 학습교재를 작성해주시오. 교육은 정치사상, 유격전술, 실무교육 등 세 가지로 하고, 매일 두 시간씩 전 성원이 학습교양을 받도록 하겠소. 하루가 급하니 지금 당장 착수하시오."

"예! 알겠습니다."

고기잡이 배에서 한쪽 눈을 잃은 김윤옥은 하나밖에 남지 않은 눈을 반짝거리며 힘차게 대답했다. 신이 나서 돌아가는 김윤옥의 다부진 뒷모습을 바라보며 그는 오랜만에 기분 좋은 미소를 지었다. 참 묘한 사람이었다. 당성에 대해서라면 자신 있는 그였지만 며칠 안 되는 짧은 기간 동안 김윤옥을 보면서 다시 한번 자신이 뒤돌아봐졌다. 김윤옥에게는 아예 개인이나 개인생활이라는 것이 없었다. 사람들과 어울려 잡담 한번 하는 일이 없었고 항상 자신이 맡은 임무와 당사업만 생각하고 실천했다. 너무 그래서 다른 사람들이 인간미가 없다고 느낄 정도였다. 다른 사람들은 일이 많다고 툴툴거릴 때도 그는 어느 사이엔가 자기 일을 다 해놓고 또 다른 일거리를 찾았으며 어떤 새로운 임무가 주어져도 즐거워했다. 8.15 전까지 학교나 서당 문턱 한 번 넘어본 적이 없다는 김윤옥은 배를 타다가 해방을 만났고, 입당하면서부터 글을 배우기 시작해 지금은 상당한 이론을 갖추고 있었다. 일자무식이었던 그를, 그것도 공부하기에는 너무 늙은 나이의 그를 몇 년 안 되는 단기간에 웬만한 이론가의 수준으로 끌어올린 것은 당과 자신을 하나로 일치시키려는 헌신성과 열의 덕분이었을 것이다. 김윤옥에게 단 한 가지 흠이라면 너무 자신의 외모를 가꾸지 않는다는 점이었다. 멋이야 낼 수도 없는 형편이지만 최소한 청결하기는 해야 할 텐데 김윤옥은 소탈하다 못해 지저분하다고 느껴질 정도였다.

"저 양반, 저러다 또 일 끝날 때까지 머리 감는 거 잊어버리겠군."

감은 지 열흘도 넘었을 것 같은 부스스한 머리를 겨울바람에 휘날리며 부리나케 뛰어가는 김윤옥을 보면서 그는 혼자 중얼거렸다. 새벽 사건으로 침울하던 마음이 어느새 밝아져 있었다.

간부회의 때문에 늦은 아침을 먹은 후 그는 호위병을 데리고 마을로 나갔다. 군당본부가 있는 이 염곡마을의 지형을 확실하게 살펴보고 싶었다. 골목 입구마다 보초들이 부동자세로 서 있고 보초 옆을 지나는 대원들은 긴장된 목소리로 "수고!"라는 인사말을 건네며 활기차게 움직이고 있었다. 불과 몇 시간 사이에 아주 달라진 모습이었다.

그는 동네의 긴 돌담을 끼고 골목을 빠져나와 마을 뒷산 능선을 타고 오르면서 공격과 방어에 용이한 지점 등을 유심히 살펴보았다. 곡성군당의 유격대는 고작 50여 명, 그것도 실전경험이 있는 사람은 다섯손가락에 꼽을 정도였다. 그 인원으로 이곳을 방어한다는 것은 불가능했다. 전열을 정비한 국군이 밀고 들어온다면 최소한으로 희생자를 줄이면서 후퇴하는 것밖에 달리 뾰족한 수가 없었다. 얼마 안 되는 해방구마저 빼앗기고 다시 산으로 올라가야 할 날이 머지않은 것이었다.

생각했던 날은 더 빨리 들이닥쳤다. 12월이 되자 부쩍 늘어난 경찰 대열이 해방구 근처까지 자주 모습을 드러냈다. 아직 전면적인 전투태세를 갖추지 못한 것인지 본격적인 토벌작전은 아니었고 마을에 남아 있는 적색분자를 소탕하는 정도였다. 그러나 6.25 전 전향하여 보도연맹에 가입한 사람들조차 죽이고 후퇴한 이승만 정권을 믿고 그때까지 마을에 남아 있을 좌익은 단 한 사람도 없었다. 마을에는 기껏해야 노인네와 아녀자, 우익에 가까운 사람들만 남아 있을 뿐이었다. 그런 상황에서도 적색분자를 색출한다는 미명하에 많은 사람들이 오랏줄에 묶여 경찰서로 끌려갔다.

당연히 주변 마을 주민들도 위축되어갔다. 빨치산에게 위로의 말 몇 마디 하는 것도, 한 끼 식사를 대접하는 것도 주민들로서는 목숨을 걸어야 하는 일이었다. 개별적으로 접촉할 때는 여전히 열성적인 지지자인 사람들이 마을 공동토론회에서는 입을 다물고 소극적으로 시키는 일이나 할 뿐이었다. 옆집 사람도 믿을 수 없는 세상이었다. 경찰이 들어왔을 때 끌려가 고문이라도 당하면 무슨 말을 할지 모르는 터라 다들 옆 사람들 눈치만 살피려 들었다. 어떤 마을에서는 자기들끼리 회의를 했는지 긴히 할 얘기가 있다며 마을 어른들이 빨치산을 찾아왔다.

"요즘 우리 형편을 이해 좀 해줘야 쓰것소. 다들 잘살자고 하는 짓인디 우리들도 목숨은 부지해야 쓸 것 아니오. 곧 있으면 우리 마을에도 경찰이 들어올 것인디 우리 속맘이야 어떻든 우리는 그 사람들을 무시할 수가 없소. 우리 목숨이 그 사람들 손에 달려 있는디 밥을 달라면 밥을 해줘야 허고, 소를 잡아내라면 잡아내야 허고, 좌익에서 부숴놓은 길을 복구하라고 하면 해야 안 쓰것소. 우리가 그런다고 해코지는 마씨요. 이러도 저러도 못

허고 양쪽에서 시킨 대로 왔다갔다 해야 허는 우리가 더 고달프요. 자식새끼들만 아님사 우리도 당신네들처럼 산으로 들어가서 이 꼴 저 꼴 안보고 싸웠으면 싶은 생각이 간절하오. 죽지 못해 하는 일이니 양해하시씨요."

한 면당위원장이 그런 보고를 하길래 유혁운은 다시 그 면당위원장에게 물었다.

"그래서 동무는 뭐라고 했소?"

"머라고 할말이 있어야지요. 곧 있으면 진짜 해방을 시킬 것인께 조깨만 참으라고 했습니다. 우리도 우리지만 마을 주민들도 참 고생이 많습니다."

그도 인민들이 겪어야 할 고초를 모르는 바 아니었다. 우익의 앞잡이나 스파이만 아니라면 총칼의 위협 앞에서, 혹은 직접적인 위협이 아니어도 거부할 수 없는 상황에서 경찰을 도왔다고 해서 그런 일로까지 주민들에게 고통을 줄 수는 없었다.

낮이면 산상에서 대기하는 비상사태임에도 불구하고 그는 군당 전 성원에 대한 사상교육을 강화하고 당사업에 박차를 가했다. 빨치산 생활에 대비해 군당 산하에 동악산 지구와 죽곡, 목사동 지구를 설치해 군당의 지도를 용이하게 했으며 전면적인 인사개편도 실시했다. 곡성과 옥과의 뿌리 깊은 감정을 고려한 인사이동을 끝내고 나자 전 유격대 문화중대장이었다가 이번에 문화부대장으로 승진된 양병하가 그를 찾아왔다.

"아이구, 선생님이 웬일이십니까?"

"내 좀 찜찜한 게 있어서 찾아왔네."

"제가 뭐 잘못한 게 있습니까? 일단 이리 좀 앉으시죠."

"이전 인사이동에서 자네가 나를 선생이라고 지나치게 대접한 게 아닌가 싶네. 혹시라도 선생이었다고 특별대우를 한 거라면 다시 생각해야 되지 않겠나?"

양병하는 그가 구례 중앙국민학교를 다닐 때 그 학교 선생을 했던 사람이었다. 그를 직접 가르친 적은 없었지만 그가 양병하를 기억할 만한 사건이 있어 몇 년이 지나고도 금세 알아볼 수 있었다. 그리 유쾌한 기억은 아니었다. 졸업반이었던 그가 운동장에서 반 아이들과 축구시합을 하고 있을 때였다. 그가 막 슛을 하려고 하는 찰나 5학년 여자 반이 줄을 지어 운동장을 가로질러 가면서 막 그의 앞을 통과하고 있었다. 결정적인 찬스를 놓칠 수가 없어 그는 대열을 그대로 밀어버리고 공을 차 넣었다. 그 상황에서 슛을 했으니 골이 들어갈 리 없었고, 여자애들 때문에 한 골을 놓친 그는 잔뜩 화가 나 있는데 운동장에 나동그라진 여자애들은 울고불고 난리였다. 결국 그는 그 여자 반의 담임이었던 양병하 선생에게 끌려가 여자애들이 보는 앞에서 야무지게 뺨을 몇 대 얻어맞았다. 그때만 해도 선생이 제자 몇 대 때리는 일이 다반사였고, 정식 대열을 밀친 그가 명백히 잘못한 일이었음에도 불구하고 그는 여자애들 앞에서 얻어맞은 창피함에 씩씩거리며 꼭 그 원수를 갚겠다고 별렀었다. 그런 선생을 다시 산에서 만난 것이었다.

"선생님! 예전에 여자애들이 보는 앞에서 저를 때렸던 일 기억나십니까?"

인사이동 문제를 얘기하러 왔던 양병하는 갑작스런 옛날 얘기에 어리둥절해서 그를 보았다.

"제가 축구시합을 하다 선생님 반 애들을 넘어뜨렸다고 선생님이 제 뺨을 몇 대 때리지 않으셨습니까?"

"그래, 그래. 기억나는구만. 그날 자네는 끝까지 씩씩거리면서 잘못했다는 말을 하지 않았었지. 그게 괘씸해서 몇 대 더 때렸지."

양병하가 빙긋이 웃었다.

"그날 제가 무슨 생각을 했는지 아십니까? 원수를 갚겠다고 선생님 성함까지 알아내서 기억해 두었었는데요."

"그래서 지금 원수를 갚은 거라는 얘긴가?"

"원수 한번 확실하게 갚지 않았습니까?"

"그렇구만. 나 같은 놈에게 그런 중책을 맡기다니 원수 한번 확실하게 갚은 셈이지. 선생이 편히 지내는 꼴을 못 봐서 말이야. 눈코 뜰 새도 없이 바쁘게 만들어놓다니, 이거 참 못된 제자 놈이로구면."

스승과 제자는 서로 얼굴을 마주보며 껄껄 웃음을 터뜨렸다.

"선생님, 그런 염려는 마십시오. 다른 사람보다 선생님이 조심스럽고 어려운 것은 사실입니다만, 그렇다고 사적인 감정으로 당의 원칙을 파기하지는 않습니다."

고개를 끄덕이던 양병하는 따뜻한 손으로 그의 어깨를 두드려주고는 바쁜 걸음으로 총총 사라졌다. 아직도 어깨에 남아 있는 양병하의 따스한 손길을 음미하면서 참 아름다운 인연이라는 생각이 들었다. 학교시절의 친구들과 선생님의 모습이 떠올랐다. 다들 어떻게 이런 세상을 살고 있을까. 반에서 가장 공부를 잘했고 부잣집 아들로 순진하기 짝이 없던 의성이는 구례에서 유일하게 경기중학에 들어갔었는데 지금은 어느 쪽에 서서 이 전쟁을 보내고 있을지 궁금했다. 찬탁을 해야 한다며 그에게 좌익서적을 적어주고 갔던 이상필은 지금 어디서 무슨 일을 하고 있을까. 박희택 선생은…… 박희택 선생은 그의 유일한 스승이었다. 반내골 간이학교를 다닐 때도 그 선생에게만 배웠고, 몇 년 집에서 농사일을 하다 다시 중앙국민학교에 편입했을 때도 중앙국민학교로 전근 와있던 박희택 선생이 2년 연속으로 담임을 맡았었다. 너희들 나이에는 공부 열심히 해서 능력을 갖추는 게 유일한 애국이라며 게으름 피우는 학생들을 무섭게 채찍질해서 구례 촌마을에서 그의 반만 해도 스무 명이 넘게 중학에 진학했었는데, 해방이 되고 나서 교원노조에 가입했다는 소식을 끝으로 더 이상 소식을 들을 수 없었다. 순천에서는 여순사건 때 좌익에 동조했던 많은 교원노조 소속 선생들이 경찰에 체포되고 총살당했다던데 살아나 계실지…….

　언제쯤 그리운 사람들을 다 만나볼 수 있을까. 언제쯤 좋은 세상이 올까. 과연 그런 날이 올까. 올 겨울을 넘길 정도의 식량을 비축해두기야 했지만, 추위만으로도 두려운 겨울은 점점 깊어가고 적들은 점점 강해지고 있었다.

18

세계 최초의 세균전

1950년 12월도 저물어갈 무렵 드디어 적들은 대대적인 수복작전을 개시했다. 540부대와 총사의 지원까지 받아 해방구 방어에 최선을 다했지만 역부족이었다. 결국 얼마 되지 않던 해방구마저 잃어버린 곡성군당은 백아산 기슭의 화순 방석포라는 마을로 거점을 옮겼다. 그러나 방석포는 20여 호밖에 되지 않는 작은 마을이어서 3백 명이 넘는 군당이 있기에는 너무 좁았다. 며칠 뒤 군당은 보름재 너머의 평지마을로, 유격대는 거기서 이 킬로미터쯤 떨어진 양지마을로 다시 옮겨갔다. 북쪽으로 일 킬로미터쯤 있는 강의동 마을에는 540부대가 있어 적의 침입을 막고, 남쪽 갈경이 마을에는 총사가 자리 잡고 있어 매우 안전한 지형이었다. 한동안 편안한 시간이 계속되었다. 군당에서는 아직 채 마치지 못한 식량비축에 힘을 쏟는 한편 적의 역량을 소모시키기 위해 기습교란 투쟁을 벌이거나 교통통신 마비투쟁을 벌이면서, 지금까지 계속해오던 사상교육과 주민들에 대한 선전활동을 추진해나갔다. 빡빡한 일정에 다들 피곤하긴 했지만 특별한 위험은 없었다.

간혹 보급투쟁에 나갔던 유격대가 소를 몰아오기도 했다. 오랜만에 동지들의 영양보충을 위해 시가보다 몇천 원 더 얹어주면서 사오는 것이었다. 그런 날은 온 동네에 잔치가 벌어지고 오락회가 열렸다. 소 한 마리라고 해봐야 4백 명 가까운 사람들이 먹어대니 몇 점 돌아가지도 않았다. 그러나 고기를 배불리 먹는 것보다도 오락회가 더 흥미진진했다. 오락회가 있는 날이면 옆 동네 할머니들까지 어린 손자의 손을 붙들고 희미한 달빛을 밟아 평지마을로 왔다. 마을 공터에 모닥불을 피워놓고 둥그렇게 모여 앉아 군당 기관별로 대항전을 벌이기도 했다. 여맹원들도 부끄럼 없이 앞으로 나가 노래를 한 가락씩 뽑고, 흥이 오른 노인네들이 덩실덩실 어깨춤을 추면 신나는 탭 댄스가 이어졌다. 농사만 짓던 시골사람들이 언제 이런 오락회를 해봤을 리 없었다. 구경거리라면 고작해야 운동회나 곡마단이나 유랑극단의 공연뿐, 그나마 자주 오는 것이 아니고 일이 바쁠 때면 구경도 할 수 없었다. 자신들이 주연이 되어 함께 어우러져보기는 난생 처음이었을 것이다. 흥만 나면 누구나 할 것 없이 모두 잘 놀았다. 아이들도 어른들이 부르는 노래를 금방 흉내 내어 잘 따라 불렀다. 노래만큼 좋은 것도 없었다. 누구나 노래는 놓아했고, 공산주의가 무엇인지 모르는 사람도 노래를 부르면 함께 하나가 되었다. 철모르는 어린애들이 노래를 하면 칭찬받던 맛에 국군에게 수복되고 나서도 자랑스럽게 좌익노래를 불러대는 바람에 경을 치기도 했지만.

화순에는 탄광이 있어서인지 곡성 사람들보다 좌익에 적극적이었다. 그가 묵고 있는 집만 해도 마을에서 가장 좋은 집이었는데 육십이 다 돼가는 집주인 최씨는 자기 집 사랑방에 든 손님들에게 조금도 싫은 기색 없이 최선을 다해 주었다. 매끼 식사 때마다 혹시 무슨 일이 있으면 안 된다고 젓가락을 들고 부엌에 들어가 일일이 반찬 하나하나를 검식해볼 정도였다.

2월 중순, 도당에 들렀던 그는 우연히 노령지구 사령관으로 가 있던 김병억을 만났다. 50년 여름에 김병억의 손에 끌려 장성까지 가서 김춘옥을 만난 뒤로 처음이니 꽤 오랜만이었다. 반가움에 펄쩍펄쩍 뛰던 김병억은 잠시 후 의미심장한 웃음을 흘리며 물었다.

"자네, 우리 고모랑 잘돼 간담서?"

"응? 으응."

김춘옥을 소개시켜준 김병억인데도 속마음을 털어놓기가 쑥스럽고 어색했다. 그동안 김춘옥과는 연락원을 통해 편지를 몇 번 주고받았다. 그러니까 정작 얼굴을 본 것은 단 한 번인데 참 이상하기도 했다. 장성에서 그녀를 본 순간부터 이미 연인이라도 되는 것처럼 느껴진 것이다. 그녀 역시 마찬가지였다. 첫 편지에 그는 당연히 억지로 했던 결혼 이야기를 써 보냈고, 그녀는 충분히 이해할 수 있다는 답장을 마치 청혼 승낙이라도 하듯 써 보내왔다. 김병억이 소개시켜 줄 때부터 신랑, 신부라고 소개해버린 까닭도 조금은 있었을 테지만 그는 그때나 그 후나 자신이 왜 그렇게 갑작스레 그녀를 사랑하게 됐는지 이해할 수 없었다. 수줍은 소년처럼 얼굴에 홍조를 띠고 서 있는 그를 보며 김병억이 다시 말을 걸었다.

"우리 고모 말일세. 곡성에 와 있게 하면 안 되겠나?"

"이 사람, 그게 우리 맘대로 되나?"

"아니, 지금 고모가 좀 어려운 형편에 처해 있네. 아무래도 고향에서 사업하기가 힘든 모양이야. 그래 도당으로 소환하려고 하는데 자네가 도 여맹위원장에게 부탁해 보라구. 웬만하면 가능할 수도 있지 않겠나?"

그녀와 함께 일할 수 있다면 물론 좋을 터였다. 김병억은 미적거리는 그를 끌고 도 여맹위원장이 있는 곳으로 데려가더니 그의 등을 떠밀었다.

"아이구 혁운 동무가 나한테 웬일이오?"

여맹부위원장 임복현이 반갑게 그를 맞았다. 임복현은 시가가 구례인 탓에 잘 알고 지내던 터였다. 시집올 때만 해도 다른 일을 하던 남편이 경찰이 되겠다는 바람에 반동과는 같이 살 수 없다며 이혼을 하고 집을 뛰쳐나온 임복현은 그 후 월북하여 강동정치학원을 수료하고 다시 내려온 것이었다. 웬만한 여자라면 이혼은 엄두도 못 낼 시절에 남편과 가정까지 박차고 나올 만큼 견고한 사상을 가졌던 임복현도 결국 생명의 위협 앞에선 어쩔 수 없었던 것일까. 52년 나주로 지하공작 사업을 나갔다 붙잡힌 그녀는 끈질긴 고문과 회유에 한 달을 버티다 결국은 무릎을 꿇고 나주의 지하조직을 다 불고 말았다. 그녀 때문에 나주의 지하조직은 완전히 붕괴되었다. 어쨌거나 그때까지만 해도 대단한 여자였던 임복현은 얼굴을 붉힌 채 우물거리고 서 있는 그를 이상한 듯 빤히 쳐다보았다.

"아, 저 우리 군에 여맹사업 할 동지가 하나 필요해서요."

"하긴 그쪽에 마땅한 사람이 지금 없지요? 근데 지금 당장은 배치할 만한 사람이 없는데……. 어쩌나, 난생 처음 혁운 동무가 내게 부탁한 건데."

"사실은 김병억 동무의 고모가 지금 장성군 여맹 조직부장으로 있는데 고향이라 사업하기가 힘들다고 곧 도당으로 소환시킨답니다. 그 동무를 좀 배치해주시죠."

"그럼 마침 잘됐네요. 안 그래도 곡성에 좋은 동무를 하나 배치할 생각이었는데……."

그의 속마음을 다 알아차린 듯 미묘하게 웃던 임복현은 그 후 곧 김춘옥을 곡성으로 배치해주었다. 먼 데 두고 그리움을 참는 것도 쉽지는 않지만 바로 눈앞에 두고 볼 수 없다는 것도 못지않은 고통이었다. 서로가 자신의 일로 바쁘기도 했고, 간부쯤 되는 사람이 시간이 된다고 해서 함부로 그녀를 찾기도 어려웠다. 사랑을 하면서 사소한 부분에서부터 원칙을 이탈하기 시작했던 사람들이 작은 원칙의 파기로 얼마나 엄청난 대가를 치렀는지 그는 잘 알고 있었다. 6.25 직후 해방 소식을 듣고도 동지들의 손에 처형당해야 했던 전인수만 해도 그랬다. 자기가 사랑하는 사람에게 더 신경이 쓰이고 더 잘해주고 싶은 것은 어쩌면 당연한 인간의 마음인지도 모른다. 자기가 사랑하는 사람이 죽을 게 분명한 임무를 맡을 때, 더욱이 자신은 그 임무를 부여하는 사람일 때 인간이라면 누구나 그 사람을 제외시키고 싶은 마음이 간절할 테지만, 그 임무는 해도 좋고 안 해도 좋은 일이 아니라 누군가는 반드시 해야만 할 일이다. 어쩔 수 없이 자신이 받아들여야 할 고통을 외면하고 마음 편한 대로 사랑하는 이를 특별 대우해서 임무를 해제시킬 때 순간이야 즐겁겠지만 기다리는 것은 더 큰 고통이다. 사랑하는 이 대신 그 어려운 임무를 맡아야 하는 것은 바로 그들과 똑같은 동지인 것이다. 사적인 감정에 얽매인 간부를 어느 누가 신뢰할 수 있겠는가. 소문이야 어차피 막을 수 없다는 걸 그는 알고 있었다. 남녀문제만큼 민감하고 미묘한 게 또 어디 있는가. 문제는 두 사람이 어떻게 사랑하는가였다. 동지들 앞에 떳떳하고 모범이 될 만한 사랑을 하기 위해 두 사람은 최선을 다했다.

특별한 전투 없이 평온한 봄이 찾아왔다. 봄비가 몇 차례 내리고 나더니 불쑥 봄이 무르익은 3월 20일경이었다. 오전 11시쯤 느닷없이 미군 비행기 세 대가 백아산 상공에 나타나 저공비행을 시작했다. 사전정찰을 하는 듯 비행기는 백아산 골짜기마다 샅샅이 뒤지고 다녔다. 고지에 주둔해 있는 유격대가 소총으로 사격을 했지만 응사도 없이 삼십 분쯤 정찰을 하다가 비행기는 유유히 돌아갔다. 비행기가 사전정찰을 했으니 곧 적의 공세가 시작될 것은 당연했다. 준비하라는 지시가 계속 상부에서 내려왔고, 그들도 공세에 대비하여 거점을 산으로 이동시킬 만반의 준비를 끝냈다. 하루가 가고 이틀이 갔다. 적들은 여전히 움직임의 기미가 없었다.

22일 아침 도당에서 지도원이 내려왔다. 지도원의 얼굴은 몹시 침통했다.

"잔인무도한 미제 놈들이 이젠 세균전까지 시도했소. 이십일 아침 비행기는 정찰임무도 있었지만 세균살포가 주목적이었소. 살포 전에 부근 지역 주민들에게는 미리 예방주사를 놓았다고 하오. 벌써 백 명 이상의 환자가 발생했소. 재귀열이라고 하는 병인데 처음에는 세균으로 감염되지만 나중에는 이가 병을 옮긴다고 하오. 죽을병은 아니라고 하지만 적이 쳐들어오면 큰 걱정이오."

전방에서 세균을 살포했다고 하더니 사실인 모양이었다. 그러나 주전선도 아닌 후방에서 세균전까지? 그는 지도원이 내놓은 도당의 긴급지시문을 펼쳐들었다.

적은 최후의 발악으로 단말마적인 세균전을 감행했다. 우리 당은 이에 대처하여 '방역을 위한 투쟁은 조국을 위한 투쟁이다'라는 구호를 설정하고 적의 단말마적인 세균전에 대응하여 다음과 같이 지시한다.

1. 환자의 발생을 예의 주시하여 발생 즉시 격리수용한다.

2. 건강한 사람은 세균의 침범이 어렵다. 모든 성원에게 당분간 무리한 투쟁과 활동을 금지시키고 최대한의 노력으로 충분한 영양을 공급하여 건강을 유지한다.

3. 환자가 발생하면 총사 의무과의 지시에 따를 것이며 의료요원은 재귀열 환자를 전문치료한다.

4. 모든 기관과의 왕래를 원칙적으로 금한다. 부득이한 경우 왕래자는 단발을 시켜 머리에서 이를 없앨 것이며, 예비복을 준비해 두었다가 갈아입고 기존복은 증기소독을 하여 철저한 예방을 한다. 그 외 성원들의 의복도 매일 증기소독을 시키고 머리도 매일 1회 이상 감게 한다.

5. 여성 대원들도 가능한 단발을 한다.

6. 재정이 허락하는 대로 DDT나 구충제를 구입한다.

즉시 군당 간부회의를 소집해서 상황을 알아보았다. 다행히 유격대의 대부분이 세균이 살포되던 날 곡성면에 투쟁 나갔다 어제 돌아오는 바람에 아무 이상이 없고, 군당기관 등에서 네 명의 환자가 발생해 있었다. 그날 당장 환자들을 수용하기 위한 환자 트를 설치했다. 다음날부터 환자가 급속하게 늘어났다. 지금까지의 활동 일체를 중지하고 머리를 깎는다 옷을 소독한다 한바탕 소동이 벌어졌다. 다들 전염병에 위축되어 좌불안석이었다. 그러나 그게 다가 아니었다.

23일 밤 총사에서 긴급 작전지시가 내려왔다. 내일부터 대대적인 백아산 토벌작전이 실시될 것이라는 정보가 입수됐다는 것과 곡성군 유격대도 540부대와 함께 방어전에 참여할 것, 비무장 당단체는 오늘 밤 12시 안으로 백아산을 빠져나가라는 것이었다. 간부들 모두 침통하게 말이 없었다. 기하급수적으로 환자가 불어나길 기다렸다가 드디어 치고 들어오는 것이었다. 벌써 백아산에는 재귀열 환자가 7백 명이 넘었다.

"개새끼들! 이럴 줄 알았으면 그때 다 죽여 버리는 건데!"

누군가 이를 갈며 신음처럼 내뱉었다. 9.28 직후 540부대와 합동작전으로 광주 쪽으로 이동하는 미군을 습격하여 생포했던 미군 포로들을 얘기하는 것이었다. 꽤 큰 성과를 올렸던 그 전투에서 빨치산들은 미군 십여 명을 포로로 잡았는데, 제네바협정에 따라 처형하지 않고 한동안 감금했다가 전투를 이용해 풀어준 적이 있었다. 말이 포로지 귀빈과 다를 바 없었다. 포로인 주제에 고기를 주지 않는다고 항의하고 배고프다고 투덜거리고 하는 판에 어이없어 하면서도 순박한 농부의 인심으로 자기들도 못 먹는 고기를 끼니마다 대주었던 것이다. 천진난만하게 애인의 사진을 꺼내 열렬한 키스를 퍼붓기도 하고 자랑하기도 하는 그들도 자기네와 똑같은 인간이구나 싶어 애정이 가기도 하고, 여성 대원들만 나타나면 눈을 희번덕거리면서 휘파람을 불어대는 통에 양놈들은 밥도 쇠스랑으로 먹는다더니만 역시 어쩔 수 없는 야만인들이라며 혀를 차기도 했었다. 한 전투에서 그들을 풀어주었지만, 미군들이 나타나는 바람에 총 한 방도 쏘지 못하고 패한 어느 경찰서장이 홧김에 그들을 죽여 버렸다는 소문만 무성한 채 다시는 그들의 소식을 들을 수 없었다. 잡았던 포로도 풀어준 그들이었는데, 미국은 세균을 살포해 놓고 앓아누운 사람들을 향해 총을 겨누고 들어오는 것이었다.

미군 포로들만 욕하고 앉아 있을 시간이 없었다. 당장 두 시간 내로 모든 이동준비를 마쳐야 했다. 군기관을 60명씩 3개 조로 나눠 부위원장과 조직부장의 인솔하에 먼저 떠나보내고 뒷일을 마무리한 다음 그는 부랴부랴 기다리고 있는 그의 조로 달려갔다. 그런데 이게 웬일인가? 60명이어야 할 그의 조가 무려 130명이나 되었다. 무단으로 대열을 이탈해 그의 조로 들어온 사람들이었다. 난감했지만 그 자리에서 추궁할 수도 없는 일이었다. 마지막 위기에 자신이 가장 믿는 사람을 따르게 되는 것은 당연한 일인지도 몰랐다. 무장이라고는 권총 하나와 카빈 두 자루였지만, 백 명이 넘는 비무장 대원을 끌고 통명산으로 빠져 주능선을 피해 보성강이 바라보이는 야산 발치에 잠복한 채 하루를 보냈다.

새벽 6시, 이른 봄이니 아직 해도 뜨기 전인데 벌써 총소리가 터지기 시작했다. 비행기까지 동원되어 기관총, 소총, 박격포 소리가 온종일 요란했다. 밤이 돼도 적들은 후퇴하지 않았다. 능선마다 적들이 주둔해 있는지 온 능선이 불바다였다. 그들 일행은 밥을 해먹을 수도 없고 편히 누워 잘 수도 없어 생쌀을 씹으며 앉은 채로 밤을 지새웠다. 다음날 오후 1시경 일제히 총소리가 멈추었다. 다시는 총소리가 들려오지 않았다. 백아산의 적이 후퇴하여 야산을 치고 들어오면 큰일이라 5시경 일단 이동을 시작했다. 능선 비탈을 돌아 통명산 삼각지에 이르렀을 때 척후로부터 전달이 왔다. 한복을 입은 시체 몇 구가 버려져 있다는 것이었다. 대열을 정지시키고 앞으로 달려갔다. 시체들은 대부분 노인들로 대검에 찔려 숨져 있었다. 경찰들이 여기까지 와서 죽일 리 없으니 아마도 이쪽 편의 짓인 것 같은데 무슨 일 때문인지 알 수가 없었다. 그는 시체를 확인하기 위해 각 면에서 가장 나이 많은 사람들을 앞으로 불러냈다. 이미 산거미가 내리고 있어서 라이터 불을 켜서 일일이 시체를 확인하던 사람들이 라이터를 툭 떨어뜨리더니 침통하게 말했다.

"입산한 동지들의 부친들입니다."

도대체 무슨 일로 우리 동지들의 가족을 우리 쪽에서 숙청한 것일까. 대원들 모두 우리 편에게 희생당한 걸 알아차리고는 의아해 하기도 하고 분개하기도 했다. 아무리 바쁜 걸음이라도 시체를 그냥 버리고 갈 수 없었다. 행군을 멈춘 채 대열은 어둠을 헤치고 돌더미를 쌓아올려 어설픈 가무덤을 만들었다. 매장을 마치고 막 출발하려는데 선두 보초선에서 수화 소리가 들려오더니 잠시 후 따발총을 맨 인민군 두 사람이 나타났다. 박대수가 이끄는 총사 7연대 소속의 낯익은 사람들이었다. 7연대가 어제 백아산작전에 참가했다가 오늘 새벽 백아산을 빠져나와 이곳에 주둔해 있다는 것이었다. 무장부대가 근처에 있다는 말을 듣고 어찌나 반가웠는지 그는 한걸음에 달려갔다. 연대장 박대수가 반갑게 쫓아 나왔다.

"…… 그런데 혁운 동무, 문제가 좀 생겼소. 이리 오는 길에 정찰대로 보이는 한복 차림의 민간인들을 만났는데 그들이 참모장에게 자수를 권고하다 그 자리에서 사살 당했소. 나중에 시체를 뒤져보니 경찰서장이 보낸 편지가 들어 있었는데, 바로 우리 입산자의 가족이었소. 곡성 기관에서 일하는 동지들인 모양인데, 그 동무들에게 큰 죄를 지은 결과가 됐소. 참모장을 호되게 비판하긴 했지만 이왕 이렇게 된 것, 동무가 잘 수습해주시오."

그럼 조금 전 희생당한 시체가? 눈에서 불꽃이 튀었다. 구례군당 시절의 상급자이고 빨치산의 탁월한 지휘자이긴 했지만 박대수가 갑자기 사람으로 보이질 않았다. 우리 동지들의 가족이건 누구건 자수를 권유했다고 해서 사유도 알아보지 않고 사살한다는 것은 있을 수도 없는 일이었다. 닥치는 대로 사람을 죽이는 군경과 우리가 다를 게 뭐란 말인가!

"동무! 동무는 누구를 위하여 무엇을 하는 사람이요?"

화가 치밀어 올라 상급자 대우를 해줄 기분이 아니었다. 기분대로라면 따귀라도 한대 올려붙이고 싶은 심정이었다.

"나는 도저히 동무와 동무의 부대가 저지른 이 엄청난 행위를 용납할 수 없소. 정식으로 도당에 보고하여 응분의 조치를 취하겠소. 그들의 아들딸은 우리 군당과 유격대에서 영웅적으로 투쟁하고 있는 동지들이오. 동무라면 그 동지들에게 이 상황을 어떻게 설명하겠소? 동무의 부모님이 우리 동지들의 손에 죽었다면 어떻게 이 상황을 받아들이겠소?"

박대수는 어찌할 바를 모르고 입맛만 다시고 있었다. 그는 단호하게 뒤돌아섰다.

"이봐 위원장 동무! 위원장 동무!"

박대수가 다급하게 외치며 그의 뒤를 따라 나왔지만 그는 들은 척도 않고 걸음을 재촉해서 원대로 돌아왔다. 그동안 시체의 매장이 끝나가고 있었다. 급하게 차린 밥을 젯밥이랍시고 차려놓고 120명 전원이 무덤 앞에 도열해 섰다.

"유명을 달리하신 자랑스런 조선의 아버님들! 당신들의 사랑하는 아들딸들은 불행히도 이 자리에 없습니다. 그들은 조선의 혁명가로서 조국의 통일과 독립을 위해 저 건너편 백아산에서 원수들과 불꽃 튀기는 싸움을 계속하고 있습니다. 당신들의 죽음은 상상도 못하고서……. 내 조국의 통일과 독립, 그리고 내 부모형제 자자손손이 착취 없고 억압 없이 살 수 있는 좋은 세상을 만들기 위해 자신의 죽음도 마다 않고 싸우는 당신들의 아들딸에게 당신들의 죽음을 어떻게 설명해야 할지……."

목이 메어 추도사를 끝맺지도 못한 채 그는 울먹이며 재배를 올렸다. 숨죽인 오열 소리가 대열로 퍼져갔다.

눈물 젖은 밥을 먹고 이동하려는 찰나였다. 7연대장 박대수와 간부들이 찾아왔다. 그들도 무덤 앞에 묵념을 올렸다. 적들과 똑같이 동지의 부모를 죽여 놓고 저 무덤 앞에서 무슨 말을 할 수 있을 것인가. 그의 심정이 그럴진대 곡성이 고향인 다른 사람들의 기분이야 두말할 나위가 없었다. 묵념을 마치고 돌아선 그들은 오늘 밤 합동으로 보급투쟁을 하자고 제의했다.

"안 됩니다. 지금 대원들의 상태가 그럴 만하지가 않습니다."

그의 단호한 거절에 박대수가 다시 미적거리며 변명을 늘어놓았다.

"이봐요. 위원장 동무! 그러지 말고 동무가 가운데서……."

"시비는 도당에 들어가서 가리기로 하지요."

박대수를 냉랭하게 돌려보낸 그는 간부들을 불러 모아 이후의 일정을 논의했다. 총성이 그쳤으니 백아산으로 다시 들어가자고 제의했지만, 다들 백아산 사정도 모른 채 들어갈 수가 없으니 일단 다른 데로 옮긴 후에 백아산 사정을 확실히 알아보자는 것이었다. 하부의 견해를 무조건 무시할 수도 없었다.

"그럼, 어디로 갔으면 좋겠소?"

다들 묵묵부답이었다.

"여기 통명산과 봉두산은 칠연대가 오늘 밤 곡성읍에서 보급투쟁을 하고 나면 당장 공격이 들어올 것이요. 대체 어디로 가자는 거요?"

여전히 대답이 없었다. 머리만 싸매고 미적거릴 때가 아니었다.

"그럼, 정찰대를 삼기면으로 보내서 정보선을 통해 오늘 상황을 먼저 확인합시다. 만약 적이 백아산에서 빠져나갔다면 백아산으로 가고, 그렇지 않다면 동악산으로 갑시다. 동악산도 안전하지야 않겠지만 현재로서는 최선의 방책이오."

삼기면 출신으로 발 빠른 사람 둘을 선발하여 정찰대로 미리 보내고 전대열도 곧 뒤따라 출발했다. 어둠 속을 묵묵히 걷고 있노라니 박대수의 일이 다시 떠올랐다. 경찰의 강요에 못 이겨 자수를 권유하러 산으로 올라온 사람들이나, 아까는 불같이 화를 냈지만 그 사람들을 죽여야 했던 사람들이나 똑같이 불운하다는 생각이 들었다. 지금 생각해보니 아무 생각도 없이 자수를 권유한다는 것만으로 사람을 죽였을 것 같지 않았다. 그들의 신분이 어떻든 간에 부대의 이동이 드러난 이상 그냥 살려 보내기가 난감한 일이었을 것이다. 인도적인 차원에서 그들을 살려 보냈다가는 부대가 치명적인 타격을 입게 될 테니까. 부대의 이동을 드러내지 않고 목숨도 살리는 좋은 방법이 찾아보면 있기도 했겠지만 어디에 묶어 둔다거나 끌고 갔다 하더라도 부역자의 가족이나 군경에 다시 잡혔을 때는 어차피 기다리는 건 죽음밖에 없을 터였다. 이것을 누구의 잘못이라고 할 수 있겠는가. 모든 것은 혼돈의 역사로부터 출발하는 문제였다.

자정이 넘어 교티재에 도착했다 교티재는 통명산과 동악산이 만나는 곳으로 국도가 뚫려 있었다. 미리 도착한 정찰대가 몇 군데 방문하여 정보를 갖고 돌아왔다. 오후 4시경부터 석곡 쪽에서 수십 대의 트럭이 곡성읍과 광주 방면으로 빠져나갔으며, 차일봉에 있던 수백 명의 군병력도 도보로 삼기까지 내려와 광주로 빠져나갔다는 소식이었다. 그들은 방향을 바꾸어 차일봉 쪽으로 다시 행군을 시작했다.

희뿌옇게 동이 터오기 시작했다. 평지마을은 온통 잿더미였다. 논 가운데 파놓은 비트에 숨어 있던 주민들이 새벽녘이 되자 하나둘씩 빠져나와 어쩔 줄을 모르고 안절부절못하고 있었다. 당장 오늘부터 기거할 집조차 없었다. 그는 정찰조를 몇 개 편성하여 도당과 총사 쪽의 상황을 알아 오라고 파견한 뒤, 실의에 차 있는 주민들을 불러 모아 한편에서는 타버린 잿더미를 치우게 하고, 한편에서는 마을 앞 논바닥에 가막사를 짓게 했다. 군당은 떠나더라도 주민들은 남아서 살 집이 필요했다. 봄빛이 짙어올 무렵이라 다행이긴 했지만, 평생 자신의 땀과 추억이 깃든 집을 하루아침에 잃어버린 주민들의 억울하고 슬픈 심정이야 이루 말할 수가 없었다.

밤이 어둑해져서야 정찰조들이 돌아왔다. 어제 매봉에서 한 대원이 소총으로 전투기 한 대를 격추했는데 비행기가 공중폭발하자 그때부터 각 고지에서 적의 공격이 중지되고 퇴각이 시작되었다는 것이다. 전투가 시작되기 전에 소수 병력만 남기고 다 백아산을 빠져나가 전투병력의 손실은 별로 없었지만 미처 빠져나가지 못한 재귀열 환자 7백여 명이 모두 사살당했다고 했다. 그것도 주로 화순과 백아산 주변 마을에서 입산한 투쟁인민들이라는 것이다.

당시에는 좌익에 대단히 적극적인 마을들이 있었다. 그런 마을 사람들 중에서 후퇴 시에도 빨치산과 함께 살다 죽지 미제 치하에서는 살지 않겠다고 하여 함께 입산한 이들을 투쟁인민이라고 불렀다. 백아산 주변만 해도 그런 투쟁인민이 천 명이 넘었는데, 그들은 부대의 호위를 받으면서 당 기관과는 별도로 산 속에서 생활하고 있었다. 보통 이런 투쟁인민들이 가장 안전한 장소에 거처하기 마련인데, 백아산에서는 상봉 밑의 원봉 고랑이 가장 넉넉하고 지형이 좋아 대부분의 투쟁인민들이 거기 모여 있었고,

유격대나 당기관은 반드시 사수해야 할 지점이나 방어에 유리한 지점인 매봉고지나 삼각고지에 아지트를 만들어놓고 있었다. 그런데 가장 안전하리라고 믿었던 원봉 고랑에 집중적으로 세균을 살포하는 바람에 바깥으로 전투를 자주 나가는 유격대나 당기관원들보다 투쟁인민들의 발병률이 훨씬 높았다. 움직이지도 못하는 환자들을 어떻게 할 수가 없어 환자 트에 숨겨놓고 떠난 것인데, 대항하기는커녕 움직이지도 못하는 환자들을 포로로 잡아간 것도 아니고 현장에서 사살을 했다는 것이다. 좌익의 지지자라고 해봐야 함께 투쟁을 한 것도 아니었고, 좌익보다는 군경의 행패가 훨씬 더 심해서 마을을 떠나 산으로 들어온 주민들일 뿐이었다.

그제야 그도 곡성군당의 환자들이 떠올라 허겁지겁 달려갔다. 다행히 환자 트는 발각당하지 않고 무사했다. 그러나 간호원까지 감염되어 드러누운 채 의무요원 한 사람이 이리 뛰고 저리 뛰며 진땀을 빼고 있었다. 그가 들어서자 의무요원이 혼자서는 물심부름조차 벅차다며 눈물을 펑펑 쏟았다. 급한 김에 간호할 사람도 충원해주지 않고 떠난 그의 불찰이었다. 그도 눈물이 핑 돌았다. 고열에 들떠 신음하고 있는 한 환자의 머리를 짚었는데 이게 웬일인가. 이마를 짚고 있는 그의 손등으로 이 떼가 새하얗게 기어오르는 것이었다.

그러고 보니 입고 있는 검은 전투복도 이 떼가 바글바글 꼬여 흰옷처럼 보일 지경이었다.

"세상에! 이게 웬일이요?"

"의복소독은 엄두도 못 냈습니다. 물도 못 떠다주는 형편인데요."

의무요원이 눈물이 글썽글썽해서 고개를 푹 수그렸다. 그의 잘못이 아니었다.

"가서 당장 인력충원 좀 해오시오!"

함께 왔던 연락병이 달려가 남자들 몇 명을 데리고 왔다. 당장 환자들의 옷을 벗겨 증기소독을 하고 머리를 깎기 시작했다. 그나저나 한 사람 남아 있는 의무요원마저 쓰러질까 걱정이었다. 사회에서 의사조수를 했다는 의무요원 심복순은 환자들을 간호하고 치료하는 일을 자신의 천직으로 아는 사람이었다. 정식 의사도 아니면서 그렇게 열성적일 수가 없었다. 식음도 전폐하고 환자들을 돌보는 그를 보고 있노라면 말수도 적고 얌전하기만 한 그가 왜 산에까지 올라오게 됐는지 이해할 수 있을 것 같았다. 사람의 목숨을 살리는 공부도 돈이 있어야 하고, 사람을 살리는 일도 돈으로 거래되는 세상이 아마도 그는 싫었으리라. 심복순에게 꼭 휴식을 취하라는 말을 남겨놓고 도당 긴급회의에 참석하기 위해 길을 떠났다. 방역대책과 적의 재공세에 대한 대책 지시를 받고 새벽 4시가 넘어 다시 곡성군당으로 돌아왔다. 어쩐지 몸이 찌뿌드드한 게 몸살기 같기도 했다. 자는 도중에 자꾸 갈증이 나서 자주 잠을 깼다. 설마 내가 재귀열에 걸렸을까 했는데 잠은 오지 않고 골치가 아파오더니 온몸이 쑤셔오기 시작했다. 확실했다. 어제 도당에서 의무과장이 했던 말이 스쳐갔다. 1연대와 15연대가 석곡지서 습격을 하면서 면사무소에서 다량의 주사약을 가져왔는데 그게 마파산이라는 재귀열 예방주사 약이었다. 예방약이라 이미 병이 걸린 사람에게 주사를 놓으면 부작용이 심하긴 하지만 치료제로 쓰이기도 한다고 했다. 그는 간신히 정신을 차려 연락병을 급히 총사로 보냈다. 얼마나 급하게 다녀왔는지 불과 몇 시간 만에 주사약 백 알과 주사기를 가지고 왔다. 주사를 맞자마자 정신이 까마득하게 흐려졌다.

　　피비린내 나는 전투가 벌어지는 중이었다. 이미 탄환도 바닥이 나고 있었다. 권총으로 적의 머리를 내리치려는 찰나 철모에 흰 테를 두른 적의 총검이 그의 가슴팍을 쑤셨다. 가슴에서 피보라가 튀었다. 마지막이구나. 인민공화국 만세를 목청껏 외치려고 했지만 이상하게 목이 잠겨 말이 나오지 않았다. 더 크게 고함을 지르려고 안간힘을 썼다. 그때였다.

"위원장 동무! 위원장 동무!"

누군가 그의 몸을 잡아 흔들었다. 눈을 떠보니 그의 아지트였다. 온몸은 땀으로 흠뻑 젖어 있고 얼굴에서도 식은땀이 줄줄 흘러내렸다.

"위원장 동무! 큰 전투를 치르신 모양입니다."

이제 안심을 해도 될 만한 상태인 모양인지 의무지도원이 빙그레 웃으며 말을 건넸다.

"돌격 일중대! 이중대는 포복 전진하라! 하고 계속 고함을 치시던데요."

"그랬었나? 적의 총검에 찔려 죽는 꿈을 꾸었는데, 마치 다시 살아난 기분이구만."

"예. 열도 내리고, 이제 괜찮으실 겁니다. 음식만 절제하시면 안심해도 좋습니다. 절대로 과식하지 마십시오."

그러고 보니 몸이 가뿐했다. 땀을 닦고 옷을 갈아입었다. 벌써 오후 8시, 열 시간 넘게 혼수상태였던 모양이었다. 그날까지 발병한 환자 25명 모두에게 마파산을 주사한 모양인데 거의 전원이 그처럼 혼수상태에 빠져 있고 나이 많은 노인네는 결국 강한 주사약을 견디지 못하고 사망했다고 한다. 그는 의무지도원에게 나머지 마파산을 예비용으로 다섯 병만 남겨놓고 군당과 군 유격대 성원 중에서 최근 백아산에 있었던 사람들에게 전부 주사하라고 일렀다.

밥을 으깬 물만 마시며 몸조리를 하다 일주일 만에 밥을 먹기 시작했는데 입맛이 그렇게 좋을 수 없었다. 밥그릇을 물리고 돌아서면 배가 고팠다. 온갖 먹을 것이 머리에서 떠나질 않았다. 먹을 것을 그처럼 밝혀보긴 처음이었다. 그러나 과식만 하면 곧바로 병이 재발한다고 했다. 식탐을 부리다

병이 도져 두 탕, 세 탕씩 병을 앓는 사람이 한둘이 아니었다. 그는 입술을 악물고 참았다. 먹는 걸 참는다는 것이 가장 견디기 어려운 고통임을 그는 처음으로 알았다. 6.25 직전 전남도당이 굶주림으로 궤멸해갈 때도 이 정도는 아니었다. 4월 15일경 총사 의무과장 박충근에게 진찰을 받았다. 진찰을 마친 박충근이 놀라운 눈으로 그를 보았다.

"동무 같은 사람은 처음이오. 병도 가장 가볍게 치르고, 회복도 가장 빠르오. 철두철미한 혁명정신으로 자기와의 싸움에서 승리한 결과 아니겠소."

박충근은 그의 혁명정신을 놓고 칭찬이 대단했지만, 그는 소화가 가능한 만큼은 먹어도 된다는 말이 가장 반가웠다. 배가 찬 후에야 그도 자신이 결국 자기와의 싸움에서 승리했다는 기쁨을 느낄 수 있었다. 돌아오는 길에 도당에 들렀더니 박영발의 기요원인 이정례가 멀리서 그를 보며 호들갑을 떨었다.

"아유, 곡성군당 위원장 동무가 살아왔어요. 살아왔다구요."

이정례의 고함에 도당 간부들이 모두 트에서 뛰어나오며 그를 반겼다.

"다시 못 볼 줄 알았더니…… 살았구려. 혁운 동무! 정말 반갑소."

까만 안경테 속에서 박영발의 차가운 눈빛이 따뜻하게 웃고 있었다. 박영발의 그런 따스함은 처음이었다. 왠지 코끝이 찡해왔다. 이게 바로 동지애구나. 동지들의 웃음 속에 둘러싸인 그의 입가에도 환한 미소가 피어올랐다.

19_

꿈 이야기

물이 오르는가 싶더니 어느새 연둣빛 새싹이 돋기 시작하고 그 새싹은 나뭇잎으로 금세 무성하게 자랐다. 녹음이 짙을수록 빨치산의 생활은 안정을 찾아갔다. 군경도 전면적인 토벌작전을 중지하고 야산 수색과 보급로 차단에만 혈안이 되어 있었다. 백아산에 옹기종기 모여 있던 도당과 각 군당도 서서히 자기 지역으로 거점을 옮겨갔다. 곡성군당도 5월 20일, 드디어 곡성 한복판에 있는 통명산 말골 골짜기(곡성군 오곡면 말골마을이 있는 골짜기)로 전 군기관이 거점을 옮겼다. 후방교란 작전으로 매복기습투쟁, 도로파괴, 통신망 교란투쟁 등과 보급투쟁은 쉬지 않고 진행되었지만 이렇다 할 큰 전투는 없었다. 비교적 조용한 여름이 깊어갔다.

여름과 함께 소련이 유엔에서 한국전의 휴전을 제의했다는 소식이 들려왔다. 또 한번 해방이 물거품으로 사라지는 순간이었다. 여순사건, 작년 여름의 광주 입성, 그 짧았던 해방의 순간들이 스쳐갔다. 의지만으로 움직여지는 세상이라면 얼마나 좋은가. 내일모레일 것 같던 해방은 미제의 참전으로 물거품이 되고, 미제의 완전한 한반도 점령은 중국 인민지원군의 참전으로 저지되었다. 세계의 복잡다양한 얽힘 속에 수많은 사람들의 삶이 파괴되고 부숴졌다. 그렇게 세상은 흘러가고 있었다. 얽히고설킨 거대한 역사의 덩어리는 어디로 흘러가는가. 역사의 발전과 진보를 확신하면서도 웬일인지 정체 모를 허전함은 마음 깊숙이 똬리를 틀고 사라지지 않았다. 생성하고 성장하고 소멸하는 것은 모든 사물의 아름답고 분명한 법칙이기도 하다. 그러나 그것의 본질에는 슬픔도 있는 것일까. 한 인간, 그 개체는 죽되 인류는 발전한다는 위대한 진리 앞에서도 그는 가끔씩 섬뜩한 두려움과 슬픔을 느꼈다.

멀리서는 백전백승을 거두며 지리산을 향해 남진중이라는 남부군의 화려한 소문이 꼬리에 꼬리를 물고 떠돌아다녔다. 남부군이 지리산에 들어오면……. 많은 사람들은 남부군이 빨치산 유격투쟁에 새로운 전기를 몰고 오리라 기대했다. 구례나 곡성쯤은 쉽게 해방시킬 수 있을 거라고, 사람들은 모이기만 하면 기쁨에 들떠 얘기를 주고받았다. 7월이 되자 남부군이 드디어 지리산에 도착했다는 소문이 사실처럼 퍼져나갔다. 그러나 아직 남부군의 모습은 나타나지 않고 있었다.

곡성군당에서는 또 하나의 공공연한 소문이 남모르게 퍼졌다. 위원장인 그와 여맹 조직부장 김춘옥의 연애 이야기였다. 두 사람이 특별히 티를 낸 것도 아닌데 남녀의 사랑만큼 미묘하고 민감한 것도 없어서 사람들은 금세 알아차렸다. 어느 날 총사에 들른 그는 김선우를 만났다. 김춘옥 얘기를 보고하려는 생각이었다.

"사령관 동무! 제가 요즘 연애 중입니다."

"그래? 좋구만. 상대가 누구요?"

김선우가 그를 바라보며 빙그레 웃었다.

"저, 김병억 동무의 고모 되는 김춘옥이라는 동뭅니다."

"지금 곡성군 여맹 조직부장 하는 동무구만. 참 참하던데, 동무와 잘 어울리겠군. 그래 잘되고 있소?"

그는 얼굴을 붉히며 대답 대신 머리를 긁적거렸다. 어쩐지 어색하고 부끄러웠다.

"부끄러울 게 뭐 있소. 둘이 서로 격려하면서 좋은 연애를 하면 되지. 하지만 같이 있는 건 별로 안 좋을 텐데……."

"예, 저도 그걸 의논드리러 왔습니다. 곡성군당 사람들도 이미 다 아는 눈치고, 함께 있는 게 전체 사업에 별로 좋지 않을 것 같습니다."

"그래? 동무야 섭섭하겠지만 그렇게 하도록 하시오. 동무는 한 군당의 책임자 아니요? 사사로운 정은 좀 억제해야지 어쩌겠소."

"예, 그렇게 하겠습니다."

따뜻하지만 어쩐지 쓸쓸해 뵈는 웃음을 지으며 김선우는 그를 내보냈다. 그제야 모든 사람들에게 미안하다는 생각이 들었다. 얼마나 많은 사람들이 사랑하는 사람과 떨어져 수년 동안 얼굴 한 번 보지 못한 채 살아가는가. 김선우에게라고 사랑하는 사람이 없었겠는가. 그와 김춘옥이 남몰래 눈을 부딪치며 얼굴을 빛낼 때 그것을 지켜보는 많은 사람들의 가슴이 얼마나 아팠을 것인가. 한편으로는 위원장의 사랑을 축복하면서도 한편으로는 자신의 두고 온 사랑에 대한 그리움이나 외로움으로 밤잠을 설쳤을지도 몰랐다.

며칠 후 김춘옥은 도 여맹에 소환되었다가 곧 노령지구 여맹 지도원으로 배치되었다. 연락원을 통해 자주 편지가 날아들었다. 편지 솜씨는 그보다도 김춘옥이 훨씬 좋았다. 잠자리에 들기 직전 그녀의 부드러운 글을 읽고 있노라면 하루의 고달픔이 순식간에 사라졌다. 그런 날은 그도 잠을 줄여 호롱불을 앞에 두고 멋진 편지글을 짜내느라 머리를 싸맸다.

나의 사랑하는 춘옥 동무, 그의 편지는 늘 이렇게 시작되었다. 가열한 전투적 환경 속에서 조국해방 전쟁의 승리를 위해 용감히 투쟁하는 동무의 건승을 빕니다. 가장 하고 싶은 말은 바로 이 말이었다. 상부에 보고서를 쓸 때면 항상 서두에 쓰는 그 말, 다른 동지가 아닌 그녀에게도 가장 하고 싶은 말은 바로 다른 동지에게와 똑같은 바로 그 말이었다. 그녀이기에 같은 말이라도 훨씬 애틋했지만. 그 이상 필요한 말도, 그 이상 하고 싶은 말도 사실은 없었다. 부디 살아 있으시오, 하는 말은 가슴으로 삼키면서…….

7월 중순, 유격대가 사흘간의 원거리 보급투쟁을 나갔다가 새벽녘까지 돌아오기로 한 날이었다. 각 면당으로 내려 보낼 지시문을 새벽 2시까지 작성하고 난 그는 잠깐 깊은 잠이 들었다.

아지트 뒤쪽의 보초선으로 순찰을 나갔다. 보초는 총을 가슴에 안은 채 꾸벅꾸벅 졸고 있는데 한복을 입은 세 명의 청년들이 한 손에는 낫을 들고 다른 손에는 비사리(광주리 만드는 재료)를 베어 들고는 아지트를 힐끗힐끗 곁눈질하며 아래로 내려가고 있었다. 적의 정찰대다 싶어 권총을 빼들고 뒤쫓아 가던 그는 그만 칡덩굴에 걸려 넘어지고 말았다.

번쩍 눈을 떠보니 꿈이었다. 시계를 보니 새벽 4시, 꿈이지만 너무나 생생하고 묘하게 섬뜩한 기분이 사라지지 않았다. 그렇지 않아도 너무 오랫동안 사용한 트여서 유격대만 돌아오면 이동할 생각이었는데, 그런 생각을 해서 이상한 꿈을 꾼 것인지 불길하고 찜찜했다. 불현듯 지금 당장 트를 옮겨야 한다는 생각이 들었다. 깊이 검토하고 생각할 틈도 없이 그는 자리를 차고 뛰어나갔다. 아침밥을 짓는지 밥 끓는 소리와 불을 때기 위해 잔 나뭇가지가 툭툭 부러지는 소리뿐 주위는 새벽답게 고요했다. 그는 조직부 트로 달려갔다.

"누구!"

날카로운 저음의 수화에 응답을 하고 트로 뛰어 들어간 그는 부위원장과 조직부장을 마구 깨웠다.

"지금 즉시 트 이동 준비를 끝내고 오 분 안에 집합시키시오!"

대답도 듣지 않고 자기 트로 돌아와 짐을 챙기고 있는데, 영문을 알 리 없는 간부들이 뒤쫓아 왔다. 김윤옥이 따져들었다. 언제 어디서나 누구 앞에서나 원칙에 어긋나는 행위에 대해서는 끝내 해결을 보고야 마는 김윤옥다웠다.

"이 새벽에 이유가 뭡니까?"

"이유는 나중에 설명하겠소. 한시가 급하오."

그가 워낙 급하게 설쳐대니까 김윤옥도 어쩔 수 없었는지 허겁지겁 돌아갔다. 그는 부별로 아침밥을 짓고 있는 곳을 돌아다니며 다 된 밥이든 덜 된 밥이든 지금 그대로 짊어지고 이동준비를 마치도록 닦달을 해댔다. 전대열이 이동준비를 끝내고 어두운 숲 속에 정렬을 마친 것은 십 분도 채 지나지 않은 뒤였다. 부위원장을 선두에 세운 그는 만약의 경우에 대비하여 비상선을 주지시킨 후 서둘러 대열을 출발시켰다. 혹 빠진 물건이 없는지 확인을 하려고 그는 트 위치로 돌아갔다. 대열의 후미가 막 움직일 때였다.

탕! 한 방의 총성이 청명한 여름의 새벽을 흔들어 깨우더니 이내 사방에서 집중사격이 퍼부어졌다. 그의 머리 위로 나뭇가지가 후두두둑 떨어져내렸다. 총소리로 보아 적어도 오백 미터 이상의 거리였다. 그러나 갑작스런 총소리에 놀란 대열이 허둥거리고 있었다.

"한 놈도 없다!"

"적은 아직 못 빠져나갔다. 좌우 능선을 차단하라!"

맨 뒤에 선 그와 연락병, 호위병이 능선을 채 빠져나가기 전에 집중사격이 쏟아졌다. 선두 쪽에서도 총소리가 들려오고 있었다. 총소리가 나는 방향이긴 하지만 걱정이 되어서 선두 쪽으로 무조건 달렸다. 적들은 능선에서 사격만 할 뿐 추격하는 것 같지는 않았다. 그러나 고지를 이쪽에서 점령해야만 말골 골짜기를 벗어날 수가 있어 고지를 향해 계속 달렸다. 날이 환하게 밝아서야 고지에 도착했다. 전체 기관에 있는 무기 7정을 일곱 명에게 주어 고지를 사수하게 하고, 나머지는 통점골 골짜기로 내려 보냈다. 멀리, 금방 떠나온 아지트에서는 연기가 피어오르는데 적들은 전혀 기척이 없었다. 적이 어디로 이동한 것인지 대책이 막막했다. 유격대가 도착할 시간도 이미 지나고 있었다. 도중에서 총소리를 들었을 테니 조금은 안심이 되었다. 어쨌든 비무장 기관원들이 안전지대에 도착할 때까지는 고지를 사수해야만 했다. 일곱 명은 촉각을 곤두세운 채 사방을 경계했다. 길고 지루한 시간이 십여 분 흘렀다.

"저기 말골재 능선 숲 사이로 누가 움직이고 있습니다!"

통점재 방향을 응시하고 있던 동지였다. 아직 우리 동지인지 적인지는 확인할 수가 없었다. 그들은 점점 가까이 다가왔다.

"등에 짐을 지고 있습니다!"

보급투쟁에서 돌아오는 유격대원이었다. 그들과 합류하기 직전, 떠나온 트 쪽을 응시하던 동지가 낮은 목소리로 외쳤다.

"적입니다! 삼사백쯤 됩니다!"

너무 많았다. 이제 유격대와 합류했고 기관원들이 안전하게 빠져나갔을 테니 구태여 부딪칠 필요는 없었다. 황급하게 대열을 꾸려 떠나려는데 유격대장 강상원이 그를 붙잡았다.

"한판 붙는 게 좋을 것 같습니다. 그래야 저놈들이 다음에도 함부로 덤비지 않을 것 아닙니까?"

일리가 있었다. 유격대 십여 명을 적들이 올라오는 방향으로 전진배치해 놓고 고지에는 여섯 명만을 남겨둔 채 모두 고지를 빠져나가 통점재로 향했다. 십 분 후쯤 총성이 울리더니 기관총과 박격포가 요란하게 퍼부었다. 전진배치시켰던 매복조 두 사람이 선두 두 명을 사살하고 엠원 소총과 실탄을 노획했다며 의기양양하게 중간지점에서 합류했다. 나머지 매복조는 버틸 때까지 버티고 합류한다고 했다.

긴 여름해가 기울어질 무렵 전 성원이 단 한 사람의 피해도 없이 통점골을 건너 삼각고지에 모였다. 유격대장의 보고에 따르면 군당을 출발한 직후 동악산에 도착해 정찰조를 내보냈는데 경찰 잠복에 걸려 한 사람은 튀어나와 피하고 한 사람은 사살당했다고 한다. 튀어나온 사람이 밭고랑에 엎드려 있는데 "한 놈은 뒈졌다!"는 고함 소리를 들었고 그 시체를 경찰이 끌고 가는 것을 보았다고 해서 군당에 긴급보고를 하지 않았다는 것이었다. 죽었다던 사람이 살아서 불지 않고는 트 위치를 정확하게 알고 그것도 유격대가 돌아올 때까지 기다려 트를 포위하고 있을 수가 없었다.

"그나저나 위원장 동무는 어떻게 적이 포위한 걸 알았습니까?"

의아해하는 부위원장의 질문을 받고서야 새벽녘의 꿈이 생각났다.

"신령님이 꿈에서 일러주더구만."

우스갯소리로 받았지만 그가 생각해도 참 신기했다. 그가 꿈 얘기를 들려주자 사람들이 신기한 듯 무릎을 쳤다. 아마도 이전부터 트를 옮겨야 되겠다고 불안한 마음을 갖고 있었던데다가 수년간 빨치산 생활을 하면서 훈련된 동물적인 감각 덕분이었을 것이다. 아무튼 그의 꿈 덕분으로 어쩌면 곡성군당의 마지막이었을 수도 있을 날을 오히려 성공적인 반격으로 끝낼 수 있었다.

"아이구, 이제 우리 위원장 동무가 하루 천기를 읽는구만."

꿈 얘기를 듣고 난 어느 대원이 우스갯소리를 던졌다.

그 후 오랜 세월이 지나서 1960년 4.19혁명 후 그날 전투를 지휘했던 곡성경찰서장 구서칠을 광주교도소에서 만났다. 경찰서장과 빨치산 책임자가 한 교도소에서 만나다니 참으로 역사란 돌고 도는 것인지도 모른다.

아무튼 운동시간에 그를 본 구서칠이 그를 부르며 쫓아왔다.

"이봐! 이봐! 혁운이! 내 자네한테 꼭 하나 물을 게 있네. 자네 그날, 오십일년 칠월 이십삼일날 말이네. 잘 자다 말고 왜 그렇게 갑자기 트를 옮겨 나를 골탕먹였나?"

바로 그날의 얘기였다. 그는 빙긋이 웃었다.

"우리가 유격대 한 명을 생포하지 않았겠나. 트 위치와 유격대 돌아올 시간까지 다 알아내서 한꺼번에 덮치려고 사방을 포위하고 있었다구. 유격대 돌아올 시간만 기다리면서 여유 있게 있었는데 눈치도 못 채고 가만히 있던 사람들이 갑자기 순식간에 사라지더란 말야. 무슨 영문인지도 모르고 아무튼 단단히 뒤통수 한 대 얻어맞았지. 도대체 왜 그랬나. 내 그 후로도 가끔씩 그날만 생각하면 궁금하고 답답해 죽겠더라구."

그는 자신의 꿈 얘기를 털어놓았다. 구서칠은 어이가 없었던지 한참 만에야 입맛을 쩝쩝 다셨다.

"선영 묏자리 하나 단단히 잘 썼는갑구만."

꿈 하나 덕분에 그 후로 곡성군당이나 경찰들에게는 그가 하루 천기를 본다는 소문이 자자하게 돌았다.

그는 시간이 나는 대로 모택동 유격전술을 강의했다. 그가 해방 이전부터 빨치산 생활을 하면서 터득한 몇 가지 요령도 덧붙였다. 군당은 야산생활을 하기 때문에 적의 수색전에 자주 희생을 당했다. 그렇다고 전면전으로 붙을 수는 없었고, 숲 속까지 수색을 하도록 계속 내버려둘 수도 없었다. 그래 항상 비무장을 앞세워 퇴각시키고, 무장대 두세 명이 후미에 처져 있다가 족적을 보고 쫓아오는 적의 선두 한두 명에게 집중사격을 가해 쓰러뜨리도록 했다. 이 전법이 수차례 성공을 해서 다음부터는 경찰병력만으로는 골짜기 수색을 하지 못하고 능선만 타고 수색할 뿐이었다. 능선만 피해 숲 속으로 다니면 되니 큰 피해를 줄인 셈이었다. 그 후로는 비무장 요원들이 적의 포위를 당하는 경우에도 당황하지 않게 되었다.

그러나 작은 투쟁들은 매일매일 있었다. 보급투쟁으로, 후방교란투쟁으로, 그 소소한 투쟁들에서도 하나둘씩 아까운 동지들이 사라졌다. 유격대장 강상원이 전사한 것도 그 무렵이었다. 죽기 전날의 전투에서 그즈음 보기 힘든 좋은 성과를 올리고 의기양양해진 강상원은 쌀이며 무기며 전리품들을 싣고 오는 길에 태안사에 들렀다. 승리감에 도취됐던 것인지, 아니면 하룻밤 묵어가겠다는 말에 스님들이 싫은 기색을 보였던 것인지 신발을 신은 채로 법당으로 뛰어 들어가 이까짓 허깨비가 무슨 소용이냐며 부처상에 대고 마구 총질을 했던 강상원은 결국 거기까지 뒤쫓아 온 경찰에게 그날 밤 목숨을 잃었다. 그때 그의 나이 스물다섯, 학교 문 앞에도 가보지 못한 채 머리통이 굵어지면서부터 남의 집 농사일에 허리가 휘어야 했던 그는 한 줄기 광명처럼 마르크스주의를 만났다. 글도 알지 못했던 그를 사로잡은 것은 '평등한 세상', 오직 그 한마디였다. 지략은 없었지만 누구보다도 용감하고 어떤 상황에서도 겁먹거나 물러서는 법이 없던 그는 평등한 세상 건설을 위해 자신의 목숨을 바쳤다. 그가 죽은 뒤로 곡성에서는 한동안 강상원이 부처를 쐈다가 천벌을 받았다는 소문이 공공연한 비밀로 떠돌아다니기도 했다.

20_
공포의 네이팜탄

녹음이 푸르다 못해 검게 타오르는 8월. 그러나 빨치산에게 가을을 예고하는 검푸른 녹음은 기쁨이 아니라 공포였다. 8월 초 곡성군 농맹위원장 김재봉이 군당에 들어와 면담을 요청했다. 김재봉은 6.25 전까지 마을 서당에서 훈장을 지냈던 사람으로 주민들에게 신망이 높은 사람이었다. 그에게 면담을 요청한 김재봉의 얼굴은 긴장으로 잔뜩 굳어 있었다.

"정보가 있습니다. 수도사단이 지리산 토벌작전을 세우고 벌써 정찰에 들어갔다고 합니다."

수도사단의 대공세! 놀랄 만한 정보였다. 설마 전방에 배치된 핵심부대가 후방 빨치산 토벌작전에 동원되리라고는 예상하지 못했던 바였다. 전방의 핵심부대까지 토벌작전에 동원된다면 현재까지의 방식으로는 도저히 버틸 승산이 없었다.

"어디서 나온 정보요?"

"옛날에 제가 가르쳤던 제자 하나가 지금 수도사단 정찰대 상사로 근무 중입니다. 이번에 정찰임무를 띠고 남원으로 파견근무 나왔다가 고향에 들러 이리저리 선을 대서 저를 찾아왔습니다. 거짓 정보를 흘릴 사람은 아니고 성분이 괜찮은 친굽니다."

그는 김재봉에게 박상용이라는 제자와 계속 연결해서 정보를 캐낼 것을 지시하고 당장 도당과 총사로 정보를 올렸다.

며칠 뒤 시군당 위원장 회의에 참석하라는 긴급지시가 내려왔다. 도당 기요과에 도착신고를 하고는 박영발을 만났다. 수도사단 정찰대의 동향을 전해들은 박영발은 잠시 고개를 숙이고 있더니 천천히 고개를 들어 그를 바라보았다.

"혁운 동무에게 내줄 숙제가 있소. 오늘 시군당 위원장 회의에서 동무의 정보에 따라 긴급대책을 논의하려고 하오. 휴전회담의 전망과 수도사단까지 동원될 대대적인 동계공세에 대한 우리의 대책을 연구했다가 내일 회의 때 토론합시다."

그는 토론준비로 밤을 지새웠다. 한반도는 소련이나 미국이나 포기할 수 없는 태평양지역의 마지막 보루였다. 그리고 이제 어느 쪽에도 완전승리의 가능성은 없었다. 미군과 중국군이 참전한 이상 서로가 전쟁 이전의 원상 태로 돌아가는 선에서 이 싸움을 끝낼 가능성이 높았다. 남한에는 반동 부르주아 정권이, 이북에는 사회주의 정권이. 이제 남은 것은 휴전체결 전까지 최대한의 땅을 확보하는 싸움이었다. 빨치산의 목표는 그때까지 최대한 당을 보존하면서 전방의 국군을 후방으로 빼돌리는 교란투쟁이 되어야 했다. 가능하다면 남한에 장기적으로 혁명세력을 뿌리박을 수 있는 지하당 사업도 필요했다.

고민으로 뒤척거리던 한밤중, 광주지구당에서 긴급보고가 들어왔다. 광주지역에서 곡성으로 수많은 병력이 이동하고 있다는 것이었다. 잠시 후 화순에서도 적이 집결하고 있다는 보고가 도착했다. 군당위원장이 군당을 비울 수 없는 긴급사태였다. 시군당 회의는 연기되었다. 그러나 새벽 4시, 군당으로 돌아갈 시간이 없었다.

날이 새자마자 각 방면에서 적들이 새까맣게 기어 올라왔다. 제일 먼저 삼기 쪽 차일봉에서 총성이 울리기 시작하더니 전 방면에서 일제히 총성이 울려 퍼졌다. 귀가 멍멍했다. 몇 시간 지나지 않아 매봉과 삼각고지를 제외한 전 고지를 적이 장악했다. 적의 전 병력이 두 곳으로 집중되어 고지탈환 작전이 치열하게 벌어졌다.

그는 도당과 함께 삼각고지에서 갈경이로 빠지는 속능선에 매복해 있었다. 십 분 간격으로 중상자와 시체가 후송되고 새 병력으로 교체되곤 하는 싸움이 12시까지 계속됐다. 삼각고지 함락도 초읽기였다.

하필 백아산에는 도당, 총사, 540부대, 곡성군당, 광산군당 등이 모두 몰려 있었고, 비무장 대원만 해도 천 명이 넘었다. 삼각고지에서 갈경이로 빠지는 속능선에 수많은 비무장 요원이 대피하고 있는 상태였다. 삼각고지가 무너지면 전원 몰살이었다. 어떠한 희생을 치르더라도 삼각고지는 사수해야 했다.

곧 무너질 듯하면서도 1시가 넘어서까지 좀처럼 삼각고지는 함락되지 않았다. 드디어 비행기 세 대가 떴다. 우박처럼 폭탄이 쏟아졌다. 국군은 폭탄투하를 피해 오백 미터쯤 후퇴하여 원거리 사격만 해댔다. 곳곳의 나무가 쓰러지고 바위가 갈라져 튀었지만 다행이 삼각고지에는 명중되지 않았다. 세 대의 비행기 편대가 사라지자 곧바로 또 다른 비행기 편대가 날아왔다. 이번의 폭탄은 난생 처음 보는 것이었다. 땅에 닿지도 않고 머리 위에서 폭탄이 터지더니 낙하산처럼 불덩이가 퍼져나갔다. 순식간에 고지는 새카만 잿더미로 변하고 말았다. 고지에 있던 대원 전원이 몰살당한 것이다. 주전선에서 악명 높던 네이팜탄, 한국전에서 세계 최초로 사용된 네이팜탄, 조선민주주의인민공화국의 외무상 박헌영이 미군의 원자무기 사용에 분노하여 유엔에 항의했지만 결국 묵살당하고 말았던 바로 그 네이팜탄이었다. 중앙당에서도 네이팜탄의 사용에 대해 주의하라고 지시가 내려왔었지만, 설마 후방에서야 하며 염두에도 두지 않았던 바로 그 네이팜탄이었다.

네이팜탄 몇 개가 연달아 터지고 나자 일순간에 숨막히는 정적이 찾아왔다. 매미 소리 하나 들리지 않았다. 무성영화처럼 고지 부근에서 검붉은 불길만 혀를 날름거릴 뿐이었다. 고지에 있던 대원들은 전원 옥쇄를 했지만 웬일인지 국방군도 공격을 멈추고 있었다. 누군가 시커멓게 불에 탄 시체 몇 구를 운반해 왔다. 노린내가 코를 찔렀다. 아무리 위급한 상황이라도 대원들 앞에서 눈곱만큼의 동요도 보이지 않던 김선우가 시체를 똑바로 쳐다보지 못하고 눈길을 돌린 채 뜨거운 눈물을 흘리고 있었다. 총성이 멈춘 백아산에 빨치산들의 분노에 찬 통곡소리가 총성보다 더 날카롭게 울려 퍼졌다.

"퇴각합시다!"

김선우가 울먹이는 목소리로 간신히 퇴각을 지시했다. 그러나 이글거리는 눈 가득 눈물을 담은 대원들은 아무도 움직이지 않았다. 누군가 통곡 같은 비명을 내지르며 자리를 박차고 일어섰다.

"안 됩니다! 여기서 후퇴하면 우리 모두 전멸입니다. 저는 여기서 싸우다 죽겠습니다."

"저도!"

"저도!"

여기저기서 수많은 사람들이 눈물을 그치고 벌떡벌떡 일어섰다. 동지들을 태운 불길이 아직도 사그라지지 않은 고지에서 다시 총성이 울려 퍼졌다. 죽기를 각오한 그들 앞에서 국방군은 서서히 꼬리를 사리고 도망치기 시작했다.

총 맞아 죽고 네이팜탄에 불타 죽은 동지들의 시체를 한데 모아놓고 빨치산들은 잠시 참았던 오열을 터뜨렸다. 그제야 총성에 놀라 숨었던 매미들이 일제히 울어대기 시작했다. 어디선가 울음 섞인 노랫가락이 울려 퍼졌다.

동무야 장하다
삼천만 대중의 묶였던 철쇄를 끊고
힘차게 쓰러진 혁명의 투사여
동무야 장하다
그대들이 두고 간 위대한 피의 선물이
혁명은 왔구나 해방은 온다

매장을 끝내고 저녁식사가 나왔다. 아무도 수저를 들지 않았다. 잠시 후 김선우가 들어왔다. 시뻘겋게 충혈된 눈으로 좌중을 둘러본 김선우가 먼저 수저를 들었다.

"동지들! 밥상만 보고 비통해 하고 있으면 누가 죽어간 동지들의 한을 풀어주겠소. 식사합시다."

그러나 밥 한 수저를 가득 떠서 입에 넣은 김선우도 눈물이 그렁그렁해서 차마 밥을 삼키지 못했다. 수저를 들고 몇 번 밥을 뜨던 사람들이 수저를 팽개치고 오열을 토했다. 또다시 울음판이 벌어졌다. 한참 후 박영발이 충혈된 눈을 손수건으로 닦으며 이야기를 시작했다.

"동무들! 오늘 가신 동지들은 백전불굴의 용기와 계급적 혁명정신을 우리 가슴 깊숙이 심어주었고 새로운 혁명적 경각성을 일깨워주었으며 적을 철저하게 증오하는 계급적 증오심을 새롭게 각인시켜주었소. 우리 당은 먼저 적의 비인도적이고 역사상 미증유의 야만행위를 미처 생각하지 못했던

317

오류를 뼈아프게 인정해야 할 것이오. 세균전에 화학전까지 서슴지 않고 감행하는 적들에게 혁명적 경각성으로 분석, 대처해야 할 것을 명심하면서 유명을 달리한 동지들의 복수를 위한 투쟁에 떨쳐나서야 하겠습니다. 침묵과 우울에만 빠져 있다면 이것은 가신 님을 모독하는 행위 외에 다름 아닙니다. 자, 그럼 식사합시다."

박영발부터 식사를 시작하자 다들 조용히 수저를 들었다. 말 한마디 없이 식사가 끝났다.

"곡성군당 위원장만 남고 모두 돌아가서 각자 일하시오!"

그와 박영발과 김선우만 남았다. 김선우가 먼저 입을 열었다.

"도당위원장 동무! 앞으로는 거점 방어전을 피해야겠습니다. 적들이 원자탄은 쓰지 않는다고 누가 보장하겠습니까? 방어병력만 유격투쟁에 동원하고 당기관은 독자적인 은폐생활로 바꿔야겠다는 생각이 듭니다. 동무의 생각은 어떻습니까?"

박영발은 한참을 대답 없이 앉아 먼 곳만 바라보았다. 오늘의 타격이 컸던 모양인지 좀체 자신의 심중을 드러내지 않던 박영발이 무척 지치고 힘든 표정을 짓고 있었다.

"설마 후방 유격전에 세균전과 화학전까지 감행하리라고는 생각도 하지 못했소. 중대한 오류요. 미리 대처했더라면 오늘과 같은 사태나 재귀열 희생자를 내지 않았을 것이오. 사령관 견해에 동의하오. 실속 없는 기관 방어에 역량을 낭비할 수는 없소. 앞으로는 적의 공격이 더욱 잔인하게 가열될 것이오. 좀더 연구해서 대책을 세워봅시다. 그리고 혁운 동무, 수도사단 정보 건은 어떻게 됐소."

"예, 지금 정찰병력이 증가되어 지상과 공중에서 동시에 정찰 중이라고 합니다. 지리산은 물론이고 주변 야산까지 샅샅이 정찰하고 있답니다."

"개새끼들! 휴전회담이 진행되고 중부전선이 소강상태에 있는 틈을 타서 후방을 완전히 소탕하려는 작전이오! 혁명적 대처방안이 필요합니다. 이번에는 만만치 않을 것이오. 한두 사람의 견해보다는 여러 사람들의 견해를 들어보고 빠른 시일 안에 대책을 세워야 합니다."

충혈된 눈을 빛내며 김선우는 사령부 일로 자리를 떴다. 몸이 좋지 않은지 핼쑥하고 파리한 얼굴의 박영발이 떠나려는 그를 붙들었다.

"혁운 동무! 얘기 좀더 하고 새벽에 떠나시오."

박영발은 곡성군당의 상황을 듣고 나더니 월동계획을 세웠느냐고 물었다.

"휴전회담이 진행 중이라는 말을 들은 뒤로, 곰곰이 생각은 못해봤고 기본 테두리만 좀 생각해 봤습니다. 휴전회담 시기와 동계가 맞물려 저희에게는 어느 때보다 힘들 것 같습니다. 적들로서야 후방을 소탕할 최고의 기회 아니겠습니까?"

박영발이 고통스럽게 고개를 끄덕였다.

"그래, 대책도 생각해봤소?"

"몇 가지 강구 중입니다. 첫째로 기관 유지를 일차적인 목적으로 하되, 과감하게 기관을 정비 강화할 필요가 있을 것 같습니다. 지금처럼 수많은 비무장 요원과 투쟁인민들을 데리고는 어떤 유격전도 불가능합니다. 현재의 성원을 삼분지 일 정도로 대폭 줄여야 합니다. 그 방법으로 전 성원의 성분을 다시 한번 집중 검토하여 입산한 동지들을 삼 등급으로 분류합니다. 에이급은 마르크스레닌주의로 완전무장된 기본출신, 비급은 마르크스레닌주의로 무장은 되어 있되 인텔리, 소시민이거나 사회적으로 생활기반이 있는 자, 시급은 의식화가 덜 되고 당성이 약하거나 병약한 사람들입니다. 이상 세 등급 중 시급은 목숨이라도 건질 수 있도록 투항해서 하산하도록 하고 비급은 한두 달 특별교육을 시키고 각자 여러 가지 임무를 주어 위장자수를 시키거나 지하로 잠입시켜야 합니다. 이것은 산악조직에서 야지조직으로 전환하는 데 기본동력이 될 것입니다. 에이급은 정예부대로서 최대한의 기동력을 발휘하여 적의 시선을 산으로 집중시킵니다. 이 정예부대는 민가와 산에 일인당 한 개씩의 트를 확보해놓고 적의 공세가 있을 시는 민트를 활용하면서 기동성 있게 움직여야 합니다.

둘째로 겨울용 식량을 철저하게 개인 단위로 확보하고 비장케 해야 합니다. 셋째로 각 면당도 두세 명으로 기관만 두고 전원 민가로 침투하여 겨울을 나게 해야 합니다. 이상이 대강 생각한 윤곽이고 더 연구해서 구체화시킬 생각입니다."

"그럼 한 가지 물어봅시다. 비급의 하산 시, 임무는 어떤 것들이오?"

"예. 능력에 따라 다르게 주어져야 한다고 봅니다."

"유 동무! 도당이나 총사에서도 동무 방식대로의 대책이 필요하다고 생각하지 않소?"

"방법적인 문제가 다를 뿐 방향은 같아야 동계공세를 이겨낼 수 있다고 봅니다."

그는 자신 있게 대답했다. 박영발은 한동안 그를 뚫어지게 쳐다보았다.

"혁운 동무! 올해 몇 살이오?"

"스물네 살입니다."

"그래, 그랬었지."

왜 나이를 묻는 것인지 알 수 없었다. 나이만 물어놓고 박영발은 더 이상 말이 없었다. 여름 아침이 밝아오는지 불그스레한 기운이 산을 감싸고 있었다.

"좋아요. 동무가 생각한 대로 소신껏 추진해보시오. 오늘 동무에게 많은 것을 배웠소. 우리의 급선무는 하루빨리 이 산악 당에서 벗어나는 것이오. 동무의 계획을 더 구체화시켜보고 종종 시간이 나거든 도당에 들르시오. 내가 지금 대단히 몸이 좋지 않소. 떠나도 좋소."

마지막 말은 거의 들리지도 않을 정도였다. 간신히 말을 마친 박영발은 옆으로 비스듬히 쓰러졌다. 얼굴이 백지장처럼 새하얘다. 그는 깜짝 놀라서 기요과장을 불러댔다. 깜빡 정신을 잃었던 것인지 박영발은 말도 못하고, 기요과장을 부르지 말라는 듯 힘없이 손을 저었다. 그러나 곧 기요과장이 뛰어 들어왔다. 한 마디도 더 말할 수 없을 지경까지 박영발은 꼿꼿이 앉아 그와 얘기를 했던 것이었다. 놀라운 자기 절제력이었다. 이상하게 그는 박영발을 볼 때마다 잔뜩 독기를 품고 꼿꼿하게 목을 추켜세운 한 마리 독사가 생각났다. 어린 시절 풀숲에서 그런 뱀을 만날 때면 두려움에 떨면서도 징그럽다기보다는 묘하게 화려하고 고독한 아름다움에 넋을 잃고 지켜보곤 했었다. 박영발에게는 바로 그런 독기 서린 무서움이 있었다.

산악 당을 하루빨리 벗어나야 한다던 박영발의 절규 같은 말이 머리를 맴돌았다. 경북 고령 출신으로 일찌감치 모스크바 유학을 다녀온 박영발이 오늘 같은 유격전을 경험했을 리 만무했다. 오늘의 상황은 6.25 전에 지금보다 몇 배는 끔찍했던 빨치산 경험을 한 그로서도 충격적이었는데, 경험이 없는 사람이야 충격을 넘어 엄청난 고통이요 절망이었을 것이었다. 휴전회담은 어떻게 될 것인가. 우리는 이렇게 죽어가면서 언제까지 버틸 수 있을 것인가. 세균전, 네이팜탄, 미국……. 온갖 생각들이 머리를 스쳤다. 새벽길을 밟아 군당으로 돌아가는 길, 이슬에 젖은 숲은 아침 미명을 받아 싱싱하게 살아나고 있었다.

21_
지리산 파송작전

8월 11일. 조용식이 이끄는 7연대가 곡성군당이 있는 통명산으로 나왔다. 총사 병력이 당분간 분산돼서 보급투쟁을 한다고 했다. 7연대장이었던 박대수가 오류를 범하고 평당원으로 강등된 뒤 그와 절친한 친구인 조용식이 연대장으로 부임해 있었다. 7연대는 통명산, 봉두산, 동악산 등을 무대로 보급투쟁을 하겠다며 협조를 요청했다. 8월이 깊어갈 무렵이니 웬만한 시골집도 식량이 바닥날 즈음이었다. 그렇지 않아도 통보리만 삶아 먹으며 허기를 때우던 곡성군당에서는 7연대와 함께 공동 보급투쟁을 하기로 하고 근방에서 가장 부촌이고 최근에 보급투쟁을 한 번도 하지 않았던 남원군 금지면을 대상지로 정했다. 14일 새벽, 보급부대는 성원들마다 힘껏 한 짐씩 짊어지고 무사히 돌아왔다. 조용식은 싱글벙글이었다. 부대 뒤에는 큼직한 황소도 한 마리 딸려 있었다.

그날 밤에는 전군적으로 8.15 기념투쟁이 벌어졌다. 기념투쟁이라야 전신주 절단이나 도로망 파괴, 아지프로 정도였지만, 7연대와 합동으로 전라선 철도를 한 군데 파괴하기도 했다. 파괴라고 해도 폭발물이 없어 폭파시키지는 못하고 전 성원들이 밤새도록 산 위에서 돌을 굴려 철로에 돌담을 쌓은 것이었다. 아침이 되자 전 성원이 무사히 투쟁을 마치고 돌아왔다. 오랜만에 각 면당 성원들까지 한 자리에 모였다. 아침햇살이 퍼지기 전부터 사람들은 행사준비를 하느라 여념이 없었다. 나무를 베어 열 명쯤 앉을 수 있는 긴 의자를 만든 후 광목을 씌워 주석단이 앉을 자리도 만들었고, 능선에는 나무와 나무 사이를 줄로 연결하여 만국기를 휘날렸다. 언제 만들었는지 깃대도 번듯하게 세워졌고, 거기에 커다란 인공기가 펄럭이고 있었다.

삼각고지 부근 평평한 능선에서는 그날 하루 종일 해가 질 때까지 웃음소리와 노랫소리가 끊이지 않았다. 합창과 춤의 물결 속에 날이 저물었다. 아쉬워하는 사람들은 각자의 트로 돌아가 다시 특별 오락회가 벌어졌다. 약간의 술과 쇠고기가 특별로 지급됐다. 어느 트에선가 합창 소리가 울려 퍼졌다.

짐승들 요란히 우는 깊은 밤
남조선 산마다 봉우리마다
기한에 떨면서 용감히 싸우는
우리의 형제를 잊지 말아라

8.15 행사가 끝나고 나자 그는 이전에 박영발에게 보고했던 월동대책을 실행에 옮겼다. 산에 각자의 비트 하나씩을 파는 작업도 한 달 넘게 걸릴 정도라 일체의 후방교란 투쟁을 중지시키고 당분간 월동대책에 집중했다.

8월 하순, 도당으로부터 긴급호출이 왔다. 박영발이 이현상을 만나기 위해 지리산으로 가게 되었다는 것이었다. 건강이 몹시 안 좋아서 통명산에서 이삼 일을 쉬어 갈 테니 열 명가량이 묵을 수 있는 비트와 식량을 준비하고 지리산으로 가는 루트를 정찰해 놓으라는 지시였다. 드디어 이현상부대가 지리산에 도착한 모양이었다. 50년 봄 백아산에서 만났을 때 전투를 앞두고 기어이 최영애의 노래를 들려주던 박종하는 어떻게 됐을까? 싱글싱글 웃어대던 박종하의 잘생긴 얼굴이 그리웠다.

언제였을까. 그가 막 비합법이 되었던 시절인 47년 겨울쯤이었다. 박종하, 박중래, 박대수와 함께 잘 곳을 찾다가 반내골 그의 집으로 숨어든 적이 있었다. 그의 아버지 모르게 머슴방에서 하룻밤을 잤는데 아버지가 일찍 일어나 머슴방을 들르는 바람에 그만 들키고 말았다. 박대수는 일제 때 군청에 있었고, 박중래는 간전 논실 구장을 몇 년간 했던 터라 반내골 구장이던 아버지는 그들을 알고 있었다. 뿐만 아니라 아버지는 그들이 좌익운동을 하다가 수배됐다는 사실도 잘 알고 있었다. 얼굴색이 달라진 아버지가 그를 조용히 부르더니 그들을 빨리 내보내라고 성화였다.

"어이, 혁운 동무. 저 늙은 영감탱이를 어쩌뿌끄나."

그가 뭐라 대답하기도 전에 박중래가 눈을 부라리며 박종하를 노려보았다.

"무슨 말버릇이 그런가."

"아따, 누가 참말로 그러자는 것이요. 농담 좀 해봤제. 그래도 저 노인네 반동 냄새가 너무 많이 나."

"자네는 공산당 되기 전에 그러지 않았나? 자네도 그때는 주먹이나 휘젓고 다니는 건달패 아니었나?"

"그랬제."

"저 양반도 모르니 그런 것이네."

"그야 그렇제."

그렇게 대답을 해놓고도 박종하는 계속 그를 집적거렸다.

"어이, 혁운 동무. 저 영감탱이 한번 꽉 밟아뿌리까?"

"어허, 이 사람이……."

"지주 냄새가 너무 난단 말이여."

사실 그의 아버지는 그랬다. 차림새 하나도 허투루 하고 다니지 않았고 비록 자기 때문에 집안이야 기울었지만 지주였던 지난날과 다를 것 없이 살아가는 분이었다. 정치적 성향도 우익 쪽에 가까웠다. 박종하의 뼈 있는 말이 농담이긴 했지만, 그런 말을 농담으로 아무렇지도 않게 꺼내는 박종하에게 한편으론 두려움과 존경심이 느껴지기도 했다. 그러나 반동 쪽에 가깝던 아버지는 아들 하나 잘못 둔 덕분에 좌익이 아니라 우익의 손에 죽었다. 박종하는 남부군 총참모장으로, 자신은 곡성군당 위원장으로, 그 사이 그들은 그렇게 변해 있었다. 이번 지리산 길에 박종하를 한번 봤으면 싶었다. 그가 준 파카 만년필을 아직도 잘 갖고 있는지…….

일주일 만에 모든 일이 극비로 준비되었다. 준비가 끝나자 이틀 만에 박영발 일행이 섬진강이 내려다보이는 곰방산 중턱에 마련해놓은 비트에 도착했다. 들것에 실려 온 박영발의 안색이 별로 좋지 않았다. 광주 있을 때부터 위장이 좋지 않아 고생하더니 요즘에는 거의 식사를 하지 못할 정도라는 것이었다. 그리고 보니 다리가 쇠꼬챙이처럼 깡말라 보였다. 곰방산 비트에서 이틀을 쉬었다.

"혁운 동무, 도당과 총사의 월동대책이 결정됐소. 동무의 견해가 거의 수용됐는데, 조금 다른 게 시(C)급 성원의 처리 문제요. 투쟁인민들까지 포함해서 시급으로 분류된 성원이 전체의 반이 넘소. 동무의 견해에 따르자면 그 많은 수를 다 투항시키거나 자수시키자는 것인데, 그건 미제와 싸우는 남반부 인민들의 사기도 저하시킬 뿐더러 우리 투쟁의 정당성마저 부정하는 결과가 되고 마오. 그래서 투항자는 극소수로 국한하기로 했소. 나머지 노약자는 자연환경이 좋은 지리산으로 파송하여 겨울을 나기로 했으니 곡성군당도 시급 성원 선별에 주의를 기울이도록 하시오."

그러고 보니 난감한 일이었다. 과연 박영발의 지적도 분명히 타당한 것이지만 그렇다고 몇천 명이 될 노약자를 모두 지리산으로 들여보내면 그들을 위한 보급투쟁은 어떻게 하고, 또 산이 큰 만큼 큰 병력이 밀고 들어올 텐데 적의 공세는 또 어떻게 대처할 것인가. 그야말로 뜨거운 감자였다. 어느 쪽이 더 옳은 것인지 잘 분간이 되지 않았다. 투쟁의 정치적 의미도, 무고한 인민들의 생명을 보존하는 것도 둘 다 포기할 수 없는 것이었다. 무엇을 먼저 선택할 것인가.

"그렇게 될 경우 수많은 사람들이 통명산을 거쳐 지리산엘 가게 되오. 그들의 안전과 하루분 식량을 곡성군당에서 책임져주시오. 구월 일일부터 파송작전이 시작될 것이오."

엄청난 작전이었다. 보릿고개라 곡성군당의 식량도 제대로 확보하지 못한 터에 2천여 명의 식사와 안전대책이라니! 억장이 무너지는 것 같았지만, 그렇다고 도당의 지시를 거역할 수도 없었다.

"곡성군당 자체 힘만으론 도저히 해낼 수 없습니다. 지원이 필요합니다."

"칠연대를 당분간 곡성에 둘 테니 동무의 책임하에 칠연대와 상의해서 일하도록 하시오."

박영발을 구례군당까지 무사히 안내하고 곡성군당으로 돌아온 그는 당장 7연대장 조용식을 불렀다. 극도로 긴장한 탓인지 몹시 피곤했지만 잠시도 지체할 수 없었다.

"혁운이 이놈! 군당위원장 권위도 좋지만 형님을 이리 오라 저리 오라 불러대? 이런 괘씸한 놈 같으니!"

조용식이 너스레를 떨며 트로 들어왔다. 워낙 절친한 사이이기도 하고 동지로서의 신뢰도 큰 조용식이라 그와 함께 일을 한다니 한결 힘이 났다. 도당의 지시를 전하고 조용식과 앞으로의 계획을 논의했다. 다음날부터 군 유격대와 군당, 7연대는 월동계획이고 뭐고 모두 뒷전으로 팽개친 채 지리산 파송작전을 위한 준비에 나섰다. 9월 3일부터 통명산은 지리산으로 떠나는 파송인파로 북적대기 시작했다. 20일경까지 곡성은 파송인파로 정신이 없었으며, 7연대는 9월 10일경 총사의 호출을 받고 지리산으로 떠났다.

9월 15일 유혁운은 김선우의 긴급호출을 받고 총사에 들렀다.

"지리산과 백아산 사이를 해방구로 만들기 위해 곡성군을 해방시키려는 전투계획이 잡혔소. 박영발 위원장과 이현상 남부군 사령관이 합의한 내용이오. 그 전투 준비를 곡성군당에서 보장해주어야겠소."

"안 됩니다!"

너무나 무모한 작전이었다. 적들은 지금 전방의 주력부대까지 소환해 대대적인 빨치산 토벌작전을 계획하는 중이었다.

"곡성 해방작전은 절대로 불가능합니다. 첫째, 정규전 식의 작전은 우리 병력만 낭비할 뿐 유격 원칙에도 위배되고, 둘째, 남부군의 무력이 아무리 막강하다 해도 서전사와 남전사 사령부가 위치한 남원과 불과 십육 킬로미터, 광주와도 산악을 끼고는 있지만 겨우 삼십오 킬로미터의 거리입니다. 기습작전으로 곡성경찰서를 점령한다 해도 방어가 불가능하며 해방구 유지도 불가능합니다. 셋째, 대형 작전은 다수의 적을 끌어들이는 결과가 되어 지리산과 백아산의 현재 루트마저 파괴될 뿐 아니라 곡성 전체의 산악이 야산이라 이후 지방당 활동과 지방 야산유격대 활동만 어렵게 만드는 유해무익한 전술입니다. 곡성군당을 책임지고 있는 저로서는 이런 무모한 작전을 도저히 받아들일 수 없습니다."

김선우는 뜻밖의 반응이었는지 한동안 말을 잊고 그의 얼굴만 빤히 바라보며 입맛만 다시고 있었다. 한식경이 지나서야 김선우는 입을 열었다.

"동무의 말에도 일리는 있소. 그러나 동무는 부정적인 면만 설파했지 긍정적인 면은 전혀 고려하지 않고 있소. 지금 전 유격부대의 실탄이 바닥 났소. 닥쳐올 동기에 대비하여 충분한 무력을 확보해야 하는데 총기나 실탄은 적의 거점을 점령하지 않고는 다량 확보가 불가능하오. 곡성 해방작전은 해방구 설치가 목적이지만 무리하게 해방구를 유지하지는 않을 것이오. 우리 전남으로서는 총기와 실탄 확보가 첫째 과제요. 동무의 대책은 뭐요? 동무의 말대로라면 어떻게 실탄을 확보하겠소? 그리고 이번 투쟁은 남부군 지도부와 총사가 면밀한 분석과 검토를 거친 합의사항인데 핵심 당간부로서 상부의 결정사항에 불복을 하고 나오다니 있을 수 없는 일이오. 물론 지방 사정으로 보아 동무의 견해를 완전히 무시할 수는 없겠지만, 대국적인 견지에서 상부의 지시에 따르고 이 작전을 성공리에 끝낼 수 있도록 최선을 다하는 것이 현명한 길 아니오?"

할 말이 없었다. 더 이상 왈가왈부해봐야 이 작전을 중단시킬 수도 없었다. 그러나 여전히 가슴속으로는 무모하다는 생각이 지워지지 않았다. 무엇이 문제인가. 이러지도 저러지도 못하는 진퇴양난의 비상사태이기 때문에 어쩔 수 없는 것인가, 아니면 휴전협정이 거의 확실해진 상황에서 현재의 역량을 보존하는 것이 가장 중요한데도 정세를 제대로 읽지 못하는 모험주의 때문인가. 혼란스러웠다. 김선우의 말대로 바닥난 무장은 어떻게 확보할 것인가. 그는 자기의 반대에 대해서도 자신이 없었다. 그는 긴 한숨을 토했다. 상부의 결정에 따르는 길밖에 무슨 방법이 있겠는가.

"이렇게 중요한 작전계획을 세우면서 작전지역 책임자의 의사 한마디 반영시키지 않았던 점에 대해서는 유감입니다만, 더 이상 왈가왈부하지 않겠습니다."

"좋소. 이번 투쟁은 구이팔 일주년 복수투쟁이 될 것이오. 이 투쟁을 승리로 이끌기 위해 투쟁위원회를 설치하며, 위원장은 혁운 동무가 맡게 될 것이오. 총사에서는 오금일 동무, 남부군에서는 차일평 정치위원이 복수투쟁위원회 부위원장을 맡을 것이며, 이 삼인회의에서 작전의 모든 것을 결정할 것이오. 곡성군에서 보장할 사업은 다음과 같소.

첫째, 내일부터 작전 시까지 총사 일연대 일대대와 함께 지형정찰을 담당하여 곡성경찰서를 중심으로 사 킬로미터 내 적의 모든 구조물과 지형을 정확히 정찰하시오. 군당에서 지리에 가장 밝은 사람을 차출하여 작전이 끝날 때까지 정찰대에 배속시키시오. 둘째, 작전 시작 전까지 천여 명의 이틀간 식량을 확보하시오. 셋째, 작전이 개시될 때까지 보급투쟁 외에 일체의 투쟁을 중지하시오."

며칠 후 총사 1연대 1대대 병력이 정찰조로 도착했다. 곡성군당에서는 군당 정보과장 양병문의 인솔하에 지리에 밝은 사람들을 차출하여 함께 정찰을 하도록 했다.

군 유격대와 1연대가 정찰을 하러 나간 뒤 산상대기를 하던 21일경 그는 총사로 가는 7연대 통신원들을 만났다.

"자네 연대장은 잘 있나?"

통신원이 이상하게 우물쭈물 말을 흐렸다.

"예, 뭐……."

"무슨 일이 있었나?"

"사실은, 전사하셨습니다."

"자네, 농담하나?"

"아닙니다. 지난번 남부군과 함께 구례 중동작전에 참가했다가 전투가 끝나고 쉬던 차에 적의 유탄에 맞고 즉사하셨습니다."

지금까지 수많은 죽음을 지켜봤던 그였다. 그런데도 조용식에 대한 감정이 유별나서일까, 하늘이 노래지는 것 같았다. 싱긋 웃으며 트로 들어서던 조용식이 금방이라도 다시 나타날 것 같았다. 이제 조용식도 갔구나. 생선장수였던 어머니를 마중하러 날마다 구례역에 나와 서성이던 조용식, 우리 같은 놈들도 공부할 수 있다는 평양으로 가자던 조용식, 구례군당에서 백운산에서 광주에서 백아산에서 지금까지 함께 싸워왔던 조용식의 죽음은 엄청난 충격이었다. 이 세상에 그 혼자 살아남은 듯한 쓸쓸함이 걷잡을 수 없이 스며들었다. 언제부턴가 이미 나라를 위해 내놓은 목숨이라고, 마치 죽음을 초월한 것처럼 생각했었는데 그게 아니었던 모양이었다. 어느 한구석에 생명에 대한 끈질긴 집착이 남아 있었던지 조용식과 같이, 아니 수없이 죽어간 다른 사람들과 같이 자신도 사라질 날이 머지않았다고 생각하자 입맛이 달아날 지경이었다. 며칠간 밥도 먹지 못하고 그는 죽음에 대한 공포와 외로움에 밤잠을 설쳤다. 내면의 고통에도 불구하고 당장 발등에 떨어진 많은 임무에 묻혀 있다 보니 어느새 공포도 사라지고 없었다. 어쩌면 조용식의 전사 소식을 듣고 그토록 괴로웠던 것도 요즈음 끝내 동의할 수 없는 곡성 해방작전 계획으로 마음이 어지러웠던 탓인지도 몰랐다.

9월 26일, D데이를 꼭 나흘 앞둔 날 총사 부사령 오금일이 작전 상의차 지리산에 갔다 오는 길에 곡성에 들렀다. 준비상황을 듣고는 아연실색했다.

"하루분 식량밖에 확보하지 못했다니 이게 무슨 소리요? 당장 보급투쟁 나갑시다!"

총사부대가 있으니 보급투쟁도 할 만했다. 지금까지 얼마 안 되는 무장

병력으로는 작은 마을밖에 갈 수 없었는데, 그런 마을은 한두 번 털린 것도 아니고 거기다 추수 직전이라 줄래야 줄 식량도 없었다. 무장부대가 있어 그날은 좀 멀리 떨어진 큰 부락을 다녀올 수 있었다. 그날 밤으로 그가 직접 인솔하여 남원군 금지면과 대강면 사이의 고리봉이라는 야산에서 하루를 잠복한 뒤 다음날 밤 8시경 큼직한 마을로 찾아들어갔다. 적의 잠복대도 없고 한번도 빨치산의 손길이 닿지 않은 곳이라 식량도 넉넉했다. 빨치산이 왔다는 소식에 주민들은 미리 쌀가마니를 마당에 꺼내놓고 기다리고 있었다. 더러 빨치산을 지지해서 그러는 사람도 있기야 하지만, 그 사람들이라고 빨치산의 소문을 못 들을 리 없었다. 싫다고 했다가 집 뒤짐을 당하고 있는 것 없는 것 다 털리느니 미리 속 보이지 않을 만큼만 내놓는 것이었다. 어찌 됐든 백여 명이 마음껏 쌀을 짊어지고 황소도 두 마리 현금을 주고 샀다. 보급사업이야 대성공이었지만 퇴로가 문제였다. 섬진강이든 순자강이든 강을 건너야 했고 또 짐을 진 채 어떻게 곡성읍을 통과해서 통명산으로 돌아갈지가 문제였다. 1연대 참모장과 그가 머리를 맞댄 끝에 속임수작전을 짜기로 했다. 몇 명의 선발조를 섬진강 건너 지리산 지류인 천마산으로 보내 일부러 적에게 들키도록 하는 작전이었다. 쌀도 일부러 조금 흘려놓고 선발조는 다치지 않을 만큼 응사만 하다가 천마산에서 하룻밤을 묵고 합류하기로 조치하고는, 주세력은 역시 섬진강을 건너 고달면 쪽의 섬진강변을 따라 직선으로 남하하다가 다시 곰방산 앞에서 강을 건너 통명산 기슭에 붙었다. 꼬박 팔 킬로미터를 짐을 진채 쉬지 않고 달려 온데다 통명산이 가까워 긴장이 풀렸는지 다들 푹 퍼져 더 이상 걷지를 못했다. 막 자정을 넘긴 시간이었다. 통명산의 트까지 두 시간이면 갈 수 있는 거리여서 전원 휴식 명령을 내려놓고 그와 유격대장, 1연대 참모장 세 명이 보초를 섰다.

28일, 작전을 위해 남부군이 도착할 시간이었다. 잠시 후면 이곳을 통과할 것 같아 그와 참모장은 신경을 곤두세웠다. 그러나 2시가 되도록 아무 기척이 없었다. 더 이상 기다릴 수가 없어 곤히 잠든 대원들을 깨워 트로 돌아왔다. 대열의 뒤를 이어 곧바로 지리산에서 통신원이 도착했다. 남부군의 도착이 하루 지연될 것이지만 D데이는 변경이 없다는 것이었다.

다음날 새벽 동이 트기 직전 4백여 명의 남부군이 드디어 통명산에 도착했다. 그 유명한 남부군이 온다는 말에 전 성원은 기대감에 부풀어 있었다. 남부군 4백여 명과 중동작전 때부터 지리산에 나가 있던 총사 7연대 백 명이 차일평 정치위원과 이진범 제1부사령의 인솔로 말골 골짜기로 속속 도착했다. 조용하던 말골 골짜기가 한꺼번에 밀어닥친 대부대로 시골 장터처럼 와자지껄했다. 긴장해서 말 한번 크게 하지 못하고 연기만 조금 피어올라도 기겁을 하고 쫓아가 끄던 당 기관원들은 갑자기 찾아온 소란이 불안하기도 하고 한편으로는 마음이 턱 놓이기도 했다.

22

드디어 남부군을 만나다

아직 희뿌연 미명 속에서 그는 여기저기 쫓아다니며 아는 얼굴을 찾아보았다. 남부군의 한 부대원을 잡고 그는 박종하가 왔는지부터 물어보았다.

"안 오셨습니다."

김환명도 역시 참가하지 않았다고 했다.

"그럼 김흥복 동무는 어디 있습니까?"

"김흥복 동무는 팔십일사단장입니다. 저쪽으로 가보십시오."

죽지 않았다는 말이 무엇보다 반가웠다. 그는 81사단이 자리를 잡고 있는 쪽으로 쫓아갔다. 사단이라고 해봐야 3백 명 정도의 부대지만 전원이 이제 군복에 미제 무기를 차고 있으니 정규군처럼 보였다. 대열은 여기저기 흩어져 트를 설치하느라 난리였는데 간부 같은 한 사람이 다리를 쩍 벌린 채 버티고 서서 두 팔을 허리춤에 받치고는 호령을 하고 있었다. 김흥복을 닮기는 했는데 아닌 것 같아 그는 한참 그 사람을 쳐다보았다. 그와 나이가 동갑인 김흥복은 체구도 작고 얼굴도 앳되게 생겨 소년 같았는데 버티고 선 사내는 의젓하고 위엄 있는 지휘관 같았다. 그러나 자세히 보니 바로 김흥복이었다. 일 년 사이에 살도 많이 붙어 몸집이 아주 탄탄해지고 얼굴도 애티를 벗어 사내답게 변해 있었다.

"김흥복 동무!"

김흥복이 그를 쳐다보았다. 그렇지 않아도 부리부리한 눈을 부릅뜨고 그를 쳐다보던 김흥복이 소리를 지르며 달려왔다.

"아니, 아니! 이게 누구야? 유혁운 동무 아니오?"

김흥복은 그를 얼싸안고 펄쩍펄쩍 뛰며 반가워서 야단이었다.

"너무 의젓해져서 못 알아볼 뻔했소. 옛날엔 애 같더니만 이젠 아주 헌헌장부가 됐구만."

"이 사람, 이렇게 오랜만에 보고도 농부터 하오? 그래, 혁운 동무는 지금 어디 있소?"

"곡성군당 위원장이오."

"그래요? 난 그것도 모르고 왔는데……. 아무튼 반갑소. 내 트로 좀 갑시다. 묵은 얘기도 나눠야지. 살아 있으니 이렇게 보는구만."

김흥복을 따라가며 그는 박종하의 안부를 물었다. 뒤따라오는 연락병을 흘끗 쳐다보며 김흥복이 귓속말로 속삭였다.

"박종하 동무, 전사했소."

"전사를 해요?"

되묻는 그의 목소리가 너무 컸는지 김흥복이 눈을 껌벅였다. 박종하가 죽다니, 불사신일 것 같던 그가?

"어디서 언제 그랬소?"

"팔월 중순 가회전투에서 희생됐소. 소총 사격거리가 멀어 늘 하듯이 서서 지휘를 하다가 총탄에 머리를 맞았는데 즉사했소. 부대에 타격이 너무 커서 지금껏 비밀에 부치고 있소. 전투부대야 사기가 최고의 무기인데 박종하 동무 전사 소식을 대원들이 알아보시오. 박종하 동무의 말이라면 팥으로 메주를 쑨다고 해도 믿던 대원들인데……."

김흥복은 말끝을 흐렸다.

"아무리 쉬쉬하지만 지금은 많이들 알고 있을 거요. 아무래도 부대 사기가 예전 같지 않소. 큰 전투에서 한번 승리해야 사기가 오를 텐데……. 이번 곡성 해방작전은 그래서 남부군에게 매우 중요한 작전이오. 반드시 성공해야 하오. 우리 같이 한번 잘해봅시다."

잠시 침묵이 흘렀다. 잠시 후 김흥복은 연락병을 부르더니 그에게 물었다.

"혁운 동무! 보고 싶은 사람 없어? 아, 양봉순, 박정애 동무 알지요? 연락병! 가서 두 동무 좀 불러오시오!"

잠시 후 양봉순과 박정애가 한걸음에 달려왔다. 절친한 사이는 아니었지만 구빨치라면 얼굴만 알아도 반가웠다. 여자지만 둘 다 남자와 똑같이 하이칼라 머리를 하고 군복을 입고 있었다. 둘 다 반가워서 그의 손을 붙들고 어쩔 줄 몰랐다.

"소문 들었소? 우리 양봉순 동무는 여자지만 우리 부대 대대장이오. 박정애 동무도 소대장이고. 양봉순 동무는 영웅 칭호까지 받았소."

김흥복의 설명이 아니더라도 얼마 전 도당에 다녀간 남부군의 유주목 정치위원이 통명산에 들어 쉬어가면서 양봉순 얘기를 한 적이 있었다. 당시 남부군에는 여성 전투원이 열 명 정도 있었는데, 가장 탁월한 이가 양봉순이었고 다음이 박정애였다. 둘 다 구례 간전 출신으로 박종하와 같은 고향 사람이었고 처음에는 박종하부대를 따라다니며 식사를 해주던 사람들이었다. 무장부대를 따라다니다 보니 급한 경우도 만나게 되어 총을 잡기 시작하고 그 능력이 남자보다 낫다 하여 박종하가 그들을 유격대원으로 발탁한 것이었다(이태의 《남부군》에 나오는 그 유명한 여걸 김희숙이 바로 이 양봉순이다).

취사반원으로 간전면당에 있을 때의 양봉순은 전형적인 촌 여자였다.

남편이 비합활동을 하다 사망하는 바람에 시집식구와 함께 입산한 그녀는 성격이 조금 괄괄한 편이긴 했지만 다른 여자들과 별다를 바 없이 조용하고 얌전했었는데, 지금의 양봉순은 탁월한 전투지휘관이었다. 남자라도 그녀의 말에 굴복하지 않을 수 없을 만큼 능력 있고 담대했으며 말하는 것도 아주 당당했다. 2년 전에는 총이 어떻게 생겼는지도 모르던 그들이었다. 너무 반가워서인지 눈물이 핑 돌았다. 오랜만에 만난 그들과 같이 식사를 하고 그는 김흥복의 트를 나왔다. 양봉순도 자기 대대의 트 설치를 봐야 한다며 서둘러 나왔다.

"아따! 요걸 지금 트라고 만들어놨소?"

고함소리에 뒤돌아봤더니 양봉순이 들고 다니던 엠원으로 기껏 만들어놓은 트의 지붕을 확 잡아챘다. 트가 우르르 무너져 내렸다.

"붕알을 싹 짤라다가 개 밥통에나 던져뿌씨요이. 사내들이 이까짓 트 하나를 못 만들어 찔찔매고 있소 시방?"

걸쭉한 농담을 해대며 양봉순은 직접 달려들어 트를 만들기 시작했다. 이제 막 떠오른 햇살 아래 남자와 다름없는 모습으로 남자들 틈에 섞여 일하고 있는 양봉순의 모습을 보고 있자니 왠지 가슴이 찡했다. 여자가 그런 일을 한다고 안쓰러운 것은 아니었다. 곡성에서도 여성들이 자기들에게 취사나 시키는 것은 봉건주의적인 남녀차별 아니냐며 유격활동을 하게 해달라고 당 정책을 비판해올 정도였다. 그러나 오랫동안 굳어져온 체력의 차이는 하루아침에 극복되는 것도 아니고 특별히 산에서 여성들에게 유격훈련을 시킬 만한 짬도 없어서 여성들에게 전투를 시키지 않는 것일 뿐 여자가 그런 일을 해서는 안 된다는 생각은 눈곱만큼도 없었다. 그러니 양봉순에 대한 감정이 안쓰러움은 분명 아니었다. 대원들과 무슨 농담을 하는지 커다랗게 웃어대면서 열심히 일을 하는 양봉순을 한참 바라보다 그는 드디어 자기 가슴이 왜 그렇게 벅차오는 것인지 알아차렸다.

2년여의 세월 동안 우리 모두 얼마나 많이 변했는가? 세상이 어떻게 흘러가는지도 모르고 기차표 파느라고 정신이 없던 그가, 강제로 다가오는 결혼의 의미가 무엇인지도 모르고 자기를 짓누르는 그물에서 도망치고 싶어 술이나 마시던 그가 어떻게 변해 있는가? 여수로 생선 떼러 갔다 오는 생선장수 어머니를 기다리며 아무것도 선택할 수 없는 자기 인생에 분노하던 조용식이 얼마나 즐겁게 자기 인생을 받아들이고 발전시키며 살다 죽어갔는가? 낭자한 머리가 온통 헝클어진 채로 자기 일의 의미도 모르고 밥이나 짓던 양봉순이 얼마나 당당한 인민의 전사로 성장했는가? 그는 그제야 오랫동안 짓눌러오던 조용식의 죽음으로부터 벗어날 수 있었다. 웅성거리는 말골 골짜기에도 점점 뜨거운 태양이 내리쬐기 시작했다.

점심을 먹고 작전회의가 소집되었다. 곡성군당 위원장과 부위원장, 유격대장, 참모장, 전남총사 부사령관 오금일, 1연대장 남태중, 7연대와 1연대 참모장, 남부군 정치위원 차일평, 제1, 2부사령관 이진범과 문춘, 81사단장 김흥복과 92사단장, 참모장 등이 모여앉아 작전계획을 세웠다. 그날 논의된 결정사항은 다음과 같다.

1. 작전수행 기관 구성
1) 기관 명칭: 9.28 1주년 복수투쟁위원회
2) 기구 구성
　① 위원장: 곡성군당 위원장 유혁운
　② 부위원장: 남부군 정치위원 차일평, 전남유격대 부사령관 오금일
　③ 위원: 이진범, 문춘, 김흥복, 남태중, 전해순
2. 공격대상: 곡성경찰서, 오곡지서, 곡성역(철도수비 경찰), 땅고개 경

찰 토치카 3개소

3. 증원세력 차단

1) 곡성과 남원 금지 사이에서 서전사와 남전사를 차단한다.

2) 교티재에서 광주, 순천 방향 증원세력을 차단한다.

3) 구례와 순천에서 전라선 철도와 국도를 차단한다.

4. 공격분담

1) 남부군

① 81사단 1개 대대는 순천 방면에서 철도와 국도로 침입하는 적을 차단한다.

② 81사단 나머지 병력은 곡성경찰서와 땅고개 토치카 3개소를 공격한다.

③ 92사단 1개 연대는 곡성경찰서를 후미에서 공격하고 다른 1개 연대는 순자강과 섬진강 언덕에서 남원 방면의 지원군을 차단한다.

2) 전남총사

① 7연대는 오곡지서를 습격한다.

② 1연대는 교티재에서 순천 및 광주에서 오는 지원병력을 차단한다.

3) 곡성유격대: 곡성역 철도경비대를 습격 점령한다.

4) 곡성의 비무장 성원과 전남총사의 비무장 성원은 전리품 운반을 맡는다.

5. 전투개시 시간: 30일 새벽 1시까지 시내 부근에 접근하여 오후 11시부터 각기 공격 목적지를 향하여 은밀히 침투할 수 있는 곳까지 침투하다가 어느 곳에서든 총성이 나면 그 시각부터 총공격을 개시한다. 곡성유격대의 특공조인 변전소 폭파원은 첫 총소리와 함께 변전소를 폭파하여 전기를 차단한다.

6. 총지휘본부: 작전이 개시되기 전까지는 명산저수지 앞 150미터 고지, 땅고개 토치카 3개가 함락된 즉시 제1토치카로 지휘본부를 옮긴다.

7. 각 전투부대는 상황이 바뀔 때마다 신속히 전투보고를 한다. 함락 시에는 지휘부를 향하여 야광탄을 2 대 3으로 두 번 연속 발사하고, 퇴각 시에는 중기관총으로 2 대 2 대 2로 세 번 반복 발사한다. 지휘부에서 전 병력 퇴각 명령은 상공직선으로 야광탄을 3 대 3으로 세 번 발사한다. 현지에서 작전변경이나 퇴각은 현지 지휘관에게 일임한다.

이상의 결정을 각 단위별로 다시 분임토의 하도록 하고 밤 9시부터는 전 대원의 사기 진작을 위해 대형 오락회가 열렸다. 천여 명이 말골 골짜기에 모였으니 그 기세가 대단했다. 남부군, 남부군 하더니만 역시 어울려 노는 것도 달랐다. 남부군과 전남 사람들이 서로 경쟁이 붙어 그날의 오락회는 짧았지만 어느 때보다 흥겨웠다. 총사에 있는 진도 출신의 한 여성 대원이 나와서 심청전 한 가락을 뽑아 올리자 김흥복이 어디론가 후닥닥 뛰어갔다 오더니 등에 뭘 집어넣는지 정말 곱새처럼 곱새춤을 추기 시작했다. 사람들이 배를 움켜쥐고 눈물까지 흘리면서 박장대소를 했다. 아무리 상하구별이 없다고는 하지만 전남에서는 최고 간부들이 그런 모습을 보인 적이 없었다. 싹싹하다기보다는 좀 무뚝뚝하고 사내다운 성격의 김흥복이 그러고 있는 모습을 보자 그도 웃음이 터져나와 참을 수가 없었다. 누군가 양봉순의 노래를 신청했다. 다들 양봉순을 쳐다보고 있는데 양봉순은 벌떡 일어나더니 뒷짐을 진 채로 몸을 비틀며 애교스럽게 간청을 하는 것이었다.

"아이, 난 못해, 못해요오."

천하의 영웅 양봉순이 그런 모습으로 애교를 떨자 한쪽에서는 웃음이 터져나오고 남부군 출신들은 또 생전 처음 듣는 가락으로 노래를 재촉했다.

"나오시오, 나오시오, 안 나오면…… 박격포!"

그러더니만 쉬쉬이익 펑! 하고 박격포 터지는 소리를 내는 것이었다. 그래도 비비 몸을 틀던 양봉순이 나와서 탁 폼을 잡고 서더니만 힘차게 최후의 결전가를 불러 젖혔다.

"아이구, 왜 뺐는지 알겠네."

어디선가 그런 소리가 들리더니 또 웃음이 터졌다. 과연 듣는 게 괴로울 정도의 솜씨였던 것이다. 웃고 즐기는 시간은 짧아서 어느새 출정시간이 다가왔다. 정각 9시가 되자 〈인민항쟁가〉를 다 함께 합창하면서 전체 부대가 대열을 맞추어 정렬했다. 일시에 정적이 찾아오고 부대별로 출발하기 시작했다. 어둠과 정적 속에서 대부대의 숨죽인 발자국 소리만 들려왔다.

전 부대가 출정한 후 지휘부 30명도 군당 정보과장 양병문의 안내로 명산 저수지를 향해 출발했다. 가을 하늘에는 구름 한 점 없이 젖빛 은하수가 흘러가고 빠끔한 틈도 없이 별만 총총했다. 간혹 별똥별이 어디론가 꼬리를 길게 그으며 떨어져 내렸다. 멀리 북쪽으로 펼쳐진 곡성평야 중앙에 자리한 곡성읍은 대낮처럼 불빛에 싸여 있었다. 사람들은 지금쯤 잠시 후에 닥쳐올 처참한 살육도 모르는 채 잠자리를 준비하고 있을 터였다. 무엇이 아무도 원하지 않는 이 처참한 전쟁을 불러오는가.

어두운 산길과 논두렁을 돌고 돌아 10월 1일 0시 30분, 그들은 명산 저수지 앞 150고지에 도착했다. 곡성읍이 바로 눈앞에 펼쳐져 있었다. 모두 마른침을 삼키며 초조하게 작전개시를 기다렸다. 일 초가 일 년처럼 느껴졌다. 이런 전투에 참가해본 적이 없는 그로서는 더더욱 길고 무섭기까지 한 시간이었다. 한편으로는 빨리 작전이 개시되기를 기다리면서, 한편으로는 조금이라도 더 늦게 총소리가 들려오기를 바랐다. 총성이 늦게 울릴수록 깊숙이 침투했다는 증거였기 때문이다. 당시에는 빨치산의 공격에 대비해 읍 경계를 빙 둘러 나무를 치고 곳곳에 보초가 지키고 있었으며, 울타리를 공격해 들어가더라도 거리거리마다 방어하기 좋도록 높은 곳에 보루를 만들어 기관총을 겨누고 있거나 호를 파서 지키고 있는 상태라 하나의 읍은 난공불락의 요새였다. 목이 바짝바짝 타들어갔다. 드디어 1시가 지났다. 아직까지는 성공적이었다.

1시 10분.

빵빵! 빠바방! 경찰서 정문 앞쪽에서 드디어 총소리가 울려왔다. 작전개시였다.

23_
곡성 해방작전

정문 앞에서 총소리가 들리자마자 쿵 하는 굉음과 함께 불야성 같던 곡성읍이 일시에 어둠에 휩싸였다. 군 유격대가 변전소를 폭파한 것이었다. 곧이어 사방팔방에서 콩 볶는 듯한 총성이 울려 퍼졌다. 귀가 멍멍했다.

쉬쉬쉬쉭! 펑!

빠바바방!

탕! 타앙! 타다다당탕!

"돌격!"

"누구얏! 손들어!"

온갖 종류의 폭음과 외침들이 사방에서 밀려들었다. 조금 전만 해도 쥐죽은 듯 조용하던 곡성읍 전체가 일시에 아수라장으로 변했다. 작전개시 3분도 못되어 제1토치카에서 야광탄이 빵빵! 빵빵빵! 하고 두 차례 지휘부 고지를 향해 발사됐다. 제1토치카가 벌써 함락된 것이다. 토치카 주위에는 너비 오 미터, 깊이 삼 미터로 호를 파고 호 안에는 물이 가득 채워진 데다 밖으로는 대나무발이 세워져 곡성군 유격대에서는 감히 칠 엄두도 못 내는 곳이었는데, 어떻게 3분 만에 점령했는지 귀신이 곡할 노릇이었다. 지휘부는 제1토치카로 달려갔다. 현장 지휘자인 이진범과 문춘이 달려나와 그들을 맞았다. 호에 사다리를 놓고 토치카로 들어갔다. 과연 난공불락의 요새였다. 토치카는 오십 평 정도로 상당히 넓었고 그 한가운데 총구만 군데군데 뚫려 있는 열 평 규모의 보루가 축조되어 있었는데 보루 앞에는 피투성이가 된 적의 시체 세 구가 놓여 있었고, 아군은 박격포와 막심 중기관총을 설치하느라 한창이었다. 그와 차일평은 칠팔백 미터 전방의 곡성경찰서 쪽을 계속 응시했다. 야광탄이 남북으로 X자를 그으며 계속 하늘을 수놓았고, 돌격의 고함소리가 밤공기를 가르며 날카롭게 고막을 자극했다. 한참 후 제3토치카에서도 점령 신호탄이 날아오르고 만세 합창이 울려 퍼졌다. 곧 제2토치카에서도 점령 신호탄이 하늘에서 춤을 추었다.

그러나 주 공격대상인 곡성경찰서와 오곡지서 쪽은 여전히 격전이 계속되고 있었다. 이진범이 박격포로 경찰서를 조준하라고 명령했다. 그러나 어두워서 조준이 불가능할 정도였다. 번개처럼 그의 머리에 떠오르는 생각이 있었다.

"이진범 동무! 차일평 동무!"

박격포를 설치해놓고 조준하느라 애쓰던 이진범과 차일평이 그를 돌아보았다.

"적을 위축시키고 아군의 사기를 높일 좋은 생각이 있습니다. 비무장 요원들을 동원해서 땅고개 능선을 돌며 풍악을 울립시다."

"좋소. 당장 합시다."

보급사업을 맡기 위해 대기 중이던 총사 요원들이 땅고개 앞 승범마을에 가서 회관에 있는 군물 악기들을 모두 빌려왔다. 잠시 후 땅고개 능선에서 빨치산 3백여 명의 요란한 농악 소리와 노랫소리들이 총성을 누르고 울려 퍼졌다. 한쪽에서는 끊임없이 총성이 울려대고 한쪽에서는 풍악이 어우러져 기묘한 조화를 이루었다.

새벽 3시경 81사단 주공격부대에서 전령이 왔다. 경찰서에 포사격 지원을 해달라는 것이었다. 80밀리 박격포 두 대가 동시에 불을 뿜기 시작했다. 그러나 야간의 추정사격이라 엉뚱한 곳에 떨어져 폭발하기 일쑤였다. 81사단에서 몇 차례 쫓아와 포 조준을 도와준 끝에 간신히 경찰서 부근을 조준할 수 있었지만, 포탄이 겨우 십여 발밖에 되지 않아 마음껏 쏠 수가 없었다. 간혹 한 발씩 지원사격을 해주는 동안 곡성역에서 점령 신호탄이 날아왔다. 잠시 후에는 오곡지서 공격을 지휘하고 있던 오금일이 달려와 포 지원을 요청했다. 이진범과 타합한 결과 60밀리 포 한 대를 그쪽으로 지원했다. 경찰서와 지서 앞은 도로인데다 경찰병력은 경찰서 주위에 요새처럼 돌이나 모래주머니를 쌓아놓고 그 위에서 포를 쏘아대니 점령이 쉬울 리가 없었다.

　4시 30분경 갑작스레 곡성읍 동북 방향 섬진강 쪽에서 총성이 나더니 갈수록 치열해졌다. 뜨끔했다. 남원 방면의 서전사와 남전사 지원병력이 고달면으로 해서 섬진강을 건너려고 하는 모양인데 그쪽은 방어가 불리한 곳이라 92사단 1개 대대 병력만으로는 방어가 어려웠다. 그쪽이 뚫리면 모든 것이 수포로 돌아가는 것이었다. 즉시 작전회의를 열어 곡성경찰서 공격은 날이 밝는 대로 포를 동원해 81사단 단독으로 맡기로 하고 경찰서 북쪽 공격을 맡은 92사단 1개 연대를 고달 방면으로 지원했다. 곡성 경찰서 점령에 실패할 경우에 대비해 비무장 부대를 곧장 시내 점령지역으로 돌진시켜 필수품과 식량 조달에 투입했다.

　고달면 쪽 섬진강에서는 계속 전투가 가열되고 곧 날이 밝기 시작했다. 곡성경찰서는 여전히 요지부동이었다. 사방에서 적의 지원병력이 도착했다. 각 방면에서 지원병력을 막고 버티면서 전투는 소강상태에 접어들었다. 12시까지 상황은 계속되었다. 보급부대만 신이 나 식량과 필수품을 계속 산으로 날라댔다. 경찰은 지원군만 기다리고 이쪽에서는 지원군을 견제해놓고 밤만 기다리는 양상이었다.

12시 30분경 김흥복이 지휘부로 왔다. 금지 방면에서 증원군이 계속 남하하고 있는데 수를 헤아릴 수가 없다는 것이었다.

"추가병력이 방어선을 돌파하기 전에 점령을 끝내야 합니다. 최후의 방법을 써야겠습니다. 경찰서 주위에 불을 놓아 적들이 연기에 정신을 못 차릴 동안 집중 공격하는 겁니다."

비록 짚 같은 것을 꺼내 쌓아 불을 놓기는 하겠지만 불이 민가로 번질 가능성이 매우 높았다.

"주민들은 당연히 안전한 장소로 대피시킬 겁니다."

"좋소!"

문춘과 이진범은 곧장 찬성하고 그와 차일평의 대답을 재촉했다. 두 사람 모두 전투에는 문외한인지라 따를 수밖에 없었다. 이진범이 직접 지휘한다며 김흥복과 함께 나섰고 문춘은 포 지원 준비를 하기 시작했다. 잠시 후 불길이 치솟아오르고 포가 쏟아지고 소총소리, 기관총 소리가 귀를 때렸지만 한 시간을 그렇게 밀어붙여도 경찰서는 난공불락이었다.

"문춘 동무! 점령도 못할 경찰서 공격에 실탄과 사람만 희생시킬 필요가 있습니까? 후퇴합시다!"

그가 문춘과 상의를 하는데 갑자기 압록 방면에서도 소리도 없이 기차가 하얀 증기를 뿜으며 올라오고 있었다. 총소리 한 방 없었다. 그쪽 병력은 도대체 뭘 하고 있는 건지! 나중에 안 일이지만 그쪽을 담당했던 81사단 1개 대대가 아무 움직임이 없으니까 고지의 병력을 모두 계곡으로 내려 보내 쉬게 하고 보초만 세워 감시하게 했는데 보초가 잠이 들어버렸다는 것이다.

열차는 갑자기 크고 긴 기적을 울리며 새벽에 점령했던 곡성역을 통과하여 오백 미터쯤 되는 곳에 멎더니 수많은 국방군을 꾸역꾸역 토해냈다. 증원군의 도착과 함께 경찰의 반격이 기다렸다는 듯 시작되었다. 지휘부가 있는 토치카에도 적의 박격포탄이 작열하기 시작했고 중기관총 탄알이 머리 위로 씽씽 날았다.

즉시 퇴각명령이 내렸다. 그 후 10분도 못되어 고달면 쪽 방어선이 무너졌는지 총성이 방어선 안쪽으로 밀려들었다. 그 방향을 바라보고 있는데 누군가 고함을 치며 그를 밀어뜨렸다. 순간 천지를 진동하는 폭발음이 터졌다. 포연이 자욱하고 매캐한 화약냄새가 코를 찔렀다. 정신을 차려보니 그의 호위병이 그의 몸을 누르고 있었고 온통 황토흙을 뒤집어쓴 채였다. 호위병 덕택에 목숨을 건진 것이었다. 그들 두 사람은 멀쩡했지만 포대 옆에 있던 대원 두 사람이 산산조각이 나 피보라를 일으키고 있었다. 문춘이 그와 차일평을 위험하다며 토치카 밖으로 밀어냈다. 남원 방면의 모든 방어선이 무너졌는지 잠잠해지고 대신 땅고개 쪽으로 적의 공격이 몰려들었다.

3시 30분경 곡성읍과 오지리 사이의 승범마을 앞 들판으로 적들이 일렬횡대로 포복전진을 해왔다. 땅고개의 81사단과 당산리 7연대가 승범 들을 사이에 두고 적의 전진을 저지하기 시작했다. 워낙 많은 수가 막무가내로 밀고 들어왔다. 적들이 오백 미터만 더 전진해 들어오면 땅고개에 있는 이 편의 모든 퇴각로가 끊기고 고립될 처지였다.

"퇴각합시다.!"

그의 제의에 차일평은 즉각 찬성했지만 문춘은 핏대를 세우며 반대했다.

"무슨 소리요? 동쪽과 북쪽의 구십이사단이 퇴각했는지 어쩐지도 모르고 우리끼리만 퇴각하자는 거요?"

"그들은 이미 동악산 쪽 구릉을 따라 퇴각하라고 지시했잖소? 그리고 그쪽에는 지리에 능숙한 곡성 출신 안내자들이 배속되어 있으니 걱정할 것 없소."

"확실하지 않잖소? 눈과 귀로 확인하기 전에 우리끼리만 퇴각할 수는 없소!"

그러는 사이에 경찰과 국방군은 땅고개를 계속 좁혀왔다. 그 사이 일곱 명이 포탄에 전사했다. 적은 벌써 이삼백 미터나 접근해오고 있었다.

"계속 병력이 증가되고 있소. 병력이 통명산에 붙어 우리를 공격하면 독 안에 든 쥐가 되고 마오! 지금 당장 후퇴해야 하오!"

"비겁하게 살고 싶으면 유 동무 혼자나 가서 사시오! 나는 우리 동지들의 후퇴를 확인하지 전에 한 발짝도 움직일 수 없소!"

그도 문춘도 얼굴이 시뻘겋게 달아올랐다.

"차일평 동무! 지금 퇴각하지 않는 것은 자살행위요. 문춘 동무가 끝내 거부하면 명령 불복종으로 처리하여 제거시키고서라도 퇴각하겠소!"

차일평은 난감한 듯 말 한마디 없이 침묵만 지키고 있었고 그와 문춘은 성이 나 씩씩거린 채 서로를 노려보았다. 그때 김흥복이 뛰어 들어오면서 외쳤다.

"위원장 동무! 이제 다 틀렸소. 뺍시다!"

김흥복에게 전후사정을 얘기했더니 김흥복은 그 상황에서도 빙긋 웃었다.

"아따! 그 동무. 고집도 세네."

김흥복과 문춘이 옥신각신하더니 잠시 후 문춘이 그를 불러 92사단이 퇴각할 동악산 지형을 구체적으로 물어왔다.

"나는 이곳에서 마지막으로 퇴각할 테니 동무는 팔십일사단장과 함께 먼저 가서 동막 앞산의 적을 저지해주시오!"

그는 그제야 차일평과 함께 81사단 일부를 데리고 퇴각했다. 머리 위로 적탄이 바람을 가르며 날았지만 다들 무사했다. 명산저수지를 지나 쌍구마을에 도착했더니 먼저 퇴각해온 총사 보급부대와 군당 성원들이 오락회를 열고 야단법석이었다. 그는 지리에 능한 사람 몇을 81사단에 배속시켜 명산재로 올라가 양쪽 고지를 장악하고 적을 막으라고 했다.

살고 싶으면 위원장이나 가서 살라던 문춘의 핏대 올린 모습이 떠올랐다. 그가 혼자 살고자 했던 것은 아니었다. 물론 문춘도 그걸 알 것이다. 그에게 먼저 가라고 했던 문춘의 얼굴은 그쯤은 이해한 얼굴이었다. 그 역시 기어이 퇴각할 수 없다던 문춘에게 명령 불복종으로 제거하고라도 퇴각하겠다고 화는 냈지만, 92사단이 분명 퇴각했을 텐데도 확인하기 전에는 떠나지 않겠다던 문춘에 대해 멍청하다는 생각보다는 묘한 애정이 느껴졌다. 그게 진짜 군인의 태도인지도 몰랐다. 그런 애정이 있기에 죽음을 눈앞에 둔 상황에서도 부하들을 통솔할 수 있고 자신의 목숨까지도 기꺼이 내던질 수 있는 것인지도. 좋은 세상이라면 막걸리 한잔 나누고 싶은 멋진 사내였다.

명산재는 조용했다. 어디서도 적의 움직임이 보이지 않고 날은 서서히 저물어갔다. 적의 행방이 묘연했다. 그날 밤 11시가 넘어서야 전 병력이 집결했다. 문춘도 무사히 돌아왔다. 살아 돌아온 그에게 이전과 다른 각별한 애정으로 손을 내밀었고 문춘도 무뚝뚝한 미소로 그의 손을 잡았다.

그날 전사한 사람은 모두 19명, 부상자가 33명, 중도에서 선이 끊어진 사람이 10여 명이었다. 대부분 남부군 출신이었다. 양봉순도 마지막 땅고개에서 고립되어 버티면서 다리에 총상을 입었는데 다행히 중상은 아니었다. 적은 병력이라는 걸 감추기 위해 얼마나 고함을 질러 댔는지 양봉순은 목이 콱 잠겨 있었다.

그 외에 무기와 실탄을 약간 확보했지만 그리 많은 양이 아니었고, 보급 투쟁한 성과밖에 없었다. 적 사살이 17명이었으니 결코 승리한 싸움은 아니었다.

그날 밤중으로 총사병력은 백아산으로 돌아가고 남부군과 곡성군 기관만 남아 다음날 종일토록 통명산에서 방어전을 벌였다. 서로 한 치도 물러나지 않고 경찰만 몇 사람 희생된 채 날이 저물었다. 통명산 서부 쪽의 적은 모두 빠져나가는데 지리산 방면인 동쪽 병력은 밤새울 준비를 하고 있었다. 광주에서도 섬진강 쪽으로 계속 증원군이 도착했다. 아마 섬진강에서 남부군을 차단하여 지리산으로 들어가지 못하게 한 다음 야산에 몰아놓고 대대적인 토벌작전을 개시할 모양이었다. 작전회의가 밤중에 다시 열렸다.

"백아산으로 빠집시다. 통명산에서는 방어전이 불가능합니다. 백아산에서 총사와 합류하면 방어전을 무사히 치를 수 있을 것 같습니다."

문춘이 고개를 끄덕거리더니 그를 보았다.

"좋소. 위원장이 대신 몇 가지 일을 맡아 주어야겠소. 환자들은 백아산까지 끌고 갈 수 없으니 완치될 때까지 곡성군당에서 맡아주시오. 그리고 위원장은 우리를 백아산까지 안내해주어야겠소."

비온 뒤에 땅이 굳어진다더니 어제의 싸움이 서로의 신뢰를 굳혀준 것일까? 그를 바라보는 문춘의 눈빛은 따뜻했다. 문춘의 제안대로 남부군 환자들을 당장 안전한 비트로 이동시키고 곡성군 유격대와 군당은 통명산 곳곳에 분산 대피시킨 후 곧 백아산 차일봉으로 출발했다. 밤새 행군하고 눈도 붙이지 못한 채 방어임무에 들어갔다.

오전 7시쯤 곡성과 화순 전 지역에서 국방군과 경찰이 달려들었다. 사망자는 없었지만 적의 화력이 워낙 우세해 부상자들이 속출했다. 남부군 참모장이라는 임현태도 포 유탄에 맞아, 큰 부상은 아니지만 턱이 떨어져 입이 다물어지지가 않았다. 14연대 출신이라는 임현태는 그 부상에도 불구하고 어제 보급해온 담배 한 대를 붙여 물었다. 턱이 떨어졌으니 담배가 잘 빨아질 리가 없었다. 임현태는 부스럭거리며 손수건을 꺼내더니 또르르 말아 턱에 받쳐 들고 담배를 피웠다. 어찌나 맛있게 피는지 옆에 있던 그도 담배를 꺼내 들 정도였다. 이게 바로 전쟁터로구나 하는 생각이 스쳐갔다. 턱이 빠진 임현태는 별로 걱정하는 기색도 없이 오로지 담배 피는 일에 몰두하여 열심히 담배를 피우고 있었다.

방어가 만만치 않자 섬진강의 병력까지 백아산으로 몰려들었다. 그 틈을 타 남부군은 곧장 통명산을 거쳐 섬진강을 건너 구례 서산까지 밤사이에 밀어붙였다. 남부군이 이미 지리산으로 들어간 다음날에야 적의 병력이 남부군의 꼬리를 따라잡았지만 닭 쫓던 개 꼴이 되고 말았다.

10월 5일, 분산 대피했던 모든 기관이 접선되었다. 곡성에서는 아무 피해도 없었지만 백전백승이라는 남부군과 함께 한 대전투가 무로 돌아가자 성원들이 매우 위축되어 버렸고, 인민들의 반응은 더 나빠져 지리산 파송 작업이 여간 힘든 게 아니었다. 악전고투하며 10월 말까지 파송작전이 모두 끝났다. 곡성에서도 노약자와 당성이 약한 사람, 또 군당이 완전히 파괴될 경우에 대비하여 조직재건을 할 수 있는 믿을만한 사람으로 2진을 구성하여 모두 지리산으로 떠나보냈다. 이제 남은 인원은 유격대 20명, 군당 47명, 각 면당 25명 등 총 92명이었다. 백여 명의 월동준비도 그런대로 완료됐다.

11월 5일경, 부상당했던 양봉순이 완쾌해서 환자 트에서 나왔다. 남부군과는 한 달에 세 번밖에 선이 없어 선 날짜까지 군당에서 대기해야 했다. 양봉순이 군당에서 대기하던 어느 날이었다. 유격대가 어디론지 출동하고 비무장 요원들만 총 세 정을 가지고 산상대기를 하고 있는데 갑작스럽게 경찰에게 포위를 당했다. 갑작스런 포위라 전 성원이 당황하여 어쩔 줄을 모르고, 그가 총 세 자루를 앞세워 포위망을 뚫으려 하는데 양봉순이 그의 총을 낚아챘다.

"아따 오랜만에 몸 좀 풀게 생겼그마. 위원장 동무는 성원들을 데리고 산비탈을 타고 돌면서 고지 방향으로 빠져나가씨요. 나하고 호위병 둘만 있으면 저까짓 고지야 문제없소. 대신 젊은 남자 열 명만 좀 딸려주씨요. 아따, 어떤 놈들인지 용코로 걸렸다!"

그는 그녀의 요구대로 조치했다. 양봉순이 선두에서 서서 고지를 향해 뛰기 시작하는데 남자들보다 더 날렵하고 잽쌌다. 그녀의 뒷모습이 사라졌다 싶은 순간 고지에서 총성과 함께 돌격! 하는 우렁찬 함성이 잠시 요란스럽더니 곧 빨치산의 노래가 울려 퍼졌다. 못해요, 하며 몸을 비틀던 양봉순의 그 박자 안 맞고 씩씩하기만 한 노랫가락이었다. 수십 명이 지키고 있는 고지를 단 두 자루의 총으로 점령하다니! 그것도 순식간에! 양봉순의 날렵한 움직임에서 왠지 박종하의 냄새가 나는 것 같았다. 하긴 오랫동안 박종하와 함께 일하며 같이 싸운 양봉순이니 그녀의 전투에서 박종하의 냄새가 나는 것도 당연했다. 잠시 후 연락이 왔다. 고지 점령과 더불어 적 세 명을 사살하고 엠원 세 정과 실탄을 노획했으며, 하루 종일 고지를 사수할 자신이 있으니 멀리 후퇴하지 말고 고지 바로 아래에 와서 대기했으면 좋겠다는 것이었다. 연락차 온 비무장 대원이 혀를 내둘렀다. 양봉순이 호위병과 단 둘이서 포복전진으로 고지 십 미터 지점까지 접근하여 오 분쯤 적정을 감시하다가 적들이 웅성웅성 서 있자 둘이서 정확히 한 사람씩을 조준, 사살하고는 무섭게 돌진하여 바로 고지를 점령하고 계속 적의 뒤에 총을 쏘아대자 적들은 응사 한번 못해보고 신발 타는 냄새가 진동하도록 꽁무니를 뺐다는 것이었다.

"비홉디다, 비호. 내 생전 그렇게 전투에 도가 튼 사람은 첨 봤소. 여자가 아니드라고요."

그 대원은 침을 튀겨가며 양봉순 칭찬에 시간 가는 줄 몰랐다. 여하튼 곡성군당은 양봉순 덕분에 위기를 넘기고 무기까지 확보한 셈이었다. 얼마 후 양봉순은 남부군으로 떠나갔다. 양봉순은 그의 손을 꼭 잡았다. 전투에 단련된 탄탄하고 거친 손길이었다.

"위원장 동무! 꼭 살아계시씨요이. 구빨치 때부텀 얼매나 고생했는디 꼭 살아서 좋은 세상 봐야지라."

눈물을 글썽이며 살아서 좋은 세상 보자던 양봉순은 그 뒤로 다시 볼 수 없었다. 그것이 서로의 마지막 모습인 줄도 모르고 그들은 오랜 동지를 아쉽게 떠나보냈다. 그렇게 살아있자고 다짐했던 양봉순이 먼저 세상을 뜨게 될 줄은 그도 양봉순도 예상하지 못한 일이었다.

24_
수도사단의 대공세

묻혀진 역사가 얼마나 많은가. 그러나 세계 어디에도 한국의 현대사와 같은 뼈아픈 비극은 없었고, 또 그렇게 철저하게 묻혀진 비극의 역사도 없다. 아직까지도 우리 역사에 있어 가장 치열했던 그 시기의 이야기는 금기로 묻혀져 있다. 최근 들어 간혹 한두 사람의 묻혀진 이야기들이 비밀스럽게 들춰지기도 하지만, 당시의 역사적 흐름이 사실대로 밝혀지지 않는 한 한두 사람의 이야기는 그야말로 거대한 물줄기의 한 지류일 뿐이고, 그 작은 흐름이 정당한 평가를 받는 것은 도도한 원 물줄기가 제자리를 잡을 때뿐일 것이다.

후세의 평가가 어찌 됐든 전남도당의 역사상 가장 처참한 시기가 다가왔다. 얼마 전부터 정찰활동을 시작했던 수도사단의 대공세였다. 51년 11월 말부터 다음해 2월까지 계속된 수도사단의 공세가 끝나자, 지리산으로 2천여 명을 파송하고 난 뒤에도 천여 명이 넘었던 전남도당은 불과 3백 명으로 줄어 있었다. 여수, 순천, 담양 등의 몇 개 군은 단 한 사람도 남지 않고 전멸했다. 그 무렵 전남의 모든 산에서는 빨치산들의 해골이 발 닿는 곳마다 툭툭 채일 정도였다. 곡성군당에도 수도사단의 공세는 물론 피해가지 않았다.

1951년 11월 28일, 한동안 조용하던 국방군이 통명산에 모습을 드러냈다. 이들은 예전과 달리 도착 즉시 수색을 하지 않고 고지에다 호를 파더니 천막을 치고 장기주둔 태세를 갖추었다. 수도사단의 공세는 이렇게 시작되었다.

유혁운은 즉시 각 면당 및 군당의 각 부처와 기본 연락선 외에 월 6회의 비상선을 1, 2, 3선으로 정한 후 부별로 잠복하도록 하고, 유격대는 강상원의 후임 전해순의 지휘하에 봉두, 통명, 동악, 삼산, 백아산 등의 산을 기동적으로 돌아다니며 게릴라투쟁으로 적을 교란하도록 했다. 그는 십여 명만을 인솔하고 봉두산으로 빠져나갔다. 봉두산에도 고지마다 국방군이 주둔해 있지만, 통명산과 같이 하나의 능선이 죽 뻗어내린 형태가 아니라 원능선에서 눈에 잘 띄지 않는 속능선들이 겹겹으로 뻗은 접산이라 적의 수색에서 빠진 골짜기가 많았다. 경찰의 움직임에 따라 오늘은 동쪽으로 내일은 남쪽으로 이리저리 옮겨 다니며 1차 공세기간 열흘을 무사히 보냈다. 그동안 가장 고생이 많았던 사람은 김윤옥이었다. 사십이 넘어 기력이 젊은 사람 같지 않은데다 애꾸눈이라 자꾸 넘어지고 엎어지고 행군만 하면 늘 뒤처졌다. 게다가 이북 출신이니 그쪽 지리를 잘 알지도 못해 선을 잃어버리면 그는 죽는 것과 마찬가지였다. 일자무식 뱃놈이었다가 입당해서야 글을 깨치고 마르크스레닌주의 원전에 통달했다는 그가 넘어지고 엎어지면서 허둥지둥 대열을 좇아오는 모습을 보고 있노라면 유혁운은 핑 눈물이 돌았다.

12월 15일에야 비상선을 통해 전 군당이 다시 모였다. 단 한 사람의 희생자도 없었다. 공세 전 개인 비트와 식량 등을 워낙 철저하게 준비한 덕분이었다. 그러나 적의 공세는 끝난 게 아니었다. 다시 닥쳐올 적의 공세에 대비해 군당 전원이 비교적 산세가 좋은 봉두산으로 옮겨갔다. 죽곡면 상한마을 바로 앞의 눈에 잘 띄지 않는 사소록한 곳에 트를 짓고 며칠을 묵었다. 우연히 도당 연락과의 한 동무를 만나 오랜만에 김춘옥의 레포를 받았다. 곱게 접어진 레포를 급하게 열어보았다.

"혁운 동무! 사업총화를 짓고 하루를 마감한 뒤 멀리 통명산을 바라보니 하늘은 조용하고 속 모르는 별만 무심하게 반짝입니다. 용감하게 투쟁하고 있으리라 믿습니다……."

그녀의 얼굴처럼 맑은 글씨 한 자 한 자가 알알이 가슴에 와 박혔다. 그도 고개를 들어 그녀가 있을 쌍치 가마골 쪽을 바라보았지만 봉두산 높은 봉우리가 가로막아 보이지 않았다. 춘옥 동무! 꼭 살아남으시오, 열심히 투쟁하시오. 그는 전해질 수 있을지 없을지도 모르는 레포 몇 자를 급하게 적어 보내며 그녀처럼 조용한 먼 하늘을 쳐다보았다.

12월 20일경 다시 통명산에 적이 주둔하여 대대적인 수색작전을 실시했다. 언제 봉두산으로 수색을 나올지 미리 정보를 알기 위해 통명산 주변 마을이 고향인 기요과장 전해철과 고정식을 고향으로 파견했다. 과연 무사히 돌아올 수 있을지 의심스러운 길이었다.

"부락에 내려가 체포될 경우에는 자수하러 오는 길이라고 하시오. 당연히 출발지를 심문받을 텐데 그러면 이 트를 가르쳐주고 살 길을 찾으시오."

모든 정보가 끊겨 워낙 답답하니 사람을 내려 보내긴 했지만 무사히 정보를 알아내서 돌아올 가능성은 거의 없었다. 위축되고 지친 상태에서 자수할 가능성도 무시할 수 없었고 잡힐 가능성도 높았다. 그는 한밤중에 트를 이동하려고 저녁을 마친 후 다음날 하루 종일 추격당할 것에 대비해 주먹밥을 넉넉하게 만들도록 했다. 듬성듬성 눈발이 날리기 시작하더니 짐을 다 챙기고 일어설 때는 폭설이 쏟아졌다. 기요과장 일행이 체포되었다면 내일 이 눈 속에 쫓기면서 과연 살아날 수 있을까? 그는 무심한 하늘을 올려다보았다. 쉬 그칠 것 같지 않았다. 그러나 지금 떠난다면 퍼붓는 눈 때문에 족적은 메워질 터였다. 그는 결단을 내리고 이동을 시작했다. 하염없이 퍼붓는 눈 속에서 어둠을 헤치며 한 무리의 사람들이 산을 더듬어 이리저리 옮겨 다니다 으슥한 바위 사이에 몸을 숨기고 아침을 기다렸다. 아직 하늘이 밝아오지도 않았는데 떠나온 트 쪽에서 요란한 총성이 들리더니 불길이 치솟았다. 잡혔구나! 잡히면 트를 불라고 지시했으면서도 왠지 서운함이 밀려왔다. 지금까지 목숨을 걸고 싸웠던 것처럼 끝까지 자신의 신념을 깨끗하게 지킬 수 없는 것일까. 살아날 희망이 좁쌀만큼이라도 보였을 때 풀뿌리라도 잡고 싶은 것이 어쩔 수 없는 인간일까?

적은 곧 능선을 타고 고지로 오르더니 고지를 점령하고 능선을 훑으며 아래로 내려왔다. 속능선까지 속속 뒤진다면 이게 마지막이었다. 추위에 시퍼렇게 얼어붙은 채로 다들 숨을 죽였다. 이제 마지막인가. 아무 생각도 떠오르지 않았고 점점 다가오는 적들의 모습만 또렷해졌다.

다행히 적들은 주능선만 타고 내려가고 있었다. 주능선이라지만 능선이 지리산처럼 크고 넓은 게 아니어서 적들의 말소리가 또렷하게 들려왔다.

"이 빨갱이 새끼들! 눈 오기 전에 튀었는갑다. 오후에는 태안사골을 더 터보드라고."

상한마을에서 점심을 먹은 지 한참 만에야 적들은 열두내재를 지나 태안사 뒤 봉두산 상봉으로 올랐고, 곧이어 상봉에서 매너미재까지 일렬로 서더니 태안사골을 일렬횡대로 수색해 내려갔다. 가슴이 철렁했다. 오전에도 저런 식으로 뒤졌더라면 꼼짝없이 수색에 걸릴 수밖에 없었다. 가슴을 쓸어내린 그들은 각자 배낭에서 주먹밥을 꺼내 먹기 시작했다. 꽁꽁 얼어붙은 주먹밥은 그야말로 얼음덩어리였다. 그거라도 배가 고프니 꿀맛이었다. 한참 점심을 먹고 있는데 태안사 쪽에서 요란한 총소리가 울려 퍼졌다. 잠시 후 총성도 그치고 흐린 햇발도 뉘엿뉘엿 저물어갔다. 움직여봐야 발자국만 남을 테니 눈이 녹을 때까지 그 자리에서 버티기로 하고 부근의 눈을 치운 뒤 텐트를 쳤다. 텐트라야 감물을 들인 광목으로 찬바람이나 겨우 가릴 정도였다. 다들 눈 속을 뒤져 연기 안 나는 땔나무를 구해왔다. 감물을 들인 텐트여서 불빛은 새나가지 않을 터였다. 텐트 가운데 홈을 파고 조금씩 불을 지피자 추위가 가셨다. 불을 피웠던 자리에 널찍한 돌을 올려놓고 그쪽으로 발을 둔 채 다들 잠을 청했다. 불에 데워진 돌덩이 하나가 그렇게 따뜻할 수 없었다.

12월 6일, 통명산과 동악산 능선마다 환하던 불빛이 사라졌다. 그날따라 곡성에서 남원 방면으로 차량이 쉼 없이 움직였다. 적이 남원으로 이동하는 모양이었다. 그들은 오랜만에 찾아온 어두운 밤을 이용해 숨어있던 트에서 나와 곰방산 능선으로 갔다. 국방군이 주둔하던 능선에는 사용하고 버린 전선줄이 어지럽게 널려 있을 뿐 개미 한 마리 얼씬하지 않았다. 통명산 주능선에 올랐지만 마찬가지였다. 날이 밝아왔다. 그래도 확실해지기 전까지 안전한 곳에 대피하려고 이동하려는 찰나였다. 한쪽에서 소변을 보려고 바지춤을 끄르던 한 사람이 풀숲을 뒤지기 시작했다. 말라빠진 억새풀 사이에 엠원 소총 실탄이 백여 발이나 흩어져 있었다. 다들 풀숲에 흩어져 주둔지 부근을 샅샅이 뒤지며 실탄 찾기에 혈안이 되었다. 잠깐 사이에 주운 실탄이 천여 발이었다. 신이 난 그들은 대피하는 것도 잊어버리고 적의 주둔지를 찾아다니며 실탄을 주워 모았다. 실탄만이 아니었다. 포탄에 수류탄, 입다 버린 의복, 군화, 양말 등이 지천에 깔려 있었다. 어느 으슥한 곳에는 기관총 실탄과 내의 한 벌, 담배 세 갑이 상자에 넣어진 채 버려져 있었는데 거기에는 곱게 쓴 쪽지도 함께 들어 있었다.

"동지들! 용기를 내서 열심히 싸우십시오. 이곳에도 당신들을 지지하는 사람들이 많습니다⋯⋯."

모여앉아 쪽지를 읽던 사람들 모두 숙연해졌다. 그는 어느 병사가 자기 것을 아껴 남겨준 담뱃갑을 뜯어 한 개비씩 돌렸다. 담배 한 개비를 오랫동안 음미하며 이름 모를 병사의 애정에 지금까지의 모든 피로가 한꺼번에 사라지는 기분이었다. 이쪽을 지지해서건 아니면 짐이 무거워 버린 것이든 아무튼 곡성군당은 그날 국방군 덕분에 상당수의 무장과 물자를 확보할 수 있었다.

흩어졌던 인원이 다 모인 건 다음해 1월 15일이었다. 그동안 십여 명의 인력손실이 났다. 정치공작대장(동기 공세 직전 군유격대를 정치공작대로 재조직) 전해순이 전사했고 김윤옥도 결국은 거기서 최후를 마감했다. 그들 일행이 눈 속에 대피해 있을 때 태안사 쪽에서 들려온 총성에 당한 것이었다.

당분간 평온한 생활이 찾아왔지만 아직도 안심은 일렀다. 2월 4일 또다시 수많은 국방군들이 통명산과 봉두산으로 쳐들어왔다. 그동안 적들도 곡성 부근의 지리에 익숙해져 더 이상 버티기가 어려웠다. 그는 백운산 쪽의 적이 빠졌다는 소문을 듣고 백운산 자락의 구례 반내골로 행선지를 정했다. 비장해둔 식량도 꺼내갈 수 없어 맨몸으로 출발했다. 마침 그날이 음력 섣달 그믐날이었다. 가난한 시골살림이지만 이 집 저 집 오랜만에 구수한 냄새들이 진동했다. 승주군의 한 마을에 보급사업차 들러서야 비로소 설날인 줄을 알았는데 설날이라고 주민들이 이것저것 후하게 들려주었다. 오랜만에 따끈따끈한 떡을 우물거리며 황소까지 한 마리 사서 끌고 목적지를 위장하기 위해 이리저리 돌았다. 순 돌산인데도 황소는 바위틈을 잘도 따라왔다. 2월 6일 첫새벽에 반내골에 도착했다. 거기까지 용케 따라온 황소를 잡아 아침식사를 마치고는 한숨씩 늘어지게 잤다. 백운산 쪽에는 적정이 없어 삼학골 깊숙한 골짜기로 들어간 그들은 경비만 철저하게 세우고는 정치교양사업과 오락회를 밤마다 실시했다. 기나긴 공세에 지쳐있던 성원들의 사기가 차츰 회복되었다. 가끔 백아산 쪽으로 정찰을 보냈지만 적들은 빠져나갈 기미가 보이지 않았다. 큰 산의 작전을 끝낸 후 큰 산의 빨치산들이 야산으로 피했으리라 보고 야산작전을 하는 모양인데, 다행히 곡성군당은 큰 산으로 피한 것이다. 그러나 다시 큰 산으로 작전이 이동될 것은 뻔한 이치였다.

2월 14일, 간밤에 눈이 내려 온 산이 하얗게 변해 있었다. 사람들이야 어땠든 나날이 변해가는 자연은 참으로 아름다웠다. 발자국을 남길까봐 보초를 가깝게 세워놓고 정치교양사업에 몰두해 있는데 오전 10시쯤 반내골 방면에서 총성이 요란했고 금세 적들이 그들의 주둔지 옆 능선을 타고 올라왔다. 그대로 올라오면 바로 보초 옆을 통과하게 되는데 들키는 건 기정사실이었다. 그는 즉시 이동준비를 시켜 적들보다 먼저 능선에 올라 고지를 점령하기 위해 있는 힘껏 뛰기 시작했다. 고지라도 점령해야 전멸은 면할 수 있었다. 적보다 고작 백 미터 정도 앞이었다.

"야! 빨치산이다!"

그러나 눈 쌓인 곳에서의 달음박질은 국군보다 빨치산이 한 수 위였다. 여유 있게 고지에 도착한 그들은 스무 명가량의 무장병력에게 고지를 지키게 하고 적정을 관찰하는데 갑자기 뒤쪽의 계족산 상봉에도 적이 나타났다. 앞뒤에서 공격을 받게 되면 고지수비고 뭐고 없었다. 그는 즉시 무장병력을 철수시키고 자신이 선두에 서서 원능선 삼십 미터 아래 구절골 쪽의 양지바른 곳으로 방향을 바꿔 뛰었다. 금세 조발되어 집중사격이 쏟아졌다. 위 능선에는 적, 아래로는 병풍처럼 높이 치솟은 바위가 절벽을 이루고 있고, 옆으로 돌자니 건너편의 적과 불과 이백 미터의 거리라 사격을 피할 수 없을 뿐만 아니라 위 능선의 적이 앞과 뒤를 차단하고 조여 올 것이 뻔했다. 벌써부터 건너편 적이 위 능선의 적에게 앞을 차단하라고 고함을 질러대고 있었다. 이제 선택의 여지가 없었다. 그는 절벽이 병풍처럼 늘어진 사이로 엉덩이를 땅에다 깔고 미끄러져 내려갔다. 앞에 있는 적이 집중사격을 해대자 탄환이 돌에 튀어 돌가루가 얼굴을 때리고 바위 깨진 냄새가 진동했다. 그는 급경사진 바위 바로 앞에서 진달래나무를 잡고 겨우 몸을 가눈 채 뒤따라오는 대열을 정지시켰다. 정찰을 해보니 조금 앞에 사오 미터 정도의 바위가 하나 있는데 거기서 뛰어내리면 큰 부상은 없을 것 같았다. 그는 전원에게 지형을 설명하고 백 미터쯤 미끄러져 내려오다 바위난간에 와서 사오 미터 정도의 높이이니 긴장하지 말고 뛰어내리라고 했다. 그가 선두에서 미끄러져 내려갔는데 바위난간에 도착해서는 일어날 수가 없어 그대로 미끄러졌다. 눈을 부릅뜨고 절벽 아래의 나뭇가지를 움켜쥐려고 했지만 아찔하는 사이에 땅에 떨어지고 말았다. 벌떡 일어서려는데 다리가 말을 듣지 않아 비명을 지르며 다시 주저앉았다. 그와 여맹위원장 박정덕만 발목을 삐었을 뿐 다들 무사했다. 의무지도원이 그의 발목을 살피더니 다른 동지들에게 그를 붙들게 했다. 접골을 하려는 것이었다. 비명을 지를 수도 없어 그는 이를 악다물었다. 뚝딱 하고 뼈 으스러지는 소리가 들리더니 의무지도원이 이마에 송송 돋아난 땀을 닦았다. 박정덕은 접골이 불가능한 상태라 할 수 없이 눈에 잘 띄지 않는 숲 속에 숨겨두고, 그는 호위병의 등에 업힌 채 앞서간 대열을 쫓아 계속 뛰어갔다. 얼마나 뛰었는지 의무지도원이 그를 내려놓으라고 하더니 대검을 꺼내 잡목 가지를 잘라 발바닥에서 정강이까지 둘러 대고는 칡넝쿨로 발목에서부터 칭칭 동여맸다. 그리고는 지팡이를 하나 만들어주었다. 다른 동지들은 그들보다 앞서 갔는데 걱정이 되어 죽을 지경이었다. 그들은 그 자리에서 잠시 몸을 풀었다. 다리가 점점 부어올라 동여 놓은 칡넝쿨이 땅겨서 견디기 힘들었다. 할 수 없이 의무지도원이 애써 만들어준 칡줄을 풀어버리고 찬 눈을 뭉쳐 얼음찜질을 계속했다. 몇 시간이 지나자 통증이 서서히 가셨다. 하루 종일 산 여기저기서 간헐적으로 총소리가 들리더니 5시가 지나면서 잠잠해지기 시작했다. 사람들을 찾으러 갔던 호위병과 의무지도원이 열 명가량의 군당 성원을 데리고 왔다. 추격만 좀 당했을 뿐 오후에는 눈이 녹아 추격군을 쉽게 따돌릴 수 있었다는 것이다. 숨겨놓고 왔던 박정덕도 무사했다. 그러나 무릎부터 발가락끝까지 새카맣게 변한 채 퉁퉁 부어올라 발목을 구별할 수가 없을 정도였다. 동상까지 겹쳐 천생 무릎 아래로 절단하는 수밖에 없다며 의무지도원은 한숨을 내쉬었다. 곁에 서 있던 그녀의 남편인 죽곡면당 위원장 이병관도 말없이 하늘만 쳐다보았다. 들것을 만들어 그녀를 태우고 다시 아침에 떠나왔던 트로 돌아갔다. 다행히 트는 들키지 않아 그대로 있었다. 새벽 1시, 봉두산으로 나갔던 정찰조가 돌아와 봉두산의 적이 모두 빠졌다고 보고했다. 날 새기 전에 모든 준비를 마친 그들은 일주일분의 식량과 물을 주고 박정덕을 안전한 바위굴 속에 숨겨놓은 채 반내골을 떠났다.

그 후 박정덕은 일주일분의 식량을 가지고 혼자 그 바위굴 속에서 버틸 수 있을 만큼 버티다 허벅지까지 썩어 들어간 다리로 바위산을 굴러 반내골로 내려왔다. 그 후 소개당한 반내골에 짐을 가지러 왔던 주민에게 발견되어 죽기 직전에 겨우 목숨을 건진 그녀는 허벅지부터 다리를 절단하고 무기징역을 받았고, 나중에 광주교도소에서 그와 만났다. 그때까지는 모두 박정덕이 죽은 줄 알고 있었다. 봉두산으로 돌아왔다가 보름 만에야 반내골로 박정덕을 데리러 간 일행이 결국 그녀를 찾지 못하고 돌아오는 바람에 당연히 죽은 것으로 생각했던 것이다. 그녀의 부상 앞에서 묵묵히 하늘만 보던 남편은 그 후의 전투에서 목숨을 잃고 그녀는 살았으니 사람의 운명은 묘하기도 했다.

박정덕을 홀로 두고 온 대열은 봉두산에 가봐야 식량도 없어서 구례 문척의 구성마을에서 보급투쟁을 하기로 하고 밤 8시께 구성마을로 스며들었다. 그 마을에는 여든이 다 된 그의 고모할머니 한 분이 살고 있었다. 오랜만에 집안소식도 궁금하고 해서 그는 고모할머니 댁에 들렀다.

"할머님! 할머님!"

조용히 방문이 열리고 고모할머니의 얌전한 얼굴이 나타났다.

"아이구! 이게 누구여? 혁운이 아니야?"

버선발로 뛰어나온 할머님이 불안하게 주위를 살피며 방안으로 그의 손을 잡아끌었다. 청상과부였던 할머니는 양자를 들였는데, 그 방은 불이 꺼진 채 그 양자가 가느다랗게 코를 고는 소리만 들려왔다.

"괜찮습니다. 저희 부대가 경비를 서고 있습니다."

"시상에, 느그 집이 시방 어떤 꼴인지 아냐?"

눈물을 글썽이며 그의 손을 붙들고 집안소식을 알려주던 고모할머니는 옷고름으로 눈물을 닦아내더니 부산하게 일어섰다.

"시방 이럴 때가 아니제. 배 고프지야? 설 술이 쪼깨 남았을 것이다."

찬밥 덩어리와 김치 쪼가리를 부랴부랴 챙겨온 고모할머니의 청에 못 이겨 술을 한 잔 입에 댔을 때였다.

"반란군이다!"

누군가가 고함을 지르며 고모할머니 댁으로 뛰어 들어와 부엌으로 숨으려 했다. 옆에 있던 호위병이 반동이라며 총을 뽑아들고 나가려는데 고모할머니가 그의 바짓가랑이를 움켜잡았다.

"아이, 지발 여그서는 조용히 가그라, 저 사람은 미친 사람잉께."

여전히 호위병의 바짓가랑이를 움켜쥔 채로 고모할머니는 그를 올려다보며 사정이었다. 유격대가 나타나기만 하면 신고를 하는 게 원칙이었고 만약 신고가 늦었다 하면 한 마을이 박살이 나던 시절이었다. 그는 호위병을 데리고 그냥 밖으로 나왔다. 매번 얼마 안 되는 식량까지 싹 쓸어가는 판에 죄 없는 마을사람들을 다치게 할 수는 없었다. 곧이어 경찰의 사격이 시작되었다. 마을에 들어간 지 이십 분쯤 지났으니 보급사업도 웬만큼 됐겠다 싶어 퇴각명령을 내렸다. 이제 퇴로가 문제였다. 벌써 수년 전 문척면당에서 지하사업 다닐 때 사용했던 섬진강가가 불현듯 머리를 스쳤다. 구례읍을 향해 이백 미터쯤 걸어가다 섬진강을 타고 죽마리마을 뒤를 거쳐 무사히 동해마을 앞에 이르렀다. 한번도 사용한 적이 없어서 적들도 생각지 못할 루트였다. 동해마을 길가 주막집에 유난히 밝은 불이 빛나고 있었다. 옛날에 그가 자주 들르던 집이었다. 전방의 적정도 살필 겸 그 집에 들어가 보기로 하고 부대를 정지시켰다. 그가 단독으로 다녀올 동안 대기하라고 했더니 민청위원장 한호현이 그의 앞을 가로막았다.

　"안 됩니다! 혼자 가셨다가 무슨 일을 당할 줄 압니까? 제가 대여섯 명의 병력과 동행하겠습니다."

　한호현의 말을 받아들여서 그는 여섯 명의 대원들과 함께 주막집 십 미터 전방에 접근했다. 주막에서 도란도란 사람들의 말소리가 들려왔다. 여섯 명의 무장부대를 그 위치에 잠복시키고 혼자 접근하려는데 한호현이 그의 옷자락을 잡아끌었다.

　"위원장 동무! 만약 무슨 일이 생기면 그 자리에서 바로 엎드리십시오. 그러면 저희들이 곧 지원사격 하겠습니다."

　방문 앞에 접근해서 막 방문을 열려는 순간이었다. 벌컥 문이 열리더니 안에서 문을 열고 사람이 나오는데 얼핏 어깨에 멘 총자루가 보였다. 그는 반사적으로 그 자리에 엎드렸다. 매복해 있던 여섯 자루의 총이 일제히 불을 뿜었다. 문을 열고 나오던 사람이 아이쿠, 하며 그의 앞으로 푹 고꾸라졌다. 뒷문이 우지끈 부서지더니 방에 있던 경찰들이 뒷산으로 도망치느라 돌이 구르고 나무가 부러지고 한바탕 소동이 벌어졌다. 엎드려 있던 그가 천천히 몸을 일으키는데 총에 맞은 경찰이 죽지 않았는지 몸을 꿈지럭거리며 뒷산 쪽으로 기어가고 있었다. 그는 못 본 척 내버려두었다. 곧 총성이 그쳤다. 잠복하고 있는 경찰들이 화투를 치다 보초교대를 하러 가는 길이었다고 했다.

나중에 안 일이지만 그날 거기서 총상을 입은 이는 그와도 안면이 있는 사람이었는데 그날 어깨에 관통상을 입고 한쪽 팔을 못 쓰게 되었다. 상이경찰로 퇴직한 그는 그 후 구례장에서 상인들에게 세를 받으며 근근이 살다가 그를 만났다. 자기에게 관통상을 입게 한 장본인이 바로 그인데도, 한쪽 팔을 못 쓰는 상이경찰은 남은 한 손으로 그의 손을 잡아끌었다. 세 받은 돈이 많아야 얼마나 될까. 잔돈으로 가득 차서 찰랑거리는 주머니를 가리키며 자기가 술 한잔 사겠다는 것이었다.

"그래도 내가 그날 운이 짱짱해서 자네를 만났응께 살았제. 다른 사람 같으면 나를 살려 뒀것는가. 고맙네이."

그렇게 소박하고 순박한 이였다. 다를 것 없는 그들이 서로 총을 겨누어야 했던 세상, 누가 그런 세상을 만든 것일까. 순박한 그 형사의 말대로 그가 그 형사를 살린 거라면 한호현은 바로 그를 살린 장본인이었다. 한호현의 집안은 곡성에서도 괜찮은 편에 속하는 집으로 중학까지 마친 삼형제가 모두 함께 입산을 했다. 한호현은 그중 막내였는데 큰형도 사람이 무던하고 좋았으며, 곡성에서 가장 나이가 어렸던 한호현은 그가 특별히 아끼는 사람이었다. 인텔리이긴 했지만 당성도 좋았고 능력도 있었으며 진지

했다. 대중성이 없어 사람들과 잘 어울리지 않고 사사건건 원칙을 들먹이고 나서는 바람에 대부분의 사람들이 별로 좋아하지 않는 김윤옥을 알아보고 존경한 것도 바로 그와 한호현이었다. 한호현도 자신의 둘째형이 자수한 뒤에 생긴 한 사건으로 그를 매우 따랐다. 한호현의 둘째형이 자수한 바로 뒤였다. 우연히 두 사람이 같이 있을 때 그가 한호현에게 물었다.

"한 동무, 만약 둘째형을 죽이라고 하면 할 수 있겠소?"

그때 한호현은 한동안 고개를 숙이고 있더니 고통스런 표정으로 그를 바라보았다.

"글쎄요. 잘 모르겠습니다."

"그래, 그렇겠지."

그는 언젠가 박종하가 농담으로 자기 아버지를 두고 했던 말을 생각하며 한호현의 대답이 어쩌면 가장 솔직한 대답일 것이라고 생각했고 그래서 고개를 끄덕인 것이었는데, 한호현으로서는 형의 자수 건으로 좋지 않은 말을 들으리라 생각했다가 의외였던 모양이었다. 그전부터도 서로가 젊은 탓에 잘 통하긴 했었지만 그날의 사건으로 두 사람은 훨씬 더 서로를 신뢰하게 된 것이다. 54년 봄, 곡성군당에 단 세 명이 남아 있다가 체포되었는데 한호현도 그중 한 사람이었다.

그날 한호현이 따라오겠다고 나서지 않았더라면 어쩌면 그도 지금쯤 섬진강변의 기름진 흙으로 세월을 맞고 있을지 몰랐다.

총성이 울리자 동해마을 강 건너에서 집중사격이 있었지만 모두 무사히 봉두산에 도착했다. 비상선을 대어 몇 명의 동지들을 규합해 통명산으로 갔다. 통명산은 그 사이 얼마나 많은 국방군이 설치고 다녔는지 풀밭이나 관목숲이 반질반질한 운동장으로 변해 있었다. 게다가 온 산에 끌어다 쓴 전화선이 여기저기 늘어진 채 발에 걸려 걸어 다니기가 힘들 지경이었다. 폐허가 된 산을 이리저리 다니며 규합한 동지들은 총 63명이었다. 작년 11월 28일부터 지금까지 30여 명의 희생자를 낸 것이다. 완전히 깨져버린 곳도 많은 걸 생각하면 곡성군당은 수도사단 공세를 아주 가볍게 넘긴 셈이었다.

2월 29일 도당과 선이 닿았다. 석 달 만이었다. 곡성의 상황 보고를 올렸더니 잠시 후 그에게 소환장이 날아왔다. 전남도당 조직부부장으로 임명했으니 당장 백운산 도당으로 오라는 것이었다. 시간이 촉박하여 곡성 사람들과 인사를 나눌 새도 없었다. 주변에 있는 사람들 몇하고만 급하게 인사를 나누고 그날 밤으로 곡성을 떠났다. 만 1년 3개월간의 곡성 생활, 곡성 사람들은 그를 눈물로 떠나보냈다. 이별이 아쉬웠다. 다시 만날 때까지 모두 무사할지, 지금까지처럼 철저하게 지형을 이용하면서 살아남아야 할 텐데……. 이 중에는 다시 못 볼 사람도 있을 터였다. 한 사람이라도 더 쳐다보려고 자꾸 뒤돌아보는 동안 어느새 사람들은 하나의 아득한 점으로 사라지고 사연 많았던 통명산도 멀어져갔다.

25_

이제 어떻게 할 것인가

도당 사람들은 모두 여전했다. 박영발도 예나 지금이나 표정을 읽을 수 없는 여전한 얼굴로 그를 맞았다. 그에게서 곡성 상황을 듣고 나더니 박영발은 애조 띤 얼굴로 긴 한숨을 토해냈다.

"혁운 동무 같은 사람이 더 많았더라면 피해를 줄였을 텐데……. 현재까지 피해상황이 접수된 곳은 광양과 곡성뿐이오. 광양은 일흔여섯 명이 생존해 있는데, 야산뿐인 곡성에서 예순세 명을 살렸다니 대단하오. 고생했소. 앞으로 조직부부장으로 좀 뛰어주시오. 일단 선부터 연결해야 할 것이오."

도당의 피해는 이만저만이 아니었다. 화순탄광 출신의 박갑출이 부위원장이 되어 도당 위원장을 보필하고 있었는데, 전의 부위원장 김인철, 도인민위원장 김백동, 지구사령관 김병억을 비롯하여 간부의 반 이상이 전사했다는 것이었다. 노령지구당책 김채윤은 포로로 잡힌 모양이었다. 수도공세 이후 전남의 입산자 80퍼센트가 전사하거나 포로로 붙잡혔으니 참으로 암담한겨울이었다.

수도사단 대공세가 끝나고 나서 전남도당은 기동성을 살리기 위해 전남을 동부와 서부로 나누고 조직부에는 부부장을 두 명 임명해 동서부에 한 명씩 배치했다. 동부지역은 박영발이 구례, 광양, 여수, 순천, 고흥, 곡성 등 6개 군의 지도를 맡았고, 서부지역은 유격대 총사령관이자 도당 부위원장인 김선우가 책임을 졌다.

그날부터 선이 떨어진 각 군당의 선대기 작업이 시작되었다. 조직부에서 각 군당의 잔류부대가 다닐 만한 곳에 수십 일간을 잠복하고 온 산을 뒤집고 다닌 후에야 겨우 전 군당 성원들과 선이 닿았다. 구례 40명, 순천 12명, 여수 3명, 고흥 13명, 승주 3명. 이것이 열흘 후에 파악된 생존자의 전부였다.

3월 중순에 그는 서부전남 지도부가 있는 백아산에 가서 정확한 피해상황과 업무를 파악해 오라는 지시를 받고 연락원과 함께 길을 나섰다. 아침 식사를 끝내고 산상대기를 하러 가려던 총사와 접선이 되었다. 김선우가 반갑게 튀어나와 그를 맞았다. 지난해 9월 말 곡성 해방작전 이후 처음 보는 것인데 그동안 고생을 많이 했는지 키는 작지만 단단해 보이던 몸집이 꽤 축이 나서 말라깽이가 되어 있었다. 총사도 피해가 만만치 않아 4백 명이 넘던 부대가 그날 보니 겨우 칠팔십 명만 남아 있었다. 동부의 구체적인 상황을 보고받더니 김선우도 한숨을 내쉬었다. 서부라고 별다를 리 없었다. 대강의 얘기를 마치고 그는 양지바른 곳을 골라 풀밭 위에 드러누웠다. 이제 겨우 새싹들이 여린 고개를 간신히 치켜들 무렵이었지만 바람 없는 양지쪽의 햇살은 이루 말할 수 없이 따사로웠다. 햇살을 안고 얼마나 잤을까, 부신 눈을 찌푸리며 잠에서 깨어났는데 김선우가 옆에 앉아 있다가 그런 그를 보고 빙그레 웃었다. 김선우의 눈가로 장난기가 흘렀다.

"이봐! 혁운 동무. 자네 김춘옥 동무 좋아했었지? 보고 싶나?"

석 달간 연락이 끊겼던 그녀였다. 그는 자기도 모르게 벌떡 일어났다.

"무슨 소식이 있습니까?"

"글쎄, 보고 싶냐니까?"

그는 자기도 모르게 얼른 고개를 끄덕거렸다.

"죽은 사람을 어떻게 봐!"

"예? 죽었습니까?"

놀라서 그렇게 물어놓고 생각하니까 죽었을 것 같지 않았다. 죽었다면 김선우가 저렇게 웃으며 말을 꺼낼 리가 없는 것이었다.

"내가 살려놨어!"

"대체 무슨 일이 있었습니까? 무슨 일인데요?"

"그냥 맨입으로 중요한 정보를 주겠어?"

"다음에 우리 결혼할 때 한턱 톡톡히 내면 되지 않겠습니까? 그때 사령관 동무가 주례도 서 주셔야 하고요. 그러니 빨리 좀 말해주십시오."

"에이, 혁운 동무 애를 더 태워야 되는데…… 정 그러니 알려주지. 실은 사흘 전에 남태중부대가 새벽에 차일봉 쪽으로 정찰을 나가다가 수산재에서 여자 시체를 하나 발견했다는 거야."

정말 죽었구나 하는 생각에 아찔했다.

"실망은 너무 빨라!"

김선우는 그의 얼굴을 빤히 쳐다보았다.

"내 말을 들으란 말이야. 그래서 누군지 얼굴이라도 확인하려고 옆으로 누워있는 시체를 똑바로 눕혔는데 아직 숨이 끊어지지 않았더라는 거야. 총사에 데리고 와서 따숩게 눕혀놓고 더운 물을 먹이고 했더니 살아났는데 그게 바로 김춘옥 동무란 말이야. 어때? 이제 알겠어?"

김선우는 장난기 가득한 얼굴로 그를 놀려댔다.

"그 동무 말이야, 노령지구에서 분산 낙오되어 수산재 올 때까지 꼭 보름을 굶었다는데 용케도 살았어. 지금은 곡성군당에 가 있네. 보고 싶거든 지금 빨리 다녀와. 요 너머 보름재골에 있는데 어두워지기 전에 돌아오라구!"

그는 벌떡 일어나 행장을 챙겨들고 김선우에게 꾸벅 절을 올리고는 마구 달리기 시작했다. 신임 군당위원장 김지수가 다리를 절며 쫓아 나와 환영해주었고 모든 성원들이 달려들어 앞을 다투어 악수를 하며 그를 반겼는데 아무리 찾아도 김춘옥의 모습은 보이지 않았다. 그렇다고 바로 물어볼 수도 없어서 속만 태우며 다른 사람들과 그동안 쌓인 얘기를 나누다 슬쩍 물어보았더니 보초를 서고 있다는 것이었다.

그녀는 카빈총을 멘 채 그를 등지고 서 있었다. 그는 그녀를 놀래주려고 발걸음을 죽이고 살금살금 접근했지만 조금 못 미쳐 그녀가 갑자기 휙 돌아섰다. 그녀의 눈이 휘둥그레졌다.

"위원장 동무!"

외마디 비명처럼 그를 부르며 그녀는 그에게 달려들었다. 그도 서슴없이 달려오는 그녀를 받아 안고는 아무 말도 하지 못한 채 한동안 그렇게 서 있었다. 황토색 물을 들인 무명 몸빼는 입고 있으니 옷인 줄 알지 갈기갈기 찢어져 손질을 할 수도 없을 정도였고, 까만 주근깨 몇 개가 귀엽게 돋았던 하얀 얼굴은 온통 주근깨투성이로 새까만데다 가시덤불에 긁혔는지 온 얼굴이 성한 데 없이 피딱지가 앉아 쳐다볼 수가 없을 정도였다. 그녀는 벌써 흐느끼고 있었고 그의 눈가에도 물기가 촉촉이 배어났다. 잠시후 교대할 보초가 와서 그들은 트로 내려가다가 중간에 자리를 잡고 앉았다. 그녀가 그동안의 사정을 죽 털어놓았다.

노령지구 가마골에서 수도사단 공세를 만나 수십 차례 포위를 당하여 분산을 거듭하다 마지막 공세 때는 혼자 남았는데 선을 대기 위해 온 산을 열흘 동안 헤집고 다녀도 선이 닿지 않아 모든 동지들이 전멸당한 줄 알고 이제 죽어도 사랑하는 사람이 있는 땅에 가서 죽어야 되겠다고 결심했다는 것이었다.

"그런데 백아산 가는 지리를 알아야지요. 담양을 이리 돌고 저리 돌아 멀리 백아산 방향만 보면서 무조건 걸었어요. 간신히 백아산 수산재에 와서 곡성 쪽으로 발을 디뎠는데 워낙 오래 굶었던지 기운이 쭉 빠지더라구요. 그러고는 눈을 떠보니까 총사였어요."

말을 마친 그녀는 그의 가슴에 상처투성이 얼굴을 묻고 오래도록 흐느꼈다. 이게 사랑인가. 그는 자기가 있는 땅에 와서 죽겠다는 생각으로 알지도 못하는 길을 더듬어왔다는 그녀 때문에 가슴이 벅차왔다. 그러나 이별은 길고 만남은 짧았다.

"빨리 건강 회복하고 열심히 싸우시오!"

"동무도 용감하게 투쟁하세요!"

서부에서 김선우와 함께 있던 어느 날 그동안의 정보를 좀 캐낼까 하고 그는 호위병만을 데리고 단독으로 황전면 선변리에 있는 그의 친척집으로 숨어들었다. 고모할머니의 남편 되는 이는 꼿꼿한 유학자로 좌익은 아니지만 그래도 우익보다는 좌익에 가까운 사람이었다.

"혁운이, 자네들 어쩌려고 그러나."

잠들어 있는 부인을 깨워 있는 대로 상을 차려다 주고 할아버지는 근심스러운 얼굴로 그를 보았다.

"세상 인심이 예전 같지 않네. 여순사건 때만 해도 아침에 가마귀가 울면 오늘 거멍개 새끼들(경찰)이 올랑갑다고 침을 뱉고 안 그랬능가? 어저께는 내가 동네 우물터 옆을 지나는디 마을 아낙네들이 물을 푸고 있다가 가마귀가 울어제낑께 반란군들 올랑갑다고, 징해 못살것다고 욕들을 해쌓대. 시방, 인심들이 다 그렇네. 목심 걸고 싸우는 자네들을 이해 못하는 바도 아니고 자네들도 먹고는 살아야 할 테제만 이래 가지고 어쩔랑가. 사람들이 등을 돌리면 다 헛일 아닝가. 사람들을 너무 믿지 말게. 사람이란 저한테 피해가 돌아오면 참는 것도 한두 번이제 다 욕하고 돌아서는 법이네. 대체 앞으로 어쩔랑가. 자네들만 생각허면 속이 답답흐네.”

이 근방 사람들은 모두 몇 번씩 보급투쟁을 당한 사람들이었다. 쌀부터 보리며 옷감이며 신발이며 안 털린 게 없을 정도였다. 인심이 돌아서지 않을 리 없었다. 한두 사람이 아니라 대세가 그렇게 흘러가고 있는 것이다. 우리의 노고를 알아주지 않는다고, 피 흘리는 우리의 투쟁을 알아주지 않는다고 어떻게 인민들을 원망할 수 있겠는가. 아무튼 답답한 일이었다.

3월 말경 그는 다시 동부전남으로 복귀했다. 며칠 후 박갑출 부위원장과 염형기 조직부장, 유운형 선전부장과 그는 박영발의 부름을 받았다. 그즈음 박영발의 건강은 매우 좋지 않아 아무리 힘들어도 자세 하나 흐트러뜨리지 않던 사람이 비스듬히 누워서 회의를 해야 할 정도였다. 현재 상황에서 조직활동 방향에 대해서 토론하자는 것이었다. 수도사단 공세 후 어디를 가나 침통한 분위기였는데 도당이라고 다르지 않았다. 게다가 염형기와 유운형은 이북 출신이라 이쪽 상황을 잘 모르니 주로 얘기를 경청하는 쪽이었다. 그는 얼마 전 고모할머니 집에서 들은 이야기를 그대로 전해주었다. 당에만 있는 간부들도 인민들의 실상을 정확하고 구체적으로 알아야 했다. 그의 말을 듣더니 다들 깜짝 놀라는 눈치였다. 인민들의 반응이 이전과 다르다는 것쯤은 알고 있었지만 그 정도인 줄은 미처 몰랐던 것이다.

“가마귀가 우니까 반란군 올란갑다고 침을 뱉았다……. 그 정돈 줄 몰랐소. 그렇게 심각하단 말이요?”

박영발의 얼굴이 싸늘하게 굳어갔다. 어디선가 깊은 한숨이 터져나왔다. 물론 인민들의 마음이 그렇게 변해가는 데는 여러 가지 이유가 있었다. 우선 빨치산 협조자(고추장 한 그릇만 줘도 협조자라고 했다)에 대한 남한정부의 잔혹한 행위에 계속 시달리면서 주민들이 상당히 위축되었고, 또 숱한 전투 결과 빨치산이 계속 밀리게 되자 좌익의 승리를 불신하게 된 점도 아주 중요한 이유였다. 적들의 끈질긴 반공교육의 효과도 없지 않았다. 그러나 무엇보다 중요한 것은 주변마을 사람들 역시 가난한 농민들이었고, 다같이 잘사는 세상 만들자고 싸우는 사람들에게 마음이 끌려 한두 번은 자진해서 있는 대로 내놓았지만 그게 벌써 여순사건 직후부터 시작된 일이었다. 어떤 마을은 하룻밤에 두 번씩 털리기도 했고, 평균 한 달에 한 번꼴로는 보급사업에 시달려야 했다. 수도사단 공세 전까지 3천 명이 넘었던 빨치산을 주변 몇 개 마을에서 다 먹여 살려야 했으니 당연한 결과였다. 이제는 그런 마을에 보급투쟁을 하러 가봐야 사는 것이 하도 남루해 외려 도와주고 싶을 정도였다. 벌써 어려워지기 시작한 식량문제를 해결하는 방법은 지금까지 보급투쟁을 나가지 않았던 곳, 그러니까 읍이나 면 소재지와 가까운 곳을 새로 개발해야 했는데 그런 곳은 당연히 적의 감시가 심했고 소규모의 병력으로는 엄두도 낼 수 없었다.

결론은 지금까지의 조직활동 방식으로는 식량문제를 해결할 방법도, 돌아서는 인민들의 마음을 돌이킬 방법도 없다는 것이었다. 이제 사업의 전환이 필요했다. 인민들 곁으로 돌아가는 것! 그것이 당을 보존하고 인민과 함께 싸우는 유일한 방법이었다.

박갑출도 전적으로 그의 견해에 동의했다. 이제 남한에서의 사회주의 혁명은 보랏빛 먼 날의 꿈으로 사라지고 있었다. 간부들 중의 어느 누구도 이전과 같은 혁명의 결정적 시기가 당장 다시 오리라고 믿지 않았다. 이제 그들에게 남은 것은 최후까지 싸우다 죽는 것과, 언제일지 모르지만 언젠가는 다시 오고야 말 혁명의 결정적 시기에 대비해 도시로 들어가 지하조직을 구축하는 길뿐이었다. 그날이 언제쯤일까? 10년 뒤일 수도 있고 어쩌면 50년 뒤일지도 몰랐다. 그러나 그게 중요하지는 않았다. 그들이 뿌린 싹이 해방의 그날을 위한 밑거름이 될 수 있다면 지금 당장 죽어도 좋았고, 살아서 볼 수 없는 날을 위해 준비하는 것도 좋았다. 단지 이 결정적 시기를 해방으로 성공시키지 못한 쓰라림이 남는 것뿐이었다. 이제 밀알이 되는 것, 땅에 뿌려져 더 많은 밀로 태어날 그날을 위해 자신을 죽이는 것, 그것이 남은 그들의 자리였다.

봉두산 분트 시절

52년 4월 10일경, 곡성 봉두산에 있던 도당 연락과 분트가 적의 기습으로 전멸당하고 생포자까지 생기는 바람에 동부와 서부를 연결하는 기존의 모든 연락루트가 차단됐다. 몇 차례 서부와 연락을 시도했으나 루트에 매복해 있던 적의 기습으로 도중에서 모두 희생되고 말았다.

곡성군당 위원장을 지내 그곳 지리를 잘 아는 그에게 동서부를 연결하는 새로운 연락루트를 확보하라는 지시가 내려왔다.

4월 16일, 야산엔 진달래가 꽃망울을 터뜨리기 시작하고 노곤노곤한 봄볕에 새 생명이 움터오는 아름다운 봄이었지만 빨치산에게는 가장 고통스러운 춘궁기의 시작이었다. 도당에도 식량이 바닥나 하루를 굶은 채 그는 연락루트 확보작업을 할 대원 일곱 명을 거느리고 밤길을 나섰다. 비상미 한 톨도 없었다. 야산에는 쑥과 취가 제법 먹을 만하게 자라 있었다. 그들은 닥치는 대로 쑥과 취를 뜯어 소금만 넣고 항고에 삶아 배가 부르도록 먹었다. 겨울 내내 소금밥만 먹은데다 이틀을 굶었으니 그렇게 맛이 좋을 수가 없었다. 그때 그는 장염으로 오랫동안 앓고 있었는데 이날 쑥을 한 항고 먹은 다음부터는 신기하게 설사가 잡히고 통증이 가라앉았다. 예부터 장 나쁜 데는 쑥이 직방이라더니 민간요법도 과학성이 있는 모양이었다. 봄나물 덕분에 병도 고치고 허기도 면한 그들은 봉두산으로 들어가기 직전 황전면 면소재지 가까운 마을에서 남의 집 담을 타넘어 도둑질을 했다. 제일 좋은 집을 골라 들어간 탓에 일곱 명이 한 달은 견딜 수 있을 정도로 성과가 좋았다. 밥이 해결됐으니 발걸음도 가벼워서 봉두산에 날 새기 전에 도착했다.

다음날 다섯 명에게 비트작업을 맡긴 후 그는 두 명의 대원을 데리고 새 루트 개척에 나섰다. 그가 이곳 지리를 잘 안다고는 하지만 백운산부터 백아산까지 제 손바닥처럼 들여다보지 않는 이상 새 루트 개척이란 결코 쉬운 일이 아니었다. 기존 루트를 철저하게 피해야 했고, 적이 잠복해 있을 가능성이 높은 곳도 피해야 했으며, 그러면서도 가장 빠르고 안전한 루트를 찾아야 하는 것이었다. 일주일 동안 온 산을 헤집고 다닌 후에 간신히 제1선과 2선, 두 곳의 연락선을 확보해놓고 그는 다시 백운산 도당으로 돌아왔다. 사업보고차 박영발을 찾아간 그는 새로운 사업을 제안했다. 봉두산의 연락과 분트를 조직부 분트로도 겸하면서 지하조직 사업을 해보겠다는 것이었다.

"좋소. 지하조직 사업에 필요한 인원은 동무가 고려하여 차출하시오. 성과를 한번 지켜봅시다."

단출한 봉두산 분트 생활이 시작되었다. 연락과 분트 부근에 따로 조직부 분트를 만들어놓고 그는 조직부원으로 차출한 두 사람의 주변관계부터 철저히 조사했다. 주변관계의 성향, 활용정도, 가능성 등을 면밀하게 연구하고 계획을 잡은 그들은 곧 지하조직 사업에 착수했다.

그는 맨 처음으로 옛날 철도 다니던 시절에 알고 지내던 승주군 황전면의 황혁주를 찾아 나섰다. 그 무렵 황혁주는 좌익활동을 하는 것 같은 눈치였다. 무슨 연유에서인지는 모르지만 그가 활동을 시작할 무렵 황혁주는 고향을 떠났고, 그 후 다시 돌아와 황전면에서 주막을 차렸다. 일찌감치 조직에서 손을 뗀 황혁주지만 변절한 것은 아닌 듯했고, 철저한 조직생활을 견디기에는 너무 소심한 성격 탓인 것 같았다. 초저녁부터 황혁주 집 부근에 잠복하여 사람의 출입이 뜸해지기를 기다렸지만 주막이라 계속 손님이 들끓었다. 사흘 만에야 간신히 손님이 모두 끊긴 후에 황혁주를 만날 수 있었다.

"이게 누군가?"

황혁주는 놀란 얼굴로 주위를 두리번거리며 그를 사랑채로 잡아끌었다.

"그래, 자네가 여직 살아 있었구만……."

반가워 어쩔 줄 모르는 황혁주에게 그는 단도직입적으로 도와달라고 말을 꺼냈다.

"그래, 그럼세. 안 그래도 자네들만 생각하면 꼭 죄진 놈처럼 가슴이 무거웠네. 사실 내가 죄진 놈이지……. 나 같은 놈을 찾아줘서 오히려 내가 고맙네. 내 힘이 닿는 일이라면 뭐든지 도움세. 그러나 우리 집은 주막이라 사람 눈이 많으니 다음부터는 이 골목 첫 집인 박 씨네로 오게. 내 박 씨에게 말을 해놓겠네."

다음날 그는 즉시 박 씨를 찾아갔다. 마흔이 넘은 박 씨는 송곳 하나 꽂을 만한 자기 땅 한 평도 없이 순전히 소작만으로 열 명이 넘는 식구를 부양해야 하는 가장이었다. 황혁주에게 미리 말을 들은 탓인지 불쑥 나타난 그를 두려워하지도 않고 박 씨는 닭 한 마리를 삶아왔다.

"고생들이 많제라? 끼니도 때우기 힘들 것인디 얼른 이거나 드시오."

같이 먹자고 몇 번이나 권했지만 박 씨는 국물 한 수저도 입에 대지 않았다. 식구가 열이니 산에 있는 그나 박 씨나 먹고 사는 게 비슷했을 텐데도 투박한 손으로 닭을 찢어주며 기어이 그에게만 고기를 먹이려는 박 씨의 순박한 심성에 가슴이 저려왔다. 작년 여름인가 보급투쟁을 나갔을 때 그는 박 씨와 비슷한 사람을 만난 적이 있었다. 여름철이라 일을 마치고 늦은 저녁을 먹는 중이었는데 올망졸망한 아이들까지 십여 명이 둘러앉아 멀건 보리죽을 먹고 있었다. 기름기 없는 얼굴에 마른버짐이 희끗희끗한 그 가난한 농부는 남은 죽도 더 이상 없었는지 빈 대접 하나를 가져다 십시일반으로 자기들이 먹던 죽을 한 수저씩 덜어 그에게 보리죽 한 사발을 내밀었다. 뒤져보면 꿔다놓은 보리 한 됫박쯤은 있을지도 몰랐지만 그것마저 털어 가면 당장 내일부터는 입에 거미줄을 쳐야 할 형편 같았다. 그가 아무리 굶었다고 하더라도 종일 힘겨운 논일을 마치고 난 농부의 유일한 끼니까지 뺏어먹을 수는 없었다. 그는 덜어준 죽에 입도 대지 않고 고맙다는 인사를 했다. 그리고 기껏 힘겹게 보급투쟁 해 놓은 쌀 두어 되를 꺼내 놓았다. 박씨도 그 농부와 형편이 다를 리 없었다. 그런 박 씨가 설날에나 쓰려고 아껴놓았을 닭을 그를 위해 내놓은 것이다.

"내 평생소원이 밥걱정 않고 살아보는 것이오. 내가 암것도 모르고 땅이나 파는 무지렁이지만 당신네들이 그런 세상 만들자고 싸우는 줄은 아오. 큰 힘이야 못되겠지만 힘닿는 데꺼정은 도와보것소. 부모와 자식만 없었다면 나도 진작 산으로 올라갔을 것이제만 어쩌것소. 나 하나만 바라보고 있는 목숨이 열이나 되니……."

아직 초봄인데도 수십 년의 노동으로 이제는 제 피부색인 양 검게 그을린 박 씨의 얼굴을 그는 오랫동안 들여다보았다. 그리고 그는 소갈기처럼 단단한 박 씨의 손을 거머쥐었다. 박 씨는 지금 자기만 바라보는 식구 전체의 목숨을 걸고 그를 도우려고 하는 것이다. 끼니걱정 않고 사는 것이 유일한 희망이라는 박 씨는 이렇게 자신의 꿈을 찾아 나선 것이다.

"그럼, 우선 신문을 좀 구해주십시오. 매일 집에 들르기는 위험하고 마을 부근에 신문을 숨겨놓을 만한 장소 없습니까?"

"냇가에 사람 하나 숨을 만한 바위틈이 있는디요."

"그럼 거기다 신문을 갖다 놓기로 합시다. 그리고 매일 마을입구 감나무에 그날 집에 들러도 안전한지 어떤지를 알려놓도록 합시다. 안전할 때는 나뭇가지 두 개를 꺾어서 걸어놓고 위험할 때는 한 개만 꺾어서 걸어놓으십시오."

그 무렵 전남도당은 정보로부터 완전히 차단당한 상태였다. 몇 개 있던 무전기와 라디오마저 고장이 나거나 전투에 망가지고, 보급투쟁 나가서 주워들은 정보 외에는 바깥 사정을 알 길이 없었다. 박 씨의 도움으로 비로소 정기적인 정보선을 확보한 것이다.

한 달 만에 봉두산 조직부 분트는 세 명 모두 네 곳 이상의 지하조직망을 갖게 되었다. 식량이나 의약품, 기타 필요물자를 돈만 있으면 구입할 수 있게 된 것이다. 그러나 조직대상들이 모두 가난한 농가라 돈을 주지 않고는 확보가 불가능했고, 물자확보나 정보수집 이상의 활용도 어려웠다. 그러나 어쨌든 이 지하조직은 보릿고개에 굶주리는 도당에 적지 않은 식량을 공급하고 의약품이나 필요물자도 웬만큼 공급할 수 있었다. 돈만 있으면 무엇이든 구할 수 있었지만 그 놈의 돈이 문제였다. 도당과 총사에서 각 시군당과 유격대에 자금확보를 지시했으나 보급투쟁 나가서 쌀 몇 말 구하기도 힘든 판에 자금 구하기는 그야말로 하늘의 별 따기였다.

그 무렵 도당 선전부에서는 용지가 떨어져 도당 기관지 〈로동신문〉을 발행하지 못하고 있었다. 모든 성원들의 길잡이이자 중요한 이론교육지인 〈로동신문〉이 발간되지 않는 것은 심각한 문제였다. 의약품의 경우도 규제가 심했지만 그래도 약은 광주나 대도시의 약국을 샅샅이 훑고 다니며 소량씩 구입하면 안전했다. 그러나 종이는 달랐다. 농가에서 문종이 외에 종이가 필요할 리가 없으니 규제가 심해서 추적당할 가능성이 매우 높았다. 돈이 있어도 구입할 수가 없는 것이다. 도당에서는 모두 그의 얼굴만 쳐다보고 있는데 난처하기 짝이 없었다. 돈으로 못 사면 방법이라고는 종이공장을 습격하는 수밖에 없는데 종이공장 사장의 성향을 알 수도 없을뿐더러 경찰들의 감시도 여간 심한 게 아니었다. 할 수 없이 그는 자신의 조직선을 이용해 주변 종이공장의 실태를 알아보도록 했다. 조직을 할 수 없으면 하다못해 도둑질이라도 하려는 생각이었다. 주변에 두 군데의 공장이 가동되고 있다는 것과 재고가 남아있다는 정보가 입수됐다. 모두 곡성에 있는 공장이었는데, 곡성은 원래 이전부터 조직력이 취약해 함부로 조직하려고 나섰다가는 경만 치기 십상이었다.

그는 밤이 이슥하게 깊어지자 힘 좋은 대원 두 사람을 데리고 오곡면 용정리 한지공장으로 몰래 숨어 들어갔다. 주인집은 불이 모두 꺼져 있었다. 공장 문을 열자 쌉싸래한 닥나무껍질 냄새가 코를 찔렀다. 조심스럽게 플래시를 비추자 한쪽 구석에 한지 두 동(한 동에 2천 장)이 세워져 있고 공장 바닥에는 제지공인 듯한 젊은 남자 세 사람이 코를 골며 잠들어 있었다. 그는 플래시를 비춰주며 두 사람에게 종이 한 덩이씩을 짊어지도록 했는데 종이를 지고 나오던 한 사람이 잘못하여 잠자던 공원의 발을 밟았다.

"누구여!"

그는 바람보다 더 빠르게 소리 없이 달려가 상체를 일으키는 공원의 입을 틀어막고 쉬! 하며 권총을 들이댔다. 반쯤 몸을 일으킨 공원이 휘둥그레 벌어진 눈을 하고 벌벌 떨었다. 순간적으로 오만가지 생각이 동시에 스쳐갔다. 처치해야 하나 그냥 둬야 하나. 이 공원이 소리를 지른다 해도 주변에 경찰이 없으니 퇴로가 막힐 것 같지는 않았다. 권총을 슬며시 치우며 앞서 나간 대원들을 뒤따르려고 하는데 떨리는 소리로 공원이 물었다.

"당신들 누구요?"

"빨치산이요."

"워매?"

공원이 깜짝 놀라며 그의 바짓가랑이를 붙들었다.

"당신들 통도 크요이. 시방 주인집 사랑방에 순사들이 잠복해 있음서 조깨 전에 야식까지 해묵고 금세 잠들었는디."

머리카락이 쭈뼛 곤두섰다. 그들이 떠난 후 공원이 신고만 하면 아깝게 얻은 이 종이를 팽개치고 튀어야 하는 것이었다. 그는 얼른 주머니에서 5천환을 꺼내 공원의 손에 쥐어주면서 그의 귀에 대고 속삭였다.

"두 사람은 천지분간 못하고 자요. 당신만 모른 척하면 되오. 이거 오천환이니 모른 척하고 자오."

"고마우요. 그러것소."

돈이 든 손을 꼭 움켜쥐고 공원은 그에게 꾸벅 고개를 숙였다. 순박한 청년 같았다. 그는 조용히 문을 열고 나와 뜀박질로 밤새 행군을 계속했다. 모든 간부들이 입이 함박꽃처럼 벌어져서 다물어질 줄을 몰랐다. 그날 밤 박영발이 다시 그를 불렀다.

"혁운 동무, 이번에 수고 많았소. 동무가 또 해결해야 할 문제가 있소. 동무도 알다시피 지금 도당의 식량문제가 말이 아니오. 백운산 주변의 구례, 광양, 승주 등은 나가봐야 오히려 우리 쪽에서 보태주어야 할 형편이오. 무슨 좋은 방법이 없겠소?"

유월이 가까웠으니 어느 마을이나 쌀이 떨어졌을 것은 뻔한 이치, 그렇다면 부촌을 골라야만 했다. 문득 지난번 루트 개척을 할 때 보았던 승주군의 드넓은 주암들판이 떠올랐다. 부촌일 뿐만 아니라 옆으로 보성강을 끼고 있어서 여직 빨치산들이 한 번도 들어가 보지 않은 마을이었다. 그런 곳이라면 오히려 경찰의 감시도 허술할 수 있었다. 화순의 탄광노동자 출신으로 다른 간부들보다 이곳 지리를 잘 아는 박갑출 도당부위원장이 퇴로만 보장된다면 최적지라고 찬성했다.

"지난번 루트 개척을 하면서 그 근방은 샅샅이 뒤진 터라 시간만 잘 맞추면 충분한 식량을 확보할 곳이 있습니다."

"좋소. 혁운 동무에게 모든 지휘권을 맡길 테니 남태중부대와 협의해서 당장 실행에 옮기도록 하시오."

다음날 거뭇거뭇 어둠이 내리기 시작하자 중요 간부를 제외한 도당 성원 전부 끼니를 거른 채로 강행군하여 새벽녘에 봉두산에 도착했다. 그 무렵 봉두산 연락과 분트는 조직부 분트의 지하조직 덕분에 굶주리지는 않고 있었다. 그쪽에서 비축해둔 쌀 열 되쯤을 가져다 생쌀을 씹으며 삼산에 도착해 다시 밤을 기다렸다. 초승달이 서쪽 모후산 정상에 걸릴 무렵 주암들판이 바라보이는 능선에 도착했다. 들판 건너로 흐린 호롱불이 가물거리는 제법 큰 마을이 보였다. 비상선과 암호를 정한 뒤 그들은 흐린 달빛이 누렇게 익은 보리 위로 아른거리는 들판을 가로질러 마을을 향해 직진했다. 정찰대를 보냈으나 마을에 잠복대는 보이지 않았다. 남태중부대가 지서와 마을 사이를 차단하고 나머지 성원들은 모두 마을 집으로 스며들었다. 동네 개들이 요란하게 울어대기 시작했다. 그가 들어간 집은 살림살이가 제법 괜찮은지 억새대로 지붕을 이었는데 달빛이 은은하게 떨어지는 억새지붕이 참 아름다웠다. 워낙 마을에 빨치산이 들어온 적이 없어서인지 집주인은 매우 친절했다. 백운산 주변 마을에선 요즘 들어 보기 드문 일이었다. 수십 번씩 빨치산에게 살림살이를 털리고 난 주민들이 이제는 빨치산만 보이면 뭐든지 감추느라고 난리였고, 겉으로 드러내지는 않지만 빨치산이 느끼기에도 호의적이진 않았다. 그러나 이 마을엔 난생 처음 빨치산부대가 들어왔으니 쌓인 불만이 있을 리도 없고 오히려 약간의 호기심도 발동하여 다들 신기해하며 이것저것 필요한 것들을 자청해서 챙겨주었다. 20분 만에 보급을 완료하고 1선에 모였는데 다들 허리가 휘도록 배낭 가득 쌀을 짊어지고 있었다. 그곳 지리에 밝은 대원 둘을 차출하여 백아산 방면으로 가면서 도로에 쌀을 조금씩 흘려 놓으라고 이른 그는 부대를 이끌고 엉덩이 한번 붙일 새도 없이 계속 달려 새벽 미명이 밝기도 전에 봉두산에 도착해 간단한 아침만 먹고는 백주대낮에 다시 행군을 시작했다. 다음날 밤이 이슥해서야 도당에 도착했다. 어찌나 강행군으로 밀어붙였든지 다들 기진맥진 손가락 하나 놀릴 기운도 없었다. 식량을 비장하려고 간신히 짐을 내려 풀었더니 등에 닿았던 쪽의 쌀이 물에 담근 것처럼 흠뻑 불어 있었다. 얼마나 땀을 흘렸으면 쌀이 땀에 다 불었을까?

열 가마가 넘게 풀어놓은 쌀을 보고는 박갑출과 염형기가 당을 살렸다며 그를 끌어안고 놓을 줄을 몰랐다. 칭찬이고 뭐고 그는 그대로 쓰러져 깊은 잠에 빠져들었다. 꼬박 하루를 죽은 것처럼 잠들어 있던 그를 누군가 흔들어 깨웠다. 염형기가 밥이나 먹고 자라는 것이었다. 밥을 먹고 그는 박영발의 트로 갔다.

"혁운 동무는 조직사업을 딴 사람에게 맡기고 백운산 유격대 대장을 시켰으면 하는데 전투경험이 없어서 말이야."

"하면 되지, 처음부터 전투할 줄 아는 사람이 있었습니까?"

신이 나서 그는 얼른 대답했다. 박영발이 흥분으로 눈을 빛내는 그를 보며 빙그레 웃었다.

"정말 유격부대로 가고 싶소?"

박영발이 그를 빤히 쳐다볼 때서야 비로소 농담임을 눈치 챘다. 워낙 차분하고 말이 없는 박영발도 가끔은 이런 식으로 농담을 하는데 농담조차 너무 차분해서 농담인지 진담인지 구별할 수가 없었다. 아무튼 박영발이 그런 농담이라도 할 때는 무척 기분이 좋다는 표시였다.

"유 동무의 능력은 다방면으로 아주 대단해. 동무의 노력으로 당분간 식량걱정을 않게 되었어. 정말 수고했소. 혁운 동무는 앞으로도 나와 가까이 있으면서 급할 때면 이런 기회를 한 번씩 만들어야겠으니 특별히 몸조심하시오. 그리고 지난번 동무가 써낸 〈앞으로 우리 당의 조직사업 방향〉이라는 논문 말이요. 내 머릿속에 구상하고 있던 걸 동무가 다 훔쳤더구만. 이론적 체계만 좀 세우면 아주 훌륭한 논문이 되겠어. 도당 조직위의 결정을 거쳐 앞으로 우리 당 조직사업의 길잡이로 삼으려 하는데, 동무는 그런 방향에서 지금 하고 있는 분트작업을 계속 추진하도록 하시오. 봉두산 주변의 조직이 우리 전남당에서는 매우 소중한 기지이니 높은 경각성으로 무리하지 말고 잘 관리하기 바라오. 그동안 각 군당과 총사에서 자금이 좀 마련됐으니 조직원에게 폐 끼치지 말고. 도당 식량문제는 해결됐으니 당분간 총사에서 요청한 약품구입에 신경을 써 주시요.”

박영발이 지폐뭉치와 총사에서 요청한 약품목록을 전해주었다. 갈수록 건강이 악화되는 모양인지 박영발은 파리한 기색으로 나가 쉬라며 자리에 드러누웠다.

봉두산 분트로 돌아온 그는 다음날부터 모든 지하조직원을 대도시로 보내 필요한 약품을 구입하게 했다. 일주일 후 페니실린, 머큐로크롬, 붕대, 소독솜, 주사기 등 다량의 약품을 총사령부로 보낼 수 있었다. 물자를 확보할 수 있는 정도의 조직도 대단한 도움이긴 했지만 그것만으로 현재의 당의 위기를 극복할 수는 없었다. 대도시로 조직기반을 확대해야 했다.

이런저런 궁리 속에 산은 점점 검푸르게 자신을 불태우며 여름을 맞아들이고 있었다. 이것이 산에서, 동지 곁에서 보내는 마지막 여름이라는 것을 그는 알지 못했다. 누구나 자신의 삶을, 한치 앞의 역사를 알 수 없듯이.

(2권에 계속됩니다.)